"十三五"国家重点图书出版规划项目

| 当代中国文学批评史丛书 |

张江　主编

当代中国小说批评史

程光炜　著

中国社会科学出版社

图书在版编目（CIP）数据

当代中国小说批评史/程光炜著. —北京：中国社会科学出版社，2019.9
（2021.4重印）
（当代中国文学批评史）
ISBN 978 - 7 - 5203 - 4672 - 6

Ⅰ.①当… Ⅱ.①程… Ⅲ.①小说—文学批评史—中国—当代
Ⅳ.①I207.409

中国版本图书馆 CIP 数据核字（2019）第 136338 号

出 版 人	赵剑英
项目统筹	王　茵　张　潜
责任编辑	张　潜
责任校对	王丽媛
责任印制	王　超

出　　版	中国社会科学出版社
社　　址	北京鼓楼西大街甲 158 号
邮　　编	100720
网　　址	http://www.csspw.cn
发 行 部	010 - 84083685
门 市 部	010 - 84029450
经　　销	新华书店及其他书店

印刷装订	北京君升印刷有限公司
版　　次	2019 年 9 月第 1 版
印　　次	2021 年 4 月第 2 次印刷

开　　本	710×1000　1/16
印　　张	24
字　　数	268 千字
定　　价	129.00 元

凡购买中国社会科学出版社图书，如有质量问题请与本社营销中心联系调换
电话：010 - 84083683
版权所有　侵权必究

总　　序

经过各位专家学者四年多的努力，这套"当代中国文学批评史"终于在中华人民共和国成立70周年之际问世了。编著这套丛书，在于对1949年特别是改革开放以来的当代中国文学批评发展史，从各个不同的侧面进行回顾和研究，总结经验教训，为当下及今后文学批评的发展提供借鉴，推动中国文学艺术走上高峰之路。

70年来，中国文学批评从自我封闭到对外开放，从体系构建到自主创新，经历了曲折而辉煌的不平凡发展历程。从中国文学批评发展的主流看，我们似乎可以概括为"新开端、新变化、新时期、新世纪、新时代"这样一些时段，并对这些时段分别进行分析研究。我们也可以确定诗歌、散文、小说、戏剧等各种文学体裁，分述针对这些文学体裁进行文学批评的历史。我们还可以把文学与艺术交叉形成的一些新艺术门类考虑进来，考察文学批评活动是如何进入这些复杂的文学现象之中的。文学批评研究是一个理论群，涉及批评对象、批评方法、批评者身份、批评目的等，包含十分丰富的内容。我们编写这套丛书，就是要积极面对这种复杂性，以更为宽阔的视野，尽可能收纳更多内容，期待对70年中国文学批评做比较全面的评述和总结。

相比理论著作的撰写，历史著作的写作有很大不同。历史著作要展现一个过程，归纳出一些有规律性的东西；而理论著作要通过逻辑推理的展开，阐明一些道理或原则。写70年的文学批评史，就是要将一些历史事件，历史上出现的观念、思潮、理论，放回历史语境之中来考察，再从中看到历史是如何演进过来的。

20世纪50年代初，中国出现了社会主义建设的高潮，同时也出现了建设社会主义新文化的要求。当时，文化建设是以对旧文化进行批判为背景进行的，因此，理论的指导特别重要。以革命的理论为指导，通过文艺批评，改造旧文艺，建立新文艺，是当时文化建设的中心任务。

在这一大背景之下，当时的文学理论是以毛泽东的《新民主主义论》和《在延安文艺座谈会上的讲话》等著作及其他领导人的著作和讲话提出的文学思想、方针和政策为主体形成的。在中华人民共和国成立之前，毛泽东文艺思想是马克思主义普遍真理与当时中国革命根据地文艺实践相结合的产物。中华人民共和国成立后，中国共产党及其领导的人民政权，面临着比革命战争时期更为复杂的情况，面临着让新的文艺思想占领文艺批评领域，以及在大学课堂里讲授新的文学理论的任务。基于这一需要，我们在当时引进了许多苏联的文学理论，包括苏联的文论教材体系。

20世纪50年代中期以后，形成了理论和批评建设的热潮，当时所倡导的文艺上的"百花齐放"、学术上的"百家争鸣"，使文艺批评的理论和实践建设都有了长足的发展。50年代的文艺争鸣，以及当时出现的一些关于"现实主义"的批评观念，都是极其宝贵的。但是，这些积极探索在"文化大革命"时期遭到错误的批判。改革开放后，文艺批评展现出前所未有的活力，对新时期文艺的繁荣发展起到了推动和引领的作用。在此后的一些年，随着国外一些文学批评理论的引入，中国的文学批评又有了新的变化。一方面，引进国外的文学理论和批评方法，给中国的文艺理论批评注入了新的活力，另一方面，也出现了用国外理论剪裁中国文艺，使之成为西方理论注脚的现象。一些引进的理论不仅不能帮助我们更好地进行有效的文艺评论，反而扭曲中国的文艺，或者将文艺现象抽离，成为理论的空转。在这种情况下，回到文艺本身，构建立足于本土经验的文艺批评理论，就显得尤为迫切和重要。

今天，站在一个重要的历史节点之上，回顾历史，我们可以感慨、感叹、感动，但更重要的，是要有所感悟。中国人讲"以史为鉴"，历史要成为当下的"资治通鉴"。研究历史，要照亮当下，指引未来。努力创建新时代中国文论话语体系，应该是我们今天的中心任务。

构建新时代中国文论话语体系，要坚持实践性。理论要与实践结合，特别是与批评结合。文学理论要指导文学批评，文学批评要在文学理论的指导下进行。由此更进一步，要发展批评的理论。这种批评的理论，不是实用批评手册，而是关于批评的深层理论思考。这种批评的理论，也不寻求在各种文学体裁和各门艺术中普遍适用，而是在研究它们各自的特殊性的基础上，寻求其相通性。从实践中来，形成理论之后，再回到实践中接受检验。

构建新时代中国文论话语体系，要本着"古为今用，洋为中用"的方针，吸收一切对我们有用的理论资源。但是，这绝不是照搬照抄、简单套用。我们曾经用古代文论和西方文论来阐释当代的文艺实践，从历史上看，这样做在当时似乎也有一定的合理性。黑格尔说，凡是现实的都是合乎理性的。从这个意义上，也可以说上述做法曾有其特定历史语境下的合理性。但是，黑格尔还说，一切合乎理性的东西都是应当实现出来的。古代文论不能完全符合当代中国的文艺实际，西方文论更不能很好地符合当代中国的实际。我们必须在吸取多方资源的基础上，立足中国实际，推进理论创新，用新时代的新理论，阐释和指导当代中国的文艺实践，包括中国文艺批评实践。

构建新时代中国文论话语体系，是与中华人民共和国成立70年特别是改革开放40多年来理论建设的努力一脉相承的。这也是我们编辑这套"当代中国文学批评史"的初衷。冯友兰先生在谈到哲学史时，曾区分了"照着讲"和"接着讲"。对于历史事实，对于历史上的重要人物的思想，我们要"照着讲"，不要讲错了，歪曲了前人的思想。但仅仅是"照着讲"还不行，照着讲完了，还需要"接着讲"。历史的车轮滚滚向前，我们要面对新情况、进行新总结、讲出新话来。反过来看，"接着讲"与"照着讲"也是一种承续关系。历史不能隔断，只有反思历史，才能展望未来。

中国特色社会主义进入了新时代。习近平总书记在《在文艺工作座谈会上的讲话》中指出，要用"历史的、人民的、艺术的、美学的观点评判作品"，这对文学批评提出了新的要求，确立了新的标准。我们要守正创新、不离大道，在新的时代，创新发展文学批评理论，助力中国文艺走向繁荣昌盛。

张 江

2019 年 9 月

目　　录

导言　当代文学中的"批评圈子" ……………………………（1）

上编　重绘时代地图（1949—1976）

第一章　小说批评的意图 ………………………………………（35）

　　第一节　解放区批评圈 ………………………………………（36）

　　第二节　萧也牧现象的周边 …………………………………（40）

　　第三节　《我们夫妇之间》引起的争议 ………………………（42）

　　第四节　路翎的《洼地上的战役》……………………………（46）

第二章　赵树理评论的兴衰 ……………………………………（49）

　　第一节　"赵树理的方向" ……………………………………（49）

　　第二节　赵树理评价的起伏 …………………………………（53）

　　第三节　与社会主义现实主义关系的紧张 …………………（58）

第三章　农村题材小说……(62)
第一节　题材的划分……(63)
第二节　地域的分布……(64)
第三节　李准、马烽、王汶石小说的评论……(67)
第四节　柳青《创业史》的评论……(72)

第四章　革命战争题材小说……(78)
第一节　革命战争题材的缘起……(79)
第二节　《红日》《红旗谱》和《红岩》的评论……(81)
第三节　怎么看孙犁小说的美感……(86)
第四节　关于《青春之歌》的争执……(90)

第五章　其他小说的评论……(94)
第一节　工业题材小说的批评……(94)
第二节　解冻小说之评价……(96)

第六章　大连会议与"中间人物论"……(101)
第一节　会议前后……(101)
第二节　茅盾支持的"中间人物论"……(103)
第三节　疾风骤雨中的邵荃麟……(106)

第七章　"文化大革命"时期的小说评论……(110)
第一节　时代风潮的来袭……(111)

第二节	1972年后小说的转暖	(113)
第三节	《金光大道》和《虹南作战史》	(115)
第四节	《朝霞》热与"地下文学"潜流	(117)
第五节	历史交替点上的《机电局长的一天》	(120)

中编 历史的漩涡(1977—1991)

第八章 新时期的小说批评 (127)
- 第一节 北京批评圈对王蒙、张洁和张贤亮的意义 (128)
- 第二节 知青运动与知青小说 (141)
- 第三节 有关"伪现代派" (149)
- 第四节 批评视野中的汪曾祺小说 (159)
- 第五节 路遥小说及其批评 (170)
- 第六节 北京"双打"批评家 (179)

第九章 小说探索浪潮中的批评家 (185)
- 第一节 "杭州会议"与寻根小说 (188)
- 第二节 上海作协与两所高校 (198)
- 第三节 上海批评圈与先锋小说 (211)
- 第四节 上海批评圈与其他小说 (226)
- 第五节 《钟山》及新写实小说批评 (245)

下编 修复中的前行(1992—2018)

第十章 20世纪90年代社会转型中的小说批评 (259)
- 第一节 张承志再评价 (260)
- 第二节 "王朔现象"的争端 (265)
- 第三节 《马桥词典》批判事件 (270)
- 第四节 《废都》批判事件 (276)
- 第五节 《丰乳肥臀》批判事件 (281)

第十一章 20世纪90年代文学的评论 (286)
- 第一节 学院派批评的兴起 (287)
- 第二节 女性小说评论 (298)
- 第三节 "60后"作家评论 (304)

第十二章 长篇小说的评论 (310)
- 第一节 贾平凹小说的评论 (310)
- 第二节 莫言小说的评论 (318)
- 第三节 王安忆小说的评论 (324)
- 第四节 余华小说的评论 (332)
- 第五节 陈忠实《白鹿原》的评论 (337)
- 第六节 其他作家的小说 (343)

第十三章 21世纪以来的文学批评 …………………………（349）
第一节 "70后""80后"作家的评价 …………………（349）
第二节 其他作家的评论 …………………………………（354）
第三节 "80后"批评家 …………………………………（360）

参考文献 …………………………………………………………（367）

后 记 ……………………………………………………………（370）

导言　当代文学中的"批评圈子"

小说创作是中国当代文学史上的华彩一章，历史段落波涛汹涌，群星灿烂且人才辈出。然而在小说家的卓越表现之外，批评家究竟担当了何种角色，发挥了何种作用，却未得到应有的关注，与之相应的小说批评史亦未问世。由于当代历史波谲云诡，各阶段对立鲜明，当代中国小说批评史自然有时段的分界。这些时段上下衔接，各自的文学性格亦相对独立，它们难脱政治文化史的影响，也应在分析中指出。当然这类情况中外文学史上大同小异，不必大惊小怪。在全书框架中，笔者认为"解放区批评圈""北京批评圈""上海批评圈"和"学院派批评圈"是深度介入小说史，并贯穿始终的一个主要话语谱系，以此话语谱系带动全书的历史叙述是本书写作的一个基本安排。

一

随着中华人民共和国的历史钟声走进当代小说史的第一人，是尚未脱尽战争烟尘的作家萧也牧。据石湾的《红火与悲凉——萧也牧和他的同事们》介绍，萧也牧原名吴小武，浙江吴兴（今湖州）人，曾在东吴大学附中和杭州电业学校读书，毕业后在上海浦东洋泾镇益中瓷电机制造厂做装配工人。1937年与几位进步学生跋涉千里，到晋察冀投身抗战。1939年开始以"萧也牧"为笔名在《边区文化》等报刊发表小说、散文。1945年入党，先后任晋察冀《工人报》记者，张家口铁路分局工人纠察队副政委等职务。① 1949年平津解放，萧也牧进团中央宣传部工作，先后任编辑科副科长、宣传科副科长和教材科科长等职。而立之年，他的小说创作就表现抢眼，接连发表了短篇小说《我们夫妇之间》《海河边上》、长篇小说《锻炼》和一些散文，并获得好评。刊于1951年3月1日《人民文学》第3卷第5期的《1950年文学工作者创作计划完成情况调查》，在所列老舍、孙犁、刘白羽、贺敬之、康濯、徐光耀、马烽和何其芳等数十位作家中，萧也牧成绩最佳。康濯在《我对萧也牧创作思想的看法》里说："《我们夫妇之间》和《海河边上》，合起来总有一二十个报纸转载，其中包括一些地方党报和团报，《海河边上》并有被地方青年团组织定为团员课本或必读书的。而且，很快被改编成了话剧或连环画，《我们夫妇之间》被搬上了银幕"，"受这些作品影响的作品出现了，表扬这些作品的文章也在不少报刊上出现了"。② 李国文认为："如果将文学比作一棵树的话，新中国成立以后，短篇小说算是很快展开枝叶的品种。我还能记起1950年第一次

---

① 石湾：《红火与悲凉——萧也牧和他的同事们》，上海锦绣文章出版社2010年版，第6页。该书应为记录作家人生遭际和逸闻趣事方面比较翔实的一部记叙性著作。
② 康濯：《我对萧也牧创作思想的看法》，《文艺报》1951年10月25日。

在《人民文学》杂志上读到《我们夫妇之间》(萧也牧)的快感,这大概是中华人民共和国成立后第一篇产生热烈反响的短篇小说,很快在年轻人中间不胫而走,口碑载道。"他指出其中原因是:"这些作品,更关注人情之炎凉冷热,人性之复杂难测,人心之变化多端,人事之繁碎琐细。而且,革命者并不永远吹冲锋号,只有向前向前,他们也有普通人那样的喜怒哀乐。"①

这是政权更迭后第一个受读者欢迎的解放区小说家,自然最先受到感官敏锐的"解放区批评圈"的注意。首先发声的是毕业于延安鲁艺的青年批评家陈涌:

> 近几年来,我们文艺工作者的重心由乡村转移到城市,我们有了一些新的成就,但也存在着许多问题,例如,有一部分的文艺工作者在文艺思想或创作方面产生了一些不健康的倾向,这种倾向实质上也就是毛主席在延安文艺座谈会讲话中已经批判过的小资产阶级的倾向。它在创作上的表现是脱离生活,或者依据小资产阶级的观点、趣味来观察生活、表现生活。这种倾向在现在还不是普遍存在的,但它带有严重的性质,是值得我们加以研究、讨论的。
>
> 萧也牧同志的一部分作品,主要是短篇《我们夫妇之间》和《海河边上》,可以作为带有此类倾向的例子。②

---

① 李国文:《不竭的河——五十年短篇小说巡礼》,《小说选刊》1999 年第 11 期。
② 陈涌:《萧也牧创作的一些倾向》,《人民日报》(《人民文艺》副刊)1951 年 6 月 10 日。

陈涌把萧也牧作品的文艺思想提到"倾向"的高度,但温和地将批评控制在"研究、讨论"的范围内。化名"读者李定中"的冯雪峰则撰写了《反对玩弄人民的态度,反对新的低级趣味》一文,①口气转向严厉。他不满意陈涌这种"政治批评"兼顾"文学批评"的批评方式,而将其整合成纯粹的"政治批评",这种批评风格在当代社会开了先河。读者李定中对《我们夫妇之间》"反感的理由"主要是:"第一,我反感作者的那种轻浮的、不诚实的、玩弄人物的态度",对女主人公工人干部张同志,"从头到尾就是玩弄她","对于我们的人民是没有丝毫真诚的爱和热情","因此,我觉得如果照作者的这种态度来评定作者的阶级,那么,简直能够把他评为敌对的阶级了,就是说,这种态度在客观效果上是我们的阶级敌人对我们劳动人民的态度"。冯雪峰以林语堂、左琴科为例,对作者有所恐吓:"假如我把林语堂的骷髅画在悬崖边的牌子上面,您们说我故意吓人,我一定承认;但我们如果把左琴科的照片贴在牌子上面,您们不会不同意的罢?""第二个理由"是,作品所谓"平凡生活"的描写,是在"独创和提倡一种新的低级趣味","种种'细致入微',我看没有一处不是宣泄作者的低级趣味的","这样写,你是在糟蹋我们新的高贵的人民和新的生活","低级趣味并不是人民的生活,也不是艺术,而恰恰有点像赖皮狗,有的人以为它有趣,有的人却以为它不愉快;我就是属于后者的分子,我就要踢

---

① 1949年后,很多人把冯雪峰归入来自"国统区"的作家,但结合他经历长征和衔命从延安返回上海整顿左联机构的身份,其思想观念和文风应属于"解放区批评圈"范围,尽管他与这个批评圈主导者周扬存在矛盾。

它一脚"。作者总结道："总之我是反对这种对人民没有爱和热情的玩世主义；反对玩弄人物！反对新的低级趣味！"① 以今天眼光看，读者李定中的批评并不高明，这种粗直的态度，恐怕连左翼文学同仁也会哂笑。可知建政后的文化氛围，已不像根据地时期那样还能容纳不同的声音。

纵观十七年小说批评史整体，应注意陈涌和冯雪峰文章有自成一套的运行轨道：一是对"受读者欢迎作品"反其道而行之；二是以政治标准取代艺术标准，由此创构出"文艺思想""不健康倾向""小资产阶级观点趣味"等一套话语谱系。这套谱系使他们在批评实践中常常愤愤不平，而难以与批评对象心平气和地对话。在赵树理评价、"中间人物论"问题、如何定义"革命战争题材""工业题材""农业题材"小说的思想边界和艺术形式等方面，都是如此。这些评价在具体作家作品身上，所引发的反复无常的状态，也与其核心理念相关。对有意与一般文学的"常识"不同（比如受读者欢迎作家作品），而坚持意识形态整全性的这套运行逻辑，海登·怀特认为其中的原因是："话语本身就是意识努力与有问题的经验领域达成一致的结果，因此是元逻辑运作的一个模式，在一般的文化实践中，意识借助这个模式实现了它与社会或自然环境的统一。"他认为应注意：要实现这一目的，"只有决定'舍弃'一个或几个包括在历史记录中的事实领域，我们才能建构一个关于过去的完整的故事。因此，我们关于历史结构和过程的解释与其说受我们所加

---

① 李定中：《反对玩弄人民的态度，反对新的低级趣味》，《文艺报》第4卷第5期，1951年6月25日。

入的内容的支配,不如说受我们所漏掉的内容的支配。因为,为使其他事实成为完整故事的组成部分而无情地排除一些事实的能力,才使得历史学家展现其理解和鉴别力"。①《我们夫妇之间》被读者肯定的描写革命者"普通人那样的喜怒哀乐"等日常生活的细节,是"解放区批评圈"决定"舍弃"和"漏掉"的几个"事实领域",是他们批评和指责的地方。他们对历史结构和过程的解释,显然受到了"所漏掉的内容的支配"。

赵树理是"解放区批评圈"下一个更困难的目标,原因是他在新中国成立前后的文学表现判若两人。四十年代,赵树理的短篇小说《小二黑结婚》《李有才板话》和《李家庄的变迁》因积极响应《在延安文艺座谈会上的讲话》而广获解放区批评家的好评。周扬指出:"反映农村斗争的最杰出的作品,也是解放区文艺的代表之作,是赵树理的《李有才板话》。"② 1947年,在晋察鲁豫边区文联召开的"文艺工作座谈会"上,首次提出了"赵树理方向"。为树立这个文艺界标兵,提高其理论和文学素养,1951年年初,胡乔木专门给赵树理安排了中宣部文艺干事的闲职,让他住在庆云堂读契科夫、屠格涅夫等俄罗斯作家作品,《新民主主义论》《在延安文艺座谈会上的讲话》和列宁论文艺等理论著作。③ 可是,关注"农民之命运"是这位杰出小说家创作的主轴。"中国农民的婚姻恋爱是

---

① [美]海登·怀特:《后现代历史叙事学》,陈永国、张万娟译,中国社会科学出版社2003年版,第8、173页。
② 周扬:《新的人民的文艺》,载《中华全国文学艺术工作者代表大会纪念文集》,新华书店1949年版。
③ 参见戴光中《赵树理传》,十月文艺出版社1987年版,第274—275页。

赵树理一生中最关心的问题。他首先在《小二黑结婚》中告诉人们，唯有共产党、民主政府才能使有情人终成眷属。而《登记》正可以看作是《小二黑结婚》的续篇。这位卓越的现实主义作家逐渐发现，事情并非像他原来所写的那么简单"，"在具体执行婚姻法的区村干部中，正在出现一种新型的官僚主义者。他们不仅脑筋封建，而且主观武断，甚至以权谋私"。在合作化运动中，回乡兼职的赵树理发现，这个运动违反了农民意愿，不仅没有鼓励，反而损害了他们劳动的积极性。他为此写出《公社应该如何领导农业生产之我见》，上书《红旗》杂志。① 出于这种理念，他创作了一批塑造真实农民形象的"中间人物"小说《"锻炼锻炼"》《套不住的手》《实干家潘永福》《老定额》和《三里湾》等。在1962年大连召开的"农村题材短篇小说创作座谈会"上，他之所以成为鼓吹"中间人物"论的主角之一，也与这种思想和创作的转变有关，并使他最终招致厄运。有人发现，"'大连会议'是继一九四七年晋察鲁豫边区文联座谈会之后，对赵树理的一次再认识"。②

赵树理是中国现当代文学史上最擅长刻画北方农民社会习俗和心理情绪的杰出小说家。但在"解放区批评圈"这里，这正是要"舍弃"的事实和"漏掉的内容"，因为它们被定性为农民身上的"封建思想""小农意识"和"落后自私的观念"。批评家提出赵树理的创作存在"善于表现落后的一面，不善于表现前进的一面"的

---

① 参见戴光中《赵树理传》，十月文艺出版社1987年版，第267、351—355页。
② 同上书，第383页。

问题，他对创造新的英雄形象还缺少自觉的意识。① 1959 年，《文艺报》以"如何反映人民内部矛盾"为题，组织了对《"锻炼锻炼"》的讨论。批评家指责这篇小说"歪曲了我国社会主义农村的现实"，是"污蔑农村劳动妇女和社干部"的作品。1964 年，《文艺报》编辑的《关于"写中间人物"的材料》指出，"近几年来，赵树理同志的作品，没有能够用饱满的革命热情描画出革命农民的精神面貌"，大连会议"不仅未指出他这个缺点，反而把这个缺点当做应当提倡的创作方向加以鼓吹"。② 文学史上，赵树理是与大众文艺运动最合拍的作家，如能够容许他有点探索，为他预留一点艺术想象的空间，可给许多裹足不前的作家起到示范作用，也显示令人信服和泱泱大气的文化胸怀。社会运动史的气量狭窄，在赵树理这里已露出端倪，这是几十年后才被看出的中国问题的症结。

"解放区批评圈"在狭义上是指来自延安的"周扬圈子"批评家，广义是指中华人民共和国成立后坚持用政治标准评判作家作品的一种文学批评风气。在当代中国小说前三十年"革命战争题材小说""工农业题材小说"等小说题材的内容鉴定和评价上，这种风气贯穿始终，很大程度上塑造了当代小说批评史的历史结构和表现形式。例如，批评对《红岩》改写过程的介入，对《青春

---

① 参见 1948 年年底至 1950 年年初，《人民日报》发表的讨论小说《邪不压正》的多篇讨论文章。
② 《文艺报》编辑部：《关于"写中间人物"的材料》，《文艺报》1964 年第 8—9 期合刊。

之歌》的讨论，对路翎小说《洼地上的战役》的指责，对王蒙《组织部新来的年轻人》和刘宾雁《在桥梁工地上》等"解冻小说"的排斥，等等，都是这种历史结构和表现形式的重要案例。好在历史常常以自己的反复来呈现螺旋式的上升。这些并非恰当的评价，又在八九十年代的文学史研究中被翻转过来；上述被文学批评所"舍弃"和"漏掉的内容"，则几乎都被文学史研究回收和修复如初。它们重现小说的本来面貌，并永留人间。这种结局，不是当时所有的人能料想得到的。

二

1976年和1978年是两个重要的关节点，前者促使"四人帮"极左文艺路线的终结，后者则把中国推上"改革开放"的轨道。这种转变带出对十七年和"文化大革命"文学的"重评"。有人指出："'思想解放'运动的核心，是要对'文化大革命'及其以前的'极左错误路线'进行全面检讨，而它的根据，是对过去的'历史'做'重新解释'。这就导致研究者对'当代'文学的内涵的理解发生重大变化。"[①] 当时冯牧、陈荒煤分别担任中国作家协会和中国社会科学院文学研究所的领导，以这两位思想解放、开明的资深批评家为核心，形成了以文学所和作协创研部互为犄角的"北

---

① 程光炜：《历史重释与"当代文学"》，《文艺争鸣》2007年第7期。

京批评圈"。① 1978—1985 年，因拨乱反正和文学主体性而扬名的"新时期文学"，就是这个批评圈所推动和孕育的。

当短篇小说《班主任》和《伤痕》被批评为"暴露文学"时，陈荒煤、冯牧指出：这些小说从生活出发，恢复了革命现实主义的传统，代表了文学创作的新潮头。它们提出了"千百万群众非常关心的社会问题，正视了'四人帮'对于人们严重的精神污染和思想腐蚀这样一个带有社会性的问题，摆脱了'四人帮'那种令人讨厌的帮风帮气，因而应当加以支持"②。刘再复是将社会政治层面上的拨乱反正引向文学本体、确立文学主体性的一位重要的批评家。他赋予了小说批评一个新的认识性装置："所谓主体，在文学艺术中，包括作为创造主体的作家，作为对象主体的人物，作为接受主体的读者。所谓主体性，就是人之所以成为人的那种特性，它既包括人的主观需求，也包括人通过实践活动对客观世界的理解和把握。"③真正使批评从"社会政治""人的主体性"回归小说层面的，是作协和中国社会科学院系统的批评家阎纲、何镇邦、雷达、曾镇南、李陀、季红真、李洁非、贺绍俊、张凌、蒋原伦、潘凯雄和吴秉杰，以及张炯、蔡葵、张韧、蒋守谦等人。④ 他们的批评与十七年

---

① 冯牧和陈荒煤都出身于延安"鲁艺"，是"周扬圈子"的第二代批评家。他们在新时期的崛起，可看作来自十七年的批评家通过历史反省思想观念上的变化。这个批评圈还包括北大中文系的谢冕、黄子平，《北京文学》副主编李陀等人。
② 参见《文艺报》1978 年第 4 期记者报道《短篇小说的新气象、新突破》。
③ 刘再复：《性格组合论》，上海文艺出版社 1986 年版，第 3 页。
④ 20 世纪 80 年代，出身《文艺报》记者的批评家，有阎纲、雷达、张陵、贺绍俊、蒋原伦和潘凯雄等。这是在中国作家协会创研部、中国社会科学院和上海新潮批评家之外，另一支重要的批评力量。

小说批评的最大不同，是将"政治标准"与"艺术标准"的位置调换过来，"艺术标准"成为批评家评判小说的基本尺度。阎纲的《小说出现新写法》在分析王蒙《夜的眼》的艺术特点时说："作者在尽可能短的篇幅、尽可能短的时间里，把各种复杂的生活现象（包括光线、音响、色泽、情景等）熔于一炉，使人眼界开阔，想象力驰骋"；在这篇小说里，"思想的清醒，头脑的懵懂，灯光的闪烁，夜景的明暗，都市边陲城乡差别的强烈对比，使作者运用起浮想联翩、纵横交错的新手法来"，"好似天神暗助一般"。① 对汪曾祺的《异秉》《故乡人》《故里杂记》等与众不同的短篇小说，季红真则认为："他在表现旧日市民人物和底层卑屈的小人物生活命运的时候，都极精炼地刻画出他们的精神面貌，而对其中一部分人物心理弱点的善意嘲讽，明显地寄寓了对民族精神的思考。他在《晚饭后的故事》中，表现了一个戏剧演员在变动性极大的命运中不变的心态，在他志得意满的神态中揭示了安分卑微的心理弱点。他的作品在讥讽中带有更多的同情，内中包含了对人生普遍痛苦的洞悉与感叹。"② 不过，这派批评家为改革服务的意识是否过于紧迫，有失文学的相对独立性，也值得讨论。强烈的经世致用观念，使他们的观念意识始终在"拨乱反正"的层面上打转，虽有历史首功，但毕竟肤浅简单，也值得指出。

---

① 阎纲：《小说出现新写法——谈王蒙近作》，《北京师范学院学报》1980年第4期。
② 季红真：《文明与愚昧的冲突——论新时期小说的基本主题》，《中国社会科学》1985年第3、4期。

正像阎纲这篇文章意识到的,"北京批评圈"除这个"现实主义深化派",还有主张"现代派小说"的另一派批评家,比如李陀、高行健和黄子平等。① 如果说阎纲坚持的"艺术标准"还不够彻底的话,那么冯骥才、李陀、刘心武的《关于"现代派"的通信》,就把更激进的"现代派"小说的探索提到了议事日程:"西方现代派文学的表现技巧是很复杂的一个体系。就形式而言,当然这是对古典的文学观念和表现技巧的一次重大革新,是新体系取代旧体系。但是,形式和内容往往有着密切的联系,一定的形式又是为一定的内容服务的。"针对保守观念打压"艺术探索",新时期初期小说"探索精神"裹足不前的状况,他们呼吁:"从这个意义上来说,中国的确需要'现代派'!"② 黄子平虽力主创新、却不忘给过快过热的"现代派热"降温:"花城出版社一九八一年秋季出版了剧作家、小说家高行健的一本小册子《现代小说技巧初探》。作家冯骥才、李陀、刘心武为此发表了几封后来被统称为'四个小风筝'并引发了一场'空战'的书信。从这本小册子和这些书信可以注意到他们强调的正是如何把现代派文学的'表现技巧'同它们特定的'表现内容''剥离'开来,强调形式美的'相对独立性',强调小说技巧的'超阶级性',等等。"但"实际上,现代派文学的技巧、手法在何种程度上可以跟其内容'剥离'开来,仍然是一个悬而未

---

① 就在阎纲撰文评王蒙近作的时候,他也承认自己对这种忽视"典型论"的"意识流小说"还有点保守。

② 冯骥才、李陀和刘心武:《关于"现代派"的通信》,《上海文学》1982年第8期。

决的问题"①。不过,李陀并不理会黄子平的忠告,他利用《北京文学》这个阵地,极力推出有探索精神的年轻作家,很多作者都受到他的眷顾,如余华、马原等。对老作家王蒙哪怕依然夹生的艺术实验,也不遗余力地予以鼓吹:"《蝴蝶》的大约前四分之三的部分,都是主人公张思远坐在北京牌越野车中的内心活动(回忆、反省、思索等等)。这段内心活动可不可以看做是意识流呢?我看如果不过分'较真儿'的话,可以算做意识流。因为比较起典型的'意识流'作家笔下的意识流来,它尽管显得那种意识流动的自发性不够,有作家组织、结构的痕迹,但它毕竟同传统小说中以'回忆'的形式进行的倒叙完全不同。在这段长长的人物内心活动的描写中,起贯穿作用的不是故事情节发展的必然逻辑,而是主人公张思远的变幻不定的思绪。"② 今天来看,黄、李对现代派文学的认识都带有舶来品的色彩,因为占据地利之先,敢冒天下之大不韪的勇气固然可嘉,但这些表面的意见并无多少可取之处。尽管李陀、黄子平对小说的探索还没有清晰的路线图,但将"与传统的小说不同"作为其文学诉求,也实属难得。

"北京批评圈"的两个分支"现实主义深化派"和"现代派小说"像是唱红脸和黑脸的"双簧",分别从"内容"和"形式"两个方面突破极左文艺路线所设的禁区,带动着全国小说创作突飞猛进的洪流。然而,这种暂时联手也表征着20世纪80年代中期前中

---

① 黄子平:《关于"伪现代派"及其批评》,《北京文学》1988年第2期。
② 李陀:《现实主义和"意识流"——从两篇小说运用的艺术手法谈起》,《十月》1980年第4期。

国小说敏感的症候,这正是黄子平文中所敏感到的,小说"形式"一时难以从"内容"中剥离出来,呈现自己所谓的"相对独立性"和"超阶级性"。因为小说之外的"清除精神污染"和"反自由化"运动正在此起彼伏,新的"边界"又在探索的洪流身边布下。北京毕竟是中国的政治文化中心,也许下一波"新潮批评"和"新潮小说"将移往上海。正如北平当时是"五四新文学中心",而上海继之成为"三十年代文学中心"一样,现代文学史的规律,又在当代文学史中上演。20世纪80年代"北京批评圈"中的人们,大概意识不到自己也像前辈一样,处于无常的历史洪流之中。"创新"是当时小说批评家们的所为,而"修史"则是文学史家们应尽的职责。

三

1985年的"文化热",从根本上改变了中国当代小说史的路线图。这一年,西方著作通过翻译登陆中国,广大年轻读者竞相购买、阅读和收藏,各种"文化讨论"和"沙龙"兴盛于各大城市和大学,很多人知识结构一夜之间得到彻底调整。敏锐的观察家注意到,一种在中国现代化进程中应运而生的"现代文化",正取代陈旧的"政治文化",成为这个国家一股主流性的思潮。

"上海批评圈"正是这种历史交替期的产物。"北京批评圈"之暂时退场缘于"知识结构"的陈旧,虽然直到20世纪90年代"学院派"崛起它才再次回到文学的中心。与北京现代派小说的探索因

"清除精神污染"连遭挫折相比,"上海批评圈"(史称"新潮批评")在巴金、夏衍等文坛老将的支持下,加之李子云、周介人两位主编的鼓噪推动,以"两刊"(《上海文学》《收获》)和"两校"(复旦、华东师大)为核心,这时大举登上当代文学的舞台。正如我前面已将北京批评圈的"先驱者"形象略为淡化一样,在此也无意把先锋小说的功劳抬得太高。目下各种著作之所以误解不断,主要原因是没做仔细研究就妄下判断。或根据表面事实,而不顾事件当中尚有许多没有理清的诸多线索所致。所谓"知之为不知,是知也"的朴素思想,也应该在治史中体现,至少也应对膨胀的想象力有所制约。早有敏锐的青年研究者指出,上海批评家并不是一开始就具有"先锋小说意识"的,"上海先锋小说中心"这个概念中有一个值得关注的"西藏前史":1982年后,"由马原、扎西达娃、金志国、色波、刘伟等人组成的这个'西藏新小说'的'小圈子',在对西藏人文地理的描述与对小说艺术形式的探索方面,几乎是同时进行的。只不过相对来说,马原在形式试验上走得更远一些,而如扎西达娃则同时致力于对西藏地域文化的发掘"。"这个西藏小说圈子的探索显然引起了文学中心的注意。扎西达娃1986年8月在给《收获》编辑程永新的信中说,'《西藏文学》6月号能得到贵刊的好评,我感到很高兴。其他作者都收到了你的来信,我们谈了一下,对下一步的创作都有信心。有的正在写,有的也写得差不多了,看情况大概10月份左右差不多都能完成,为《收获》推上一组'。这里,我们大致能看出事情的梗概来:《西藏文学》1985年第6期的'魔幻小说专辑'引起了《收获》杂志编辑的注意，程永新为此特地写信给几位西藏的小说作者，希望能组一期西藏文学的稿。"① 这个先锋小说家圈子，显然出现在同为新锐作家的余华、格非、孙甘露之前。

"上海批评圈"的新潮批评家是吴亮、程德培、蔡翔、李劼、王晓明、陈思和与南帆，在"文化热"中成为显学的新批评、结构主义语言学、叙事学、文化人类学等理论，是他们主要的批评武器。有人认为与"北京批评圈"明显不同的，是其脱离了意识形态体制的"职业化"倾向："在80年代中期，正是'学院'与'作协'两股力量的合作与共谋，才有了先锋文学话语的广泛传播。紧接着，随着文学与教育的定型化和规范化，多数学院批评家开始体制化，在知识分化和学科压力下，有意识转化自己的批评职能，逐步强调学术性和专业性，和之前激情膨胀的文学批评拉开距离，也不单单把意识形态的焦虑看作批评的中心。这是代表纯文学极端倾向的'语言中心论'出现的一个重要动因。"像20世纪二三十年代出现在上海的自由批评家一样，陈思和、王晓明不认为自己从事的批评活动，与复旦大学和华东师大中文系教师的社会身份相关。"作协创研室的批评家也发生了很大变化（如吴亮更多直面消费性的城市生活现场以及知识分子的复杂心态，程德培转向专业化的小说叙事学研究）。批评家的职业化和分化与先锋文学思潮的兴起和迅速衰落构成一种对应关系。"② 这种批评功能和职业化的变化，聚

---

① 虞金星：《以马原为对象看先锋小说的前史——兼议作家形象建构对前史的筛选问题》，《海南师范大学学报》（哲学社会科学版）2009年第3期。
② 李建周：《先锋小说的兴起》，中国社会科学出版社2014年版，第124—169页。

焦成"上海批评圈"最引人注目的批评诉求：以叙事学和语言转向为双翼，来推动"纯文学"在中国当代小说史中的历史建构。

吴亮是这个圈子中最耀眼的批评家。他声称自己的批评师法于黑格尔的历史哲学和辩证法，其思辨能力，在 20 世纪 80 年代初对王蒙、张弦、高晓声、谌容创作的评论中已见分晓。1985 年后，他突然笔锋一转，将刚习得的叙事学方法大量引入先锋小说批评，极大地鼓励了这派作家在小说叙述手段上的探索。在批评名文《马原的叙述圈套》中，他敏锐地发现：

> 《虚构》等一些小说里，马原均成了马原的叙述对象或叙述对象之一。马原在此不仅担负着第一叙事人的角色与职能，而且成了旁观者、目击者、亲历者或较次要的参与者。马原在煞有介事地以自叙或回忆的方式描述自己亲身经验的事件时，不但自己陶醉于其中，并且把过于认真的读者带入一个难辨真伪的圈套，让他们产生天真又多余的疑问：这真是马原经历过的吗？(这个问题若要我来回答，我就说："是的，这一切都真实地发生在小说里。至于现实里是否也如此，那只有天知道了！")[①]

如果说，80 年代伤痕反思小说遵循现实主义小说的创作原则，强调人物、地点和时代三因素的一致性的话，那么吴亮的叙事学批

---

① 吴亮：《马原的叙述圈套》，《当代作家评论》1987 年第 3 期。

评则反其道而行之，他强调叙述的真实即是社会的真实，把叙述提到了当代小说史以来最高的地位上："我认为迷信文字叙述的小说家是真正富有想象力的，他们直接活在想象的文字叙述里。最好的小说家，是视文字叙述与世界为一体的。"① 作者还将在马原小说中发明的"圈套说"，运用到韩少功、残雪、扎西达娃等人的作品中。他夸大其词地相信，正因为韩少功和扎西达娃等人——或许包括整个先锋小说家阵营——都懂得了这个秘诀，才对当代小说的形式探索做出了积极的贡献。看得出，吴亮对叙述在小说创作中的作用充满冒险的想象，这种冒险，固然对当代小说大胆走出社会主义现实主义文学的桎梏有极大的推动意义，但今天却在重新束缚作家手脚的事实，也应当被人们注意。退回三十年，以偏概全的文学批评，诚然是刺激社会前进的唯一动力，对之抱有历史之同情才是一种体贴的描述，是一种明智之举。

李劼是位容易激动却又很敏锐的批评家。在"语言学转向"风潮于80年代中期登陆中国，成为一代人心中的显学的时候，李劼及时发表了重要长文《论中国当代新潮小说的语言结构》。他试图用分析语言句子结构的方式细读新潮小说家的作品：

> 实例是阿城的《棋王》。我所选取的例证是小说的首句：车站上乱得不能再乱。
> ……

---

① 吴亮：《马原的叙述圈套》，《当代作家评论》1987年第3期。

《棋王》的叙事方式是小说首句的写意方式的一种扩展。这种叙事方式尽量避免物象的直接呈示，而注重于意象性的讲述。无论是情节、人物、人物对话、具体场景，都被诉诸一种相当随意的叙述，因而显得空灵、飘逸，一如中国传统艺术中的写意画和其他写意艺术。如果说，阿城是一个得了中国艺术的美学真谛的作家的话，那么他的成就首先就在于小说语言的这种虚空上。阿城从不坐实具体的物象，而通常以"乱得不能再乱"这样的叙说方式在小说中留下大量的空白。他的小说无物言之，却无不言之，使读者的阅读产生连续不断的想象。这种叙述方式的叙述魅力不在于故事结构和叙事结构的丰富多变上，而在于叙述语言在小说画面上所留下的疏密程度和修辞弹性上。而且不仅是《棋王》，几乎是阿城的所有小说，都是由这种写意性的叙事方式构成的。[①]

文章还频繁地用现代汉语"主谓宾"的句式结构，去分析孙甘露的《访问梦境》，他说小说对"主语、谓语、宾语都分别作了一种相互背反而又自我相关的限定和修饰，即便是前置状语，也同样如此"[②]。作者进一步用"主谓宾"的语言知识，将马原《虚构》中"我——是——汉人"这个句子做了拆解，力图引导读者进入先锋小说有意布下的语言迷宫。[③] 在当时，人们都对这种似是而非的

[①] 李劼：《论中国当代新潮小说的语言结构》，《文学评论》1988年第5期。
[②] 同上。
[③] 同上。

"解读"十分迷信，且追慕虚荣，因为在十七年文学批评中，或在20世纪二三十年代的文学批评中，从未有人用这种炫目新奇的手法去分析文学作品。但在80年代，李劼并不是一味沉溺在语言游戏里的批评家，他还擅长用历史的美学的方法评论当代小说，例如，对路遥中篇《人生》的分析就很精彩。

王晓明的作品分析，不像吴亮和李劼那么西化，他艺术感觉极敏感细腻，史论结合的阅读方式承袭了中国小说评点的传统风格。有半文半白的文章趣味。当批评界为张贤亮《绿化树》《男人的一半是女人》男女情感描写大声叫好的时候，王晓明却反过来一针见血地抨击了主人公阴暗的内心世界：

> 张贤亮再怎样竭心尽力，把马樱花们写成死心塌地的女奴，他对女性的那种发自心底的感激，那种不可遏止地向她们讨温暖、寻依靠的冲动，毕竟会不断地溢泄出来。读者仔细体味就可以发现，所有这些女性人物在有一点上都非常相像，那就是她们对那个男人的怜爱，那种近于母性的怜爱。无论是乔安萍对石在的关怀，还是韩玉梅对魏天贵的体贴，也无论穆玉珊对龙种的困境的理解，还是马樱花望着章永璘狼吞虎咽时的笑意，甚至黄香久最后对他的诅咒，都使你感到一种温情，一种怜悯。那也许是爱情，但却很少有那种对强有力的男性的渴求，而更多的是一种母性的给予；那的确是宽恕，但却很少有深究原委之后的通达，而更多的是一种居高临下的迁就。一种夹带着怜爱的姑息。不管张贤亮心中升起过多少自我尊崇的幻

想,他长期经受的毕竟是那样一种被人踩在脚下的屈辱,一种不断泯灭男性意识的折磨。在他的记忆中,从女人那里得到的也就不可能有多少倾慕和依恋,而多半是怜悯和疼爱。也许,正因为曾经丧失过男性的权利,他才这样急迫地渲染那个叙事人的男性力量?也许,正因为不愿回味那接受女人保护的屈辱境况,他今天才这样坚决地要在她们脸上添加那种对于男主人公的仰慕神情?可惜,他的情绪记忆又一次破坏了那个叙事人的企图,他极力想要显得比马樱花们高过一头,可结果,读者发现她们竟常常用了俯视的眼光在看他。①

这是一种知人论世的小说读法,尤其是对张贤亮这种命运多艰的作家更是如此。将作家身世、时代、文学观念熔于一炉,并巧妙地将它们组合混装编排,是王晓明小说批评独树一帜的过硬功夫。旧小说训练与精神分析学的融会贯通,也在此发生着作用,如《疲惫的心灵——从张辛欣、刘索拉和残雪的小说谈起》《俯瞰"陈家村"之前》等。王晓明的细读功力,还表现在对鲁迅、茅盾、张天翼、沙汀和沈从文的小说的分析当中。他认为沈从文小说中具有"城里人文体"和"乡下人的理想"的双重结构的观点,道别人所未道,富有启发性。这种左右逢源的小说读法,与他是现代文学专业出身兼及当代文学批评有直接关系。

"上海批评圈"与"北京批评圈"有两点不同。首先是批评家

---

① 王晓明:《所罗门的瓶子——论张贤亮的小说创作》,《上海文学》1986年第2期。

的身份。前者除吴亮、程德培、蔡翔外,都是新时期出现的本科生和硕士生,是各大学中文系的青年教师。而后者的主力阵容是50年代的大学生,"中国作家协会"和"中国社会科学院"这种单位的体制意识,对他们与文学的关系和批评风格有至深的影响。"上海批评圈"的都市经验和观念意识,容易与改革开放时期的思想探索精神发生密切对接。他们在将文学视为生命本体的同时,也把它当作一种社会性的职业,这促使他们从"作家作品——接受"的传统文学生产中超脱出来,将文学批评当作独立于小说创作的自由职业来经营,也在意料之中。这种观念一定程度上摆脱了国家意识的制度性束缚,"上海批评圈"的批评实践很有点回归20世纪二三十年代文学批评圈子的意思。南帆说:20世纪80年代是一个"批评的时代","一批学院式的批评家脱颖而出,文学批评的功能、方法论成为引人瞩目的话题。大量蜂拥而至的专题论文之中,文学批评扮演了一个辉煌的主角"。[①] 吴亮很认同1985年是"批评年"的说法:"到了1985年以后,年轻批评家的影响力越来越大,很多的杂志都在争夺年轻批评家的文章,就像现在画廊都在抢那些出了名的画家一样。"当有人提出"80年代是一个批评的年代,批评界实际已控制了作品的阐释权力,我们现在文学史的很多结论实际上就是当年批评的结论"这样的问题时,吴亮自信满满地表示:"喝汤我们用勺子,夹肉我们用筷子。假如说马原的作品是一块肉的话,我必须用筷子。因为当时我解释的兴趣在于马原的方法论,其它所谓的意

---

① 南帆:《理论的紧张》,上海三联书店2003年版,第3—4页。

义啊,西藏文化啊我都全部避开了。"① 其次,与"北京批评圈"的现实主义深化派对文学作品的依附性批评不同,"上海批评圈"显示出更为自主和超脱性的姿态,因而在人们心目中,小说不过是他们解释历史变迁和展示思想深度的一个中介:

> 批评家对作家作品居高临下的优越感,并不是中国文学中才会有的现象,巴赫金曾经讽刺道:"评论陀思妥耶夫斯基的著作洋洋洒洒,但读来却给人这样一个印象,即不是在评论一位写作长篇小说和中篇小说的作者——艺术家,而是在评论几位作者——思想家——拉斯柯尔尼科夫、梅什金、斯塔夫罗金、伊凡·卡拉马佐夫和宗教大法官等等人物的哲学见解。"② 显然,巴赫金认为陀思妥耶夫斯基时代的很多批评家对"作者"本人是不感兴趣的,他们感兴趣的只是他小说人物的"哲学见解"——准确地说是批评家们自己的"哲学见解",文学批评都争先恐后地将自己"洋洋洒洒"的智慧和哲学见解展示给读者。这种以"批评"代替"作家"进而将文学作品充分地"批评思想化"的倾向,在 80 年代中国新潮批评中开始大量出现。③

---

① 吴亮、杨庆祥:《80年代的先锋文学现象和先锋批评——吴亮访谈录》,《南方文坛》2008年第6期。
② [俄] M. 巴赫金:《陀思妥耶夫斯基的复调小说和评论著作对它的解释》,引自《巴赫金文论选》,佟景韩译,中国社会科学出版社1996年版,第1页。
③ 程光炜:《"批评"与"作家作品"的差异性》,《文艺争鸣》2010年第9期。

"上海批评圈"的文章题目，喜欢用"批评即选择""在俯瞰……之前""批评的幻想""批评家的苦恼""在语言的挑战面前""理想主义者的精神漫游""作家与我们"等修辞。跟随"文化热"涌进的各种知识、批评流派和理论的概念术语，频繁出现在他们文章的字里行间，例如，精神分析学、结构主义语言学、文化人类学、新批评、西方马克思主义、文学心理学、符号学、语言哲学、俄国形式主义、结构主义诗学、叙事学、法兰克福学派、布拉格学派、艾略特、瑞恰慈、尼采、萨特、弗洛伊德、荣格、布莱希特、巴赫金、雅克布逊、马尔库塞、巴尔特、卡西尔、布鲁姆、什克洛夫斯基、海德格尔、索绪尔、列维·施特劳斯……如果为本时期文学批评编一个"知识考古学"的著作编目，大概会很有意思。形成这种局面有以下原因：一是"大学"与"文学批评"的关系。新时期的大学，开始成为培养批评家的摇篮，大学的知识传播和知识训练的影响，通过他们的批评文章呈现在当代读者面前。受这种风气的影响，做一个"学者型作家"，也曾是80年代小说家所追逐的梦想和目标。二是受"改革开放，走向世界"国策的鼓动，五六十年代被列为"禁书""思想禁忌"的西方著作的翻译出版具有了合法性，它们在西化传统深厚的上海知识界大受欢迎，也是一种必然现象。如果说，20世纪80年代初中国社会科学院外国文学研究所和文学所理论研究室诸学者所推动的西学论著翻译和输入，在刘再复、李陀的文学批评上只显示出初步成果的话，那么酝酿成大规模和系统性的批评实践的，还是这些上海的新潮批评家。①

"上海批评圈"是因寻根文学、先锋小说而闻名的一个批评家群体。他们的探索精神，与这些力主在破坏中创新、比较单质化的小说流派相匹配。当90年代文学出现变局，纯文学为文学多元化所取代，而大学教育又向着更加规范的"学院化"转型后，它的解体和衰落便是势所必然了。然而学术界对此尚未做出深入客观的探讨，这就给当代小说的批评史留下了充分阐释的空间。

四

"八九风波""南方讲话""苏东危机"和"市场经济"等一连串事件及应对措施，是20世纪80年代过早结束和90年代提前到来的关键背景。由于"社会主义市场经济"对社会生活的彻底渗透，文学与市场的矛盾冲突全面爆发。"人文精神讨论""《废都》批判""《马桥词典》风波""二王之争""顾准陈寅恪现象""王朔批判""通俗文学热"和"抵抗投降书系"等，皆可看作风起云涌历史大屏幕中的各处风景。择取与小说批评史相关的界面，可发现90年代文学出现了两大转变。一是来自文学阵营的纯文学共识的全面破裂和分化；二是新媒体批评取代传统小说批评，成为文学新宠。随着大学研究生教育培养的机制日臻完善成熟，大批硕士和博

---

① 另外，北京一批年轻研究者，例如王富仁、钱理群、陈平原、赵园、刘纳、杨义，是将西方著作运用于中国现代文学史研究的另一支重要力量。

士研究生迅速涌入大学和科研院所，小说批评家队伍被重新洗牌。他们把中国作家协会系统和中国社会科学院系统的批评家挤出了传统的文学地盘，成为野心勃勃的主力军，被人称作"学院派批评家"。与"北京批评圈""上海批评圈"比较，这个批评家名单因几度变动而大为膨胀：王一川、陶东风、王岳川、王宁、戴锦华、张颐武、陈晓明、孟繁华、程光炜、金元浦、孙郁、张志忠、周宪、高建平、周宁、徐岱、王杰、张法、旷新年、韩毓海、王彬彬、郜元宝、张新颖、吴俊、吴义勤、赵勇、张清华、施占军、何向阳、谢有顺、洪治纲、王尧、罗岗、李建军、李杨、贺桂梅、黄发有等。

北京的《中华读书报》《为您服务报》、海南的《天涯》等报刊，成为新媒体批评的主要阵地。所谓"新媒体批评"，是指批评家不在传统文学杂志上，而在新兴的社会媒体上，采用非传统文学批评语言，即类似专栏记者及作家的语言方式所进行的一种批评形式。由于这些媒体面向社会大众，发行量较大，所以刊发的批评文章很容易激化成传播迅速的"文学事件"，上述几个"事件"多由此而来。比如"《废都》批判事件"。1993年，作家贾平凹因父亲去世、离婚和社会变局而心情消沉，同时敏感到这种变局将会对知识分子产生长远的影响。受这种茫然情绪影响创作的长篇小说《废都》，以主人公庄之蝶与几个女人的纠缠故事为框架，实质乃在揭示大转型社会之中传统和文化的彻底轰毁。《废都》堪为贾平凹最杰出的长篇小说，然而深受市场鼓舞的批评家，将小说的"颓废""色情"描写予以放大，并作猛烈鞭挞。①"我完全有理由把《废都》看作是一部'嫖妓'小说。与那些不入流的黄色淫乱作品相比，不同的是《废都》经过了'严肃文学'的包装，它在技巧和结构上更圆熟，并且出自于名家之手罢了。"②"贾平凹披着'严肃文学'的战袍，骑着西北的小母牛，领着一群放浪形骸的现代西门庆和风情万种欲火中烧的美妙妇人，款款而来，向人们倾诉世纪末最大的性欲神话，令广大读者如醉如痴，如梦如歌。"③这些批评家后来也觉得如此尖锐指责失之简单，急于谋利的书商却把它们编成畅销书而大赚了一笔。值得提到的还有韩少功长篇小说《马桥词典》的"抄袭风波"。1996年9月，小说由作家出版社推出后，张颐武、王干立即指责这是对塞尔维亚作家米洛拉德·帕维奇小说《哈扎尔辞典》的"抄袭"。12月5日，北京《为您服务报》刊出了张颐武的《精神的匮乏》与王干的《看韩少功做广告》两文，对《马桥词典》进行否定性评价，认为韩的作品有"模仿"之嫌。12月17日，《文汇报》刊登《〈马桥词典〉抄袭了吗?》一文，报纸送进正在北京举行的中国文联第六次全国代表大会和中国作协第五次全国代表大会会场，引起轩然大波。1997年3月，韩少功把张颐武和王干告上法庭，要求赔偿30万元损失费。张、王拒绝出庭，但在访谈中频繁激烈回应。张颐武

---

① 参见魏华莹《废都的寓言——双城故事与文学考证》，中国社会科学出版社2016年版。该书对贾平凹创作长篇小说《废都》前后的故事有翔实的叙述。
② 孟繁华：《拟古之风与东方奇观》，载《失足的贾平凹》，华夏出版社1994年版，第49页。
③ 陈晓明：《真"解放"一回给你们看看》，载《废都滋味》，河南人民出版社1993年版，第24页。

说："以判决的形式干涉文学界的学理之争，不仅无助于正常的文学和创作发展，还将扰乱已初步形成的多样而活跃的文化格局。"①王干说："你可能没有去刻意模仿某部小说，但至少你的小说形式并不独特，你更应发奋去写出创新之作，以更新更好的作品去回答批评者，而不应在具体的细节问题上去纠缠，一则浪费时间，影响自己的创作，二则影响别人的工作，三则对展开正常的、健康的文艺批评无益。"② 在某种程度上，"新媒体批评"是 90 年代转型过程中的特殊产物，新批评家急于在历史骤变中确立自己的身份和影响，一旦引起文学界恶感，这些批评家即会理智重回大学校园。如此看，"新媒体批评"还不是"学院派批评"，恐怕只是 80 年代与 90 年代转型间隙中出现的一个特殊现象。不过，它也开了这种批评风气的先河，此后这种不受纯文学阵营掌控的批评风格便在各种媒体上盛行开来。

与争议蜂起的"新媒体批评"不同，"学院派批评圈"以严格的知识训练和庄重姿态给世人留下印象。当然也有人批评其过于拘泥知识规范，因而丧失了批评的敏感性和感悟性。"学院派批评圈"的崛起，象征着当代中国小说批评史的两个变化：首先是长期由中国作家协会系统掌控的批评权柄开始移交给大学。作协批评家队伍的衰落，很大程度上是文学批评意识形态功能的弱化和学术意识的

---

① 俞果：《〈马桥词典〉：文人的断桥？——"马桥诉讼"的前前后后》，《新闻记者》1998 年第 8 期。

② 王干：《文学批评的 ABC》，见天岛、南芭《文人的断桥——〈马桥词典〉诉讼纪实》，光明日报出版社 1997 年版，第 348 页。

兴起所造成的，而在这一变化过程中，来自以学术为本位的大学校园的批评家，自然会取而代之，成为文学批评的主力军。① 其次，20世纪90年代后，当代小说的发展潮流不再以流派的形式体现（比如寻根、先锋、新写实等），一些从文学流派中脱颖而出的杰出小说家，如贾平凹、莫言、王安忆、余华等开始以各自鲜明的艺术风格独步于文坛，成为小说高原上的几座山峰。在此过程中，由于其小说技巧大幅提高，叙述的难度也明显增加，无疑增加了小说分析的知识难度。因此，更具理性色彩的"学院派批评圈"便抢得先机，而80年代的纯文学批评家则大多哑声。值得注意的是，"学院派批评圈"知识的完备和视野的开阔，极大地拓展了理解当代小说的历史空间。他们富有理性和历史同情的笔触，也进一步发掘了小说与当代社会、历史传统、民间风俗密切相关的多重领域，令人们意识到，小说不仅是历史的笔录者，更是历史的发现者。小说，可能比其他任何媒体更忠实地向人们传递着这个时代最丰富最痛苦最真诚的感受。

在20世纪90年代以降20年的批评实践中，一直活跃着陈晓明的身影。这位以先锋小说批评起家，当今依然为小说批评主角之一的批评家，通过敏锐深入的批评文章，增加了不少作家的声名度，拓展了小说阐释的空间。他在分析余华的小说创作时说："《呼喊与

---

① 最近几年，由中国现代文学馆主导的"客座研究员"制度，旨在培养新一代的文学批评家。但前三届少有作协系统的青年批评家，第四届在入选指标上有意向各省作家协会倾斜，才略为改观。由此现象可见作协系统不再是生产批评家的基地，它只起着培养平台的作用。

细雨》确实表达了回到真实生活中去的愿望,那些纯粹的叙述视点,为儿童的心理生活所包裹,过去被余华压制在幻觉、语感和叙述视点之下的故事,浮出了叙述地表。这与其说是与长篇小说的艺术手法有关,不如说余华确实是把重心移植到讲述故事上,在这里,余华讲述了一个绝望童年的心理自传。"① 他把作家"童年的心理自传"与"文化大革命史"建立了联系,从这个纵深度上解释小说和主人公何以会有如此的历史背景,这就把余华式的小说叙述从单纯的先锋小说实验上解放了出来。近年来,他的《本土、文化和阉割美学——评从〈废都〉到〈秦腔〉的贾平凹》《论〈棋王〉》等诸力作,更是利用学院知识储备有效介入当代小说解读的典型案例。在陈晓明看来,作家这些名作之诞生,不只是个人艺术才华展现的过程,同时也是历史、经济、文化等诸多因素共同塑造这些杰出小说的过程。正是在这种历史、经济和文化的多重视野中,小说家们的艺术禀赋才得到淋漓尽致的爆破性的呈现。他的《重读王小波的〈我的阴阳两界〉》,将感悟式批评与学院派批评不露缝隙地焊接在一起,试图用心理学、历史哲学建构起王小波独特而别致的作家形象,而借助细致入微的感性触摸,也令读者对小说文本产生具体敏感的心灵呼应。

孟繁华是当今小说评论实践的另一重要批评家。他跃身小说创作的潮流,又注意返回文学史的位置,在这种双重视域里不断展现

---

① 陈晓明:《胜过父法:绝望的心理自传——评余华〈呼喊与细雨〉》,《当代作家评论》1992 年第 4 期。2000 年之后,他的《表意的焦虑》《中国当代文学主潮》和《众妙之门》等论著,一直在按照这种实践,强化放大这种小说批评的方法。

小说认识的可能性，并将历史认识在作品重评中继续推进。这在对贾平凹"《废都》批判风波"的再认识中得到了集中体现。孟繁华指出："《废都》的初版距今已经14年，它无论以哪种形式重新出版，都是一个重要的事件，都会引起读者和文学界极大的兴趣与关注。无论1993年前后《废都》遭遇了怎样的批评，贾平凹个人遭遇了怎样的磨难，都不能改变这部作品的重要性。我当年也参与过对《废都》的'讨伐'，后来我在不同的场合表达过当年的批评是有问题的，那种道德化的激愤与文学并没有多少关系。在'人文精神'大讨论的背景下，可能任何一部与道德有关的作品都会被关注。但《废都》的全部丰富性并不只停留在道德的维度上。今天重读《废都》及它的后记，确有百感交集的感慨。"[①] 但这不妨碍他对"50后作家"介入乡土中国历史认识能力减弱的忧虑，认为在转型中国，城市文明势必会取代乡土文明成为小说创作的主要叙事，并力促对"城市题材小说"展开讨论。

对学院派批评，还应注意洪子诚、吴俊、贺桂梅、罗岗、王尧等学者处于文学史"后发"位置上的小说评论。我们可以称之为"史家批评"。洪子诚对王蒙、汪曾祺、莫言和贾平凹小说的解读，老到节制，掘发其优点，又对不足给予含而不露的批评。贺桂梅、罗岗对80年代小说的解读新颖独到，穿透性很强。在上述小说评论之外，王彬彬、郜元宝、旷新年、谢有顺、李敬泽、吴义勤、张清华和洪治纲等的论述也不乏新见。他们在学院派批评和纯文学批评之间，试图

---

① 孟繁华:《文学革命终结之后——新世纪文学论稿》，现代出版社2012年版，第5页。

确立自己的批评位置，并加以拓展和放大。正像前面几个批评家圈一样，学院派批评圈的资源可能会在某一时刻枯竭并难以为继，也无须刻意避讳。

　　由以上 60 年小说的批评实践观之，小说批评史实乃是一个风水轮流转的历史景观。任何批评流派，都不足以通令天下，成为永恒不变的主流。反之，不断修复调整历史焦距，变化批评角度和方法，却是不变的规律。由是，留下一部相对忠实客观的当代中国小说批评史，是本书不能推脱的责任。所有前一阶段的历史记录，必将是另一阶段认识的起点，也为笔者自己所反省和自知。

2015 年暑假初稿
2018 年秋再改

上　编

重绘时代地图（1949—1976）

第一章　小说批评的意图

如果将1949年当作中国"现代"与"当代"之间的一道气候线，会发现当代中国小说批评的生态发生了一个惊人的巨变。这个巨变，是不同于"现代文学研究会""创造社""新月""《现代》杂志""左联"和"京派"等社团和文学批评圈子的"解放区批评圈"的崛起。它来自中国共产党领导的抗日根据地和解放区，实际上是以延安"鲁艺"师生为队伍，以周扬为核心的文学批评圈子。它的时代特征是，服务于中国革命的总体布局，以意识形态话语为主导，组织和协调文学生产和传播的全过程，最终建立一个不同于中国现代文学史上各流派的"革命文学"。[①] 它的终极目标是，将一种崭新的"工农兵文学"范式从延安推广到全国，剪除现代文学遗留到当代文学的各种文学风格和叙述的差异性，强化服从性和同一性，把当代文学建设成一个社会主义现实主义意义上的"国家文学"。

---

① 在根据地、解放区这种地方政府的历史语境中，由于中共尚未掌握全国政权，"革命文学"只是一个暂时性的目标。而在抗日救亡这种国家民族的总体诉求之中，起源于20世纪30年代苏联的"社会主义现实主义"思潮，还不能完成它在中国的叙事。所以，只有到中共完全掌握政权的50年代，这个国际共产主义运动的共同目标，才最终移植到中国的当代文学中来，成为文学的主宰。

在下面各章节，本书要描述和分析的问题是:"解放区批评圈"进城后，是如何通过对萧也牧小说的批评和对"赵树理方向"的树立及整编，获取对小说主题、题材的掌控权(即"革命战争题材""工业题材"和"农村题材")，组织推动"红色经典"的生产与传播，并重绘出一幅与"现代文学"迥然不同的"当代文学"地图的。"解放区批评圈"从狭义的"周扬派批评"扩大到整个十七年小说领域，成为这一历史时期批评的主潮。不过，"解放区批评圈"文学阵营的"温和派"，与"文化大革命"时期左翼阵营的"激进派"，也在继承古典传统、现实主义文学资源等问题上频繁发生着冲突，这些都在"赵树理评价""《青春之歌》讨论"上有所表现。这说明"重绘时代地图"不是一蹴而就的历史过程，而是充满了反复磨合和再整合的历史过程。

第一节　解放区批评圈

1938年，在延安城东北5公里桥儿沟，一座类似中世纪城堡的大礼堂内，成立了一所培养抗战文艺干部的综合性文学艺术学校。1940年，该校更名为"鲁迅艺术文学院"(以下称"鲁艺")。[①] 鲁艺下设文学、戏剧、音乐、美术等系，教师有何其芳、周立波和陈荒煤等，

[①] 1938年2月，由毛泽东和周恩来领衔，林伯渠、徐特立、成仿吾、艾思奇和周扬等人联名发出鲁迅艺术学院《创立缘起》，认为艺术是宣传、发动与组织群众的最有力的武器，培养抗战的艺术工作干部是不容稍缓的工作，因此，成立该校是要沿着鲁迅开辟的道路前进。最初的筹建负责人是沙可夫、李伯钊和左明等人。

使前几年，也有鲁艺学生李焕之和黄钢等。这家报纸之所以重要，一是因为它的批评文章规范着当代小说创作的思想观念，推动小说的发展潮流；二是重要小说家和年轻小说家的作品，由此而进入社会公众的视野。洪子诚在分析1956年前后的《文艺报》时指出："《人民文学》五六十年代在文学界的重要性是不言而喻的，但是，另一份刊物《文艺报》的地位，显然更为敏感、重要，围绕它也就有更多的风雨。""它的宗旨、任务是反映全国文艺界的状况，宣传、阐述中共在文艺上的方针、政策，评价当前文艺创作，讨论重要文艺问题。"[1] 张光年回忆说，"1956年底开始要鸣放时"，周扬甚至"直接到各编辑室鼓励大家鸣放"。[2]

作为"解放区批评圈"的重要批评家，邵荃麟[3]、张光年[4]、

---

[1] 洪子诚：《1956：百花时代》，山东教育出版社1998年版，第145页。

[2] 张光年：《回忆周扬》，王蒙、袁鹰主编：《忆周扬》，内蒙古人民出版社1998年版，第11页。

[3] 邵荃麟（1906—1971），原籍浙江慈溪，生于重庆。四岁时返回家乡慈溪。先后在复旦中学、复旦大学读书，受鲁迅、郭沫若等新文学作品和思想影响，走上革命道路。1926年入团，同年入党。担任过党的区委书记、地委组织部部长、省委常委等职，参加过上海工人第三次武装起义。抗战时期在浙江金华任东南局文委书记，主编《东南战线》《文化杂志》。创作过《英雄》《宿店》两部短篇小说集，写过剧本和文艺批评。抗战结束后，任香港工委副书记、文委书记，主编《大众文艺丛刊》，领导了对胡风文艺思想的批判。中华人民共和国成立后任中国作家协会党组书记。1971年被迫害致死。

[4] 张光年（1913—2002），笔名光未然，湖北老河口人。戏剧家，诗人。1935年肄业于武昌中华大学中文系。1929年加入中国共产党。从事抗日救亡文艺活动，任抗日救亡秋声剧社社长，拓荒剧团团长，国民政府军委会政治部第三厅中共特支干事会干事，缅甸《新知周刊》主编，缅甸华侨青年战工队总领队，《民国周刊》北平版编辑负责人，《剧本》月刊主编。1939年到延安，创作的著名的歌颂中华民族精神的组诗《黄河大合唱》中的《黄河颂》，在全国各地被广泛传唱。先后在北方大学、华北大学文艺学院主持教学工作。中华人民共和国成立后，担任《剧本》《文艺报》和《人民文学》主编。长期协助周扬主持中国作家协会的工作，新时期后任作家党组书记。有诗集《五月的鲜花》等。

侯金镜①、陈荒煤②、陈涌③、秦兆阳④和冯牧⑤在贯彻周扬的批评理念，推动小说批评发展的同时，彼此因特殊气候而产生的差异性，也在该圈子形成拓展的过程中呈现出来。这些批评家都是来自解放区的老干部，形成文学为现实政治服务的批评观念，与他们的战争经历和中华人民共和国成立后从事的文艺界领导工作，有一定的关系。他们对不符合文艺政策的作家作品的严厉批评方式，甚至用思想标准代替艺术标准的简单做法，与其人生道路和职业角色，也一脉相承。他们发明并忠实实施的一整套文学概念，如"军事题材小说""工业题材小说""农村题材小说""主题""题材""颂歌""时代最强音""英雄人物""社会主义现实主义""典型论""形象思维问题"和"两结合"等，对规划50—70年代的小说格局，发挥了重要作用。然而，他们又是有较高文学修养和艺术鉴赏力的批评家，当社会气氛松动，有好的作家作品和文学现象出现，也会持欣赏的批评态度，如张光年在1956年4

---

① 侯金镜（1920—1971），北京人。文学评论家。1938年到延安。1954年任《文艺报》副主编。1962年协助邵荃麟召开"大连会议"，后蒙难。

② 陈荒煤（1913—1996）原名陈光美，湖北襄阳人。文学评论家。1938年入延安鲁艺学习、任教。历任中国社会科学院文学所副所长、文化部副部长等职。

③ 陈涌（1919—2015），广州人。文艺理论家。1938年就读于鲁艺。曾任《文艺理论与批评》《文艺报》主编。

④ 秦兆阳（1916—1994），湖北黄冈人。著名编辑，文学评论家。先后任《人民文学》小说组组长、副主编。1956年，发表论文《现实主义——广阔的道路》，对文艺界的教条主义提出批评。责编过杜鹏程的《保卫延安》、路遥的《惊心动魄的一幕》等著名作品，扶持了大量文学新人。

⑤ 冯牧（1919—1995），原名先植。北京人。文学评论家。1935年参加"一二·九运动"。1938年在鲁艺学习工作。曾任新华社前线记者。历任昆明军区政治部文化部副部长，《文艺报》副主编，中国作家协会副主席等职。

月《文艺报》第18期发表的关于典型问题的文章，就指出某些批评是机械地从人物的社会本质出发，而导致了对典型的简单化理解；又如秦兆阳在杜鹏程修改《保卫延安》时，使小说在既表现革命英雄主义精神也不减弱周大勇、王老虎等形象饱满性的过程中，所起的作用等。

第二节　萧也牧现象的周边

萧也牧（1918—1970）是中华人民共和国成立后第一个被批评家注意的小说家。他原名吴承淦，参加革命后改名吴小武，浙江吴兴（今湖州）人。曾在东吴大学附中和杭州电业学校读书，毕业后在上海浦东洋泾镇益中瓷电机制造厂当装配工人。1937年与几位进步学生跋涉千里，到晋察冀根据地参加抗战。他在边区小报《救国报》和《前卫报》做编辑。反扫荡中，他在雁北地区做过群众工作。康濯夫人王勉思回忆说："那时候提倡知识分子工农化，虽然他们已经经过了一定的考验，自觉地改造自己，在有些人眼里还是不大被信任，但他们还是努力向工农兵学习。那年刚开春，我曾看见小武和农民一起，跳进猪圈，圈里还有冰碴子，他们把猪粪尿刨出来，扔到地上，运到地头沤肥。小武个头高，干这又脏又累的活时，他佝偻着身子、光脚挽着裤腿的样子，

第一章　小说批评的意图

至今还浮现在我眼前。他这不是响应党的号召，努力做个好干部吗？"①萧也牧1945年8月入党，在晋察冀《工人报》当记者，后担任张家口铁路分局工人纠察队副政委。1949年平津解放，他到团中央宣传部工作，任编辑科副科长、宣传科副科长、教材科科长等职。他与工农出身的干部李威结为夫妇。李威是河北省正定县人，15岁参加革命。二哥是八路军，抗战时牺牲。李威说，她与萧也牧这位知识分子恋爱结婚后，相处融洽和美："他对那些与工农出身的老婆离婚的战友是很了解的，也很有看法"，"这就是他写《我们夫妇之间》的背景。他一发现根据地来的老战友进城后就嫌弃老婆是'土老八'，不要了，就说要写一篇小说"。"小说中的李克虽不是写他自己，但确实有不少生活素材是取自我俩共同的经历。"②

1939年，他开始以"萧也牧"的笔名，在晋察冀的《边区文化》等报刊发表小说和散文。正像李威所说，萧也牧进城后发现知识分子出身的干部，因与工农出身的妻子在爱好趣味和生活情调上产生矛盾，导致感情破裂甚至离婚。他怀着干预生活的热情，抓住这一题材，迅速写出了《我们夫妇之间》（1949年秋）、《海河边上》（1949年冬）等短篇小说。后来，还有长篇小说《锻炼》和一批小说散文问世。由于作品敏锐地触及解放初期的新题材、新故事，又充满真实的生活气息，它们一发表，立即受到了广大读者的欢迎。康濯写《我

---

① 王勉思：《风雨故人情》，湖南文艺出版社2006年版，第56—57页。
② 石湾：《红火与悲凉——萧也牧和他的同事们》，上海锦绣文章出版社2010年版，第10—12页。

· 41 ·

对萧也牧创作思想的看法》一文予以热情推荐。① 来自第三野战军的读者张维给《文艺报》写信说："文工队的同志盼望有新颖的富有艺术性的作品，所以读了萧也牧的《我们夫妇之间》后，大部分都满口称赞，我也是其中一个。"② 1951年3月1日出版的《人民文学》第3卷第5期，发布了中华文学工作者协会的《1950年文学工作者创作计划完成情况调查》，在此文列出的老舍、孙犁、刘白羽、徐迟、贺敬之、康濯、徐光耀、马烽、何其芳等数十位作家中，萧也牧的成绩最为突出："完成《锻炼》中篇，十万字。短篇《沙城堡》等三篇，约三万字。超额完成的有《我和老何》、《母亲的意志》、《进攻》、《英雄沟》等四万多字。"他不是专业作家，在担任《中国青年》编辑之余，一年写出了17万字的新作，足以证明他是新中国文坛上一个充满创作活力的青年作家。③

第三节　《我们夫妇之间》引起的争议

文学批评界刚开始对这篇小说的评价是正面的。白村在《谈"生活平淡"与追求"轰轰烈烈"的故事的创作态度》一文中指出，"在这样灿烂的时代，在这样翻天覆地的斗争中"，我们该是多么兴奋！然而，"一个文艺工作者要认真地理解现实生活，回答现

---

① 康濯：《我对萧也牧创作思想的看法》，《文艺报》1951年10月25日。
② 石湾：《红火与悲凉——萧也牧和他的同事们》，上海锦绣文章出版社2010年版，第13页。
③ 同上书，第12页。

实中所提出的新问题，首先他对生活应该表示自己的态度，爱与憎，拥护与反对必须有着明显的界限，只有这样才能很好地描写生活，他所塑造出来的人物形象，才有社会意义"。① 作为新中国成立后第一个受欢迎的解放区小说家，他自然会引起"解放区批评圈"的注意。陈涌著文说：

> 近几年来，我们文艺工作者的重心由乡村转移到城市，我们有了一些新的成就，但也存在着许多问题，例如，有一部分的文艺工作者在文艺思想或创作方面产生了一些不健康的倾向，这种倾向实质上也就是毛主席在延安文艺座谈会讲话中已经批判过的小资产阶级的倾向。它在创作上的表现是脱离生活，或者依据小资产阶级的观点、趣味来观察生活、表现生活。这种倾向在现在还不是普遍存在的，但它带有严重的性质，是值得我们加以研究、讨论的。
>
> 萧也牧同志的一部分作品，主要是短篇《我们夫妇之间》和《海河边上》，可以作为带有此类倾向的例子。②

即使陈涌注意到萧也牧文艺思潮的"倾向"问题，仍想把批评调子控制在"研究、讨论"的范围内。但这种温和的局面很快就变

---

① 白村：《谈"生活平淡"与追求"轰轰烈烈"的故事的创作态度》，《光明日报》（《文学评论》副刊）1951年4月7日。
② 陈涌：《萧也牧创作的一些倾向》，《人民日报》（《人民文艺》副刊）1951年6月10日。

了。化名"读者李定中"①（实为冯雪峰）撰写了《反对玩弄人民的态度，反对新的低级趣味》一文。②他不满意陈涌这种"政治批评"兼顾"文学批评"的批评方式。他对《我们夫妇之间》"反感的理由"主要是，第一是"作者的那种轻浮的、不诚实的、玩弄人物的态度"，对于女主人公工人干部张同志，"从头到尾就是玩弄她"，"对于我们的人民是没有丝毫真诚的爱和热情"，"因此，我觉得如果照作者的这种态度来评定作者的阶级，那么，简直能够把他评为敌对的阶级了，就是说，这种态度在客观效果上是我们的阶级敌人对我们劳动人民的态度"。冯雪峰还以林语堂、左琴科为例，斥责道："假如我把林语堂的骷髅画在悬崖边的牌子上面，您们说我故意吓人，我一定承认；但我们如果把左琴科的照片贴在牌子上面，您们不会不同意的罢？""反感的第二个理由"是，作品所谓"平凡生活"的描写，其实是在"独创和提倡一种新的低级趣味"，"种种'细致入微'，我看没有一处不是宣泄作者的低级趣味的"，"这样写，你是在糟蹋我们新的高贵的人民和新的生活"，"低级趣味并不是人民的生活，也不是艺术，而恰恰有点像赖皮狗，有的人以为它有趣，有的人却以为它不愉快；我就是属于后者的分子，我

---

① 李定中，冯雪峰写此文的化名。冯雪峰（1903—1976），原名福春，笔名雪峰、画室等，浙江义乌人。现代著名诗人，文艺理论家。1921年考入浙江省立第一师范，1925年到北京大学旁听日语，开始翻译日本、苏联的文学作品和文艺理论著作。1927年入党，次年结识鲁迅。曾为上海左联党团书记。1934年参加长征，后回上海领导文艺。中华人民共和国成立初期任人民文学出版社社长兼总编辑。受"胡风事件"牵连，1957年被划为右派。1966年被关进牛棚。1977年去世。

② 李定中：《反对玩弄人民的态度，反对新的低级趣味》，《文艺报》第4卷第5期，1951年6月25日。

就要踢它一脚"。作者最后强调："总之我是反对这种对人民没有爱和热情的玩世主义；反对玩弄人物！反对新的低级趣味！"①

"读者批评"与"批评家批评"之间出现反差，是因为"解放区批评圈"已经形成一套自身的运行轨道。这种轨道从40年代根据地，被完整搬移到了50—70年代当代文学的发展过程之中。冯雪峰不属于周扬批评家圈子，但他们都来自"左联"，他也是红色根据地老干部，所以从政治角度看文学的思维方式与周扬实际没有区别：一是对"受读者欢迎作品"保持警觉；二是以政治标准取代艺术标准，进而创构"文艺思想""不健康倾向""小资产阶级观点趣味"这一套话语谱系。这使他们在批评活动中容易情绪激动，难以与批评对象心平气和地相处。在赵树理评价、"中间人物论"问题、如何定义"革命战争题材""工业题材""农业题材"等活动中，都是如此。这些评价在具体作家作品身上常有反复无常的状态，也与其核心理念相关。海登·怀特分析其中的原因是："话语本身就是意识努力与有问题的经验领域达成一致的结果，因此是元逻辑运作的一个模式，在一般的文化实践中，意识借助这个模式实现了它与社会或自然环境的统一。"他认为应该注意，要实现这一目的，"只有决定'舍弃'一个或几个包括在历史记录中的事实领域，我们才能建构一个关于过去的完整的故事。因此，我们关于历史结构和过程的解释与其说受我们所加入的内容的支配，不如说受我们所漏掉的内容的支配。因为，为使其他事实成为完整故事的组

---

① 李定中：《反对玩弄人民的态度，反对新的低级趣味》，《文艺报》第4卷第5期，1951年6月25日。

成部分而无情地排除一些事实的能力,才使得历史学家展现其理解和鉴别力"。① 小说《我们夫妇之间》被读者肯定的描写革命者"普通人那样的喜怒哀乐"等日常生活,是"解放区批评圈"决定"舍弃"和"漏掉"的一个或几个"事实领域",是他们所批评和指责的地方。他们关于历史结构和过程的解释,主要是受到了"所漏掉的内容的支配"。

第四节 路翎的《洼地上的战役》

路翎(1923—1994)原名徐嗣兴,祖籍安徽,生于南京,是"七月派"最重要的小说家。1942年,他创作了《财主的儿女们》《饥饿的郭素娥》等重要作品。1948年因撰文回击《大众文艺丛刊》正统批评家对胡风的指责与人结怨,这为他以后的道路布下了阴影。1949年后,他满怀热情创作了《人民万岁》和《祖国在前进》等剧本。1952年12月,路翎主动要求去朝鲜前线深入生活。1953年7月回国,写了反映志愿军生活的短篇小说《初雪》《洼地上的"战役"》。《洼地上的"战役"》规避战争描写,而是选取朝鲜房东女儿金圣姬与志愿军战士王应洪恋爱这个小角度,力图呈现战争环境中人性的丰富。王应洪知道部队有严格纪律,对恋爱采取了自我克制的态度,直到他牺牲后,在被鲜血染红的那条绣花手帕上,才引出这段被压抑的感情。路翎具有擅长在日

---

① [美]海登·怀特:《后现代历史叙事学》,陈永国、张万娟译,中国社会科学出版社2003年版,第8、173页。

常生活间隙，发掘细腻深邃的人物内心世界的艺术才能。正因如此，这些刊登在1953年年底至1954年年初的《人民文学》《解放军文艺》的作品，在读者中产生了强烈反响。

"解放区批评圈"对路翎《洼地上的"战役"》的批评，情况有些复杂。朱寨[①]认为这篇小说引起的批评风波，"主要是受所谓'胡风集团'政治案的株连"。[②] 情形也并非都是如此。有些批评主要是对它"描写人物不真实"的方面表示了不满，[③] 比如侯金镜的《评路翎的三篇小说》。侯金镜说，《洼地上的战役》"严重的错误和缺点"，是"对部队的政治生活作了歪曲的描写。我自己，作为一个读者和人民军队的政治工作人员，有责任指出在以上作品中间的错误和缺点"。他列举出的现象，一是爱情描写违反了部队"纪律"，二是班长王顺在做金圣姬工作时态度暧昧不安，三是"个人温情主义已经战胜了集体主义"。他认为，"故事发展到这里，已经把作品中的人物和读者引导到这样的逻辑之中去：似乎纪律不能成为大家自觉遵守的、成为战斗生活中的一个部分，成为人民军队的集体主义的最高表现"，"相反的，纪律却成为强加到战斗生活中的一种冰冷无情的东西"。而"班长王顺机械地要求部属执行纪律，但是在困难的时候他就用爱情的力

[①] 朱寨（1923—2012）山东平原人。文学评论家。1943年毕业于鲁艺文学系。历任黑龙江省甘南县委书记，中宣部文艺处干部。中国社会科学院文学研究所研究员，曾任中国当代文学研究会会长。有著作《中国当代文学思潮史》等。

[②] 朱寨：《"十七年"中篇小说巡礼》，《文艺理论与批评》1986年第2期。

[③] 陆希治发表在《文艺报》1952年第9期上的文章《歪曲现实的"现实主义"——评路翎的短篇小说集〈朱桂花的故事〉》，在批评《洼地上的"战役"》之前，就指出了他表现人物的不真实的问题，比如，"路翎笔下的'工人阶级'的'品质特征'是：浓厚的个人主义和无政府主义思想，流氓和无赖"，等等。

量向部属和自己做政治工作,用爱情来鼓舞战斗"。作品这样"孤立地描写个人内心的世界,是不可能表现出志愿军的伟大理想和坚强的信念的"。侯金镜从艺术角度评析小说不是没有道理,问题在于,他超出作品去挖掘作者所谓"历史问题",就显得牵强了。"等到路翎对人物的精神状态作更深的发掘的时候,就又回到他创作的老路上,个人幸福的追求形成了个人狂热和个人对生活的冲击。"①

侯金镜的作品批评,一定程度上反映了"解放区批评圈"试图将"当代文学"与"现代文学"区别开来的批评逻辑。在这种观念意识中,现代文学"自由主义""个人主义"和"温情主义"等主张,不应该再在当代文学创作中出现了。即使路翎这种历史跨界型作家,也应从头做起,把思想和小说创作统一到"政治工作"的历史布局之中,而不要再生异端。与冯雪峰那种置之于死地的严厉态度相比较,侯金镜反倒显示出他自己批评的"温情"来,并没把这位作家推到自己的对立面上。他在文末用劝慰性的口气说:"这几篇作品说明了路翎还没有彻底抛弃他的错误思想和错误的创作方法。所以希望路翎在继续深入生活和认真地改造自己的过程中,能彻底纠正错误的思想和错误的创作方法,写出真实地反映现实的、健康的、正确的、有益于广大读者的好作品来。""最后,我也恳切地表示,欢迎路翎继续到人民军队中深入生活,创作反映人民军队的斗争和生活的作品,使它们有助于人民军队的政治工作,成为鼓舞军官和士兵们勇猛前进的力量。"②

---

① 侯金镜:《评路翎的三篇小说》,《文艺报》1954年第12期。
② 同上。

第二章　赵树理评论的兴衰

赵树理评论的兴衰，关联着这位作家与 20 世纪 50—70 年代当代文学错综复杂的关系。代表着"文学方向"的赵树理命运的起伏波动，反映了重构"当代文学"历史道路的矛盾和曲折。赵树理小说的创作成功与否，一定程度上还关涉到"当代文学"能否"战胜现代文学"这个重大的历史命题。

第一节　"赵树理的方向"

赵树理是以解放区作家身份进入当代中国的著名小说家。赵树理（1906—1970）原名赵树礼，山西沁水县人，父亲赵和清是农村能人和上党梆子演出能手。赵树理在山西第四师范念书时对五四新文学感到失望，发誓要写"地摊文学"，对他日后的文学观念产生了重要影响。他 1937 年参加革命，在晋察冀边区当过烽火剧团团长、《黄河日报》（路东版）和《中国人》报副刊编辑等。他的小说《小二黑结婚》《李有才板话》刚发表时没什么反响，直到受到彭德怀和周扬重视后，才在根据地和解放区传播开来，被认为是反映了延安《讲话》精神的代表性作品。

周扬写于1946年的《论赵树理的创作》起初没有提出"赵树理的方向",此提法是一年后陈荒煤在晋察鲁豫边区文联"文艺工作座谈会"发言时正式提出的,后来成为他提出来的一个口号。① 当时全国还未解放,陈荒煤很谦虚,他在文章中说:"当然,方向不是模型,向赵树理同志学习,走赵树理方向,绝不会限制了文艺创作更进一步的自由发展,限制文艺创作的形式的多样性。"但他也乐观地估计:"赵树理同志的创作,创造了一种新形式,这新形式仍会继续发展,更趋完美。"直到中华人民共和国成立后,中宣部分管报纸和文艺的胡乔木把赵树理借调到中南海任干事,想把他培养他成"新中国的高尔基"的时候,"赵树理的方向"才最终树立了起来。胡乔木不写评论文章,但他显然是懂行的。赵树理曾说:"胡乔木同志批评我写的东西不大(没有接触重大题材),不深,写不出振奋人心的作品来,要我读一些借鉴性作品。"② 胡亲自为赵树理选定了契诃夫、屠格涅夫等俄罗斯伟大作家的作品以及《新民主主义论》《在延安文艺座谈会上的讲话》,列宁论文艺摘录等理论著作,让他住进中南海庆云堂,解除一切工作,闭门尽心读书,③ 借此提高他的政治和艺术水平。"周扬是最早肯定他创作价值和历史地位的'伯乐',他俩虽说同在华北解放区,却

---

① 根据陈荒煤这次发言整理的《向赵树理方向迈进》,发表在1947年8月10日的《人民日报》上。

② 赵树理:《回忆历史认识自己》,《赵树理全集》第5卷,北岳文艺出版社2000年版,第378页。

③ 戴光中:《赵树理传》,北京十月文艺出版社1987年版,第274—275页。

一直无缘谋面,所以会晤时特别愉快。周扬目光锐利、思维敏捷,他对赵树理留下了这样的印象:'他懂世故,但又像农民一样纯朴;他憨直而又机智诙谐;他有独到之见,也有偏激之词,他的才华不外露,而是像藏在深处的珠宝一样不时闪烁出耀眼的光芒。'"[1] 赵树理对周扬这位欣赏、提携自己的大批评家,一直是信任有加的,"就在他遭受残酷折磨,面临死亡威胁的危急时刻,他没有屈服,对革命仍然充满了信心。他在批斗和监禁的日子里,偷偷地用破纸片书写了毛主席的'咏梅'词,以表示他对革命的信念和对党对领袖的一片忠心。他嘱咐他的爱女赵广建同志将这一有他绝笔手迹的纸片设法送到我的手中。那时我早已失去自由,我的命运处于危如累卵的境地。但他还是信任同志,信任我们之间的友谊"。[2]

在"赵树理方向"树立的过程中,存在着杂音和不同的看法。1950 年 2 月,一个叫竹可羽[3]的批评家在一篇题为"再谈谈关于《邪不压正》"的文章里,对"赵树理方向"的提法提出了保留意见。他认为:"我们说'学习赵树理',这是对的,赵树理把完全中国式的丰富的特别是积极的农民形象和农民语言带进了文艺创作,把读者的生活实践和创作实践的一致的重要原则,给了创作界以很

---

[1] 戴光中:《赵树理传》,北京十月文艺出版社 1987 年版,第 255—256 页。
[2] 周扬:《〈赵树理文集〉序》,《工人日报》1980 年 9 月 22 日。周扬这段回忆,表明批评家与小说家不仅是一种工作的关系,也有个人情谊,由此反映出"解放区批评圈"在私人关系领域方面"温情"的一面。
[3] 竹可羽(1919—1989),浙江嵊县人。文学评论家。1938 年在奉化入党,在邵荃麟领导下从事地下工作。1949 年因在《人民日报》《人民文学》发表评论文章受到周扬、何其芳的注意。先后在中宣部和《新观察》工作。

好的启发,作者的对于文艺服务于人民的坚信和夺取封建文化阵地的艰苦的工作,给了我们以很大的鼓舞。所有这些,都是文艺界应该虚心和真诚地加紧学习起来的。但是,要是这种学习,环绕着创作,更具体更有效起来,就必须有一些工作同时进行,这就是全面地把赵树理的创作提高到理论上来,根据社会主义现实主义创作原则来进行分析研究说明,确定赵树理创作各种特色的应有的意义和前进的道路。否则笼统地说'学习赵树理'固然不很好,仅仅条目式地列出赵树理的创作特色,也不见得会有很大效果。"① 这意味着竹可羽对周扬《论赵树理的创作》和陈荒煤《向赵树理方向迈进》中"条目式列出赵树理的创作特色"的做法有所怀疑,还有点对立的味道。他的担心与胡乔木有异曲同工之处,即认为赵树理小说的"理论境界"还不够高。这位作者又自相矛盾地说出了另一种意见:"同时,我想,一个已被大家所确认的成功的作家,该并不希望被当作偶像来看待,因为这对作者和读者都没有好处。如果自己有缺点,被当作优点去学习起来,也是要不好过的。为了加强学习某一作者的效果,具体地指出缺点和缺点的意义来,和具体地指出优点和优点的意义来,该是文艺批评应有的任务。""在这样的意义上,我一直希望有人来整个地谈谈赵树理的创作。"临末,他用一种暗含挖苦的口气说:"我之研究赵树理的创作,也无非是个人为了真正想'学习赵树理'罢了。"② 这并非一篇意气用事的文章,也许可以说,它预示着"赵树理方向"在未来当代文学的历史建构中不

---

① 竹可羽:《再谈谈关于〈邪不压正〉》,《人民日报》1950 年 2 月 25 日。
② 同上。

会是一帆风顺的。

第二节 赵树理评价的起伏

在20世纪50—70年代，对作家作品的评价从来都是与社会时事紧密联系在一起的。文学评价的波动起伏，不一定都是由作家作品本身造成的，其动荡还来自社会时事，它在客观上导致文学评价标准前后的反复和不确定状态。

有人认为"赵树理评价"有1946年、1959年、1962年和1964年这几个时间点。[①] 1946年，中国革命开始转向"从农村包围城市"的阶段，"解放区"一说浮出了历史地表，赵树理作为解放区文坛新人的意义便极大地凸显出来。周扬《论赵树理的创作》一文发表后，茅盾、郭沫若、邵荃麟、葛琴和林默涵也纷纷撰文肯定他的小说创作。赵树理作品的"好评如潮期"，一直持续到1959年。茅盾指出：赵树理是以"人民中的一员而不是旁观者"的姿态写《李有才板话》的；作品里的农民是地道的农民，"不是穿着农民服装的知识分子"；书中人物的对话口语和动作也是农民型的；另外，"快板"这种小说表现形式也非常独特而活泼。他认为："无疑的，这是标志了向大众化的前进的一步，这也是标志了进向民族形式的一步，虽然我不敢说，这就是民族

[①] 刘再复、楼肇明、刘士杰：《论赵树理创作流派的浮沉》，《新文学论丛》1979年第2期。

形式了。"① 1946—1959 年，文学批评对赵树理小说创作多半持肯定性的评价，这是与文艺界对中国革命道路的高度共识相一致的。对中国革命道路的必胜信心和乐观态度，在赵树理小说的评论中得以彰显，这种评价显示了革命对自身成就的欣赏和认同。赵树理也不负众望，《小二黑结婚》《李有才板话》之后，又掀起了他个人创作的另一个"新高潮"，比如《孟祥英翻身》《邪不压正》《传家宝》《登记》《三里湾》《锻炼锻炼》等。连"艺术口味一向苛刻严厉"的傅雷也不禁欣赏地说："以农业合作化为题材的创作近来出现不少，《三里湾》无疑是最受欢迎的作品之一。任何读者一上手就放不下，觉得非一口气读完不可。一部小说没有惊险的故事，没有紧张的场面，居然能这样的引人入胜，自不能不归功于作者的艺术手腕。唯有具备了这种引人入胜的魔力，文艺作品才能完成它的政治使命，使读者不知不觉的，因而是很深刻的，接受书中的教育。"② 傅雷采用"魔力"这个词，说明他不把赵树理小说看作"通俗作品"，认为即使放在五四以来的优秀作品中，它们也是卓尔不群的。

1958 年"大跃进"的失败，催生了激进主义思潮。要把中国推

---

① 茅盾：《关于〈李有才板话〉》，延安《解放日报》1946 年 11 月 2 日；郭沫若：《读了〈李家庄的变迁〉》，《文萃》第 49 期，1946 年 9 月 26 日出版；茅盾：《谈〈李家庄的变迁〉》，原题为《论赵树理的小说》，《文萃》第 10 期，1947 年出版；荃麟、葛琴：《〈李家庄的变迁〉的分析》，参见《文学作品选读》，生活・读书・新知三联书店 1949 年 6 月沪版；默涵：《从阿 Q 到福贵》，《小说》第 1 卷第 5 期。

② 傅雷：《谈〈三里湾〉在情节处理上的特色》，《文艺月报》1956 年 7 月号。这篇文章不是简单地肯定小说的思想意义，而是从它"情节处理上的特色"入手，通过细读作品令人信服地揭示出这种意义的价值。

第二章 赵树理评论的兴衰

至"共产主义阶段"的小说批评家,开始对赵树理忠实于生活原貌的作品,流露出烦躁和不满。文章中有代表性的,是武养的《一篇歪曲现实的小说——〈锻炼锻炼〉读后感》。①文章以《锻炼锻炼》为例,连带指责了赵树理这一时期的其他作品。作者指出:首先,除了"高秀兰这个理想的进步妇女外",作品中写的多是像"小腿痛""吃不饱"这样的"典型的、落后的、自私而又懒惰的农村妇女";其次,农业社的主要领导人王聚海、王镇海、杨小四,应该是"党的政策的具体执行者",却反而成了"严重脱离群众的坏干部";再次,小说作者的爱憎虽然很分明,但态度是错误的,因为他对几个干部"惯用捉弄、恐吓、强迫命令的群众路线的作风",给予了"支持"和"同情",尽管"有点开玩笑,可是也解决了问题";最后,农业社的整风,"在作者的笔下又走了样",采取的是和稀泥的含混态度。作者说读了《锻炼锻炼》这种所谓"真实"却违反"真实性"的作品,不由得"热血涌上心来,久久不能平静"。对这种过激观点,王西彦和唐弢为赵树理进行了辩护。通过细读作品,王西彦表示了对"赵树理风格"的理解:"对一篇作品,读者的实际感受和作者的主观意图可能有距离,甚至是相反的。而且,不同的读者,看法也不同,正如我在一开始时所说的,撇开文学修养上的原因,恐怕就在于对作品所描写的生活熟悉程度不同,尤其是理解程度不同。在这一点上,我要说,就《锻炼锻炼》所反映的人民内部矛盾而论,赵树理

---

① 武养:《一篇歪曲现实的小说——〈锻炼锻炼〉读后感》,《文艺报》1959年第7期。在20世纪五六十年代,《文艺报》经常以"读者来信",表达对某些作家作品和文学现象的严厉批评。

同志对生活的熟悉和理解，是远较我们深刻的，至少我个人的情况是这样。这也就是为什么，当我们评论作品时，应该采取一种谨慎严肃的态度。我们要力戒轻率和粗暴。我们太习惯于使用'难道这就是符合农村现象吗'"之类的"诘问"了。①

从 1959—1962 年，是中国农村合作化运动的高潮期。政策的反复动荡，影响到农村农民工作的稳定性。对赵树理小说的评价，就处在这一特殊的背景中。人们在评价文学作品时出现的分歧，实际是反映了认识农村合作化运动的分歧和异见。而文学界的聚焦点，就是赵树理的小说。"武养风波"后，随着调整"大跃进"激进政策举措的深入，赵树理的小说再次受到人们的肯定。在 1962 年 8 月，大连召开的农村题材短篇小说创作座谈会上，作协党组书记邵荃麟在总结农民形象塑造的成功经验时说："茅公提出'两头小、中间大'，英雄人物与落后人物是两头，中间状态的人物是大多数，文艺主要教育的对象是中间人物，写英雄是树立典范，但也应该注意写中间状态的人物。""有些作家对农村斗争的长期性、复杂性、艰苦性有深刻的认识。这次会上，对赵树理的创作一致赞扬，认为前几年对老赵的创作估计不足，这说明老赵对农村的问题认识是比较深刻的。"② 这番话有纠偏的意思。康濯的《试论近年间的短篇小说》充分肯定了赵树理创作的现实主义精神，指出《老定额》《套

---

① 王西彦：《〈锻炼锻炼〉和反映人民内部矛盾》，《文艺报》1959 年第 10 期。唐弢文章《人物描写上的焦点》，则发表在《人民文学》1959 年第 8 期上。

② 邵荃麟：《在大连"农村题材短篇小说创作座谈会"上的讲话》，《邵荃麟评论选集》（上），人民文学出版社 1981 年版。

第二章 赵树理评论的兴衰

不住的手》和《实干家潘永福》等小说创造了"潘永福式的人物"。他用反驳的语气说:"赵树理在我们老一辈的作家群里,应该说是近20年来最杰出也是最扎实的一位短篇大师。但批评界对他这几年的成就却使人感到有些评价不足似的,我认为这主要是对他作品中思想和艺术分量的扎实性估计不充分。事实上他的作品在我们文学中应该说是现实主义最为牢固,深厚的生活真如铁打的一般。"① 好景不长,在《文艺报》1964年8、9期合刊发表"文艺报编辑部"《"写中间人物"是资产阶级的文学主张》后,批评赵树理小说的文章再次袭来。魏天祥的《赵树理是反革命修正主义文艺路线的"标兵"》一文中说:"赵树理是资产阶级的反动作家。然而在周扬一伙的吹嘘和标榜之下,赵树理的创作简直'代表了当代文艺的胜利'。"② 山西省昔阳县革命委员会大批判小组批判赵树理说,"在《三里湾》的第一页,赵树理迫不及待地叫嚷,村里的地主、汉奸刘老五被'政府捉住枪毙了',地主、富农被消灭了,'民兵集中的次数少了,经过二十多天的扩社',"统统'转变'的'转变','革命'的'革命',都成了合作社里的人,并攀亲结缘,成为'一势'了"。他们定性说:这是在"疯狂攻击农业合作化运动,而且根本否定阶级斗争"。③

---

① 康濯:《试论近年间的短篇小说》,《文学评论》1962年第5期。
② 魏天祥:《赵树理是反革命修正主义文艺路线的"标兵"》,《光明日报》1967年1月8日。
③ 昔阳县革命委员会革命大批判小组:《阶级斗争一抓就灵》,《山西日报》1970年10月7日。

第三节　与社会主义现实主义关系的紧张

赵树理评论的起伏和兴衰，是由他的创作与"社会主义现实主义"理论的复杂关系造成的。关注农民的命运，是贯穿赵树理整个文学生涯的主线索。

在他心目中，革命使中国农民的翻身解放成为可能。"中国农民的婚姻恋爱是赵树理一生中最关心的问题之一。他首先在《小二黑结婚》中告诉人们，唯有共产党，民主政府才能使有情人终成眷属。而《登记》正可以看作是《小二黑结婚》的续篇。"①《传家宝》《锻炼锻炼》和《邪不压正》也批评中老年农民身上的"落后性"，但赵树理对这些"中间人物"总是抱着温情的态度。他后来发现"合作化""大跃进"运动对农民利益的损害与创作初衷存在矛盾，这使他非常苦恼。在这种心情支配下，笔下"新人物"在作品中日益减少，"中间人物"形象愈加凸显。正像批评家所看到的，在长篇小说《三里湾》中，作者身上的理想化色彩，正在被脚踏实地的乡村实干家和农民的朴实性格所代替。也就是说，尽管他是文艺大众化的积极实践者，但"问题小说"与五四主题和19世纪批判现实主义文学的理念有了较多相通之处。

最早将苏联"社会主义现实主义"理论引入当代文学的，是1952年12月12日胡乔木对在京文艺工作者和第二批深入生活的作

---

① 戴光中：《赵树理传》，北京十月文艺出版社1987年版，第267页。

第二章　赵树理评论的兴衰

家所做的"关于文艺问题"的报告。他号召：为克服文艺的落后现象和反映伟大的现实，文艺工作者必须学习和掌握社会主义现实主义的原则。①周扬在《社会主义现实主义——中国文学前进的道路》中指出："社会主义现实主义，现在已成为全世界一切进步作家的旗帜。"②"社会主义现实主义"的主要宗旨是：首先，以马克思主义为思想指南；其次，坚持列宁的党性原则；再次，塑造正面英雄形象，这是社会主义现实主义的基本要求；最后，是关于"题材""典型问题"等要求。赵树理的小说虽积极反映农村合作化运动的斗争和发展，笔下出现最多的仍然是"小腿痛""吃不饱"这种"典型的、落后的、自私而又懒惰的农村妇女"形象，是那些老式农民原始状态的生活特点。于是，在继续把他作为"榜样"来推崇的同时，对其小说的"缺点"也在不断发现。"这种发现，是'根据社会主义的创作原则来进行分析研究'的结果。"当然也应看到，在20世纪50—70年代农村合作化运动发展的过程中，文艺界内部在判定什么是"社会主义现实主义文学"的问题上，一直各持己见，争议不断。60年代初，政治经济的浪漫主义思潮开始退潮，"赵树理的'价值'被提倡人物多样化和'现实主义深化'者所重新发掘"。而在这一思潮再次抬头时，赵树理的价值又变得无足轻

---

①　朱寨主编：《中国当代文学思潮史》，人民文学出版社1987年版，第117—118页。
②　周扬：《社会主义现实主义——中国文学前进的道路》，《人民日报》1953年1月11日。

重了。①

洪子诚②发现,"社会主义现实主义文学"原则是对当代小说家提出的"纯化"要求,这种思想的不断"提纯",是将"批判性超越"作为一种历史推助力来实现的。他把它归纳为两点:第一,是它的批判精神;第二,是在批判精神之上所表现的一种精神创造意识。"中国的'社会主义文学'的设计者总是要竭力超越'旧现实主义',超越'批判现实主义'。其实,批判性,对现状的质疑,是左翼文学的生命力的根本点。"③ 我们看到,在评论《邪不压正》这篇小说时,竹可羽就对它的思想内容提出了"纯化"要求:"赵树理说:他拿一个故事和人物当一条'绳子'来用,'这种办法,没有多见别人用过……以后也没有准备再用。'其实,在一个作品中,用一个人物和一个故事串连起作者要表现的所有的题材,这是一般的创作方法,而且还是文艺创作的特色。你不用这个故事这个人物,你就得用另一个故事,另一个人物;你一个故事一个人物不够的时候,你就不妨多用几个,这就是用个别来概括全部现实的方法。"他认为,赵树理用个别来概括全部的方法,是违反了强调表现"最本质社会生活"的社会主义现实主义的原则的。"社会主义现实主义,首先在善于描写人","因为人,永远是生活或斗争的核

---

① 洪子诚:《中国当代文学史》(修订版),北京大学出版社2008年版,第88—90页。洪子诚用"赵树理评价史"来隐喻当时文学批评过程中的不稳定现象,而他认为,这是左翼文学参与到当代小说创作之中很容易导致的结果。

② 洪子诚(1939—),广东揭阳人。文学史家。1961年北京大学中文系毕业后,留校任教至今。有著作《中国当代文学史》《问题与方法》和《材料与注释》等。

③ 洪子诚:《问题与方法》,生活·读书·新知三联书店2002年版,第165页。

心,永远是一个故事,事件,或问题的主题","但,这在当前中国文艺界,似乎还没有普遍地重视起来"。① 出于"批判性超越"的思维,魏天祥指责道:"在赵树理的作品中,落后人物满天飞,并且写得活灵活现、'得心应手',对个人主义者竭力美化;而对贫下中农和基层干部,则竭力丑化。他笔下的'先进人物',根本看不出今天用毛主席思想武装起来的革命农民意气风发、斗志昂扬的精神风貌,只能看到落后、愚昧、自私、目光短浅、对群众粗暴等等旧时代的烙印。赵树理对'旧人旧事'和'新人新事'有着截然不同的感情和立场。因此他主张平列地'接触各种各样的人','开杂货铺'。这实质上就是反对文艺工作者着意地熟悉新人新事、突出地塑造无产阶级的英雄人物,而连篇累牍去写'旧人旧事'。"他最后说:"翻翻赵树理近几年的作品,他是在变本加厉地实践这一条反革命修正主义文艺路线。"②

---

① 竹可羽:《再谈谈关于〈邪不压正〉》,《人民日报》1950年2月25日。
② 魏天祥:《赵树理是反革命修正主义文艺路线的"标兵"》,《光明日报》1967年1月8日。

第三章　农村题材小说

在传统文学理论中，题材是指表现作品主题所用的材料。广义的题材，则指文学作品描绘的社会生活领域，即现实生活的某一方面，如工业题材、农村题材、历史题材、现实题材等。题材是文学作品内容的基本因素，是产生主题的基础。最近几年的文艺学教材，如童庆炳主编的《文学理论教程》，"主题""题材"的内容被取消，替换的概念是"文本""叙事""消费""传播"和"接受"等，反映出在新的文学实践中，"形式"比"内容"更重要的看法。[①]

强调题材在文学创作中的作用，反映出当代文学在历史转折期的新变化，这与它承担着宣传中国革命历史道路的特殊职责有关。题材被认为代表着作者在新社会语境下的思想立场和态度，因此处在社会生活的漩涡中，也经常因争论双方达成了某种共识而结束，如1949年8—11月在上海《文汇报》开展的"可不可以写小资产阶级"的讨论。自第一次文代会起，文学界开始按照

---

① 参见童庆炳《文学理论教程》第4版，高等教育出版社2013年版。该教材1992年3月出第1版，至2013年已是"第15次印刷"。它是国内文艺学发行量最大的教材。

现实生活领域，如工厂、矿山、农村、军营等而进行创作题材的分类。

第一节　题材的划分

农村题材的提法，最早出现在记者荣安发表在1949年10月4日《解放日报》的文章《人民作家赵树理》中："赵树理同志是从群众中来到群众中去的一个典型作家。由于他出生于农村，特别是自幼生活在一个受压迫的贫苦农民家庭，因此他就最熟悉农村，尤其熟悉农民受压迫和封建阶级如何剥削压迫农民的情形，又因为他亲身经受了封建地主压迫和剥削的痛苦，养成他对封建阶级的极端仇恨和对农民阶级无限热爱与同情的情感。这种情感充沛地发挥在他的创作中，因此他的作品能够在群众中引起阶级共鸣，为广大群众所欢迎，仅以他的佳作《小二黑结婚》和《李有才板话》为例，在前太行解放区说来，是推销最广的两种小册子，太行农村的所有剧团，差不多都把这两本小册子改编成剧本搬上了舞台。"[①] 作者对"农村题材小说"做出了最初的定义：一是作者出生于农村，熟悉农村农民生活；二是从他受压迫和剥削亲身经历中产生的阶级立场和感情；三是作品成为教育农民的思想教材，被改编成各种剧本，并"为广大群众所欢迎"。

[①] 荣安：《人民作家赵树理》，《解放日报》1949年10月4日。荣安是《解放日报》记者，因熟悉赵树理太行山时期的小说创作，而对他的创作有较准确的历史定位。这篇报道发表于中华人民共和国成立后的第4天，是较早的赵树理小说的评论。

到五六十年代，农村题材小说的定义出现了新进展。李培坤在《试论李准的创作》中认为，农村题材小说的新特点首先是，"李准的作品及时地尖锐地提出了现实生活中迫切的有重大意义的主题"。其次，"栩栩如生地刻划了社会主义新人物与有着严重的守旧思想和资本主义自发倾向的人物的斗争，并且在斗争中突出的描写了社会主义新人的进攻性格"①。冯牧的文章，强调了"新人"在农村小说题材中的作用，作者以《不能走那条路》《车轮的辙印》《农忙五月天》和《两代人》等小说为例，肯定作品不仅描写了新事物的成长，也描写了"新人"的成长："我们综观他的全部短篇作品就可以看出，不论作品的题材和内容如何，作家在他的大多数小说中总是力图创造和反映出新人的形象和新的性格的成长。"在这些批评文章看来，鲁迅等现代作家笔下出现的传统农民形象，已经不能适应急速发展的农村合作化运动形势的需要了。这不仅把"旧式农民"放在了"新式农民"（"新人"）的思想对立面上，同时在农村题材小说的划分和理解上，也与现代文学的乡土题材有了很大的不同。②

第二节　地域的分布

在中国现代文学史上，乡土题材小说家大多集中在浙江、湖

---

① 李培坤：《试论李准的创作》，参见《青年作品评论集》第1集，中国青年出版社1956年版。
② 冯牧：《在生活的激流中前进——谈李准的短篇小说》，《文艺报》1960年第3期。

第三章 农村题材小说

南和贵州等省，而当代农村题材小说，开始密集地出现在陕西、山西、河南、山东和河北等地，这与中国革命的中心在北方诸省有着极大的关系。尤其应看到，在群众基础深厚的老牌根据地，如陕西和山西，因土地改革进行较早，一定程度上催生了农村题材小说的创作。中共抗战时期就在陕西、山西一带实施了"五七减租"运动，后来将此扩大到河南、山东和河北等省。土地改革运动蓬勃发展，毫无疑问就成为理解这种题材分布的最深广的历史背景。

与此相关的一份农村题材小说家的名单是非常有意思的：赵树理、周立波、孙犁、柳青、骆宾基、沙汀、康濯、马烽、秦兆阳、李准、陈登科、王汶石、孙谦、西戎、刘澍德、李束为、管桦、陈残云、刘绍棠、浩然和谢璞等。除周立波、沙汀、刘澍德和陈残云等作家的题材领域在南方农村外，大部分作家所描写的，都是北方农村（如晋、陕、冀、鲁、豫）的生活题材，它占据了当代农村题材小说的绝对数量，也是批评文章最为集中的领域。描写北方农村的作家多是在参加革命后走上小说创作道路的，很多是"本地人"，这种人生经历和文学生涯，使他们作品与这时期发生在北方农村地区的中国革命和农村改革进程，有着血肉相连的关系。这决定了他们与现代文学乡土小说家不同的历史选择和眼光。20世纪50—60年代山西的"山药蛋派"、河北的"荷花淀派"等流派是其中的代表。在当时，始终关注北方农村地域小说的批评家，则有周扬、茅盾、陈涌、冯牧、张光年、陈荒煤、侯金镜、黄秋耘、于黑丁、宋爽、思基、胡采、冯健男、阎纲、曾

· 65 ·

华鹏和潘旭澜，等等。① 这正像荃麟、葛琴在论及赵树理《李家庄的变迁》时所指出的，它"虽然以一个村庄的变迁为背景，实际上却是一副中国农村的缩影。在这幅图画中，我们看到了民族和社会斗争的姿态"。小说在"这里告诉我们农民潜在力量的所在和它的历史根源"。而"封建势力在中国具有深广久远的根基，要铲除这封建势力，非靠农民觉悟起来掘除地主豪绅的基础不可，而农民这种意识的觉醒，并非一朝一夕的事。它是经过无数事实的教训与悲惨斗争一步一步发展过来的"②。

　　荃麟和葛琴对北方农村题材小说的评论，透露出了两个信息：一种是农村题材小说之所以出现这种地域分布，与这些小说家的"社会身份"有直接关系。他们亲身参与过中国革命对农村变革的斗争实践，因此对"封建势力"在这些地区和农民身上"深广久远的根基"有充分的认识。另一种则是在它漫长的时间沉淀中自我显现的：由于"文以载道"的文学观念比较明显，它也程度不同地影响到了这一时期农村题材小说的艺术质量。人们已经看到的事实是，除赵树理、孙犁和柳青等的部分小说能够留下来，大部分作品在艺术上是比较粗糙和浅显的。

---

　　① 本书关于当代农村题材小说地域分布的部分观点，采用了洪子诚《中国当代文学史》中某些说法。
　　② 荃麟、葛琴：《〈李家庄的变迁〉的分析》，参见《文学作品选读》，生活·读书·新知三联书店1949年6月沪版。

第三节 李准、马烽、王汶石小说的评论

李准[①]、马烽[②]和王汶石[③]是五六十年代最为活跃的短篇小说家。如果说在理论层面定义农村题材小说还有一定的争议,那么,它需要通过小说家创作实践和批评家的进一步的阐释,才得以缓慢的完成。应该强调的是,在当代农村题材的"全地图"中,除赵树理、柳青和浩然外,这三位小说家是不可或缺的。按照小说家的地域分布,李准(河南)、马烽(山西)和王汶石(陕西)都属于北方作家,因此"中国革命""中原文化""根据地历史"和"农村合作化"等因素很自然地渗透在他们的作品中,变成批评家解读作品的视点。

李准因 1953 年 11 月 20 日在《河南日报》上发表短篇小说《不能走那条路》,走上了文学道路。其后的《老兵新传》《李双双

---

① 李准(1928—2000),原名木华梨,河南省洛阳县(现改属孟津县)下屯村人。1948 年参加工作,在豫西中洲银行当职员,同年调至洛阳市干部文化学校任语文教师。《卖马》是他第一个短篇小说集。1954 年年初调河南剧改会。1964 年当选全国人大代表,中国青年联合会常委。除小说创作,他还改编和创作电影剧本,如《李双双小传》《李自成》和《大河奔流》等。

② 马烽(1922—2004)原名马书铭,山西省孝义县居义村人。1938 年参加八路军。1944 年与西戎创作长篇小说《吕梁英雄传》。除中短篇小说,还有电影剧本《我们村里的年轻人》。

③ 王汶石(1921—)原名王礼曾,山西省万荣县人。1937 年参加革命。1949 年后在陕西文联和作协工作。

小传》和《耕耘记》等也屡获好评。① 熟悉农村生活，人物性格和语言鲜活，是李准小说最突出的特点。批评文章多集中在对"新人形象"和"落后农民"的分析上。李琮指出，农民宋老定想买地、东山反对、宋老定被说服这样一些事情，反映了作者对当前农村生活中的重大矛盾——社会主义和资本主义两条道路的激烈斗争的清醒认识。他还认为李准对宋老定这位落后农民的描写"比较真实、生动和具有特征"。② 茅盾在《1960年短篇小说漫评》中认为："李双双的聪明、漂亮、斗争性强、立场坚定"是通过与落后丈夫喜旺和富裕中农的斗争等细节描写来表现的，作品很注意不同人物形象的塑造和对照。"作者写李双双虽然精明，深知喜旺之为人，却也有上当的时候；作者又写喜旺虽然思想落后，却也跟着时代的变化，并且他的小聪明终于用到正路上。所有这一切细节描写，都增加了李双双和喜旺这两个人物的立体感，他们比作者过去所创造的人物更加鲜明而有个性。"③ 冯牧认为，李准《李双双小传》在描绘农村生活广阔画面和塑造鲜明人物性格上都做得比较出色："在最近出现的一些描写新的农村生活风貌的优秀作品里面，我们常常

---

① 评论李准创作的文章有：贾文昭：《李准塑造新人物形象的若干特色》，《奔流》1964年第11期；唐谟：《谈李准的电影剧作》，《电影文学》1963年第3期；许南明：《李准剧作的若干特色》，《电影文学》1964年第2期；振甫：《评李准〈不能走那条路〉》，《语文学习》1956年第3期；唐健：《同时代人的英雄形象——读"老兵新传"》，《中国电影》1958年第4期；贾霁：《新题材 新人物 新成就》，《人民日报》1962年11月18日；茅盾：《评〈耕耘记〉》，选自《1960年短篇小说漫评》，中国青年出版社1961年版；黄沫：《〈耕耘记〉的思想意义》，《文艺报》1960年第20期，等等。

② 李琮：《〈不能走那条路〉及其批评》，《文艺报》1954年第2期。

③ 茅盾：《1960年短篇小说漫评》，中国青年出版社1961年版。

可以看到一些共同的可喜的特点。其中一个重要的特点是：许多对于现实生活有敏锐观察力的作者，在他们新的创作中，除了力图为读者描出广大农村在人民公社化以后呈现出来的日益壮丽和丰富的真实生活图景以外"，还注意勾勒李双双"聪明、泼辣"的个性，并"闪现出新的光亮来"。①

马烽是"山药蛋派"的代表作家。他1943年在晋西抗日根据地时，曾有通讯、特写发表在《解放日报》和《晋绥日报》上。1944年与西戎合写长篇小说《吕梁英雄传》。中华人民共和国成立后，为人熟知的短篇小说是《结婚》《三年早知道》和《我的第一个上级》等。其中《我的第一个上级》塑造的农村基层干部老田的形象，性格有层次感且富有变化。冯健男②在评价这篇小说时说："《我的第一个上级》是一个激动人心的小说。"作者思想和艺术的成熟表现在，他敏锐捕捉到老田这个县农建局副局长兼防汛副总指挥前后性格变化的细微过程。"粗粗看来，老田确是'怪人'：三伏天里，他还穿夹衣棉裤，裤脚还是扎住的；他低着头，驼着背，倒背着手，迈着八字步在街上走着；他被'我'的自行车撞到了，一点不生气，还平和地说：'你也别发火，我也不要生气。'"——这就是"我"首次见到老田时的情形。后来，他听到永安河山洪暴发、安乐口决堤的消息时，也"表现得平平淡淡，不动神色"。然

---

① 冯牧：《新的性格在蓬勃成长——读〈李双双小传〉》，《文艺报》1960年第10期。
② 冯健男，湖北黄梅人。1949年毕业于北京大学中文系，之后随军南下。历任《解放军文艺》编辑，河北省文联干部，河北师范大学中文系主任、教授。有著作《作家的艺术》等。

而，故事发展到最高潮，正是这个平常沉默的普通干部，跳到决堤的洪水当中用身体作沙袋。他认为这篇小说，"是在一定的政治斗争和群众运动的高潮中及时创作和发表的作品"，他是在不断的创作实践中，"逐步形成他的独创风格"的。① 很多文章都称赞马烽善于刻画各种农村人物的性格。② 阎纲从艺术形式的角度，肯定了他精彩的构思和与读者的互动："《三年早知道》在继承民族传统上，有显著的成绩，作者在人物描写上，采用了说话讲故事的方式。整个小说，用了大大小小饶有风趣的故事串连起来，前因后果，来龙去脉，交代得一清二楚，正适合中国人的口味，所以人们喜欢读它。"③ 宋爽肯定马烽是那种深刻的思想内容和艺术形式达到了"有机地结合"的好作家。④

王汶石以短篇小说《风雪之夜》《严重的时刻》和《沙滩上》而名世。他是1937年参加革命的老战士，经历了战争生活的考验，《作家自述》就体现了这一鲜明的时代气息："我最最深刻的体会是，无论从事什么专业，都必须要求自己首先是一个坚强的政治战士。""文学素材的积累，不是别的，它是作者的全部生活经历和思想感情

---

① 冯健男：《谈马烽的短篇小说》，《作家的艺术》，百花文艺出版社1963年版，第118—134页。
② 评论马烽小说创作的文章还有思蒙的《读马烽同志的短篇小说》，《人民文学》1959年11月号。
③ 阎纲：《一篇幽默、生动的好小说——读马烽的小说〈三年早知道〉》，《文艺报》1958年第11期。
④ 宋爽：《努力描绘社会主义的人物——试谈马烽同志十年来的短篇小说》，《文艺报》1960年第7期。

经历。"① 郑伯奇也注意到王汶石小说的这些特点,认为它们"突出地表现着一个明确的主题思想,小说中的人物和故事都紧密地围绕着这个主题思想而活动,而开展"②。胡采③著文指出:"从平凡的生活,看出不平凡的意义,通过平凡的题材,反映出深刻的思想。这是汶石创作的一个十分突出的特点。"由此可以见出,批评家们倾向于把"中国革命""根据地历史"和"农村合作化"等主题因素,看成王汶石小说创作的支撑点。胡采接着进一步分析到,这位作家不是完全按照作者主观意图去塑造缺乏内在必然性的人物性格,而是遵循他们自身的性格特点,入情入理地理出一条脉络来。他说:"汶石同志笔下的大木匠,整个人物性格的发展,都是真正的大木匠式的。他在集市上,东西没买一点,两手空空地回到家里,已经够叫人哭笑不得了,但他还是没事人似的,按照他的老规程办事,还想教训一下别人。就连对待新女婿的态度,也是完全大木匠式的。如果说,大木匠这个人物写得高,那么,这些,就正是显示大木匠高的地方,正是作者对他的性格塑造成功的地方。"④

---

① 王汶石:《作家自述——答〈文学知识〉编辑部问》,《文学知识》1959年第11期。

② 郑伯奇:《农村合作化的万花镜——介绍王汶石同志的小说集〈风雪之夜〉》,《人民文学》1958年第12期。

③ 胡采(1913—2003),原名沈承立,河北蠡县人,文学评论家。1938年参加抗战,后去延安。1947年入党。历任西安市文化局局长,中国作家协会西安分会专职副主席,《延河》主编,陕西省作家协会主席,陕西省文联主席等职。

④ 胡采:《论王汶石的短篇小说——序〈风雪之夜〉》,《延河》1959年第9期。其他评论文章有杜鹏程:《读〈风雪之夜〉——给王汶石同志的一封信》,《文艺报》1959年第3期;曾华鹏、潘旭澜:《论王汶石的短篇小说》,《延河》1961年第6期;姚虹:《共产主义的新人——读〈新结识的伙伴〉》,《延河》1958年11月号;叶圣陶:《〈严重的时刻〉印象谈》,《人民文学》1960年第10期等。

显然，批评家在论述几位短篇小说家的创作时，不只强调思想内容的重要性，还把"熟悉农村生活""注重细节描写"和"塑造人物性格"看作短篇小说的形式要素。这说明五六十年代的小说批评，并非像后来人们理解的只是向政治方面一边倒，"艺术性"也受到了足够的重视。

第四节　柳青《创业史》的评论

像马烽、王汶石一样，柳青也是一位从解放区走进新中国的作家。柳青（1916—1978）原名刘蕴华，陕西省吴堡县寺沟村人。1936年参加革命。1938年到延安陕甘宁边区文化协会工作，早期小说有《种谷记》《铜墙铁壁》等。50年代初期，任《中国青年报》编委兼副刊主编。1952年回乡，任陕西省长安县委副书记，在皇甫村落户14年。他在此创作了反映农村合作化运动的长篇小说《创业史》。1960年4月，柳青将《创业史》第一部的稿酬16065元，全部捐给王曲公社做工业基建费用。柳青是赵树理之后另一个重要的农村题材小说家。

"史诗性"是批评家所追求的文学风格。冯牧的《初读〈创业史〉》一文说，"现在我们所读到的，还只是这个气魄宏伟、规模巨大的作品的第一部"。他热情评价道："《创业史》所以为人所称道，主要是由于作品所达到的无可置疑的高度的水平，由于它的深刻的主题思想和丰满的艺术形象。"虽然第一部写的是全国农村进行社会主义改造以前，西北终南山麓一个劳动互助组成长发展的岁月，

第三章 农村题材小说

"但我们可以毫不迟疑地肯定：这部作品，是一部深刻而完整地反映了我国广大农民的历史命运和生活道路的作品，是一部真实地记录了我国广大农村在土地改革和消灭封建所有制以后所发生的一场无比深刻、无比尖锐的社会主义革命运动的作品"①。这位批评家接连使用了"无可置疑""深刻"等措辞，说明在他心目中，柳青显然比赵树理更符合"塑造正面英雄形象，是社会主义现实主义的基本要求"这一"社会主义现实主义"的创作原则。在他看来，这是农村题材小说具有恢宏壮丽的"史诗性"的必要前提。

批评家还愿意在作品揭示的梁生宝这个"正面英雄人物"的精神内涵上做文章。如果说，塑造社会主义"新人"在一些作家那里不是一帆风顺的，他们作品在人物内涵的开掘上仍显得单薄的话，那么《创业史》以其宏大结构来塑造这些人物的丰富和立体感，弥补了此类小说初创期的不足。年轻批评家李希凡②是以先抑后扬的笔调，来分析这个主要人物的："梁生宝的丰富的性格特征，在《创业史》里，确实没有什么'传奇性'的惊人的描绘，也不具有那种传奇英雄的品质，他的一切都是这种朴实的行动、朴实的内心生活构成的。然而，在走上社会主义道路的中国农村，不正是具有这种朴实性格的人，用这种朴实的行动在为农业合作化、甚至为社会主义、

---

① 冯牧：《初读〈创业史〉》，《文艺报》1960年第1期。
② 李希凡（1927— ），原名李锡范，出生于河北通县（现为北京通州区）。文艺理论家、红学家。1953年毕业于山东大学中文系，次年毕业于中国人民大学哲学研究班。1954年因在《文史哲》上发表《关于〈红楼梦简论〉及其他》而出名，引发了对红学家俞平伯的批判。历任《人民日报》文艺部编辑、评论组常务副组长，中国艺术研究院常务副院长、研究员。

共产主义的中国缔造坚固的基地吗?"[1] 作者注意到,在前一阶段在将人物性格与社会主义建立有效思想联系的时候,经常令人遗憾地出现顾此失彼的现象。正是在这里,李希凡敏锐地发现了柳青在塑造正面英雄人物的高明之处,达到"无可置疑的高度的水平"。在他看来,柳青正是克服了在许多作家那里存在着的理解什么是"农村"的"社会主义理念"的障碍,即"普通平凡"不等于"落后",相反,"正面英雄人物"也同样"普通平凡"。李希凡确实是出手不凡的年轻批评家,他一下子超越了之前的那一代老批评家,当然也会有杂音。与李希凡年龄相仿的北大年轻讲师严家炎,[2] 却著文对梁生宝形象的"真实性"提出了质疑。严家炎在肯定《创业史》的成就后,用非常细致的笔致分析到,梁生宝的形象在与恋人改霞的男女之情上有显著的矛盾,"多少使人感到与梁生宝这种朴实的青年农民不太调谐"。他一方面对改霞"白嫩的脸盘""俊秀的小手"恋恋难忘,留下了"柔软和温热的感觉";但同时,又对人家上了三年级,"怕这阵心大了",自觉有点自卑和不放心。严家炎评价说:"这样来写,恐怕又把人家的气质弄到过敏以至狭隘、纤细了一点吧!"而"作家对人物熟悉的程度如何,气质把握得准不准,不仅关系到各类人物写得像不像,而且影响到人物本身表现得深不深。梁生宝形象

---

[1] 李希凡:《漫谈〈创业史〉的思想和艺术》,《文艺报》1960 年 17—18 期合刊。
[2] 严家炎(1933—),上海宝山县人。文学史家。1958 年北京大学中文系副博士毕业留校。因批评柳青《创业史》而成名。主要从事中国现代文学史研究,有著作《求实集》《中国现代小说流派史》《中国现代文学史》和《二十世纪中国文学史》等。曾任中国现代文学研究会会长,《中国现代文学研究丛刊》主编。

的成功和不足,正好都证明了这一点"。① 在当时,连柳青这种大作家也有人批评,的确有点儿别开生面。

"严家炎风波"并未影响到文学界对《创业史》的全面肯定。争论风波过去后,有一些批评家开始把角度聚焦在对小说高超艺术成就的分析上。林家平说:"长篇《创业史》卷首冠一'题叙',一万多字。这一万多字也真写得源远渊深,雄厚遒劲,处处见功力,时时运匠心。"与《种谷记》《铜墙铁壁》这两部的朴素平实相比,前者在境界上是一次大的飞跃。他在做具体分析后总结道:"长篇史诗的开头是非常重要的,这就要求每位握笔待创长篇的作家,要用全部的艺术才华慎重地去对付。无论对谁,这都将是一次艰巨的考验。"② 何文轩指出,柳青写人物不是片断式的、剪接性的,而是展现了他们性格发展的前因后果和纵深视野。"在《创业史》第一部中,柳青不仅写了人物的现在,而且写了人物的过去。写出了各种家庭的《创业史》,各种人物的性格发展史。写人物的过去,是为了加强对于人物现在行动的理解。因为,历史的今天是历史的昨天的继续、革新和发展。要写好人物的今天,必须了解人物的过去。有些作家可以不必直接在作品中叙述人物的过去,但在作家的思想上,无论如何应当有对人物性格形成历史的透辟了解。"基于这点,柳青

---

① 严家炎:《梁生宝形象和新英雄人物创造问题》,《文学评论》1964年第4期。当时与严家炎商榷的文章有,冯健男的《再谈梁生宝》、张钟的《梁生宝形象的性格内容与艺术表现——与严家炎同志商榷》、朝耘的《对〈关于梁生宝形象〉一文的意见》、秦德林的《这样的谈艺术价值是恰当的吗?——评严家炎同志对〈创业史〉的评论》等。柳青在《提出几个问题来讨论》中作了自我辩解,对严家炎的批评有些感情激动。

② 林家平:《"题叙"小论》,《解放日报》1961年1月29日。

对梁三老汉、梁生宝、郭振山、姚士杰、高增福等重要人物,"都付出了极大的劳动去探索人物性格形成的深远的历史根源"①。

就连批评过柳青,不认为《创业史》的最大成就在于"塑造了梁生宝这个崭新的青年农民英雄形象"的严家炎,也对作品中的梁三老汉形象赞赏有加。他指出,梁三老汉在作品中处于怎样的位置,这是值得注意的。大家知道,在土地改革后新的阶级风浪中,《创业史》人物出现了两类,一是富农、富裕中农姚士杰和郭世富等一帮人,另一类是梁生宝、高振福等革命农民。双方都在争夺群众。因此,"梁三老汉的形象,就有了很大的意义"。因为,作品里思想上最先进的人物,并不一定就是最成功的艺术形象。他为维护这种新锐观点继续分析说,农民讲究实际,这是完全正确的;但假如就此以为可以忽视低估理想在庄稼人生活中的重要作用,那恐怕就是对农民的很大误解。在他看来,依靠种地发家致富,是"落后"农民身上的艺术光彩所在。从作品描写可以看出,"梁三老汉不仅有理想,而且已经热烈到了'梦寐以求'的地步:他梦见自己当了'三合头瓦房的长者','穿着很厚实的棉衣裳'(按老汉想,这是儿子和媳妇'由于一片孝心'特意为他老人家做的!)满院子是'猪、鸡、鸭、马、牛','加上孩子们的吵闹声',……简直是一副极乐图!"严家炎指出,正是这种传统农民理想与国家历史建构之间的矛盾和紧张关系,才显示出梁三老汉形象的艺术价值。他还含蓄地说,虽然帮助梁三老汉彻底打破"发家"理想很重要,

---

① 何文轩:《论〈创业史〉的艺术方法——史诗效果的探求》,《延河》1962年2月号。

"但要做到这一点,也恰恰是最苦难的。梁三老汉眼里的现实和梦想,恰好都是颠倒过来的。他那种'发家'的空想,尽管在旧社会里已经令他碰得头破血流,在新社会里也早已被根本堵塞了通路,却还是被他顽固地看成是可行的现实;反过来,生宝所宣传的集体富足的新道路,却被老汉讥笑为'不着实际的空谈'"。他相信柳青是出于无意、但实际超越当时社会成见而成功塑造了梁三老汉的形象,这种形象充分挖掘出了传统农民的历史潜能:"梁三老汉有热切的'发家'幻想,这种幻想在终极意义上带有反动的性质。但是,任何人都必须生活在现实中,不能只是生活在幻想中。而现实生活,常常铁面无情地击碎人们的幻想,把他们从云端拉到地面上来,逼着他们走比较现实的道路。"① 1979 年后,新时期文学农村题材小说对十七年小说"幻想描写"的彻底摒弃,以及有些作家对赵树理、柳青传统的继承和发扬,都证明严家炎这种判断具有预言性,在今天看来也是不过时的。

由此可以看出,"解放区批评圈"定义农村题材小说概念的过程虽然是坎坷不平的,但在"终极意义"上还是成功的。不过,鉴于"幻想"价值的冒险性,在"现实"层面创作有生活实感和气息的小说,在作家那里仍有很大的市场,所以,人们对李准、马烽小说的表现,对严家炎批评柳青《创业史》的理由,多少都抱有含蓄的同情。1970 年后出现的新一波农村题材小说创作的浪潮,不同程度地秉承着这一写实的传统,似也证明了这一点。

---

① 严家炎:《谈〈创业史〉中梁三老汉的形象》,《文学评论》1961 年第 3 期。

第四章　革命战争题材小说

经历过战争与和平时期的人的最大区别，是他们是否习惯于以"战争视角"来看待文学。战争生活与文学生活相混淆，甚至用前者经验来阐释后者经验，是"解放区批评圈"批评家的最大特色。他们在各根据地和解放区从事新闻文化出版工作，是"走过战火"的一代批评家。例如，周扬1945年抗战胜利后率鲁艺部分师生经晋察冀奔赴东北新解放区；1937年，林默涵在上海青年救国服务团和八路军战地服务队从事抗日宣传工作；张光年于1939年1月，率领抗敌演剧第三队从晋西抗日游击区奔赴延安；陈荒煤于1947年在晋冀鲁豫边区文联工作，那里是抗战前线兼游击区。因此，陈荒煤没有把赵树理的小说看作纯文学，而是从服务于革命战争的角度来认识这位作家的："赵树理同志的作品从各个角度反映了解放区农村伟大的改变过程之一部。无论故事的安排，人物的心理、行动、思想感情的描写，都从不使我们感到不自然，矫揉造作，这是什么原因呢？我们认为这就是因为他有鲜明的阶级立场，他和他作品中的人物一同生活，一同斗争，思想情绪与人民与他所表现的农民的情绪完全融合的结果。这也是知识分子文艺工作者首先要学习的一点。"① 陈荒煤特别强调了"一同生活，一同斗争"，申明了自己文学批评与革命战争的高度一致性。

第一节 革命战争题材的缘起

中华人民共和国成立之前，鉴于战争局面不明朗，批评家的生活一直处在动荡中，革命战争题材概念一开始并不是很清楚的。直到1949年7月5日，周扬在北平召开的全国第一次文代会上做《新的人民的文艺》报告时，还提醒作家批评家："一定不要忘记表现这个伟大的时代的伟大的人民军队。"② 但因为战争刚结束，走过硝烟的作家来不及将战争记忆转变成鲜活生动的文学作品，所以王珂和在1949年10月10日《光明日报》"朝阳"文艺副刊著文评论《新儿女英雄传》的时候，采用的还是一般性小说评论的手法。③ 随着孙犁《风云初记》（1951—1963）、杜鹏程《保卫延安》（1954）、知侠《铁道游击队》（1954）、高云览《小城春秋》（1956）、吴强《红日》（1957）、曲波《林海雪原》（1957）和梁斌《红旗谱》（1957）等战争小说的问世，评论家才注意到一种新思想和审美倾向的出现。不过，直到1960年茅盾在中国作协第三次理事会的报

---

① 根据陈荒煤这次发言整理的《向赵树理方向迈进》，发表在1947年8月10日的《人民日报》上。
② 周扬：《新的人民的文艺》，载《中华全国文学艺术工作者代表大会纪念文集》，新华书店1949年版。
③ 两位批评家感兴趣的是它与中国旧小说的关系，并对此进行了详细的分析。

告，才开始明确使用"革命历史"的概念。

虽然革命战争题材小说的命名晚于农村题材小说，但在具体作家作品的评论中，已有人提出了新的见解。欧阳文彬在评论峻青的短篇小说时指出："峻青的小说总把我们带回严峻的战争时期，从我们心底唤起炽热的战斗激情和对英雄人物的深切敬爱。"这种题材的意义不在"回忆"，而是在对"和平时期"人们思想的引导和教育功能上。由此，他提出了"崇高""伟大"的概念。[1] 冯健男认为，这种题材"崇高""伟大"的思想内涵，需要带有"悲剧性"的"英雄形象的塑造"来支撑。"他的作品大多取材于他所熟悉的胶东半岛老革命根据地人民的生活和斗争。他善于叙述在最严重、最激烈的革命战争和阶级斗争中发生的可歌可泣的故事，他的注意力经常集中于创造经得起严酷的血与火的考验的，平凡而又伟大的革命战士的英雄形象。"如《黎明的河边》《老水牛爷爷》等。他认为这些英雄人物有两个突出的特点：第一是"壮烈"，"这确实是这位作家所叙述的英雄故事的共同格调和色彩"。第二，"为了使英雄人物理想化"，他很乐意采用"浪漫主义"的手法，就是"作品的传奇性和民间故事色彩"。所以，假如没有革命浪漫主义手法，就不会有革命的理想和激情。那么，峻青短篇小说的风格和面貌"便将大为改观了"[2]。

上述评论已经勾画出革命战争题材小说的历史范围——中共

---

[1] 欧阳文彬：《把战歌唱的更嘹亮——读峻青的短篇小说》，《文艺报》1962年第11期。

[2] 冯健男：《谈峻青小说中英雄人物的塑造》，《上海文学》1961年第7期。

领导的各个时期的"革命战争";其思想主题在于揭示英雄人物身上"崇高""伟大"和"悲剧性"的理想和激情;以及相适宜的艺术形式——浪漫主义表现手法。不过,鉴于革命战争本身的丰富性复杂性,相关的理论术语还没有产生,批评家在评述不同风格的文学作品时,往往会得出不尽相同的结论。人们对革命文学悲剧性的理解,也不都是统一和一致的。

第二节 《红日》《红旗谱》和《红岩》的评论

《红日》《红旗谱》和《红岩》三部长篇小说史称"三红",与它们反映解放战争、大革命和40年代末重庆地下斗争等不同时期的历史有极大的关系。作者是这些历史生活的亲历者,作品人物原型有不少来自他们自己或身边人物,在五六十年代政府倡导对青少年进行"革命历史教育"的浓厚氛围中,作品构思和创作刚开始都带有"口述史"的痕迹。吴强[①]说,他"早在抗日战争和解放战争期间,就想写点什么,但总觉得自己的政治根柢,艺术根柢都太浅薄,特别是接触巨大的战争生活题材,表现敌我斗争的重大主题,一拿起笔来,就胆怯得很"。"全国解放以后,写作的内心冲动,更强烈了。"[②] 然而,也不能把亲历者们的口述和回忆原封不动搬到小

[①] 吴强(1910—1990)原名汪大同,江苏省涟水县人。1933年参加左联,在《太白》杂志发表短篇小说《电报杆》。就读河南大学期间,又在上海《大公报》和《文艺阵地》发表短篇小说《激流下》和散文《夜行》等。1938年,在皖南参加新四军,在部队从事政治宣传工作。1957年,在中国青年出版社出版长篇小说《红日》。

[②] 吴强:《写作〈红日〉的几点感受》,《文艺月报》1958年第12期。

说中来，于是文学创作"浪漫主义的手法"在这里就有效了："我曾经多次反复地考虑过，并且具体地设想过，不管战争史实，完全按照创造典型人物的艺术要求，从生活的大海里自取所需，自编一个有头有尾的故事，免得受到史实的限制。"①

冯牧的《革命的战歌，英雄的颂歌》敏锐地注意到了作品由原初的口述史向正史移动的轨迹，认为《红日》是"近几年来出现的在比较广阔范围和巨大规模内正面反映我国革命军队生活和革命战争史迹的少数成功作品之一"。作品"不仅仅描写了悲壮激烈的战斗生活，而且也描写了宏大雄伟的战略思想，不仅仅描写了生龙活虎的普通战斗员的形象，而且也描写了光辉睿智的高级指挥员的形象；不仅仅描写了人民战士的气吞山河的革命英雄主义气概，而且也描写了革命军队中到处充溢着的深沉真挚的阶级友爱思想；它描写了前方和后方，战后和休整，军队和人民，战争与和平，仇恨和爱情"。他承认，自己也被作品的"亲历者"的"现场感"吸引了："它所反映出来的生活，是那样近似我所曾经历过的那一段生活。"② 何其芳③深知小说的革命史建构并非那么容易，他指出《红日》不像《林海雪原》写的是"富有传奇色彩"的特殊战争，而是正规的战争，本身就是"一个困

---

① 吴强：《〈红日〉修订本序言》，人民文学出版社1959年版。

② 冯牧：《革命的战歌，英雄的颂歌——略论〈红日〉的成就及其弱点》，《文艺报》1958年第21期。

③ 何其芳（1912—1977），四川万县人。诗人，文学评论家。1935年毕业于北京大学哲学系。1938年到延安鲁艺任教，入党。历任四川省委宣传部副部长、新华社副社长，中国社会科学院文学研究所所长。

第四章　革命战争题材小说

难的课题"。同时，何其芳对作品为表现真实性而倾向原生态的描写表达了不满："小说里提出了一个全军成为包袱的思想问题，然而这个问题的解决却几乎只依靠后来的战争的实际教育，没有较为充分地写出军队里面的政治思想工作。"何其芳的论述说明这种历史叙述还不够扎实，有点草率和随便，他认为还有提高的空间。①

与吴强随军政治工作者的身份不同，《红旗谱》作者梁斌是小说故事发生地保定的"本地人"。② 因此，他的历史叙述虽有史诗性色彩，但也有原乡式的回溯和延伸，也即有气味浓郁的本土性特点。他在《我怎样创作了〈红旗谱〉》中说，从小到大目睹故乡的苦难与要"把这一连串震惊人心的历史事件保留下来，传给下一代"的观念相结合，促发了这部长篇的创作。③ 冯健男注意到，"它通过冀中平原上的农民和知识分子的生活史和斗争史的描写，概括了我们第一次国内革命战争前后的伟大图景"。它的激动人心之处，在于塑造了朱老忠这个"巨大的雕像"，这是对"中国农民英雄性

---

① 何其芳：《我看到了我们的艺术水平的提高》，《文学研究》1958年第2期。
② 梁斌（1914—1996）原名梁维周，河北省蠡县梁家庄人。1930年进省立保定第二师范学校学习，参加爱国思潮，亲身经历家乡的农民革命斗争。在北平左联刊物《伶仃》上发表反映河北"高蠡暴动"的小说《夜之交流》。抗战时参加革命，从事地下斗争。1942年创作短篇小说《三个布尔什维克的爸爸》，据此扩充成中篇小说的《父亲》。1948年随军南下，在武汉担任宣传新闻的领导职务。中华人民共和国成立后任河北文联副主席、中国作协河北分会主席。1953年创作多卷本长篇小说《红旗谱》，1958年出版第一部，被誉为反映中国农民革命斗争的史诗式作品，并被改编成电影。1962年出版第二部《播火记》；1983年出版第三部《烽烟图》。
③ 梁斌：《我怎样创作了〈红旗谱〉》，《新港》1962年第4期。

格概括和提高"①。侯金镜也提到了梁斌的"当地人"的经验和观察。② 像冯健男一样，周扬倾向将农民朴素的反抗与中国革命史密切结合起来："在朱老忠身上，集中地体现了农民对地主的世世代代的阶级仇恨，体现了为党所启发、所鼓励的农民的革命要求。"这就是中共在第一次国内革命战争时期的"领导角色"。③ 而茅盾更愿意把梁斌看作一个优秀的作家："从《红旗谱》看来，梁斌有浑厚之气而笔势健举，有浓郁的地方色彩而不求助于方言。一般说来，《红旗谱》的笔墨是简练的，但为了创造气氛，在个别处也放手渲染；渗透在残酷而复杂的阶级斗争场面中的，始终是革命乐观主义的高亢嘹亮的调子，这就使得全书有浑厚而豪放的风格。"作家这种"本地人"视角并没有淹没作品的艺术价值。④

　　罗广斌、杨益言创作的《红岩》初稿很像是重庆地下斗争的实录，后来经多方帮助和修改，小说的"文学色彩"大为增强。而被肯定的其实是作品的定稿本。熟悉作品创作过程的人会知道，《红岩》首先有"修改史"，才有"批评史"。责编张羽在一篇包含"修改"意味的文章中回忆说："书稿讨论会之后，修改工作开始。3月28日，编辑室同志和作者一起对小说的命名问题进行了研究。当时，作者从重庆带来的名字和编辑室提出的名字总共有十几个，如：《地下长

---

① 冯健男：《论〈红旗谱〉》，《蜜蜂》1959年第8期。
② 侯金镜等：《老战士话当年——举行〈红旗谱〉座谈会记录摘要》，《文艺报》1958年第5期。
③ 周扬：《关于朱老忠的形象》，引自《我国社会主义文学艺术的道路》，《人民日报》1960年9月4日。
④ 茅盾：《〈红旗谱〉的艺术风格》，引自《反映社会主义跃进的时代，推动社会主义时代的跃进》，人民文学出版社1960年版。

城》、《红岩朝霞》、《红岩巨浪》、《红岩破晓》、《万山红遍》、《激流》、《地下的烈火》、《嘉陵怒涛》等。""最后根据多方面的意见,取名《红岩》。因为重庆的红岩村(或叫红岩嘴),曾经是党中央代表团住过的地方,是中共南方局所在地",所以,"小说定名《红岩》,从宏观上说,对全稿起了高屋建瓴、画龙点睛的作用"。[①]《红岩》出版后,文学界强调它是对青少年进行"革命传统教育"的生动教材和教科书。例如,1962年2月17日《中国青年报》的"编者按"说,《红岩》"是一部向青年进行革命传统和共产主义品德教育的生动教材";《文艺报》1962年第3期"《红岩》五人谈"[②]以"最生动的共产主义教科书"为题,指出:"《红岩》是一本用生命写下来的书,是一本杰出的共产党员的最生动的教科书。"[③] 朱寨指出,"《红岩》不仅吸引了广大的读者,而且深深地激动了他们的革命心弦,激起了他们参与当前国内阶级斗争的政治热情,激起了他们在建设社会主义工作岗位上的更大干劲,我们从出版社编辑部那里读到很多《红岩》读者表白这种心态的来信,从读者的来信里可以看出,读者把《红岩》当作了一部生动的革命教材。如果说'文学作品是生活的教科书'的话,那么《红岩》是一部革命的生活教科书"。[④] 在"革命战争题材"的文学批评中,还鲜有文章把作品提到"教材"和"教科书"的高

---

① 张羽:《〈红岩〉第一稿诞生》,参见《〈红岩〉与我——我的编涯甘苦》,铁凤整理,中国青年出版社2005年版,第59页。
② 罗荪(1912—1996),原名孔繁衍,上海人。1930年肄业于哈尔滨政法大学。抗战时参与发起中华全国文艺抗敌协会。中华人民共和国成立后在南京文联、上海文联任职。《文艺报》主编,中国作家协会书记处常务书记。
③ 罗荪:《最生动的共产主义教科书》,《文艺报》1962年第3期。
④ 朱寨:《时代革命的光辉——读〈红岩〉》,《文学评论》1963年第6期。

度，这说明，《红岩》在人们心目中，已经在思想上处在比《红日》《红旗谱》更高的台阶上。它不仅仅是课外阅读书，而且也深度介入到宣传媒介对青少年思想世界的建构当中。

第三节　怎样看孙犁小说的美感

在五六十年代文坛，孙犁小说因其审美性风格而博得批评家的好感。孙犁（1913—2002），河北省安平县人。曾用笔名林冬苹、土豹、纵耕、耕堂等。12岁时随父亲去安平县城念高级小学，开始接触五四新文学的熏陶。在保定育德中学念书时，在《育德月刊》发表作品。1936年到安新县白洋淀一个小学教书。1937年冬在家乡参加抗战，当过人民武装自卫会宣传部长、冀中区抗战学院教官、阜平晋察冀通讯社记者编辑等。1944年赴延安鲁艺学习，发表《荷花淀》《麦收》等短篇小说和散文。1949年到《天津日报》工作，创作有中篇小说《铁木前传》等。

孙犁的战争小说，没有遍布的硝烟，血腥战争斗的场面。朴素自然的日常生活，是作者最擅长描写的对象。与大多数革命战争题材作品相比，它的牧歌般的优美格调，更显得别具一格。更有意思的是，这位"革命文学"中的"多余人"，[①]并没有成为被批责的对象，人们反倒对孙犁小说的"美感"进行了充分挖掘和阐发。茅

[①] 参见杨联芬的著作《孙犁："革命文学"中的"多余人"》，中国文联出版社2004年版。20世纪80年代后的孙犁研究，越来越倾向于以"审美"来压抑"革命"的论述，这反映了左翼文学地位衰落之后，纯文学地位的上升和新的历史选择。

盾用欣赏的口气说:"他的散文富于抒情味,他的小说好像不讲究篇章结构,然而决不枝蔓;他是用谈笑从容的态度来描摹风云变幻的,好处在于虽多风趣而不落轻佻。"[1] 黄秋耘[2]在《关于孙犁作品的片断感想》里说,"我觉得孙犁的作品,虽然绝大多数都是小说,却有点近似于诗歌和音乐那样的艺术魅力,像诗歌和音乐那样的打动人心,其中有些篇章,真是可以当作抒情诗来读的"。"这不能不归功于他在艺术技巧上的圆熟,单就文学语言而言,也可以看出他的工力深厚,独具匠心。孙犁的文学语言,可以说得上是一种美的语言"。然而,孙犁的作品并未一味地抒情,而是擅长从战争间隙中人与人的关系的细节发现人性的美好,淳朴的友情。比如《山地回忆》,作者从新中国成立后一位来自阜平的农民代表到天津参观,想买几尺布这个日常生活细节中,勾起了对抗战时期房东女儿的温馨回忆。黄秋耘感慨地说:"我们这一辈人,谁都或多或少地经历过艰苦的战争生活,受到过战地人民这样或那样的爱护和帮助罢,一读到这些篇章,就会情不自禁地想起许多往事,记起许多故人,回味着那种令人神往的深情厚谊。这些作品的艺术感染力量,我以为主要是建筑在这样的基础之上的,作品中最能打动人心的地方,也正是那些焕发着劳动人民的人性美和人情美的地方,那些激荡着

---

[1] 茅盾:《孙犁创作的风格》,引自《反映社会主义跃进的时代,推动社会主义时代的跃进》,人民文学出版社1960年版。

[2] 黄秋耘(1918—2001),生于中国香港,原籍广东顺德。文学评论家。1936年清华大学肄业。1943年毕业于中山大学。先后在广州军管会、《南方日报》、中共中央联络部、新华通讯社总社工作。曾任新华社福建分社代社长。1954年秋,调中国作家协会任《文艺学习》常务编委。1956年2月参加中国作家协会。1959年年初,转到《文艺报》工作。

强烈的、亲如骨肉的阶级感情的地方。"①

批评家们还从艺术角度肯定孙犁战争题材小说揭示的美感。冯健男认为,孙犁特别善于刻画农村青年妇女和少女的形象,例如《荷花淀》里的水生妻和她的伙伴们,《嘱咐》里的水生妻,《吴召儿》中的吴召儿,以及《山地回忆》中的妞儿等,"被他描写得绘声绘形和生动活泼,体现了中国劳动妇女的聪明、美丽、多情、勇敢的特色"。在人物描写之外,作家还擅长景物描写。他抄出《芦花荡》一段文字评论说:"这是《芦花荡》的首段,多么富有特色的描写!作者把苇塘的个性都写出来了!值得注意的是,这个苇塘是由敌人的'呆望'中得到表现的,在敌人的警戒之下,竟有这么一个景色如画而又草木皆兵的环境!有了这个环境的创造,英雄就有用武之地了,老人的从容和悠闲,自信和自尊,复仇和胜利,就能自然地而又传奇地表现出来了。"② 郭志刚在《谈孙犁的〈白洋淀纪事〉》中指出,孙犁是一个有长期农村生活经历的作家。《白洋淀纪事》里的 54 篇小说和散文,大多没有紧张的戏剧性冲突和曲折的情节,它们就像白洋淀里的荷花和冀中平原上的庄稼一样,以清香、美丽的花蕊和新鲜活泼的气息吸引了读者。例如,《正月》就是一篇以生活见长的小说。这篇五六千字的小说,通过大娘的三个女儿的婚事,揭示出新旧两个时代的变化。大女儿十三岁被卖给一个挑货郎担的河南人,跟着丈夫过着走乡串户的简陋日子。二女儿十四岁上卖给一个拉宝局的,过门后学得好吃懒做,丈夫死了,

---

① 黄秋耘:《关于孙犁作品的片断感想》,《文艺报》1962 年第 10 期。
② 冯健男:《孙犁的艺术——〈白洋淀纪事〉》上,《河北文学》1961 年第 1 期。

男女关系很乱。三女儿多儿"赶上了好年头,冀中区从打日本那天起,就举起了红旗"。作品以两个姐姐的婚事做陪衬,重点写这位三女儿的婚事。她一不用媒人,自己找了大官亭农会副主席刘德发;二不要陪送嫁妆,自己挑了一架新式织布机;三不要花轿官轿,她和德发骑马举行了婚礼。"一个家庭的婚配嫁娶,这原是极平常的事情,即使是像多儿这样的新式结婚,在冀中抗日根据地,也不见得特别新奇,但在作者笔下,却写得那样诗趣盎然、新鲜别致,这是什么原因呢?"他认为"关键在于作者深入发掘了生活这个无比丰富的宝藏","从而真实地再现了一定时代的生活画面"。[①]

20世纪60年代初,社会经济领域出现了对激进思潮及其政策的调整,文艺界随之开展了对"共鸣""人情美"等美学范围的讨论。对孙犁小说抒情风格的肯定,与之有直接的关系。但孙犁小说的评论,也间或有不同的意见。林志浩、张炳炎说:"在批评萧也牧创作倾向的时候,我们想提出孙犁同志的某些作品,跟大家研究。"他们把孙犁的"美感"与萧也牧小说的"小资倾向"挂钩,"使我们感到遗憾的,是孙犁同志在创作上明显地看出一种不健康的倾向——即'依据小资产阶级的观点、趣味,来观察生活'。因此,他的作品,除了《荷花淀》等少数几篇以外,很多是把正面人物的情感庸俗化,甚至,是把农村妇女的性格强行分裂,写成了有着无产阶级革命行动和小资产阶级感情、趣味的人物。最露骨的表现是《钟》和《嘱咐》。近年所写的作品,如《村歌》、《小胜儿》,

---

① 郭志刚:《谈孙犁的〈白洋淀纪事〉》上,《光明日报》1978年4月29日。

也还浓厚地存在这种倾向。"① 楚白纯也指出，写正面人物是孙犁的弱项。《风云初记》"对于正面人物写得不够深厚，在一些正面人物的描写中所产生的缺点，结构上的不够严紧，以及一些不甚成功的章节，就构成了这部长篇小说中的缺点"②。在有些批评家心目中，"美感"不一定是革命战争题材的主体性品格。相反，它应该配合着正面人物描写的过程，它只是英雄人物的点缀，而不应是主导性的东西。

第四节　关于《青春之歌》的争执

《青春之歌》作者杨沫（1914—1995）有她鲜明的独特性。③她是抗日战争老战士，但身上的小资气息比较浓厚；小说写的是抗战前夕北平"一二·九运动"的生活，然而无论主人公林道静还是她身边的人物，却都是不乏浪漫气质的青年知识分子，即使它写出了一个向往革命的女青年的"成长"经历。事实上，作者身上的矛盾性，为作品的评论埋下伏笔，这是争论最多的地方。

---

① 林志浩、张炳炎：《对孙犁创作的意见》，《光明日报》1951年10月6日。
② 楚白纯：《评〈风云初记〉》，《河北文学》1962年第8期。
③ 杨沫（1914—1995），原名杨成业，笔名杨君默、杨默。原籍湖南湘阴，生于北京。当过小学教员、家庭教师和书店店员。曾与北大国文系学生张中行（《青春之歌》中余永泽的原型）同居，受"一二·九运动"影响，赴冀中参加抗战。新中国成立后因病休养在家，开始自传体长篇小说《青春之歌》的创作。因写作经验不足，又有所谓小资产阶级情绪，书稿一直在作家出版社和中国青年出版社等出版社之间"旅行"，后经秦兆阳力荐，几经修改后，1958年才由中国青年出版社出版。出版后，立即引起广泛的注意，受到读者欢迎。一年半的时间，就售出130万册。在日本、中国香港和东南亚等地也拥有大量读者，仅在日本就发行了20多万册。

第四章 革命战争题材小说

1958年《青春之歌》出版后，作为建国十周年"献礼书"，在广大读者中产生了热烈反响。然而不久，《中国青年报》《文艺报》就发表了批评这部小说的文章。一个叫郭开的读者显然不喜欢作品的格调，其理由是：首先，作品"充满了小资产阶级情调"；其次，"林道静自始至终没有认真地实行与工农大众结合"；最后，"没有认真地实际地描写知识分子改造的过程"。她用近乎恼火的口气写到，小说一开始就说林道静要独立谋生，"可是当她找了几次工作都不成功时，这时，余永泽向她表白那么自私自利的爱情，要求她作家庭妇女时，她答应了，这显然是一种小资产阶级温情主义的屈服，可是作者却没有批判"。《青春之歌》的问题在于，"突出的写了知识青年，过分强调了知识青年的作用，没有描写和工农的关系，这就使人误认为当时的知识青年似乎是革命的主力军"，为此她发出警告说："如果青年知识分子不与工农大众相结合，便会一事无成。"批评者还语带讽刺地说："林道静是生长在一个大地主的家庭里，受的是资产阶级的教育，她大概不可能是一个无产阶级知识分子吧！"虽然她受卢嘉川影响，在抗日救亡运动中入了党，但思想没有发生"一个阶级到另一个阶级的转变"，相反"个人主义和个人英雄主义"观念根深蒂固。因此，她对林道静形象的塑造抱有很大的不满："作者如果不是有意歪曲共产党员的英雄形象，那也是不自觉地对共产党员作了歪曲的描写。"[①]

[①] 郭开：《略谈对林道静的描写中的缺点——评杨沫的小说〈青春之歌〉》，《中国青年》1959年第2期。另外，她还在《就〈青春之歌〉谈文艺创作和批评中的几个原则问题》（《文艺报》1959年第4期）这篇文章中，对小说的创作倾向、正确反映历史等问题，进行了更严厉和不留情面的指责。由于言辞激烈，引起各方的注意，由此引发了对作品的热烈讨论。

与这位青年批评家的气愤相比,在《中国青年》《文艺报》《人民日报》和《中国青年报》等讨论专栏中发表文章的何其芳、茅盾、巴人、马铁丁和袁鹰等,对《青春之歌》的评价是温和的,还带有理解支持的意思。茅盾指出:"《青春之歌》所反映的是事实,离开今天有二十多年了。要正确地理解这部作品,我们就得熟悉当时的一切情况,特别是当时青年学生的思想情况。如果我们不去努力熟悉自己所不熟悉的历史情况,而只是从主观出发,用今天条件下的标准去衡量二十年前的事物,这就会陷于反历史主义的错误。"借此,他提出了"怎样评价《青春之歌》"的问题。① 何其芳在《〈青春之歌〉不可否定》中为杨沫辩护说,"林道静逃到北戴河去的时候,作者描写了这个'年轻的、对人生充满着幻想'的少女对于海的欣赏,接着又用更大的篇幅描写了和美丽的风景很不和谐的丑恶的现实","然而郭开同志却说作者'对这样一些严重的小资产阶级情感的表现','没有加以批判,反而寄予同情'。难道如此明显地表达了作者的思想和用意的描写还不够,还必须作者直接出面来说教吗?"② 马铁丁③针对郭开批评林道静的"个人英雄主义"和"爱幻想",从另一方面强调:在小说故事进展中,"她的个人英雄主义的东西,脱离实际的幻想慢慢地变少了,或者说,有了极大的

---

① 茅盾:《怎样评价〈青春之歌〉?》,《中国青年》1959 年第 4 期。
② 何其芳:《〈青春之歌〉不可否定》,《中国青年》1959 年第 5 期。
③ 马铁丁,是 20 世纪 50 年代初陈笑雨、张铁夫、郭小川三人在《长江日报》《中国青年》等报刊发表"思想杂谈"时合用的笔名。一般而言,陈笑雨、郭小川侧重文化、教育和艺术问题,张铁夫关注农业战线的状况。1957 年后,因工作变动,"马铁丁"成为陈笑雨独用的笔名。

克服。她完全服从组织的分配,安于做革命的小螺丝钉,乐于做洗衣、做饭、送信那些平凡的工作",另外,"幻想,不一定就是坏事情,如果幻想是向前看的,而不是向后看的,那么,幻想仍不失是一个积极的因素"①。

在1949—1959年文学批评的视野中看,这场"批评风波",其实是1950年"可不可以写小资产阶级"讨论的发展和延续。1949年后,知识分子题材一直被视为是文学创作的禁忌,对此进行过多次整肃,但效果不佳。原因是当代文学的主要批评家们大多是"知识分子",也都有过林道静这种从"个人"到"革命"的人生道路。要让他们否定林道静的"小资产阶级感情",就等于否定了他们人生的意义。由此可以注意,在评论表现过去生活的作品时,这些知名批评家会历史地看问题,而不像年轻人喜欢搬用当时的概念。有意思的是,除茅盾外,何其芳和马铁丁(陈笑雨、张铁夫与郭小川合作写批评文章的笔名),都是来自"解放区批评圈"的批评家。

---

① 马铁丁:《论〈青春之歌〉及其论争》,《文艺报》1959年第9期。"马铁丁"是陈笑雨、张铁夫和郭小川合作发表文艺批评和思想随笔时的笔名。

第五章 其他小说的评论

在五六十年代,除"农村题材小说""革命战争题材小说"外,"工业题材小说"及后来的"解冻小说",也是比较活跃的小说形式。

当时全国的工业战线,呈现出欣欣向荣的局面,生产车间和班组涌现出一大批先进生产者。这种背景,是提出"工业题材"创作的特殊历史土壤。

第一节 工业题材小说的批评

1949年后,较大规模的工业生产基地主要集中在辽宁鞍山和上海,国家通过资源整合,将这些城市的工业优势和技术工人,向北京、武汉、洛阳等城市陆续转移。因为这个原因,当时从事工业题材小说创作的,除老作家如草明、杜鹏程、艾芜外,更多是从工人群体中涌现出来的青年作家,如上海的胡万春、唐克新和费礼文、陆俊超、万国儒,[①] 以及北京、洛阳等地的工人作者。

---

① 书中叙述,参考了张钟等《当代中国文学概观》(北京大学出版社1986年版)一书的内容。

第五章 其他小说的评论

对"工业题材小说"概念的理解,与作者身份和题材形式有关。茅盾在《致胡万春》一信中,说,"您在11年的时间内,从一个半文盲达到今天的水平,的确是难能可贵的,虽然是受了党的培养而至此","党对于工农子弟的培养,其数量当以万计"。[①] 也有人进一步点明了作者身份与题材形式之间的联系:"这些工人出身的作家,在旧社会都曾亲身经历过阶级的压迫剥削,大多没上过学或只受过很少的学校教育,解放时,处于半文盲状态。祖国的新生,使他们获得了政治上的主人翁地位,也使他们有成为文化的主人的可能。他们怀着一种真挚、淳朴、深厚的阶级感情拿起笔来,加入了文艺创作队伍。这些经历决定了他们的作品的内容和色彩的若干共同点。在题材上,大多反映新旧社会的变化,工人阶级命运的对比,以及工厂中大量涌现的新人新事。作品中洋溢着对生活热爱的感情,色调朴素明朗。同时,他们的创作又大都经历由比较幼稚粗糙到比较成型,由对生活实践,新人新事的记叙到对生活做较自觉提炼概括的成长过程。"[②]

"工业题材小说"具有题材上的独特性,但不具备思想主题上的独立性。所以它经常被吸纳到"农村题材小说""革命战争题材小说"的思想范畴之中,强调"阶级对立",这被看作这种题材之立足的前提。在工业题材小说中,出版时的"内容说明"往往被视作第一轮的文学批评。李云德在1965年出版的长篇小说的"内容说明"中交代:作品"写的是解放战争时期东北工业战线上的斗争

---

① 茅盾:《致胡万春》,《文汇报》1962年5月20日。
② 张钟等:《当代中国文学概观》,北京大学出版社1986年版,第346页。

生活","反映了毛泽东思想在工业战线上的伟大胜利"。他强调:"小说展开了比较广阔的描写,突现了在恢复生产过程中无产阶级和资产阶级两条道路的尖锐斗争。"小说的主体是政治思想、政治路线本身,聚焦于"无产阶级和资产阶级的尖锐斗争",而第二、第三部则是"两个阶级、两条路线的激烈斗争"和"日趋激化"的"无产阶级与资产阶级的斗争"。紧跟其后的王建中的批评文章,也是把政治思想和政治路线放在小说情节故事和人物塑造之上,后者是为前者服务的意思比较直露。①

"工业题材小说"是一种配合国内工业生产的"政策性"的小说种类。1979年,随着国家改革开放政策的变化,内地传统机械制造业被沿海蓬勃兴起的加工业所替代,工人阶级转变为庞大进城农民工,这种题材小说难以为继,它最后的绝唱是蒋子龙的《乔厂长上任记》和《赤橙黄绿青蓝紫》。

第二节 解冻小说之评价

"解冻小说"一词因苏联作家爱伦堡1954年的小说《解冻》而得名,标志着苏联社会"解冻"期文艺春天的到来。随着1956年社会气氛的宽松,王蒙、刘宾雁、李国文、宗璞等青年作家创作了"干预生活"的作品,如《组织部新来的青年人》《在桥梁工地上》等,因此被称作当代文学的"解冻小说"。

---

① 王建中:《毛泽东革命路线的胜利凯歌——试评〈沸腾的群山〉》,《辽宁大学学报》1973年第1期。

第五章 其他小说的评论

王蒙等人的"解冻"小说,与五四新文学的个性解放、个性自由主题,以及与萧也牧的《我们夫妇之间》有某种亲缘关系。因题材敏感,起初的批评处于暧昧不明的状态。青年批评家李希凡的评论文章肯定道:"1956年9月号《人民文学》发表了王蒙同志的一个短篇《组织部新来的青年人》,这是一篇题材非常新颖的小说。他大胆地接触了人们还不大接触过的生活领域,提出了人们需要认真思考的问题,因此,小说立刻引起广大读者和文艺界普遍的重视,这是不足怪的。"他又不满意地说,作品通过林震的眼睛揭露这个区党委工作上的灰尘,具有一定的真实性,然而,这一切"和我们党的工作,党内斗争的真实面貌,有什么真正的类似之点吗"?"很明显,《组织部新来的青年人》的作者在他运用讽刺和批评的艺术手法的时候,已经离开了这种真实,他把我们党的工作、党内斗争生活,描写成一片黑暗、庸俗的景象,从艺术和政治的效果来看,它已经超出了批评的范围,而形成了夸大和歪曲。"[①] 由于称赞和批评交替存在,当时人们的真实态度无以得知。

1957年5月8日,屈于各种批评压力,王蒙在《人民日报》发表了一篇自我检讨性的文章,承认作品"离开了马克思主义的自觉,解除了思想武器,能够更'没有拘束'地再现出生活真实么?不,痛切的教训给了我一百个不!任何作家,都不是冷冰冰地镜子般地反映生活真实的,不管自觉与否,作家总是在作品中评判着生活,流露着爱憎",自己马克思主义思想武装被解除后,"自发的、

[①] 李希凡:《评〈组织部新来的青年人〉》,《文汇报》1957年2月9日。

隐藏着的小资产阶级（或其他错误的）思想情绪就要起作用了，这种作用，恰恰可悲地损害了生活的真实"①。最高领导人毛泽东却对这位青年作家心怀好感，"在1957年初，毛泽东多次对这篇小说发表看法。如2月16日，毛泽东在中南海颐年堂与文学界主要负责人谈话时说到，王蒙小说揭露官僚主义，很好，但揭露得不够深刻。王蒙有片面性，对正面的积极的力量写得不够，正面人物林震写得无力，而反面人物很生动。王蒙的小说有小资产阶级思想，经验也还不够，但他是新生事物，要保护"②。这可能是出于认为文艺政策不能太紧张，应适当宽松一点的想法。

当时文学批评还有一种独特的方式，这就是杂志社对这篇小说"修改"的报告。在王蒙发表检讨文章的第二天，《人民日报》刊出《〈人民文学〉编辑部对〈组织部新来的青年人〉原稿的修改情况》。该情况说，稿件登记簿上第一次原稿的标题是《组织部新来个年青人》，被编者改为《组织部新来的青年人》。"第五节"修改内容4是："这一节开始，原稿中有这样几句叙述：'初到区委会十天的生活，在林震头脑中积累起的印象与产生的问题，比他在小学呆了两年的还多。许多错综的人和事他不能理解。'这几句叙述被编者删去了。"该节8修改内容是："在刘世吾和林震的谈话过程中，原稿中对刘世吾有这样一些描写：他吐着'由于吸入太深而变白了的烟'，他'说话的样子好像在咽什么东西'，他'把椅子拉近

---

① 王蒙：《关于〈组织部新来的青年人〉》，《人民日报》1957年5月8日。
② 转引自洪子诚《中国当代文学史》（修订版），北京大学出版社2008年版，第126页，注释3。

第五章　其他小说的评论

林震，椅子腿发出刺耳的嗓音'，关于王清泉，他'老兄''老兄'地说着，像数落一个不成器的孩子……这些描写被编者删去了。""第六节"修改内容是："在党的小组会上，刘世吾批评林震：'一到新的工作岗位'，就想'充当娜斯嘉式的英雄'，这是'一种虚妄'。原稿中接着写道：'林震像被打中似地颤了一下，他的眼白上出现了血丝，紧咬住下嘴唇。'编者改写成：'林震像被打中了一拳似地一颤，他紧咬住下嘴唇，忍住了心里的气愤和痛苦。'""第九节"修改内容是："林震读到了《北京日报》刊登的魏鹤鸣等写的信，原稿中这样写：'他（林震）想：好！终于揭发出来了，还是党报有力量！他忍不住马上去找刘世吾。走到刘世吾办公室门前他想了想：'为什么当党报揭发了我们的一项缺点时我却抱着有点幸灾乐祸的心情呢？'他脸红了，羞愧起来，但他又告诉自己：'矛盾揭开了，这决不是什么灾祸！'编者把这段话改写成：'他想，好！终于揭发出来了！时机总算成熟了吧！'以下的字句全被删去了。"下面接着还有"第十节""第十一节"的修改内容，不再抄录。①

令人想不到的是，12年后，王蒙被批评和修改的"解冻小说"得到社会的"彻底平反"。②《组织部新来的青年人》上被修改或删去的文字，是否以后会在再版时全部恢复，还要经过版本考证才能验证，但似乎已不重要。重要的是，我们终于看到20世纪50—70

---

① 《人民文学》编辑部整理：《〈人民文学〉编辑部对〈组织部新来的青年人〉原稿的修改情况》，《人民日报》1957年5月9日。在当时，由犯错误给上级写检查的现象较为普遍，但像这种把作品修改报告刊登在报纸上，还不多见。

② 参见张钟等《当代中国文学概观》所叙述的内容，北京大学出版社1986年版，第493、494页。

年代的小说批评已经偏离文学批评的轨道，越来越像是社会批评。批评家与小说作者也已脱离正常关系。有意味的是，这种"批评家"的身份也不是固定不变的，它有的时候是作家协会的批评家、大学教师，有的时候是报纸评论员、高层管理者，有时候是读者来信，有时候又是一场社会运动的发起人、组织者、参与者。总之，将来对当代文学"批评家"身份的研究，也许会引起人们越来越浓的兴趣。

第六章　大连会议与"中间人物论"

大连会议在"当代中国小说批评史"中的独特意义，是因为这是继"新桥会议""广州会议"后第三次为纠正极"左"文艺路线而召开的会议。会议上提出的"中间人物论"之所以令人瞩目，是因为这是在为正常的文学创作"正名"。然而，无论会议组织者还是参与者，当时都只将它当作一个普通的文学座谈会。

第一节　会议前后

1962年8月2—16日，中国作家协会在大连召开农村题材短篇小说创作座谈会。会议秉承"新桥会议""广州会议"精神，讨论的问题稍微超出农村题材短篇小说创作的范围，触及农村生活题材的创作问题，目的是想纠正一个时期内农村题材创作脱离生活和人物形象的公式化的倾向。出席会议的有来自国内8省市的16位作家批评家，如赵树理、康濯、侯金镜、周立波、李准、西戎等。茅盾当时在大连休养，因此会议选择这个地点和时间。茅盾、周扬到会发表了讲话，会议由作协副主席、党组书记邵荃麟主持。

农村题材小说创作一直是比较敏感的领域。五十年代初对"赵树理方向"的不同意见,以及围绕他的小说《锻炼锻炼》《三里湾》展开的批评和争论,就是一个迹象。后来,批评界把李准、王汶石、马烽小说塑造最生动的"落后农民"形象,看作是一个"问题"。其间,又发生了严家炎批评柳青《创业史》梁生宝形象真实性,赞赏梁三老汉这个传统农民形象的"风波"。凡此都涉及如何认识"农业合作化""人民公社"运动,怎样认识这场农村变革中涌现出来的"先进人物""落后人物"(也即"中间人物"),以及"典型""题材""人情美"等问题。文艺政策希望把创作统一到既定的轨道上来,而强调创作规律的人,则希望突破各种成规。在"大跃进"高潮中,"革命现实主义与革命浪漫主义相结合"的创作方法被提了出来,这样,农村题材小说对原生态农村和传统农民形象的描写,自然会受到限制,首当其冲的是以赵树理为代表的从事这种题材创作的小说家。由此可知,大连会议是长期存在、一直没有解决的文学论争的继续。

作协举办大连会议,是慎而又慎,事先做了充分准备的。[1] 根据有关安排,侯金镜和康濯将那些年反映农村生活题材的短篇小说几乎全读了一遍。康濯就此撰写了《试论近年间的短篇小说》这篇大部头文章。文章是以事先做调查,摆事实讲道理的方式,介绍农村题材短篇小说创作的实际情况,而非预设一个观点,再用事实去验证它。他没有批评这种题材短篇小说中的浮夸风,但高度肯定了

---

[1] 参见洪子诚《"大连会议"材料的注释》,《海南师范大学学报》(社会科学版)2011年第4期。

上，这是因为，他自五四以来的批评理念，都是主张现实主义文学创作的。这使他在这个特殊时刻，与邵荃麟的文艺观念都在一个暗中吻合的敏感点上。

作为大批评家的茅盾的态度，在这次会议上是举足轻重的。他之前写过文章肯定赵树理的成就，在所写的"小说年度评论"中，明显是倾向于中青年作家写"日常生活""写真实"。会议选择茅盾在大连休养的时机召开，他亲自出席并做了发言，已经表明了对会议的支持态度。茅盾除致辞外，几次在座谈会上主动插话。一次是8月2日的座谈会，当赵树理谈到因"大跃进"浮夸风导致社会物质供应紧张的问题时，茅盾的插话带有讽刺性："60年要买个鸡毛掸子不容易，因为扫风箱去了。"另一次是8月3日，李准谈到河南本来基础就差，而平顶山、三门峡、鹤岗、郑州和洛阳忽然纷纷搞工业上项目，浪费了很多资源，茅盾插话说："浮夸过火了。"第三次在8月5日，在赵树理、侯金镜和李准批评一些小说描写的正面人物都出了问题时，茅盾接着说了一大段话："我们现在也不从政策出发，还是从生活出发，写它的侧面。"比如农民对自留地很热情，对公社的态度却不同，这样写行不行呢？他举例说："我这次到莫斯科，说到食品，鸡，鸡蛋蔬菜，猪，主要是自由市场弄出来的。搞了四十年，农业也还是这样。他们留的地和小家禽范围是很大的……"[①] 这等于是在批评"大跃进"时期某些地方合作化运动中的过激行为。

---

① 参见洪子诚《"大连会议"材料的注释》，《海南师范大学学报》（社会科学版）2011年第4期。

第六章 大连会议与"中间人物论"

要全面把握"大连会议",应注意看茅盾在此前后批评文章中透露出的丰富信息。出于职业批评家的敏感,他在分析"中间人物"与"英雄人物"的区别时经常是游移暧昧的。在评论李准的《李双双小传》时,他对先进人物李双双和落后丈夫喜旺都是欣赏的:"作者一开始就从李双双这个姓名的来历,以富于风趣的笔调点出了李双双夫妻间的关系,新旧社会之间的双双在家庭中地位的变化。"他好像对李双双的积极冒进不感兴趣,匆匆叙述这一段后,很快转入了分析夫妻俩充满生活气息的日常细节,"通过日常生活描写李双双和喜旺的性格。这两节(约共五千字)和下一节(第四节,只有千把字),仅占整个篇幅的三分之一强,但是起的作用却不小","我以为这两个人物的描写到此已达高峰,两个活人,已经赫然站在读者面前","虽然两人的性格都还有一些发展,特别是喜旺"。[①] 这给读者一个印象,他表面在说李双双,似乎更喜欢喜旺这个人物。茅盾早年就指出,赵树理《李有才板话》的价值在于,"他笔下的农民是道地的农民","书中人物的对话是活生生的口语,人物的动作也是农民型的"。[②] 十几年后再评论《套不住的手》时,一如既往地肯定作家对传统农民形象的描写。在他看来,陈秉正成为山区的特等模范,不是因为有什么先进思想,而是他源自农民本色的能干和勤劳。他不是抽象的"英雄人物",而是来自千百万普通农民中的一员,是比较典型的"中间人物"。他欣赏赵树理对陈

[①] 茅盾:《评〈李双双小传〉》,引自《1960年短篇小说漫评》,中国青年出版社1961年版。

[②] 茅盾:《关于〈李有才板话〉》,《解放日报》1946年11月2日。

秉正"这双手"的精到描写：它"跟铁耙一样，什么荆棘蒺藜都刺不破它"，之所以与众不同，是因为"手掌好像四方的，指头粗而短，而且每一根指头都展不直，里外都是茧皮，圆圆的指头肚儿都像半个蚕茧上安了个指甲，整个看来，真像用枝杈做成的山耙子"。他说："这篇小说的取材，是别开生面的。通过一双与众不同的手，戴不住手套的手，描写了主人公的勤劳朴质的高贵品质。"[1]

邵荃麟的发言很接近茅盾的观点。"创造人物，根本问题是熟悉人、了解人，但也反对那种如实描写的自然主义倾向。提高无非是概括，是典型化，将人物性格概括起来，使它更加突出。""茅公提出'两头小，中间大'，英雄人物与落后人物是两头，中间状态的人物是大多数，文艺主要教育的对象是中间人物，写英雄是树立典范，但也应该注意写中间状态的人物。"[2] 在五四时期，茅盾就主张"为人生的写作"，他不排斥写英雄人物，对小说描写的"自然主义倾向"也不赞成，只是力主表现"生活的真实"。由此可知，邵荃麟与茅盾的现实主义的文学观念是一脉相承的，它的源头来自五四时期的人的观念。

第三节 疾风骤雨中的邵荃麟

大连会议的表层结构，是检讨前一时期农村题材小说创作存在

---

[1] 茅盾：《评〈套不住的手〉》，引自《1960年短篇小说漫评》，中国青年出版社1961年版。
[2] 邵荃麟：《在大连"农村题材短篇小说创作座谈会"上的讲话》，《邵荃麟评论选集》上，人民文学出版社1981年版。

第六章　大连会议与"中间人物论"

的问题，实际构成了对文学思潮的有力反思。处于漩涡中心的，正是邵荃麟自己。

在20世纪20—40年代，邵荃麟长期从事地下工作，也是左翼文艺界最资深的领导者。1953年他到中国作家协会任副主席、党组书记，成为周扬的部下。虽然广义上他是"解放区批评圈"的主要批评家之一，由于长期在白区从事地下工作，又与解放区批评圈批评家有所不同。这个"不同点"，在大连会议从酝酿、组织到召开的过程中，得以鲜明地呈现。据他女儿小琴回忆："1957年以来，一系列的政治运动以及同时滋生的'左倾'思潮都给文学创作带来极大的影响。六十年代初，一些描写农村题材的作家勇敢地揭露了共产风、浮夸风、瞎指挥风等错误思潮对国民经济的严重破坏，赵树理同志的小说《实干家潘永福》便是以实干来对抗浮夸的。这遭到了舆论界的非议，有人又挥起大棒了。这种极左思潮一方面使革命文艺的现实主义传统受到破坏，助长了在文艺作品中说大话，说假话，说空话的倾向，另一方面使一些有深厚生活基础的作家面对现实感到苦闷，感到气愤，创作数量一度明显减少。我父亲清醒地意识到这种尖锐的矛盾，他看到再不纠正这种文艺界的左倾思潮，文艺创作的路子将越走越窄，社会主义的现实主义基础将彻底被破坏，文艺园地必将百花凋零。对于这一切他是有着切肤之痛的。"为筹备大连会议，"我父亲几乎是废寝忘食地工作，有时和侯金镜同志通宵达旦地讨论。他一篇又一篇地大量阅读着那几年出版的小说，连在饭桌上也和客人讨论，我总听到什么工分值、亩产数，什么砍高粱缺柴烧，听起来活像个小队长在算账（其实，你若问他多少钱一双皮鞋，他保证说的让你啼笑皆非）。经过多少个不眠之夜，费尽多少心血，'农村题材短篇小说创作会议'终于在1962年8月于大连召开了"①。

如果说关于写"英雄人物"还是"中间人物"的争论，一直隐现在本时期文艺杂志的文章中，没有形成很大声势的话，那么邵荃麟在会上以这种身份亮出自己观点，说出许多文学批评家都想说的话，就显示出了他的不同点。从这个角度来看，他在大连会议上主题性的长篇发言，就充满了历史反思的味道。其观点主要有几个方面：一是认为"农村题材最重要的是如何反映人民内部的矛盾，把这作为最主要议题"；二是指出写各种人物的时候"概念化的东西很多"，固然写先进人物、英雄人物是应该的，"但整个说来，反映中间状态的人物比较少"，好人和坏人是两头小，中间大，因此"广大的各阶层是中间的，描写他们是很重要的"；三是"题材的广阔性与战斗性的关系"问题；四是他强调，创造人物，"根本问题是熟悉人、了解人"，应该从他们的言行中反映他们的"心理状态、行动表现出矛盾的具体化的东西"②。这些看法，是针对前些年过分强调表现"英雄人物"，形成了某种概念化公式化的现象而发的。但这就与在政治运动中滋生的"左倾"思潮发生了激烈的碰撞。于是，"会上我父亲的前后两次讲话，后来被断章取义归纳为'现实

---

① 小琴：《辛勤奋斗的一生——悼念我的父亲邵荃麟》，《新文学史料》1983年第2期。

② 邵荃麟：《在大连"农村题材短篇小说创作座谈会"上的讲话》，《邵荃麟评论选集》上，人民文学出版社1981年版。

第六章　大连会议与"中间人物论"

主义深化论'和'中间人物论',成为文化大革命中被一批再批的文艺'黑八论'中的两论"①。有人也指出:"其实,他并没有提出过这样的主张,也没有这样明确的言词,完全是后来'上纲上线'的结果。"② 还有人指出:"对'大连会议'和'写中间人物'大规模批判,始于1964年的六七月,也就是在毛泽东1963和1964年发表关于文学艺术两个批示,中国作协开始'整风'的时候。"③ 1964年《文艺报》8、9期合刊发表了"文艺报编辑部"《"写中间人物"是资产阶级的文学主张》一文,指名道姓地批评邵荃麟在大连会议上的讲话,把它定性为"社会主义道路与资本主义道路之争"。周扬在1979年9月20日《我党优秀党员、无产阶级文艺理论家邵荃麟同志追悼会》的悼词,对这冤案给予了历史重评:"1962年,荃麟同志在大连主持的'农村题材短篇小说会议',是研究文艺创作如何正确反映人民内部矛盾,更好地为社会主义服务的一次会议,他在会上多次发言,阐释毛主席《讲话》的精神,对于促进和繁荣社会主义文艺创作具有深远的意义。"④

---

①　小琴:《辛勤奋斗的一生——悼念我的父亲邵荃麟》,《新文学史料》1983年第2期。
②　朱寨主编:《中国当代文学思潮史》,人民文学出版社1987年版,第385、386页。
③　参见洪子诚《"大连会议"材料的注释》,《海南师范大学学报》(社会科学版) 2011年第4期。
④　周扬:《我党优秀党员、无产阶级文艺理论家邵荃麟同志追悼会》,此为他1979年9月20日在追悼会上所致的悼词。《新文学史料》1979年第5期。

109

第七章 "文化大革命"时期的小说评论

因受"文化大革命"的冲击,《人民文学》等数十家中央和省市级文学杂志相继停刊。1971年"九·一三事件"后,毛泽东批示《人民文学》复刊,许多地方开始出现"试刊"的文艺杂志。据李雪研究:仅1972年,"文艺期刊(包括省级、地市级、县级,不包括青少年读物,非汉语期刊)共39种","大到北京、各省,小到地市县都曾办刊,并展开征文活动,使众多业余作者(尤其是文艺青年)通过期刊获得了参与文学活动的机会"。① 这给新一轮小说批评提供了有利契机。

在"文化大革命"时期不正常环境中,小说创作分流明显。由一些报刊扶持的"工农兵作者"的小说涌现,表现自我苦闷的"地下小说"因为内容敏感,只能以手抄本的形式在一部分青少年中流传。因此,这里所说的"小说批评",指的是发表于各地报刊的评论文章,还包括地下小说;对地下小说的追忆和追认,在新时期初期才出现。

---

① 李雪:《七十年代小说的整理与研究》,未刊博士论文。

第七章 "文化大革命"时期的小说评论

因公式化概念化倾向严重，这时期小说批评的文学价值不大。不过，这种极端状况也包含有丰富的历史信息，可做当时人们精神心理研究的取样。在这个意义上，在极端气候中隐匿的地下小说，同样也是当时人们精神心理的真实反映。如果说新时期文学有诸多生发点，那么除了地下小说，公开发表的小说也具有生发点的意义。为此，本章将分别叙述七十年代小说的这两种潮流，力图予以真实客观的呈现。

第一节　时代风潮的来袭

"文化大革命"是"如何走社会主义道路"思想分歧的总爆发点。毛泽东1963年关于文艺问题的"两个批示"，1964年对电影《北国江南》《早春二月》的批判，为《海瑞罢官》列举的罪名，可以看出时代风潮来袭时的清晰迹象。据新华社报道，1966年全国28个省市，16万文艺工作者下乡下厂。在砸烂"文艺黑线"口号的鼓动下，各地纷纷解散各级文艺组织，停办文学刊物，文学艺术家也随即被批斗和拘禁。中共九大以后，"斗批改"运动在全国展开。文化部所属各单位和中国文联各协会全部人员被赶至"五七干校"接受劳动改造，许多人死于当地。时代风潮不仅严重伤害了文艺界的知识分子，也对参与批判的年轻一代，在思想上产生了极深远的负面影响。

1966年2月，江青受林彪支持组织撰写的《纪要》，是小说进入"文化大革命"时代一个风向标。以此为界限，鲁迅小说、《欧阳海之歌》《艳阳天》等作品被肯定，而相当一部分现代作家的作品，包括新中国成立后创作的小说被批判和否定。在低迷的时代氛围中，也有一些坚持正常文学批评的文章，在表达不同的看法。金为民在1964年8月20日《文汇报》连载的《关于新人、英雄形象塑造诸问题的质疑》，是一个例证。姚全兴1965年12月15日在《光明日报》刊发《不能用形而上学替代辩证法》，也在批评违反常识的理论："如果按照这种奇怪的逻辑来进行文艺评论，那么写李自成起义的戏，就是要我们学习起义吗？"到1969年11月，上海市煤气公司助理技术员桑伟川还写出文章《评〈上海的早春〉——与丁学雷同志商榷》，[①] 对丁学雷批判作家周而复长篇小说《上海的早晨》的粗暴态度和观点进行了反驳。[②]

因文学批评家被赶到农村和"五七干校"，文艺界的小说评论活动基本停止，出现了一段历史空白。今天来看，否定几代文学界的知识分子对历史进步的追求，以及他们对五四新文学和十七年小说创作的贡献，是典型的历史虚无主义的态度。受其思想影响，小说评论出现了"百花凋零"的局面，以政治标准代替文艺标准的思维习惯也影响深远，直到新时期初期，它还潜在地牵动着人们的神经。这正是朱寨指出的，"'四人帮'不仅否定建国后的革命文艺，同时还竭力诋毁三十年代的革命文艺传统"，他提出这场运动对中

[①] 丁学雷，"文化大革命"时期中共上海市委写作班子文艺组笔名。因办公地点在丁香花园，有"丁香花园学习雷锋"的寓意。主要成员有徐景贤、陈冀德、郭绍虞、章培恒和吴立昌等。

[②] 部分材料引自董键、丁帆、王彬彬主编《中国当代文学史新稿》，人民文学出版社2011年版，第224—229页。

国社会的深远影响不能被忘却,"'文化大革命'是一场空前的文化浩劫","是一场深重的民族灾难。正如《关于建国以来党的若干历史问题的决议》所说的,'实践证明,文化大革命不是也不能是任何意义上的革命或社会进步'","'文化大革命'应该彻底否定,这十年浩劫期间的'帮派'文艺思想也应该彻底批判"。①

第二节 1972年后小说的转暖

五十年代施行、1972年再启动的"培养工农兵作者"的文学制度,是促进小说创作的主要因素。对身处社会底层的青少年来说,小说是一个文学梦想,也是晋升到更高社会阶层的台阶。工厂工作的工人作者可借"创作假"逃避繁重劳动,获得更多人生机会。回乡和下乡知青也借此改变命运。所以,"文化大革命""夺权斗争""路线斗争""占领上层建筑""火热的建设生活"等文学主题,成为这些小说热衷表现的内容,高大全的英雄人物被竞相模仿。

1972年后,以短篇小说集形式出版的作品有:李心田的《闪闪的红星》(1972)、南京部队政治部宣传部编《冲锋在前》(1972)、济南部队政治部宣传部编《雨涤松青》(1972)、中国人民解放军工程兵政治部宣传部编《红石山中》(1972)、人民文学出版社《号声嘹亮——工农兵短篇小说集》(1972)、人民文学出版社《红松村的故事——工农兵短篇小说选》(1972)、人民文学出版社《篝火正

---

① 朱寨主编:《中国当代文学思潮史》,人民文学出版社1987年版,第498、488页。

旺——工农兵短篇小说选》（1972）、红透山铜矿政治部、抚顺市文化局合编《索道隆隆——矿山短篇小说集》（1973）、《南疆木棉红——工农兵短篇小说集》（1973）、昆明部队政治部宣传部编《哨所的早晨——短篇小说集》（1973）、武汉部队政治部宣传部编《带班——短篇小说集》（1973）、《朝晖——知识青年上山下乡短篇小说集》（1973）、北京二七机车车辆厂、南口机车车辆机械厂、北京新华印刷厂、北京针织总厂、北京北郊木材厂、北京化工三厂工人创作《迎着朝阳》（1974）、济南部队政治部宣传部编《沂蒙山高》（1975）、新疆部队政治部宣传部编《风雪边防线》（1975）、北京大学中文系文学专业七二、七三级凌霄创作《碧绿的秧苗》（1976）、成都部队政治部文化部编《山寨号角》（1976）、青海省革命委员会文化局编《昆仑春色》（1976），等等。① 作品多是"冲锋""号角嘹亮""索道隆隆""篝火""哨所""朝阳""春色"和"秧苗"等，带着"文化大革命"思想烙印。这时期开始创作的蒋子龙、古华、李陀、路遥、贾平凹、韩少功、郑万隆和陈忠实等，后来又成为新时期文学作家。

浩然、黎汝清、郭先红、张抗抗、李云德、杨佩瑾和李克非是"文化大革命"时期活跃的长篇小说作者。与他们在相同政治气候之中的"地下小说"，这时却呈现出不同的面貌，如靳凡的《公开的情书》、张扬的《第二次握手》、礼平的《晚霞消失的时候》和赵振开的《波动》等。这些作品不能公开发表，以手抄本形式在一

---

① 人民文学出版社编、王海波辑录：《人民文学出版社六十年图书总目（1951—2011），人民文学出版社 2011 年版，第 74—75 页。

部分中人流传，因此带有怀疑和神秘的气息，它们直到1979年才在文学杂志上刊登出来。关于"地下小说"的评论，也在1979年之后陆续问世，文章带着追忆和追授的意味。"公开"与"地下"在新时期将面临不同的命运，这时已初见分晓。

第三节 《金光大道》和《虹南作战史》

浩然的《艳阳天》等小说发表于"文化大革命"前，其重要地位在"文化大革命"中得以确立。① 作品表现出对反映合作化运动的农村题材小说的探讨，它鲜活的生活气息、带着泥土味的叙述语言，给人耳目一新的印象，受到读者的欢迎。浩然回忆说："1957年国庆节，我就动手写了。一边捉摸，一边学习，一边练笔，写写停停，经历了六七个年头。""在写这本书的时候，我希望能够写得通俗、生动、真实，能让工农兵喜欢看，特别希望能够把它送到农民同志手里。"这显然是赵树理的小说理念。不过，他知道《艳阳天》的创作环境已不同于赵树理年代：我想"突出正面人物形象，突出主要的矛盾线，让这条线更清楚明白。因此，在写正面人物和主要人物的地方，还加了些笔墨"。② 由于这种积极主动的姿态，当

---

① 浩然（1930—2008）原名梁金广，河北宝坻（今天津）人。1946年参加革命，做过8年村、区、县基层干部。1954年当《河北日报》记者。1961年调任《红旗》杂志。1964年起在北京文联从事文学创作。有长篇小说《艳阳天》《金光大道》《苍生》等，诗报告《西沙儿女》。在新时期被冷落。

② 浩然：《寄农村读者——谈谈〈艳阳天〉的写作》，《光明日报》1965年10月23日。

"文化大革命"中大部分作品被视为"毒草"的时候,初澜①对《艳阳天》表现出好感,称它是"深刻地反映了我国社会主义农村尖锐激烈的阶级斗争,成功地塑造了'坚持社会主义方向的领头人'"的"优秀的文学作品"。②

《金光大道》则是一部为"文化大革命"文艺思潮量身定制的长篇小说。由于浩然提高了对"无产阶级专政理论"的认识,学习了"样板戏""三突出"的创作原则,开始在创作中摸索塑造主要英雄人物"高大光辉"形象的方式。于是,人们感觉在《金光大道》与《艳阳天》之间有明显断裂和超越的印痕。③浩然这种转变,换来"文化大革命"文学批评家更大的好感和欣赏态度。方进敏锐地注意到:"以长篇小说《艳阳天》为例,萧长春这一英雄典型,是作者浩然根据现实生活中的大量素材、大量先进人物集中概括的。但作者在写另一部长篇小说《金光大道》第一部时,由于被真人真事框住,就觉得十分受局限,甚至到了写不下去的地步。这正反两方面的经验,使作者得出了文艺创作决不能局限于写真人真事的结论。"而"浩然同志在创作实践中的这些实际感受,正是文艺创作要塑造典型这一规律性的反映。"④ 这短暂的犹豫很快被作者

---

① 初澜,"文化大革命"时期文化部写作组的笔名。取"青出于蓝"寓意。"青"即江青,"蓝"即江青过去艺名"蓝苹"。该写作组由江青控制,并为她服务。负责人为于会泳、张伯凡。

② 初澜:《在矛盾冲突中塑造无产阶级英雄典型——评长篇小说〈艳阳天〉》,《人民日报》1974年5月5日。

③ 部分看法参见洪子诚的《中国当代文学史》(修订版),北京大学出版社2008年版,第176页。

④ 方进:《要塑造典型,不要受真人真事局限》,《人民日报》1974年7月18日。

克服了。辛文彤高兴地看到"浩然同志的长篇小说《金光大道》（第一、二部），由于学习和运用了革命样板戏的创作经验，比较深刻而又有一定广度地反映了新中国成立以后社会主义革命史的某些本质方面，受到了工农兵群众的好评。从这个意义上说，研究和探讨《金光大道》的成就与不足，对于我们进一步推动无产阶级革命文学事业的发展，是有一定的益处的。"作者进一步概括说："'水到渠成'，言简意赅。这水，是社会主义革命的洪流；这渠，是历史巨轮前进的轨道。社会主义革命潮流，必将沿着历史发展的轨道奔腾向前，正是历史的必然。"[①] 到新时期，浩然因与"文化大革命"思潮捆绑得太紧，成为文学界的异类，其郁郁不得志的心结，在生命终结前也没有缓解。

第四节 《朝霞》热与"地下文学"潜流

在 20 世纪 70 年代特殊环境中，"文化大革命"文学与地下文学是两种不同的文学样态。它们反映着人们对历史截然不同、甚至严重对立的看法，展现出时代曲折的发展轨迹。而《朝霞》，就是"文化大革命"文学的独特现象。在青少年读者中，曾经出现过"《朝霞》热"，在无书可读的年代，它受到欢迎是自然而然的事情。

《朝霞》的前身是 1973 年 5 月创办的《朝霞》丛刊第一辑。这是上海市委主办的一份文艺杂志，负责人是肖木和陈冀德。肖木调

[①] 辛文彤：《社会主义历史潮流不可阻挡——评长篇小说〈金光大道〉第一、二部》，《光明日报》1974 年 12 月 12 日。

到北京任王洪文秘书后，杂志由陈冀德主管。1974年1月，《朝霞》改为月刊，受到姚文元欣赏，被树为全国文艺刊物的"样板"。余秋雨、贾平凹、路遥、钱钢、陆天明、黄蓓佳等都在《朝霞》月刊发表过作品。在这个意义上，该杂志也可以说是一些作家文学创作的起点。《朝霞》杂志的走红，还有另外的原因。1971年林彪事件发生后，整个社会涌动着恢复正常秩序的要求，文艺生活便成为不可或缺的重要部分。也就在这样的大背景之下，《朝霞》杂志应时而生。所以有人说："《朝霞》杂志的历史面貌，无论当时或后人如何评价，本身都具有研究价值。本文研究的是一本'文化大革命'时期的文学杂志，重新研究这本杂志的意义在于我们可以通过对'文化大革命'时期一本文学杂志的分析和评价，深入认识中国知识分子在特定历史时期的价值。"①

一个时期里，"地下文学"是作为"文化大革命"文学的对立面存在的，很少有人会探讨，为什么相同的社会环境中出现了文学的分流？更深的原因又是什么？这就为历史的发掘提供了可能。

地下小说《公开的情书》《晚霞消失的时候》和《波动》所表现的，是青年人的人生问题，它与当时人们的精神世界是相联系的。易言在《评〈波动〉及其他》中发现，"《波动》通过这几个人物反映了六十年代末、七十年代初我国青年知识分子的不幸命运和精神崩溃。"他指出，"经过'文化大革命'的动乱以后，我们的青年一代也发生了裂变。一部分人变得悲观失望，对社会主义制度

---

① 谢泳：《〈朝霞〉杂志研究》，《南方文坛》2006年第4期。

第七章　"文化大革命"时期的小说评论

失掉了信心，虚无主义思想泛滥起来"。由于这种思想倾向对"青少年思想的引导"产生了消极作用："作者企图用自己的发现和自己的哲学来唤醒当时还沉醉在革命口号之中和虽有所觉醒但转而颓唐下去的青年人。但由于作者对社会生活的认识的片面性，由于世界观的动摇性，导致了他在自己的作品中的哲学的迷误。也就是说，作为一个青年，他在当时的环境下对社会生活进行了独立的探索，对'四人帮'推行的法西斯专政表示了异议甚至忧虑和抗议，是应该得到肯定的；但他的这种探索却没有达到正确的结论。"[1] 王若水[2]也忧虑地说，"历史对南姗是不可知的"，塑造这个形象的"错误在于，她企图用一个固定不变的抽象的道德尺子去衡量历史"。尽管小说对楚轩吾的描写有所"突破"，但"觉得作者把楚轩吾过分'拔高'了，因而在某种程度上脱离了具体的历史环境"。[3]地下小说的思想情绪，是长时期积累的结果。所以，当它以火山爆发的状态出现在人们面前时，连开放宽容的批评家，也不能接受和理解了。然而在历史的交替期，这种现象又是比较常见的。

地下小说一定程度上，其实是当代青年政治运动在文学创作上巨大的"反光"和"回声"，那里面深沉丰富的思想感情。一度是被《青春之歌》和《红岩》等正面化的文学作品所遮蔽的。由此可

---

[1] 易言：《评〈波动〉及其他》，《文艺报》1982年第4期。
[2] 王若水（1926—2002），政治理论家，哲学家。生于上海，原籍江西泰和。1948年毕业于北京大学哲学系。历任《人民日报》编辑、评论组组长、副总编辑等职。1963年，因发表《桌子的哲学》，受到毛泽东称赞。20世纪80年代是思想解放的理论家，后来因发表《异化的概念》等文章被批判。
[3] 若水：《南姗的哲学》，《文汇报》1983年9月27—28日。

见，地下小说与红色经典所反映的当代青年的思想情绪，一直长时期地存在于他们真实的生活世界中，是以双层结构的形式存在着的。在张承志《北方的河》的人物对话里，读者是不难听见其中双重性的回响的。在新时期初期青年题材作品中，也有相类似的现象。

第五节 历史交替点上的《机电局长的一天》

蒋子龙和浩然一样，都是"文化大革命"时期被重点培养的工农兵作者。但蒋子龙与后者的不同是，他的创作在新时期的历史交替点完成了自我的转型。这种转型的标志性作品，是其1975年创作的小说《机电局长的一天》。可以说，这是他走向新时期"改革文学"的第一步。

蒋子龙（1941— ）河北仓县人。初中毕业后进入天津重型机器厂技工学校，1960年进入天津锻铸件厂当工人，同年考入海军制图训练学校。1962—1965年，他是海军184部队的战士，这时候开始写小说。1965年转业，先后任天津重型机器厂厂长办公室秘书和车间主任，是天津市重点培养的"工农兵作者"。1975年，在全国的"全面整顿"中刮起了"邓旋风"，这股旋风也波及蒋子龙所在的天津重型机器厂。1975年10月下旬，复刊后的《人民文学》派小说组负责人许以专程到天津向蒋子龙约稿。"那几天，蒋正在天津参加一机部系统的工业学大庆会议，会中了解到了工业领域中的许多情况，特别是各地工厂领导'抓生产'的事迹。许以的约稿恰

第七章 "文化大革命"时期的小说评论

逢其时。蒋就在会议期间（此会开至11月初），赶写出了小说《机电局长》。"这个会"在于贯彻、落实中央'钢铁工业座谈会'（1975年5月8—10日）的精神和措施，主旨是强调工业生产和经济建设（即'抓革命、促生产'），与邓小平提出的'以三项指示为纲'等等思想有关。这也就构成了蒋写作《一天》的直接背景——他在会议期间即写出了小说全稿，其中主人公霍大道的原型，就是蒋所在的天津重型机器厂厂长冯文斌（蒋曾任其秘书）"。许以把小说带回北京，小说在编辑部被肯定，很快刊于《人民文学》1976年第1期。[①]作品成功塑造了霍大道这个"改革者"的形象。他痛感极"左"路线对正常生产的干扰破坏，决定排除一切阻力，动员全厂职工用五天时间，完成四千台二百五十毫米潜孔钻机任务。主人公身上难免有"文化大革命"文学的留影，也有高大全的艺术成分。这篇小说之所以与他后来的《乔长上任记》有联系，就是它塑造了一个"改革者"的形象，透露了人们希望改革的心声。因此，可以说它是以改革文学的预言者立世的。

正因如此，《机电局长的一天》在新时期受到了人们的欢迎。董健、丁帆和王彬彬的《中国当代文学史新稿》这样评价蒋子龙：他"从1976年初发表小说《机电局长的一天》开始，致力于工业整顿和改革题材的创作。"[②]吴俊指出：环绕着《机电局长的一天》

[①] 吴俊：《环绕文学的政治博弈——〈机电局长的一天〉风波始末》，《当代作家评论》2004年第6期。

[②] 董健、丁帆、王彬彬：《中国当代文学史新稿》，人民文学出版社2005年版，第413页。

从发表到被批判的过程，正可以看到蒋子龙在两个历史时期之间的过渡者角色。没有"工农兵作者"的身份，当时的《人民文学》杂志不可能找他约稿；由于这种身份，他在后来批判浪潮中也安然无恙；同时，它又为他最终走上新时期文学舞台，创作这篇改革题材小说的姊妹篇《乔厂长上任记》做了重要铺垫。① 研究者对小说所携带的丰富的历史信息，给予了肯定："放在1975年邓小平大力整顿的语境中，我们是能够理解霍大道这一天大刀阔斧的果敢举措的。放在中国式大跃进这个'超克'的语境中，我们就更能够理解霍大道不尊重生产规律和科学发展观而且武断无理的行政命令式的管理方式了。因为在中国这种后发展国家急起直追西方发达国家，在亟待实现自己国家现代化目标的总体心境中，这种为把'文化大革命'耽误的时间抢回来而屡屡非理性的行政行为，尽管令人讨厌但仍然是可以获得历史的理解和同情的。正是在这种纵横交叉的历史语境中，出现在1975年特殊年头的霍大道的形象才是丰富的立体的，小说主人公为我们提供了太多翔实和细致的1975年的历史信息，与此同时也提供了中国'现代超克'从建国到今天的各种历史信息。"作为一种"历史中间物"，"它也在1980年代开始的改革开放进程中具有普遍意义。例如，肇起于《机电局长的一天》，以后滥觞新时期文学初期的'改革文学'，就为读者提供了很多有趣的用后发展国家农业型行为方式改革现代工业包括社会结构的文学案

---

① 吴俊：《环绕文学的政治博弈——〈机电局长的一天〉风波始末》，《当代作家评论》2004年第6期。

例，如《乔厂长上任记》、《新星》、《夜与昼》等著名小说。"①

在1949—1976年小说批评多条线索中，人们可以发现它的丰富性，远远超出了过去曾有过的想象。它本身的丰富性表现在：首先，"解放区批评圈"是一支主导型的批评力量，对"当代小说"的历史建构发挥了巨大作用，然而，对这种建构存有异议的声音也一直没有停止过；其次，这个批评圈并非铁板一块，政治运动的松紧，批评家过去工作生活环境的差异性，也经常在具体作品的批评中显示出来，如评价《青春之歌》的不同意见，又如邵荃麟对"写中间人物"的提倡等；最后，年轻批评家表现出比传统的"解放区"批评家更为激进的立场和文艺观。批评家的代际变化是具有历史的原因的。经历过战争岁月的老批评家，文学观念是政治化的，同时也是理想化浪漫化的。而在政治运动中成长的年轻批评家则会用政治化的眼光看文学，从概念出发从事文学批评，这在郭开、李希凡等人的批评实践中都能够看到。

---

① 程光炜：《文学的"超克"——再论蒋子龙小说《机电局长的一天》，《当代文坛》2012年第1期。

中　　编

历史的漩涡（1977—1991）

第八章　新时期的小说批评

在新时期文学中，小说批评的观念发生了根本性的变化。鉴于国家对文艺创作的倚重大幅度减轻，转向大规模的经济建设和提高人民生活水平这个总目标上，批评队伍和文学观都围绕该目标，出现了大范畴的调整。冯牧、陈荒煤等老批评家逐渐退出，一批思想新锐、富有探索精神的新潮批评家开始走到了前台。

1977年到1980年末出现的批评家群体，主要是"北京批评圈"和上海的"新潮批评圈"。"北京批评圈"是在冯牧、陈荒煤等老一代思想开明的批评家的带动下涌现的，他们的成长得益于两位批评家的帮助和提携。北京批评家来自中国作家协会、中国社会科学院文学所、北京大学和北京市文联等单位，有文艺干部、报刊编辑、大学教师和研究人员。上海的"新潮批评圈"的崛起，与《上海文学》杂志和老一代学人的关心也是分不开的，例如李子云、周介人、贾植芳、钱谷融和徐中玉等。两座城市宽容开放和超前的思想环境，极大地推动了在新时期文学潮流的发展。

犹如中国现代文学故事在北京和上海的历史重演，当代小说批评的重任，再次落在两座城市中青年批评家们的肩上。如果说伤痕、反思和改革文学的中心是在北京的话，那么先锋文学的中心，则无疑是在上海了。后来，新写实文学的中心再一次回到了北京，这个过程直至今天都是如此。新时期文学是把"走向世界"作为自己的目标的，北京和上海所具有的世界性，使它们扮演了责无旁贷的历史角色。

第一节 北京批评圈对王蒙、张洁和张贤亮的意义

"北京批评圈"是以解放思想和鼓励文学探索展现批评特色的。作为"文化大革命""伤痕文学"的发生地，批评家们高扬着否定"文化大革命"、呼唤人性和文学主体性的三面旗帜，进入了新时期文学的视野。他们开风气之先，勇于探索，成为文学批评最早的拓荒者，也对新时期文学批评产生了极其重要的影响。与"解放区批评圈"与政治结缘不同，为文学"正名"的理想把他们聚集在一起。这是一个由老中青三代批评家组成的松散的批评联盟，比如中国作家协会的阎纲、何慎邦、雷达、曾镇南、季红真、张陵、李洁非、贺绍俊、潘凯雄、蒋原伦、吴秉杰；中国社科院文学所的朱寨、洁泯、敏泽、刘再复、何西来、张炯、蔡葵、张韧、蒋守谦、白烨；北京大学的谢冕、黄子平；北京市文联的李陀；以及缪俊

第八章 新时期的小说批评

杰、张志忠和孙郁等。1979年后，王蒙、① 张洁②和张贤亮，③ 成为文坛上最活跃和有特色的小说家。王蒙的"意识流小说"、张洁对爱情问题的探索、张贤亮对性与革命关系的开掘，对新时期文学的深化产生了重要影响。这些创作领域成为"北京批评圈"的关注点。

青年批评家季红真，④ 首先是在"文明与愚昧的冲突"主题中理解张洁创作的意义的："发表于1979年底的短篇《爱，是不能忘记的》首先表现了政治正义感与传统伦理观念的分裂。男女主人公对政治信念的坚贞与对伦理关系一定程度的背逆，标志着人们对社会伦理的思考已经摆脱了政治批判的结论。"她认为张洁突破了知识分子"心灵世界"这个长期封闭的禁区，重建了人性的主题："作为一个具有较高文化素养的作家，张洁从最初的创作开始，就特别注意社会

---

① 王蒙（1934— ）原籍河北南皮，生于北京。中学时加入中共外围组织。中华人民共和国成立后成为北京东城区团委干部。1953年写长篇小说《青春万岁》。1956年因短篇小说《组织部新来的青年人》而蒙难。短暂在北京师院中文系任教，后调到新疆维吾尔自治区文联任编辑。1979年年底"平反昭雪"。任中国作家协会副主席、《人民文学》主编、文化部部长等职。创作有中篇小说《夜的眼》《布礼》，长篇小说《活动变人形》等。

② 张洁，女（1937— ）原籍辽宁抚顺，生于北京。1960年中国人民大学计划统计系肄业，到第一机械工业部工作。因小说《爱，是不能忘记的》名世。另有中篇小说《方舟》和长篇小说《沉重的翅膀》《无字》等。

③ 张贤亮（1936—2014）原籍江苏，生于南京。出身于资本家家庭。1957年因发表诗歌《大风歌》被划为右派，在劳改农场及相关单位监管改造22年。新时期初期有小说《灵与肉》等。20世纪80年代创作了有争议的中篇小说《绿化树》和《男人的一半是女人》。任宁夏回族自治区文联主席，宁夏回族自治区作协主席等。后下海经商。

④ 季红真（1955— ），浙江龙泉人。文学评论家。1982年毕业于吉林大学中文系，获学士学位。1984年毕业于北京大学中文系，获硕士学位。1984—2005年，供职于中国作家协会创研部，先后为副研究员、研究员。现为沈阳师范大学特聘教授。有著作《文明与愚昧的冲突》《萧红传》等。

的文明化程度问题，长于表现人的心灵和情感，特别是知识分子的心态。但是，在《有一个青年》中，她对文明的理解还只限于文化教养的表面层次，而在《爱，是不能忘记的》里面，却已经非常大胆地触及了以婚姻爱情为中心的社会伦理关系。"她指出，作者不满足仅仅是"打破禁区"，还以女性为表现对象孤军深入到人的情感的世界当中，并做出了可贵的探索。她的勇气响应了八十年代人性解放的热潮，揭开了现代社会人性困惑的秘密，中篇《方舟》是有力的证明。季红真为此评价说："女作家钟雨离婚后独自带着女儿生活，和一个具有强大精神魅力的老干部发生了刻骨铭心的爱情，而后者却有一个虽没有爱情但也生活得很和谐的家庭。作者通过这种似乎大逆不道的行为，反映了社会婚姻关系中极普遍的反常现象：没有爱情的婚姻与不被理解尊重的爱情。由此剖析了某些社会伦理观念的庸俗陈腐，以及它对人们精神和美好感情的束缚。"①

王蒙是1979—1982年小说创作的领跑者。他的"少共身份"有助于开展对政治运动的深刻反思，并以"意识流"手法成功塑造了一批探索者的形象，张炯②、蒋守谦③、蔡葵④集体撰写的《新时

---

① 季红真：《文明与愚昧的冲突——论新时期小说的基本主题》，《中国社会科学》1985年第3、4期。
② 张炯（1933—　），福建福安人。文学评论家。1948年参加中共福州市委城工部的工作。1960年毕业于北京大学中文系。曾任中国社会科学院文学研究所所长、《文学评论》副主编。著有《张炯文学评论选》等著作。
③ 蒋守谦（1936—　），江苏淮阴人。文学评论家。1960年毕业于复旦大学中文系。中国社会科学院文学研究所研究员。著有《创作个性》等著作。
④ 蔡葵（1934—　），江苏溧阳人。文学评论家。1956年毕业于复旦大学中文系。著有《长篇之旅》等。

期文学六年》认为，王蒙对当时文学创作的影响和推动是全面性的："《布礼》和《蝴蝶》的问世，扩展和加大了中篇小说探索历史的深度和广度，把反思历史的小说创作推向一个新的高度"。"他以纵横捭阖的笔法，用巨大的时间和空间的跨度，展示了知识分子和老干部三十几年的坎坷道路"，"用他自己的话来说，即'故国八千里，风云三十年'"。"从五十年代到八十年代，老干部的革命意志衰退和滋长的官僚主义作风的问题，作者在不断地进行探索。"[1]曾镇南[2]指出："在王蒙的小说中，与那种在历史报应的现象中把握具体的历史联系的历史感同样重要的，是一种沧桑感。这是作家在巨大的历史变动中的心灵感受，他把这种感受分给了他钟爱的各种各样的人物。如果就艺术传达的丰富多样、灵敏准确、迅速新颖而言，王蒙小说的沧桑感，甚至可以说比他的历史感更重要。因为包含着历史报应思想的历史感，在王蒙的小说中，更多地是以思想的本色形态，以一种政治智慧发挥出来的；而沧桑感却更多地存在于人物的情绪和感觉中。前者是偏于历史的、社会的客观认识，后者是偏予现实的、人生的主观感受。"[3]

王蒙对"意识流"形式的探索，也引起了批评家的注意。阎纲[4]在《小说出现新写法——谈王蒙近作》中指出，《夜的眼》

---

[1] 中国社会科学院文学研究所当代文学研究室：《新时期文学六年（1978·10—1982·9）》，中国社会科学出版社1985年版，第217—218页。

[2] 曾镇南（1946— ），福建漳浦人。文学评论家。1970年毕业于北京大学中文系。中国社会科学院文学研究所研究员。著有《王蒙论》等。

[3] 曾镇南：《惶惑的精灵——王蒙小说片论》，《文学评论》1987年第3期。

[4] 阎纲（1932— ），陕西礼泉人。文学评论家。1956年兰州大学中文系毕业后，分配到中国作家协会工作。有著作《文学八年》等。

《布礼》《风筝飘带》《春之声》《海的梦》《蝴蝶》等作品,"现在广泛地流传着。这些作品被争相阅读、热烈讨论的盛况",它们"在小说形式上的探索和革新,造成这么大的冲击力,在开国以来当代小说史上是空前的"。他非常肯定地说,"王蒙小说直接借鉴了西方'意识流'的艺术手段",认为这位作家无意割断与"现实主义传统"的纽带。"王蒙的新小说到底称呼什么好?请大家讨论。我以为它是现实主义的新品种,并没有告别现实主义的几个真实性的要求。"[1] 出于谨慎,阎纲采取一种稳重的说法,因为他相信,现实主义文学在新时期,仍然有着旺盛的生命力。刘再复[2]是从史外角度分析王蒙的"意识流小说"的:"所谓'意识流'小说,就其本质来说,就是人的内心世界的审美化","其重心完全放在人物内心世界的探索上,它尽可能全面地展示人物的内心图景,把人的灵魂的各个层次中的图像显示出来"。"除了'内心独白'之外,'意识流小说'的另一种技巧是内心分析和感觉印象。""王蒙的《布礼》、《蝴蝶》,就是属于'内心分析'的类型。这是因为王蒙的这些小说中自己还是介入作品的情境,他在作品中'我'没有消失,《布礼》的人物钟亦诚的印象汇总在作者的叙述之内,没有脱离直接的思想和理性的范围。"刘再复这时正在推介"主体性"理论,所以聚焦点自然集中在人的内心世界上,这是他

---

[1] 阎纲:《小说出现新写法——谈王蒙近作》,《北京师范学院学报》1980年第4期。

[2] 刘再复(1941—),福建泉州人。文艺理论家。1963年毕业于厦门大学中文系。曾任中国社会科学院文学研究所所长,《文学评论》主编。著有长篇论文《论文学主体性》和著作《性格组合论》。是20世纪80年代活跃的文艺理论家。现居美国。

与王蒙心有灵犀的地方:"虽有作者的介入,但它与传统的小说仍然不同,它的兴趣完全放在人物的内心世界上","小说的通篇的重心是放在人物内心的意识活动,意识活动是作品的轴心和情节进展的动力"①。

李陀②是作家出身的批评家,因此他很乐意从小说写作的技巧的角度来看待王蒙的"意识流"实验:"《布礼》是我国作家试图在遵循革命现实主义创作方法原则的同时,借鉴和吸收'意识流'技巧的为数不多的若干篇之一。应该说《布礼》的这种尝试不仅是成功的,而且在艺术上获得了很高的成就。"李陀接着分析了王蒙的《蝴蝶》,认为作者"利用主人公张思远的意识流,既把篇幅保持了四万多字的规模,又为这篇小说提供了一个时间上长达几十年、空间上包含数千里的极其广阔的生活图景。不过,对《蝴蝶》来说,也许更重要的是'意识流'的技巧为它通篇造成了一种充满了梦境色彩的气氛和色调;在主人公的思绪中出现的种种色彩缤纷的图景,有时候实,有时候虚,有时清晰,有时朦胧。即使小说后四分之一处,关于主人公回到无名的山村,又从山村回到城市里那些现实的描写,也充满这种调子。"在他看来,这篇小说表面在借用"意识流"的形式,内容却是在"找魂"——找回张思远曾经丢失,回到正常社会后开始反思和重新建设的灵魂。他敏感意识到,

---

① 刘再复:《性格组合论》,上海文艺出版社1986年版,第44、46、47页。
② 李陀(1939—),原名孟克勤,内蒙古莫力达瓦旗人。长于北京。作家、文学评论家。1958年毕业于北京101中学,北京重型机械厂工人,当时是《北京文学》副主编。创作有小说《自由落体》《七奶奶》等。另有电影剧本和文学评论。

"这使《蝴蝶》具有一种特殊的艺术魅力,正是这种魅力使《蝴蝶》'找魂'的主题得到了深刻的、丰满的、诗一般的表现。""又正是这种魅力使我们像主人公张思远一样,不断地联想起'庄生晓梦迷蝴蝶'这个古老而神奇的故事,从而领悟到张思远'找魂'一举,可能包含着更深一层的哲理……"① 当时批评家特别张扬个性,喜欢在自己的批评文章中举一反三,云游八方,把许多看似不相干的事情凑到一起,以期产生神奇的效果。这种特征不仅为李陀所有,也经常出现在刘再复、吴亮、黄子平、李劼等许多中青年批评家的文章中,可谓一时的历史奇观。

张贤亮大胆的文学书写,使他成为本阶段最有争议和亮点的作家。他小心翼翼地避开政治敏感性,聪明地以章永璘的性饥饿和性意识做掩护,避免了不必要的麻烦。黄子平②在《绿化树》和《男人的一半是女人》中发现了作者隐秘的心态:"在展示这一艰难的精神历程时,张贤亮很好地把稳了那一代人真实的心理气氛。"但他尖刻地说:"苦难的艺术表现决不仅仅是对苦难的控诉。当你细致入微地描写经受苦难和如何从苦难中走出时,你多多少少就把苦难当作了'艺术观照'的对象。这对一部艺术作品来说根本是无可非议的。经受过苦难的人回过头去,为自己的耐受力而感动,他们

---

① 李陀:《现实主义和"意识流"——从两篇小说运用的艺术手法谈起》,《十月》1980 年第 4 期。

② 黄子平(1949—),广东梅州人。文学评论家。1982 年毕业于北京大学中文系,师从谢冕教授读研究生。毕业后在北京大学中文系任教。20 世纪 90 年代后去美国,现为香港浸会大学中文系教授。有著作《二十世纪中国文学三人谈》《沉思的老树的精灵》和《灰阑中的叙述》等。是 20 世纪 80 年代活跃的文学评论家。

第八章 新时期的小说批评

不由自主地把苦难'神圣化',甚至产生了'要追求充实的生活以致去受更大的苦难的愿望。"不过,"是什么使苦难转化为'充实的生活'呢?作者通过两个侧面来回答这个难题:一是马樱花们的'耐力和刻苦精神',一是章永麟的'超越自己'"。这可能是受到俄罗斯文学和哲学的影响,张贤亮才形成与同代作家不同的文学观念和小说的结构的。不过,黄子平仍然指出了张贤亮书写的软肋:"他从心理学的极大真实性直接上升到历史哲学或人生哲学真理性时,也许过于匆忙和急促了。"因为,"急促地上升难免留下空白。前来填补空白的却往往并不一定是真理"。①

刘再复认为灵与肉的矛盾,是张贤亮小说的主要看点:"张贤亮的小说《绿化树》,更是一篇让人们心灵震颤的思辨性很强的作品。主人公章永璘灵魂的深度是当代文学中少见的。""这部小说描写的是他劳改释放后所经历的一段含辛茹苦的生活,是他的'死魂灵'重新复活和重新崛起的艰难历程。""但是,他的灵魂新生之后又在另一个层次(更深的层次)上继续挣扎,这是'肉'与'知'的一场冲突,是在更高阶段上的灵魂的复活和崛起,这个崛起过程又是充满着痛苦的。"刘再复还注意到女人在章永麟灵魂复活中的特殊作用:"马樱花那'你还是好好读书'一句话,不仅扑灭了他的带着邪气的肉的意念,而且重新点燃了他的追求知识和真理的火焰,这是马樱花对他灵魂的进一步拯救。"② 青年批评家

---

① 黄子平:《我读〈绿化树〉》,载《沉思的老树的精灵》,华东师范大学出版社2014年版,第148—151页。
② 刘再复:《性格组合论》,上海文艺出版社1986年版,第176—177页。

· 135 ·

王晓明也注意到张贤亮小说习惯拿男女关系来做文章，但他不客气地批评说：

> 张贤亮再怎样竭心尽力，把马樱花们写成死心塌地的女奴，他对女性的那种发自心底的感激，那种不可遏止地向她们讨温暖、寻依靠的冲动，毕竟会不断地溢泄出来。读者仔细体味就可以发现，所有这些女性人物在有一点上都非常相像，那就是她们对那个男人的怜爱，那种近于母性的怜爱。无论是乔安萍对石在的关怀，还是韩玉梅对魏天贵的体贴，也无论穆玉珊对龙种的困境的理解，还是马樱花望着章永璘狼吞虎咽时的笑意，甚至黄香久最后对他的诅咒，都使你感到一种温情，一种怜悯。那也许是爱情，但却很少有那种对强有力的男性的渴求，而更多的是一种母性的给予；那的确是宽恕，但却很少有深究原委之后的通达，而更多的是一种居高临下的迁就。一种夹带着怜爱的姑息。不管张贤亮心中升起过多少自我尊崇的幻想，他长期经受的毕竟是那样一种被人踩在脚下的屈辱，一种不断泯灭男性意识的折磨。在他的记忆中，从女人那里得到的也就不可能有多少倾慕和依恋，而多半是怜悯和疼爱。也许，正因为曾经丧失过男性的权利，他才这样急迫地渲染那个叙事人的男性力量？也许，正因为不愿回味那接受女人保护的屈辱境况，他今天才这样坚决地要在她们脸上添加那种对于男主人公的仰慕神情？可惜，他的情绪记忆又一次破坏了那个叙事人的企图，他极力想要显得比马樱花们高过一头，可结果，读者

第八章 新时期的小说批评

发现她们竟常常用了俯视的眼光在看他。①

这种不以作家的是非为是非，秉持独立见解的批评，整个80年代，都是为数不多的。批评家贴着作家的问题去分析他作品中的"问题"，也给人别开生面的印象。那一时期，人们对作家作品的"迷信"，已经达到了空前的程度，这种迷信是与对历史进步的迷信同步产生的；没有人把小说当作作家个人的东西，而是将它看作历史进步同盟者。这一定程度上反映了小说批评的历史短视，同时也把当时文学批评的真实水平展现了出来。可以说，正是王晓明这篇文章从中撕开的一个口子，让我们今天意识到这一点。

王蒙是一个长于从政治的角度来写小说的作家。他早年投身革命的经历，在文学生涯中投下了浓重的色彩，深刻影响了他的思想观念和小说观。《文艺报》记者雷达②注意到："听完他的自述，我问他：'你怎样看待这件二十多年前文坛上的公案（笔者按：指对《组织部新来的青年人》的批判）呢？'王蒙爽朗地笑了，随即满怀感慨地说：'我不想翻历史老账了'。接着他向我表述了他多年深思过的看法。他说：第一，文学应该能动地为政治服务，它不仅表现在党的文件和党报的社论发表以后，立即起而响应、配合，而且还应该走到时代生活的前面，有所发现，提出文件、社论暂时还没有

---

① 王晓明：《所罗门的瓶子——论张贤亮的小说创作》，《上海文学》1986年第2期。
② 雷达（1943— ），甘肃天水人。文学评论家。1965年毕业于兰州大学中文系。先后在全国文联、新华社、《文艺报》、中国作家协会创研部工作。有著作《民族灵魂的重铸》等。

提到的问题,并且大胆地提出作家自己的看法","第二,短篇小说有它自己的艺术规律,它总有个侧重点",他接着又强调,"第三,至今我们的作品,包括优秀的作品,都没有完全摆脱'主题先行',这是庸俗化地理解文艺为政治服务的结果。"①

乐黛云认为,张洁是一个从女性意识视角写小说的作家,作品有本人的自传色彩,"中国现代女性意识的觉醒在其最初阶段主要表现为对男权的反叛,首先是对父权和夫权的反叛。她们纷纷从父亲或丈夫的家庭逃离"。但是,"逃离家庭,做一个无家的自由女人怎样?在张洁的《方舟》中,一位女记者、一位女导演、一位女翻译抛下了她们的男人们,生活在一起,建立起'一叶只有女性的孤舟。她们首先是经过那'一场身败名裂、死去活来的搏斗'——离婚,她们必得担负起男人和女人的双重工作,她们必须忍受各种闲言碎语和男人对'离婚女人'特有的淫邪的眼光"。乐黛云借此分析道:"为了自由的自我,她们甚至不得不以扼杀这样的'生命的意义'为代价!在作者看来,即使是付出如此昂贵的代价,逃离无爱的家庭也是值得的。这就是为什么她以'方舟'为这部作品的篇名,并特别注明:'方舟并鹜,俯仰极乐'(《后汉书·班固传》),而不全用西方'诺亚方舟'的典故。"② 在刘再复看来,张贤亮是以"写灵魂自救"为特色的小说家。张氏的自我拯救方式是借助女人来实现的:"当埋藏在他灵魂深处的这一部分理性复活之后,他的灵魂中更深的一种东西又萌动了,他在马樱花面前的文化优越感萌动了,这种优

---

① 雷达:《"春光唱彻放无憾"——访作家王蒙》,《文艺报》1979 年第 4 期。
② 乐黛云:《中国女性意识的觉醒》,《文学自由谈》1991 年第 3 期。

越感竟然使他感到拯救他灵魂的伟大女性的'粗俗'以及他们之间的距离。这是潜藏在他的灵魂深层中的、已经沉睡得很久的思想情感。这种优越感的萌动，与其说是对体力劳动者马樱花的某种轻蔑，不如说是他的知识分子自我本质的进一步觉醒。"① 刘再复将章永麟的"精神优越感"看作张贤亮创作的特色和思想出发点，思想资源是他所认为的"鲁迅传统"。

上述批评对认识理解王蒙、张贤亮等人的创作，产生了显著的影响，后来的作家作品研究，基本是在这些方面展开的。这些意见也让我们意识到，作为处在文学创作最前沿的批评家，这些看法也反映着当时文学重要的时代症候。对80年代的人们来说，"政治""女性"和"灵魂"往往是被看作"突破"思想"禁区"的几个攻破点而显现的。这即是曾镇南在分析王蒙小说世界时论述的："在王蒙的小说中，与那种在历史报应的现象中把握具体的历史联系的历史感同样重要的，是一种沧桑感。这是作家在巨大的历史变动中的心灵感受，他把这种感受分给了他钟爱的各种各样的人物。如果就艺术传达的丰富多样、灵敏准确、迅速新颖而言，王蒙小说的沧桑感，甚至可以说比他的历史感更重要。因为包含着历史报应思想的历史感，在王蒙的小说中，更多地是以思想的本色形态，以一种政治智慧发挥出来的；而沧桑感却更多地存在于人物的情绪和感觉中。前者是偏于历史的、社会的客观认识，后者是偏予现实的，人生的主观感受。"② 批评文章暗含着刚

---

① 刘再复：《性格组合论》，上海文艺出版社1986年版，第176—177页。
② 曾镇南：《惶惑的精灵——王蒙小说片论》，《文学评论》1987年第3期。

刚经历了政治运动戕害的千百万人内心里最真实的声音。它强调，任何合法社会都是应该为每个人的生存权利来服务的，而违反这一原则的社会，都应该被谴责、被鞭挞和否定。王蒙、张贤亮和张洁是最早打破思想禁区的一批作家，他们专注于政治、女性和人性主题的开掘，表现出难得的思想勇气，其作品在广大读者心目中引起了长时间的共鸣。

这些作家所关注的文学命题，不仅成为新时期文学草创期最重要的发生点和关键词，而且也为开辟崭新的小说题材做出了贡献，它在某种意义上，还引发了后来的文学潮流，例如90年代后张平、王跃文的"反腐小说"，王安忆、铁凝、林白、陈染的"女性小说"，即使随着文学的发展，后继者已远离前者的影响，而呈现出多样化的样貌。王安忆2001年在《我是女性主义者吗?》中说："如果说女性主义，我觉得中国只有一个人是女性主义者，就是张洁。"她又强调："我喜欢写女性，她有审美的东西；男性也写，但写得很少，而且不如女性，我觉得女性更加像一种动物。"她认为自己塑造的妹头这个形象"是很有趣的，她的活力、生命力，她的活跃性都超过小白。小白是苍白的，尤其是小白离开他那间房子，住到新开发区的那座公寓去之后，他的生命力就完全没了"。她接着分析《我爱比尔》中的阿三："她自以为她自己和比尔已经接轨了，而实际上她是永远不能和比尔在一起的。她后来碰到一个法国人马丁，她也爱马丁，但马丁与比尔是不一样的，比尔是现代化的象征，马丁不是，他有他的根，根深叶长。""我的意思是说一个女孩子在身体与精神都向西方靠拢的过程中毁灭、自毁。"① 由此可见，始于张洁的女性书写，由于社会的发展以及作家们的探索创新，其内涵已愈发丰富和复杂。它不再止于女性情感的范畴，而与个体生命、身体、跨国婚恋建立起更广泛的联系。

北京批评家的现实主义文学观念，是在不断分化和碰撞中发展的。如果说，刘再复、阎纲、何西来、雷达和曾镇南所秉持的是典型论和历史美学的批评观，那么，李陀、高行健和黄子平则开始吸收现代主义的批评理论，这决定了他们文章更丰富和驳杂的面貌，也呈现出与新潮小说进一步对话的可能。

第二节　知青运动与知青小说

知青小说和右派小说，是当时文学界最活跃的两大小说阵容。正像右派小说创作思潮中有一个"反右运动史"一样，没有1968年的"知识青年上山下乡运动"，知青小说是不可能在"文化大革命"结束后迅速登上文学舞台的。以"广阔天地、大有作为"为口号的知青上山下乡运动，是五四新文化运动以来影响最为深远的青年运动。"上山下乡"一词最早见于1956年10月25日中共中央政治局关于《1956年到1967年全国农业发展纲要（修正草案）》的文件中，最初的知青下乡是在1955年。为缩小城乡差别，当年8月9日，北京青年杨华、李秉衡向共青团北京市委申请到边疆区垦荒，11月份获准，

---

①　王安忆、刘金冬：《我是女性主义者吗？》，《钟山》2001年第5期。

引发城市知识青年到农村边疆垦荒的热潮。毛泽东作出"农村是一个广阔的天地，到那里是可以大有作为的"，"知识青年到农村去，接受贫下中农的再教育，很有必要"的指示，大量城市知识青年奔赴农村。上山下乡有农场（包括兵团、干校）和插队两大模式。与农场模式不同，插队无须政审体检手续，没有严格的名额限制（赴边疆除外），顾名思义就是安插在农村生产队，和普通社员一样挣工分。1968年中国出现了古今绝无仅有的初高中学生（即"老三届"）一起毕业去农村的奇景。从这年冬季起，插队规模之大、涉及家庭之多，动员力度之强，国内外影响之深，都空前绝后。"插队"从此成为一个特殊意义的名词。

在这场历史深远的青年运动中，涌现了卢新华、孔捷生、张承志、遇罗锦、韩少功、王安忆、阿城、叶辛、史铁生、郑义、陈建功、铁凝、竹林、陆天明和陆星儿等一大批"知青作家"。

知青小说批评是从"人生问题"的角度进入的。批评家季红真本人就有插队经历，广阔天地的生活，伴随了她人生的成长，也加深了她的困惑。这种独特体验，很自然地流于作者的笔端。季红真把张承志小说美学风格归纳为"人民主题的多重变奏""一代人道路的多样选择""强者性格的多种矛盾"等。她指出，在《黑骏马》《白泉》等小说中，"张承志在对人民命运的严肃写实中，并没有停留在一般的同情和悲悯上。他在思考历史推移中人民的巨大力量，因此，他更重视发掘人民在历史文化的因袭中，在现实条件的限制下，在有缺憾的生活里积蓄的蓬勃生活力和伟大的人道精神。他以饱浸深情的笔触，描绘着普通劳动者丰富的情感世界，歌颂他们心灵的健康美质"。季红真注意到张承志的红卫兵记忆作为人生起点，对他整个创作生涯具有贯穿性的影响："在红卫兵运动中开始人生旅途的张承志，自身的经历使他更多地思考同时代人的历史命运。红卫兵—知青—现代学者，几乎构成了他笔下的青年知识分子们的共同经历。为人民，是他们由和人民在实践中直接的结合到纯然精神的联系，这一外部生活的变化中始终执拗坚持的理想，因此，对青年道路的思考也是人民主题中一个有机的部分。"[①] 李书磊[②]将知青小说的"人生问题"比作"寻梦"。他在分析张抗抗《北极光》的女知青形象时说："是北极光点亮了她的眼睛，而视野中不合理想的现实又引发了她对北极光更强烈的追求。这种对新生活的热烈向往在当时的中国人尤其是青年人中太普遍了。"他相信《雨，沙沙沙》中有王安忆的知青经验，小说艺术上比《北极光》成熟些，因为处理得"自然、熨帖"。雯雯不满生活的沉闷和枯燥，"她终于没有找到这一切，尽管她总在渴望、总在期待；但她并不失去信心：她相信生活中应该有的就一定会出现，正如那位雨夜中的青年会突然降临在她眼前一样"[③]。

批评家希望撇开"伤痕文学"的悲剧叙述，重回知青小说的"日常生活"情景当中。李洁非、张陵1986年在《小说在此抛

[①] 季红真：《沉雄苍凉的崇高感——论张承志小说的美学风格》，载季红真《文明与愚昧的冲突》，华东师范大学出版社2014年版，第103—119页。

[②] 李书磊（1964— ），河南原阳人。文学评论家。1982年毕业于北京大学图书馆学系。师从谢冕教授，在北京大学中文系读硕士、博士。曾在中央党校文史部任教。

[③] 李书磊：《从"寻梦"到"寻根"——关于近年文学变动的札记之一》，《当代文艺思潮》1986年第3期。

· 143 ·

锚——当代中篇小说所处位置的解说》中，指出阿城的《棋王》"益发地体现出'非小说化'的倾向，它们被有的人按照习惯的表述区分为'纯主观主义'和'纯客观主义'两大类，这种表述是否新颖姑且不论，然而它们内在的理想却是一致的，即力图摆脱由教科书强加给小说的一切框框，而使之向生活自身复归，不论是强调主体感受的，还是强调集体无意识的，总之，向他们理解的生活的真实性复归——在这里，生活成为本体、艺术本身，因而艺术的形式感也就表现为生活的形式感——无疑，正是这种生活的形式感促成了《棋王》的幽默"。[①]李洁非和张陵所说的"抛锚"，指的是作家创作上的自我调整，包含了与知青文学思潮的关系，以及如何坚持自己艺术个性的问题。"阿城的'三王'都取材于他本人亲历的'知青'生活，但无论在主题意旨还是表现形式上，都超越了通常带有'伤痕文学'色彩的'知青小说'。阿城无疑去描绘一种悲剧性的历史遭遇和个人经验，同时也避免了当时流行的浪漫主义和理想主义的风格模式。他在日常生活的平和叙说中，传达了对于中国传统文化精神的认同与欣赏。他那大巧若拙的描写，朴实简洁的语言、豁达脱俗的美学情致，都浸润着浓烈的民族文化传统，复活了古典文学的经验。《棋王》的主人公王一生，在动乱的岁月里，沉溺于棋道之中，随遇而安，知足常乐。在中国象棋的楚河汉界里凝结着中国道家文化的精神，让王一生在纷乱狂躁的年代里去寻求老庄的风范，体现了作者对传统道家文化的向往。""而通过写他对

[①] 李洁非、张陵：《小说在此抛锚——当代中篇小说所处位置的解说》，《当代作家评论》1986年第1期。

第八章 新时期的小说批评

'吃'的高度重视,表现他对生命价值的尊重。在他那种处事不惊、怡然自得的性格的刻画中,拉开了这个人物与时代规范下的'知青'形象的距离。""小说对王一生独特个性的描绘集中在这一方面:他看似阴柔孱弱,其实是在无所作为中静静地积蓄了内在的力量,一旦需要的时候,便迸发出来强大的生命能量。"①

如果说季红真的张承志评论企图把小说与六七十年代青年运动史联系,并做进一步思想根源的挖掘和推进的话,那么李洁非、张陵和旷新年则借助"抛锚",来指出知青小说从社会运动中分离出来的必要性。知青作家群体在短暂叙述了苦难史后,出现了明显的分化,例如张承志循着知青记忆向伊斯兰思想深耕,史铁生对知青经验进行抽象的精神升华,韩少功、阿城则努力向寻根文学转型等等。知青作家意识到,知青运动只是政府临时性的决策,它只能作为作家创作的起点,而不是最后的归宿。知青文学一旦成为历史叙述,就会表现出本身的局限性。这样一来,本该深耕细作和展现更辽阔历史视野的知青小说,就提前结束了历史使命。从当代小说史的角度看,对"抛锚论"的必要反思是应该的。抛锚是历史的中断,也是匆忙的结束,它难有更深远的展开。其他方面的创作现象实在太多,比如"合作化小说""伤痕小说""知青小说"和"先锋小说"等。这些小说思潮或因历史运动终结而夭折,或因作家的分化而中断。这些创作现象的未完成性,证实了当代中国小说并不是一个长远深邃的规划。当代中国史过于频繁的"转折""转型",

---

① 旷新年:《写在当代文学边上》,上海教育出版社2005年版,第69—70页。

当时不在"北京批评圈"的洪子诚，反而能冷静观察到知青文学存在的问题，他是在比较中展开分析的："与五十年代成为右派的'复出作家'相似，知青作家的作品，也常有明显的自传色彩。他们要为自己这一代人的青春立言，为他们这段经历提出或悔恨、或困惑、或骄傲的证言。而他们也可以不费力气地从自身生活中，找到可以写进小说的人物、故事、细节。不过，比起'复出作家'来，他们更关心个体'本性'的失落与寻找，对历史本身作出评判，探究历史运动的根由的创作冲动，要淡薄得多。""这样，知青作家的创作在小说形态和内在情绪上，都有别于复出作家的反思小说。他们不想以个人经验去联结历史重大事件，他们情绪基调也始终处在惶惑不安、处在焦虑的寻找之中。"他接着分析说，出现这种情况，当然"与'知青'运动实际上已结束有关，也与大批'知青'回城后的实际处境有关系"。洪子诚还对知青经验和创作的差异，进行了细致精微的研究。他认为，作为69届初中生的王安忆，没有经历"老三届"的那种"痛苦的毁灭"，也没形成特有的社会理想和人生价值。而郑义因出身于"资本家"，刚开始就受到歧视。因此，其作品"因而也失去从插队农村中寻找精神财富的那种动机"。作家创作坐标的调整，既与个人经验有关，也离不开与文学思潮起伏的关系："实际上，从《黑骏马》、《北方的河》开始，他的视角（按：指张承志）已离开了社会政治的范围。他和史铁生的《我的遥远的清平湾》，表现了后来出现的'寻根文学'的精神特征。""八十年代中期以后，'知青作家'作为一个创作的'群落'

事实上已不存在。"但同时"这一历史事件所提供给文学的'资源',也很难说已被充分挖掘"。① 杨晓帆接着洪子诚的分析说,过早地把"知青小说"从"知青运动"中拿出来,加以撇清,固然对文学的发展有好处,但也回避了对"知青运动"背后当时中国农村问题的深入认识的难得机遇。她在一篇题为"知青小说如何'寻根'"的文章中强调:"我们从寻根批评与《棋王》的经典化追认中可以发现,这种新的主体重建其实是以遗忘真实的知青历史经验为前提的,抽象的文化想象在为他们实现文学体制变革走向世界与文学现代化的同时,可能也阻断了他们对作为知青运动发生地的广大农村的客观认识,使他们不再尝试去反思自己曾亲历的那段作为中国社会主义革命实践一部分的当代史记忆。"②

这种情况下,当我们回过头再读当时主流性的知青小说的批评文章,会发现洪子诚和杨晓帆所主张的反省并没有出现。它们一直滞留在"反思文化大革命"的表面议题上,跟着社会史评价做出对知青小说"历史价值"的分析。比如有人说,梁晓声"《这是一片神奇的土地》是一个富有浓厚传奇色彩的生活故事。作者毫不掩饰地描写了那个动乱时代在北大荒落户的一群知识青年们的生活、思想、性格上所打下的深深的烙印。这里,有虽属天真烂漫但却也充满着初生牛犊不怕虎的可贵的勇气和创业雄心;有虽被扭曲了但却真诚、感人的友谊和爱情;有痛楚,有血泪,有死亡,更有从这中间产生出来的英雄业绩——被开垦出来的'鬼沼'荒原。李晓燕、

---

① 洪子诚:《中国当代文学概说》,香港青文书屋1997年版,第117—120页。
② 杨晓帆:《知青小说如何"寻根"》,《南方文坛》2010年第6期。

李晓燕的男朋友、王志刚、'我'这样一些感人至深的知青形象，就是在这种色彩斑斓的生活背景中活跃起来的。故事的结尾处，'我'前往'垦荒者'墓前凭吊妹妹李晓燕。作者写道：'我们经历了北大荒的'大烟炮'，经历了开垦这块神奇的土地的无比艰辛和喜悦，从此，离开也罢，留下也罢，无论任何艰难困苦，都绝不会在我们心上引起畏惧，都休想叫我们屈服……啊，北大荒！''我'对北大荒的这一段生活是这样认识的，对十年浩劫中各种各样的生活，难道不是同样应该这样来认识吗？"[1] 张钟注意到韩少功的《西望茅草地》写了农民的形象，作者"有意从理论性高度把握中国农民小生产者狭隘眼光的几个特征：平均主义、禁欲主义、家长制等等。这篇小说中的主要人物张种田是一个很典型的农民革命者形象。他本是以一个小农的眼光去闹革命的，又以小生产者的习性去搞社会主义的，在他当权的茅草地农场的土地上他成了一个酋长，实行独断的家长式统治，他个人的意志就是法律，以原始的手工劳动代替现代化的生产方式，在文化上搞蒙昧主义，在经济上搞平均主义，可悲的是他把这一切都当作公正无私的社会主义加以推行。他违背社会潮流和经济规律的倒行逆施不能不受到客观规律的惩罚，结果是人心涣散，生产倒退，农村败落，这个茅草地王国的酋长也变成了一个乞丐式的可怜虫。张种田的悲剧抹去了种种用小农观念来改造社会的幻想的曙光"[2]。张钟难能可贵地捕捉到知青小

---

[1] 中国社会科学院文学研究所当代文学研究室：《新时期文学六年（1978·10—1982·9）》，中国社会科学出版社1985年版，第154—155页。

[2] 张钟等：《当代中国文学概观》，北京大学出版社1986年版，第543页。

说对农民形象的塑造，将他们身上的小农意识与当时历史条件相联系，进行了有深度的揭示。他认为作者限于当时历史认识，没有对知青运动"提供给文学"这一"资源"作更深刻的挖掘，当时批评家的兴奋点，是在"揭露伤痕""艺术创新"等方面，他们不可能像今天洪子诚这样，能从历史基础上站起来，注意到这个"资源"对于知青小说如此深远的意义。当然，洪子诚是以文学史研究的眼光来看知青小说创作的，时间的沉淀，给了他再反思的机会。

第三节 有关"伪现代派"

1982年，冯骥才、李陀、刘心武在《上海文学》第8期发表《关于"现代派"的通信》，开始鼓吹"现代派文学"。6年后，黄子平在《北京文学》1988年第2期发表批评"伪现代派"的文章《关于"伪现代派"及其批评》。这是北京批评圈介入"现代派文学"的两个醒目例子。也是西方现代派文学在沉寂几十年后再复出时，北京批评家对现代派文学的讨论和争论，表征着"解放区批评"的历史终结。李陀、黄子平等新锐批评家的崭露头角，表明以历史批评见长的北京批评界开始出现分化的趋势。这一切迹象背后，是北京这座古都在新时期醒来时，在从传统政治社会步入现代社会涌起的澎湃的潮汐。

1982—1985年，北京青年小说家刘索拉、张辛欣和徐星以《你别无选择》《蓝天绿海》《在同一地平线上》和《无主题变奏》等小说，及时捕捉到中国开启现代化进程的敏感信息，他们塑造的不同于十七年文学的、具有现代气息和自我叛逆性的现代青年形象，标志着当代文学人物画廊的更新。这批最早出现的城市题材作品，与80年代北京城市功能的急剧变化有直接的关系。1979年冬，在北京沙滩大街十字路口，出现了大幅的美人广告。这幅手绘广告画，对社会公众产生了很大的视觉冲击力。戴着留有进口货标志商标蛤蟆镜的年轻人，是70年代末80年代初北京街头和公园的一道亮丽风景。这是品牌意识的觉醒，是现代社会的最早的浪潮。还有一批写于"北京现代化前夜"的小说，虽然它们与费瑟斯通所描绘的后现代城市景观差了十几年的时间。直到20世纪90年代中期，北京才出现"百货商场、商业广场、有轨电车、火车、街道、林立的建筑及所有陈列的商品，还有那些穿梭于这些空间中的熙攘人群"的现代化情景。① 正因为这种历史的超前性，使这些小说在当时备受争议，某种意义上影响到了它们在当代文学史叙述中的微妙的位置。《无主题变奏》的主人公是一个追求着"我们这个年代的梦"的年轻人，他敏锐感觉到北京未来十几年将要发生的深刻变化，他想"选择自己的道路"，向往"各种职业"，因此他不会变成老Q、老讳、"伪政权"、"现在时"那样的有为青年。他时不时对社会观念流露出讥讽的口气，但他精神上又是茫然的。这种多余人形象，虽然在当时作品中比较少见，然而其历史预言性，不久就被王朔的创作证实了。王朔的《顽主》《我是你爸爸》《过把瘾就死》等小说，把徐星小说的观念性文学信息，变成栩栩如生的人物的世界，他作品中成

---

① [英]迈克·费瑟斯通：《消费文化与后现代主义》，刘精明译，南京译林出版社2000年版，第34页。

第八章　新时期的小说批评

功塑造的顽主型的人物形象,比徐星等人更加清晰和生动了。

身处变化激流中的冯骥才、李陀和刘心武等批评家,预感到中国将会在各领域(包括人们日常生活)发生的彻底的变革。而文学,则是这重大变革之际最早飞出的一只春燕。这就是1982年他们以"现代派文学"为题,讨论当代文学即将发生观念变革的一批"通信"的时代背景。

> 我所说,我们需要"现代派",是指社会和时代的需要,即当代社会的需要;所谓"现代派",是指地道的中国现代派,而不是全盘西化,毫无自己创见的现代派。浅显解释,这个现代派是广义的,即具有革新精神的中国现代文学。我们的现代派的范围与含义,便与西方现代的内容和标准不太一样。

李陀在致刘心武信件中,以高行健那本关于现代派小说初探的书为例,具体谈到了文学形式变革和艺术技巧等问题:

> 《初探》没有像有些外国文学研究工作者那样,对西方现代派文学的起源、发展、成就、历史局限等方面做全面的分析和批判,但是它实际上是有所扬弃的。它好像作了某种剥离的工作。西方现代派文学的表现技巧是很复杂的一个体系。就形式而言,当然这是对古典的文学观念和表现技巧的一次重大革新,是新体系取代旧体系。但是,形式和内容往往有着密切的联系,一定的形式又是为一定的内容服务的。[①]

[①] 冯骥才、李陀、刘心武:《关于"现代派"的通信》,《上海文学》1982年第8期。

历史地看，这三位批评家是为了一个共同的文学理想走到一起的，"通信"中有他们的困惑，也有思想的觉醒，更有新的观念的萌生。虽然在此之前，最早翻译介绍西方现代派文学的，是中国社会科学院外国文学研究所的李文俊、柳鸣九、叶廷芳、吕同六、董衡巽、朱虹、吴岳添等，但最早将这成果转化到小说批评之中的，应该是冯、李、刘三人的"通信"。这些文学通信，标志着文学界对十七年文学的最初的检讨。20世纪80年代初，社会转向以经济建设为中心的轨道，是促使这些批评家呼唤"现代派文学"的重要契机。

与"解放区批评圈"的批评理念不同，北京批评家表现出对个人、自我、形式探索等话题的浓厚兴趣。虽然李陀等人的主张对小说的艺术探索产生了影响，但不能不注意到，这种主张中带有"折衷""妥协"的成分，有那个年代社会变革的激流往复再三的特点。正如有的研究者指出的："如果我们对'作家通信'做一番知识考古学考察，不难发现作为上述三位作家的'知识之来源'的毛泽东的《讲话》就曾包含着对'形式'脱离'内容'观点的反对，因此他特别强调二者之间的'密切联系'和形式对内容的'服务论'。而周扬的《文艺战线上的一场大辩论》也强调了对'文学阶级性'的修辞性划分、界定和归类：'我们要求文学是社会主义的文学，而不是资产阶级的文学，要求文学为广大劳动人民服务，而不是为少数上等人服务。'读者注意到，尽管三位作家在大声疾呼'现代派文学'，并为它的'合法性'辩护，但又不得不小心翼翼地修复自己的激进立场，向着毛泽东和周扬的'知识

第八章 新时期的小说批评

原点'上靠拢。这种'知识原点'其实并没有从1980年代文学创作和文学批评中退场，相反它还在向着以'探索'、'人道主义'为中心的文学场里大面积地渗透。也就是说，乔纳森等所观察到的'不同知识活动来源的混合'，仍然是80年代文学'知识活动'的特色之一。所以，许多年后连李陀也承认：'回顾80年代，涉及的问题太多了，也太大了，你必须对涉及80年代的各个历史都作一些批判性的再认识才行——不是一个历史，是许多历史，这带来难度，需要处理的，不光包括四九年建国以后的历史，还有一百多年以来中国革命的历史，改革的历史，思想和观念变迁的历史，经济和文化发展的历史。"① 值得指出的是，这种"取代式"的批评流派和观点在当时非常流行，深受人们青睐。它理论理路的简单，观点的直观大胆，也暴露出逐渐与时代潮流相脱节的迹象。历史地看，写个人和自我的小说，在告别大时代的过程中是有其意义的。"个人"是对历史创作的修复，人们通过这种极端形式重建了自己的世界。但是当这一进程结束，文学在面对新的历史阶段的曙光时，个人自我书写就显得狭小了。

然而，年轻批评家黄子平对"现代派"提出了刹车的警告。他在一篇当时颇有争议的文章中指出："稍微'回顾'一下1978年以后中国作家'重新发现'现代派文学的过程，或许有助于从上述纷繁复杂的内涵中理出一点头绪来。我以为，在这样多的对子中，'意识/技巧'可能是一个分析的关键。""据说，执著于现实主义文

---

① 参见程光炜《当代文学的"历史化"》，北京大学出版社2011年版，第94页。

学理论的乔治·卢卡奇严厉批评表现主义,却在匈牙利事变之后被捕时恍然悟到卡夫卡作品的真实性。同样,浩劫之后的中国作家最早'认同'的,几乎是卡夫卡。在中国社会科学院外国文学研究所工作的女作家宗璞,在她的中篇小说《三生石》里,写到女主人公梅菩提在'文化大革命'中偷偷焚烧自己的论文时想,自己根据流行的调子去批判卡夫卡的'局限性'是多么荒唐。实际上,宗璞写于1979年的短篇小说《我是谁》,明显地令人想起卡夫卡的《变形记》。"他认为西方现代派文学的"内容"与"形式"是一致的,因此担心人们有意地"剥离"是否有必要:"花城出版社1981年秋季出版的剧作家、小说家高行健的一本小册子《现代小说技巧初探》。作家冯骥才、李陀、刘心武为此发表了几封后来被统称为'四个小风筝'并引发了一场'空战'的书信。从这本小册子和这些书信中可以注意到他们强调的正是如何把现代派文学的'表现技巧'同它们特定的'表现内容''剥离'开来,强调形式美的'相对独立性',强调小说技巧的'超阶级性',等等。问题并不在于:这是一种策略、障眼法、权宜之计、'东方的狡黠'呢,还是一种真诚的理论主张?实际上,现代派文学的技巧、手法在何种程度上可以跟其内容'剥离'开来,仍然是一个悬而未决的问题。"在经过一大段分析,力图瓦解李陀的"现代派文学"的存在基础,并略带讥讽地称之为"伪现代派"后,黄子平说:"我们看到,'伪现代派'不是一个经过深思熟虑的理论概念,而是在处于开放和急剧变动的文学过程中产生的,被许多'权力意愿'认为是顺手、便利的一个批评术语,其含混之处几乎与它的丰富成正比。任何'命名'

第八章 新时期的小说批评

都是一种'施暴'。"另外，"'伪现代派'这一术语背后蕴含了一个根深蒂固的观念，即存在一种'正宗'或'正统'的现代派文学或别的什么派"。① 这是对发表"通信"的"四只小风筝"的最直接的批评。

李陀也在《也谈"伪现代派"及其批评》中回应说："拿黄子平在《关于"伪现代派"及其批评》一文中提到的'四只小风筝'的事来说，我当时（1982年5月20日）写给刘心武的信的题目就是《"现代小说"不等于"现代派"》，信里的中心意思，就是中国文学应当以'现代小说'为建设目标。我想有必要在这里摘引其中一段：'现代小说和西方现代派小说有某种联系，或者应该有某种联系。就我们中国现代小说来说，就是注意吸收、借鉴西方现代派小说中有益的技巧因素或美学因素。当然在这个问题上目前有很大争论。'"他接着笔锋一转："或许又有人神经兮兮地认为我这是在反对现实主义，那只好随他去。实际上我只是想提出这样一个问题：在现实主义由于中国化而产生了严重的名实不符的情况下，为什么中国的文学工作者还一定要坚持现实主义这个名义？为什么一定要给自己的文学加上现实主义的桂冠？"因此，他认为自己提倡"现代派文学"没有错，这是顺应当代文学潮流的理智之举："恐怕谁也不能否认西方现代派文学对中国当代的文学发展产生了极为深刻的影响。实际上自1980年以来的中国文学界对西方现代主义的翻译、介绍和研究都达到了前所未有的规模，而文学创作界对西方现

---

① 黄子平：《关于"伪现代派"及其批评》，《北京文学》1988年第2期。

代主义的学习、借鉴也形成了空前的高潮。"先有北岛、宗璞、王蒙、高行健,后又有韩少功、张承志、阿城、刘索拉、扎西达娃、马原、莫言、残雪,以及李锐、余华、苏童、孙甘露、王朔和李晓等,这不都证明当前现代派小说创作的蔚为大观?""我对黄文的另一个不满,是贯穿于文章首尾的一种冷静得近于冷漠的客观主义态度。"他讽刺道:"也许这是一切科学主义的文学批评所难以避免的吧?""黄子平有一次幽默地批评说,作家好像被身后的'创新'之狗追得连停下来小便的时间都没有。这话一时不胫而走,传为笑谈。我现在想问一句:是不是这条狗已经追到批评家身后了呢?"①在20世纪80年代思想开放的环境中,不同意见之间的商榷和论战是比较常见的。争论凸显出问题的存在,同时也引导着文学的进一步发展。

黄子平并不像李陀指责的是"冷静得近于冷漠的客观主义态度",1985年他就热情拥抱过刘索拉的"现代派小说"《你别无选择》,称其是令他"震撼"的小说。他说:"这就是为什么对音乐所知甚少的我也被小说所震撼。刘索拉戏谑揶揄而又不露声色,凝练集中而又淋漓尽致。人物接踵而至,永远伴随着凝练化了的动作、张扬了的表情。音乐、音乐、音乐。除了音乐什么也不想什么也不吵什么也不谈。故事几乎就囿于那个学院的围墙之内,楼道里永远是一片疯狂的轰鸣,人物几乎没有历史和过去,他们并不是'带着档案袋上场'。这里永远是现在时,永远像银幕上的映像用一束光

---

① 李陀:《也谈"伪现代派"及其批评》,《北京文学》1988年第4期。

第八章　新时期的小说批评

把'当前'呈示在你面前。马力死了而铺盖还在因而马力并没有死。小个子走了而功能圈还在因而小个子并没有走",这一切"便具有了某种'形而上'的意味"。为此,他反而觉得小说批评有些裹足不前:"我们的理论至今无法对这种形象化的抽象作出令人满意的解释,而正是这种形象化的抽象使小说通向嘲讽、通向诗和哲学。对话灵活地用来转换时空并勾勒出人物,每一个人物都是主人公因而并没有一个专门的主人公。人物都是有一个被夸张了的特征因而你只记住了这个特征,而不晓得'性格的立体感'为何物。走马灯的旋转使我们把人物看成一个浑然的群体。""它讲述的是一代人的命运,准确地说,是讲述他们的骚动不安的心灵的历史。"他最后指出:"于是你回过头来在一片喧嚣中发现了和谐,白纸黑字的堆积中发现了结构、技巧和文体,发现了敏捷和才气。"[①] 这与"四个小风筝""通信"中的主张,与当时李陀热情鼓吹现代派小说的文章,并无什么本质的不同。

利用《北京文学》这个阵地,李陀不遗余力地扶持有艺术创新精神的年轻作家。李雪在谈到李陀的作用时说:"1986年,《北京文学》举办了一个青年作者改稿班,希望借此发现新人、新作,余华本不在这批青年作者中,被临时邀请来参加。接到邀请的余华手头尚没有可以带到北京的合适小说,便以很快的速度写了一篇短篇,或许他自己也没有想到,这篇急就的小说成了这个改稿班上的'明星'小说,而余华,曾经的海盐县原武镇卫生院牙医,成为了

[①] 黄子平:《刘索拉的〈你别无选择〉》,载黄子平《沉思的老树的精灵》,华东师范大学出版社2014年版,第168—169页。

改稿班上寥寥无几的不需要改稿的青年作者,并得到《北京文学》主编林斤澜和副主编李陀的一致肯定。这篇给余华带来好运的小说在日后被誉为他的成名作,它被写进当代文学史,被编入不同版本的'余华作品集',成为余华写作史上尤为值得标记的一点。当余华不断回望自己的创作道路,当无数的研究者频频探究余华的历史时,这篇小说便具有了原点的意义,一次次被追溯者提及,它在所处的时空位置上放射出丰富的信息,向前后氤氲开来。"[1] 这位作者把余华这篇作品看作具有"原点意义"的小说,可见李陀在研究者心目中的位置。作家在成名后对此也是心存感谢的。李建周进一步证实,马原的《冈底斯的诱惑》如没有韩少功和李陀的热情引荐,也许就与那个文学时代失之交臂了:"马原的成名作《冈底斯的诱惑》的发表非常富有戏剧性,充分显示了文学机制内部互相交错的复杂格局。杭州会议之前,马原曾经给《上海文学》投过稿,但是编辑部引起了争论,最后以'看不太懂、拿不准'为由拒绝刊发。杭州会议期间,在《新创作》主编韩少功以及之前就赞许过马原的李陀、李潮等圈里人极力劝说下,李子云顶住其他异议,刊用了小说。在当时,刊用如此有争议的东西,作为期刊负责人是要承担很大风险的。由此可见,一方面,圈里人对于作家作品具有很大影响;另一方面,从作品生产的角度看,新潮小说家面临一个悖论:为了获得自己的文坛位置,必须要使作品独具一格、引人耳目,但

---

[1] 李雪:《〈十八岁出门远行〉:作为原点》,《中国现代文学研究丛刊》2012年第12期。

是这样做又往往会因为超过编辑的期许而无法发表。"①

作为"北京批评圈"对"现代派小说"鼓吹最起劲的批评家，李陀与黄子平的看法是比较一致的。但是李陀批评中有一个"作家视角"，这与黄子平这种学院派批评家存在某种差异，也无须避讳。

第四节　批评视野中的汪曾祺小说

如果不是1980年的重新复出，汪曾祺只是一个现代文学中的"后期京派"作家。② 具有戏剧性的是，20世纪五六十年代他在北京文联和京剧团一路"走背字"，"文化大革命"中被江青欣赏和起用，"四人帮"倒台后，他又作为"第三种人"被打入冷宫。

研究汪曾祺复出现象的钱振文指出，他与"80年代的人们已经相隔了差不多30年，年轻一代根本无从知道汉语言写作还有这样的一个传统，作为把关者的文学编辑们也大都不知道汪曾祺是何许人也，因此，在对《受戒》的估价和判断上因为所用标准的不同就发生了很大的歧异，不只是甚至不主要是对它是否是好小说、而更主要的是对它是否是小说，很多人产生了疑惑。《受戒》在发表之前，

---

① 李建周：《文学机制与社会想象之间——从马原〈虚构〉看先锋小说的"经典化"》，《南方文坛》2010年第2期。

② 汪曾祺（1920—1997），江苏省高邮人。1939年考入西南联大中文系，师从沈从文。1950年任《北京文艺》编辑。1958年被补划为右派，下放到河北省张家口沙岭子劳动。1961年调入北京京剧团任编剧。1964年将沪剧《芦荡火种》改编成同名京剧。1970年参与京剧《沙家浜》的改编和艺术加工。20世纪40年代有作品《复仇》《鸡鸭名家》等。1980年后因发表短篇小说《受戒》《异秉》《大淖纪事》等重登文坛。

有好几个月的时间处于'地下'状态,在朋友和同事圈子中传看,没有人认为这样的东西能够发表。在《受戒》之前写成的《异秉》,由林斤澜介绍给南京的文学杂志《雨花》,在编辑会上,有的编辑就认为'如果发表这个稿子,好像我们没有小说好发了。'虽然《受戒》和《异秉》最后都由懂行的主编做主先后发表了,但是,其小心翼翼的姿态也显而易见。相同的是,两家编辑部都发表了类似'编后记'的'说明'。发表《受戒》的《北京文艺》在杂志的最后发表了一篇《编余漫话》。这篇《编余漫话》拉拉杂杂说到了好几件事情,有对1980年文坛形势的分析,也有很具体的属于事务性的告知,但其中最关键的是和《受戒》有关的'告白'和'解释':'本期作者在题材和风格的多样化上,表现得比较显著,大多数作品还说明作者们着意艺术追求,我们赞赏精耕细作,赞赏艺术进取心。……我们争取尽可能高的思想性,当然我们也就积极主张文学的教育作用。这一点我们希望取得作者的有力配合。但除此之外,我们也还赞同文学的美感作用和认识作用。缘于此,我们在较宽的范围内选发了某些作品。很可能会受到指斥,有的作者自己也说,发表它是需要胆量的。真不知从什么时候开始,文学和胆量问题结合得这样紧,常常是用胆大和胆小来进行评价,这是不利于正确阐明问题的。'《北京文艺》的这段话没有明说,但这里的'有的作者'显然是指汪曾祺。因为在汪曾祺将稿子交给《北京文艺》主编李清泉时,在稿子上附了一个短柬说,发表这样的稿子是需要一些胆量的。他接着又说:'新时期'的短篇小说创作在经历了连续几年的热闹之后,到1980年,进入了气力不支的衰竭状态"。

第八章 新时期的小说批评

1980年10月，在上海召开的短篇小说座谈会上，丛维熙说："短篇创作不十分景气，处于停滞状态。1979年出现了许多好作品，是大丰收的一年。而今年的前7个月，大不如1979年。原因何在？""在发表《受戒》的《北京文艺》第十期的《编余漫话》中也说：'《受戒》的出现，为"冷寂"的1980年短篇创作大为增色，到年底，在几次对1980年度小说的盘点和扫描的讲话和座谈会上，人们都把《受戒》视为是1980年度又一个"丰收年"的"较好的小说"之一。'"① 随着《受戒》《异秉》和《大淖记事》等小说问世，汪曾祺成为当时最受欢迎的短篇小说家。

让人奇怪的是，最初一段时间内，"北京批评圈"都在汪曾祺小说的面前噤声。倒是圈外的诗歌批评家钱光培做出了反应，他在《现实主义的深入发展——评1980年〈北京文学〉获奖小说》一文中分析了《受戒》独特的"表现手法"，却阴差阳错地把作家作品纳入"现实主义深化"的观念当中："到了七九年，在党的三中全会的光辉照耀下，文学在反映生活的真实方面，有了新的进展。首先是反映的社会生活面一下打开了，时间跨度也一下子延伸到了五七、五六年。"而到了1980年，文学"在反映生活的真实方面，又进入了一个新的境界，无论是反映建国以来的历史题材作品中，还是在反映近几年来的现实题材的作品中，我们都可以清楚地看到作家们正努力地在展示着生活所固有的复杂性，努力在那里挖掘隐藏

---

① 钱振文：《"另类"姿态和"另类"效应——以汪曾祺小说〈受戒〉为中心》，《当代作家评论》2006年第2期。

在各种纷繁的社会现象后面的生活前进的激流和导人向上的力量"①。深谙小说创作技巧的作家高晓声,也对这篇小说给予了很高的评价:从创作的角度,《受戒》确实"扩展了我们的视野,开拓了我们的思路"。而对读者而言,冲击更大的是《受戒》"扩展"了人们生活的视野,"他好像是为读者重新打开了生活的大门",给人们带来"重温世界的美感"。看了《受戒》,人们一方面诧异"原来小说是可以这样写的",同时也惊异"原来还有这样的生活"。②鉴于"三种人"的敏感身份,以及并不"进步"的"京派作家"的历史,即使是发表他小说的《北京文艺》,也表现出比较冷淡的态度。"1980年和1981年,汪曾祺的《受戒》、《异秉》、《大淖记事》等'闲篇'以'闲花野草'的姿态悄然开放,值得注意的是,汪曾祺的这些代表作都是发表在《北京文艺》、《雨花》这样的地方文艺刊物上,且刊登在不引人瞩目的三、四条的位置上。汪曾祺自己知道自己的东西的性质,由此,他尽量控制自己保持低调,一再声明自己的作品'不是,也不想成为主流'。"③

  北京批评家对汪曾祺小说反应的迟钝,也许是出于没把他看成"主流"小说家的原因。在他们眼里,"主流"小说家只是王蒙、张洁和张贤亮,以及后来的刘索拉等人。1980年,李陀还在《文艺

---

  ① 钱光培:《现实主义的深入发展——评1980年〈北京文学〉获奖小说》,《北京文学》1981年第5期。
  ② 高晓声对汪曾祺小说的评价,转引自程德培的《别是一番滋味在心头——读汪曾祺的短篇近作》,《上海文学》1982年第2期。
  ③ 钱振文:《"另类"姿态和"另类"效应——以汪曾祺小说《受戒》为中心》,《当代作家评论》2006年第2期。

报》上发表文章呼吁"打破传统手法"[①],因这些批评家缺少现代文学的积累,便会把过去的文学作品都归入束缚新时期文学前行的"传统的手法"。在这种知识谱系中,批评界对汪曾祺的失语,也就在预想之中。另外,也可能有人知道汪曾祺的处境,因怕麻烦而不想涉及,大概是一种可以理解的心态。所以,直到《受戒》发表七、八年之后,黄子平才做出像样的反应,这就是他1989年发表的《汪曾祺的意义》一文。他先对这篇迟交的评论作了一番检讨:"当时的文学创作,可以大致分析出两大潮流。一是'伤痕文学'和初见端倪的'反思文学',是感伤的、愤怒的、政治化和道德化的、英雄主义的和悲剧色彩的,是以上种种情调的粗糙混合物。一是受了点刚刚介绍过来的卡夫卡、萨特的影响,面对荒谬的世界探讨'生存'本身的充满了困惑和不安的尝试之作。前者依据的是50年代理想主义的价值体系,试图恢复所谓'十七年'的'革命现实主义传统';后者直接与两次大战后的西欧文学认同,凭藉大劫难中的共同体验表达青春的抗议。突然,出来了一篇充满了内在欢乐的《受戒》,而且这欢乐是'四十二年前的旧梦',是逝去的'旧社会也不是没有的欢乐'。"这一下子就把读者、而且主要是把批评家打蒙了。他接着写了一段花絮:"据汪先生自己说,写《受戒》之前几个月,因为沈从文先生要编小说集,他又一次比较集中、比较系统地读了他的老师的小说。'我认为,他的小说,他的小说里的人物,特别是他笔下的那些农村的少女,三三,夭夭,翠翠,是推动

---

① 见李陀《打破传统手法》一文,《文艺报》1980年第9期。

我产生小英子这样一个形象的一种很潜在的因素。这一点，是我后来才意识到的。在写作过程中，一点也没有察觉。大概是有关系的。我是沈先生的学生。我曾问过自己：这篇小说像什么？我觉得，有点像《边城》。'"于是，在把汪曾祺重新纳入"现代文学传统"、尤其是纳入"从鲁迅的《故乡》、《社戏》，废名的《竹林的故事》，沈从文的《边城》，萧红的《呼兰河传》，师陀的《果园城记》等等作品延续下来的'现代抒情小说'的线索"后，批评家开始找到了对汪氏小说的文学史定位。他认为汪曾祺小说的意义首先表现在风格、文体和语言上："从风格、文体、叙述语言等方面来讨论这一'中介'作用自然是对路的。汪曾祺'极重视这些方面，他的小说成为许多从事'文本批评'的朋友的好材料。但在汪先生本人看来：'小说作者的语言是他的人格的一部分。语言体现小说作者对生活的基本的态度。'文本连着人本。限于篇幅，我想直截了当地切入'态度'这一层面来讨论问题。由他承继的文学传统和汲取的外来营养，汪曾祺的叙述风格给80年代中国文学提供了何种'对生活的基本的态度'？从分析小说入手是另一篇文章的任务，从我现在的角度（文学史的角度），我对汪曾祺的两类文字感兴趣：一是由他所强调的他的老师沈从文的当代意义；一是他对年轻作家阿城和何立伟所作的评论。"

"集中在两点上：一是热爱生活，在任何逆境中也不丧失对生活带有抒情意味的情趣；一是要在事业、职业、日常劳作中追求一种人生境界。可以说并无多少深刻或高超之处，简单得近乎老生常谈。"他独具眼光地指出："尽管汪曾祺说他'并没有多少迟暮之思'，'没有对失去的时间感到痛惜'，倘若超出个人的角度，着眼于文学史，则这'费劲'的感慨和自嘲就深而且广了。"又说："汪曾祺是 40 年代新文学成熟期崛起的青年小说家在 80 年代的少数幸存者之一。历史好像有意要保藏他那份小说创作的才华，免遭多年来'写中心'、'赶任务'的污染，有意为 80 年代的小说界'储备'了一支由 40 年代文学传统培育出来的笔。"因此，"汪曾祺的小说遂成为 80 年代中国文学——主要是所谓'寻根文学'——与 40 年代新文学、与现代派文学的一个'中介'"。[①]

李陀的汪曾祺批评迟滞到 1998 年，不过因已有定评，所以他的评价明显走高。他提出了"汪曾祺正是'寻根文学'的始作俑者，他的短篇小说《受戒》早在 1980 年就发表了"这样新颖的观点。他是从现代汉语写作的角度肯定汪曾祺对当代小说的贡献的。首先，汪曾祺小说在结构和叙述框架上的'随便'非常值得注意，"这种'随便'有时候到了一种惊人的程度。以《大淖记事》为例，全篇字数约一万四千多字，开篇近三千字真是'信马由缰'地闲聊，全是关于'大淖'这地方的风俗画，至第二节结尾才出现了主人公小锡匠十一子，但也是一闪即逝。随后的第三节又是风俗画，全不见故事的痕迹。至小说的第四节才出现了另一个主人公巧云，可是仍然是聊天式地描写巧云的生平和种种琐事；一直到本节的结尾，两个主人公才终于相遇，故事似乎要开始了，这时汪曾祺已经用掉了近八千字。出乎读者意料，第五节开始，故事又断了，

[①] 黄子平：《汪曾祺的意义》，《作品与争鸣》1989 年第 5 期。

转而讲述水上保安队和'号兵'们的事,又是一幅风俗画,直至这一节将尽,才有巧云和十一子在大淖的沙州中野合这一发展,但是寥寥数行,惜墨如金。小说第六节——最后一节——全力讲故事,但整节不足三千字。如果较真儿,把《大淖记事》全部用于讲故事的文字加起来,至多五千字,只及全篇幅的三分之一。是不是由此就可以说,汪曾祺写小说全然不讲结构?我想不能。汪曾祺曾说他的'随便'是一种'苦心经营的随便'","这种对'为文无法''文理自然'的追求,我以为反映了一种对汉语特性的深刻认识"。其次是口语化的写作。有人认为汪曾祺的语言与赵树理有相似之处,实际上,"汪曾祺的语言和赵树理的语言有很大的不同。正是这个不同,使汪曾祺在为现代汉语的发展提供更广的视野和更多的选择的时候,比赵树理有了更大的贡献。不同在那里?我以为主要是:汪曾祺除了从民间的、日常的口语中寻求语言资源之外,同时还非常重视从古典汉语写作中取得营养。'我受影响最深的是明朝大散文家归有光的几篇代表作。归有光以轻淡的文笔写平常的人物,亲切而凄惋。这和我的气质很相近,我现在的小说里还时时回响着归有光的余韵'"。"我的散文大概继承了一点明清散文和五四散文的传统。有些篇可以看出张岱和龚定庵的痕迹",李陀进一步指出:"有了这些'余韵'和'痕迹',汪曾祺的语言就在现代汉语和古代文言之间建立了一种内在的联系。为什么那些平平凡凡、普普通通的日常口语一溶入汪曾祺笔下,就有了一种特别的韵味?秘密就在其中。举《受戒》起头的一段为例:'这个地方的老名有点怪,叫庵赵庄。赵,是因为庄上大都姓赵。叫赵庄,可是人家住得很分散,这里两三家,那里两三家。一出门,远远就可以看到,走起来得走一会,因为没有大路,都是弯弯曲曲的田埂。庵,是因为有一个庵。庵叫菩提庵,可是大家叫讹了,叫成荸荠庵。连庵里的和尚也这样叫。宝刹何处?——荸荠庵。'"为此他评点道:"这是一段大白话,白得几乎连形容词都没有,但读起来如长短句,自有一种风情。倘我们读一读归有光的《寒花葬志》,我以为不难发现《受戒》这段大白话的节奏、韵律与《寒花葬志》有自然相通之处。很明显,文言写作对'文气'的讲求被汪曾祺移入了白话写作中,且了无痕迹。反过来,'痕迹'非常明显地以文言直接入白话的做法,他也不忌讳,不但不忌讳,相反,大张旗鼓。"他最后强调说:"在'严肃文学'领域写作中尝试文白相亲、文白相融的作家当然并不仅是汪曾祺一个,但是,我以为能在一种写作中,把白话'白'到了家,然后又能把充满文人雅气的文言因素融化其中,使二者在强烈的张力中得以如此和谐,好象本来就是一家子人,这大概只有汪曾祺能罢。"想到当代小说语言功底都成为问题,作家的文体风格普遍粗糙简单这一背景,他不由感慨道:"我们不能不感激汪曾祺在 1980 年至 1981 年忽然提笔又写起了小说,其中有我们今天已经耳熟能详的《受戒》、《弃秉》、《大淖记事》和《岁寒三友》诸篇。"①虽姗姗来迟,但不能不说北京批评家对汪曾祺小说的分析,是达到了很高的水平的。这种不是简单在作家作品层面批评他的小说,而是将其纳入百年中国文学史的脉络中来认识的做

---

① 李陀:《汪曾祺与现代汉语写作》,《花城》1998 年第 5 期。

法，后成为汪曾祺小说研究的主要范式，也影响了很多后起的年轻批评家和研究者。

　　季红真倒比较早地关注到汪曾祺的创作。她的《传统的生活与文化铸造的性格》和《汪曾祺小说中的哲学意识与审美态度》，观点与认为汪曾祺是一种"风俗化风格"的流行看法没什么区别。"汪曾祺的小说创作，以其浑朴自然的风格，给人耳目一新的印象。他师承沈从文先生以乡俗写人性的艺术探索，在原始和谐的自然描绘中，洗去诡奇混茫的气氛，在小人物平凡的命运里，抒写生活内在的诗意，塑造出积淀着传统文化的性格。这些特点主要表现在他以江苏高邮地区三、四十年代的城乡生活为素材的小说创造中，古风尚存的生活场景，生动平易的人物形象，带给今天的读者以历史的新鲜感。"她特别提到了与这种艺术倾向相关的《受戒》《大淖纪事》《故乡人》《故里杂记》《晚饭花》《徙》等作品，暗含着对新中国成立后文学创作某些粗暴、粗糙审美倾向的批评："作者通过这些古文化熏陶出来的知识分子性格，肯定了中国传统文化的许多精粹，他基本的取舍标准是以人道主义为原则，因此，对古典文化中反人道的成分也进行了否定，这集中地体现在他对礼教的批判，以及对妇女命运的思考。"① 季红真认为汪曾祺小说中具有"哲学意识"，这说法是可以商榷的，因为那时的文学批评动不动就把作家作品上升到"哲学意识"这样的高度。汪曾祺实际是一个特别擅长以感性形式写社会和人的状态的小说家，"思想"肯定不是他的强

---

　　① 季红真：《传统的生活与文化铸造的性格》，载季红真《文明与愚昧的冲突》，华东师范大学出版社2014年版，第29、32页。

项。但季红真善于贴切地感受作家创作状态的批评风格，仍值得赞扬，"读汪曾祺的小说，总有一种难以言传的感受。在那些单纯古朴的旧日人物身上，在那乡情浓酽的风俗气氛中，在写实的严谨与写意的空灵交织成的优美文字里，似乎隐匿着一种深厚的意蕴。一种并无实体，却又无处不在，无时不有，贯注于人物性格，故事情节，挈领着整体的美学风格"，"这也许就是人们常说的'魂儿'吧"。① 季红真的批评之所以强调"传统"和"风俗"，是因为她生活在一个新时期要求修复被破坏和扭曲的传统文化的新时期。经历了社会浩劫，"传统社会"成为反省自身的一面镜子，而汪曾祺小说正是在这个历史节点上，呼应了人们内心的这种要求。

如拉开一段距离，不再将汪曾祺的创作放在小说探索的示范性平台上认识，那么，后来的研究者就比先前的批评要客观冷静。2012年，北京大学中文系青年教师王风在所编《汪曾祺集》的"后记"中说："有机会选编这套汪曾祺作品，在我自然是个值得感念的机缘。十五年前我还在当学生，因为课程作业的关系，拜访过汪先生，那是他去世前不久。感觉上，他是个不太珍惜时间的老者，而且好客。但对于像我这样一本正经的'研究者'，他并不太愿意'剖析'自己，只是闲聊的高兴。不知是不是这个缘由，这么多年来，他的作品一直只是我的'闲书'。"但他不受制于这一感情，而是坦率地评价说："无须避讳，就总体的创作成就而言，汪曾祺并没有沈从文的广度，也没有废名的深度，当然更谈不上周氏兄弟的阔大。

---

① 季红真：《汪曾祺小说中的哲学意识与审美态度》，载季红真《文明与愚昧的冲突》，华东师范大学出版社2014年版，第39页。

通俗的说法,算得上'名家',却不太够'大家'。他读书率性,很难称得上博学。写作随缘,有条件就写,没条件也不烦恼,无非过日子而已。他总在可能的限度内生活、写作,决不试图'超越自我',这是二周、废、沈所未必有的心境。晚年得大名,邀访求序络绎于途,他似乎都不大拒绝。看他的游记,不少是接受招待之后的'文债',而他所序的那些作品,不过一二十年,大部分已湮没无闻。这浪费了他很多时间和精力,不过他本就对自己的才华和成就不大上心。也许可以慨叹他的'未尽才',但也正是这份难得的'无大志',造就了其作品的落拓不羁、清雅绝俗,也决定其必可传。"① 话不好听,但公允中肯,是当代小说批评中所少见的。

第五节　路遥小说及其批评

在"北京批评圈"的视野里,写小说《人生》和《平凡的世界》的路遥,并没有受到太多的重视。② 对2000年以前的路遥评论进行统计,北京批评家仅有秦兆阳1篇,陈骏涛1篇,雷达2篇,曾镇南1篇,白烨2篇。未见资深批评家的身影,也未见李陀、黄子平等新锐批评家的踪迹。我注意到,陈、雷、曾、白4位批评家,

---

① 王风编:《汪曾祺集·从传奇到志异》,北京十月文艺出版社2012年版,"后记"。

② 路遥(1949—1992),原名王卫国,生于陕西省清涧县一个贫困农户家庭。7岁时过继给大伯,在延川县长大。曾在家乡务农、教书、打工。1973年入延安大学中文系,毕业后任《陕西文艺》(今《延河》)杂志编辑。1982年发表中篇小说《人生》,1988年完成长篇小说《平凡的世界》,在读者中产生了很大的影响。1992年因肝癌早逝。

第八章 新时期的小说批评

因主张现实主义创作,所以才会发表几篇批评文章。关注路遥小说最持久的,当属陕西的批评家。在推介路遥、贾平凹和陈忠实的过程中,这些本地批评家的名字,是不应被忘记的。他们是:费秉勋、李星、王愚、刘建军、畅广元等。

路遥小说是伤痕文学之后,另一路关注农村改革生活的现实主义文学的作家,他深刻揭示了处于现代化进程中"城乡交叉地带"农村青年在苦闷中奋斗的命运。雷达的《简论高加林的悲剧》和《诗与史的恢宏画卷——论路遥〈平凡的世界〉》,是两篇有分量的文章。分析高加林的形象时,他是从"人是社会关系的总和,是现实复杂矛盾的纽结"这种认识框架入手的。他从高加林的悲剧出发,不落墨在这种个人的小悲剧上,而是认识到了这个小人物身上那种超越悲剧的力量,而这种力量正是昭示了新时期人们不断奋斗的锲而不舍的强大精神气质的:"《人生》的中心内容,是描绘农村知识青年高加林的悲剧性格和悲剧性的人生追求。不过,这是一出明丽的悲剧,是在积极的社会主义生活背景下的发人深思的悲剧。曾经有人认为,社会主义时期没有悲剧,这个乐观的断言后来被现实的发展无情地击碎了。但继之又有一种似是而非的看法,认为只有在诸如十年内乱这样特殊的时期里,才会有悲剧。这样的看法,同样是违背马克思主义的悲剧观的。路遥通过他的《人生》,通过对高加林曲折坎坷的道路的辨析,不但证实了社会主义新时期里存在着悲剧,而且以它的艺术魅力证明,我们也非常需要那种能够激发人们的圣洁感情,鼓舞人们更加清醒地积极进取的悲剧作品。新时期的悲剧作品该是个什么样子,《人生》以创作实绩进行了勇敢的探索。"① 小说一发表，雷达就看到了许多人没有看到的高加林的"悲剧态度"，也不在"于连式青年野心家"这个圈圈里做文章，是十分有见识的。

路遥1988年完成的长篇小说《平凡的世界》，意味着他走上了自己文学成就的新台阶。这部长篇的历史容量、生活广阔度都远远超出了《人生》。同时，作家也回答了当代农村青年"往哪里走"这种尖锐重大的社会问题。熟知路遥深受19世纪俄国批判现实主义传统影响的雷达，就把作品高高定位在"诗与史的恢宏画卷"上。他先以自问自答的方式说，"当路遥以三年准备三年笔耕的韧劲投入《平凡的世界》的创作中时，他肯定没有汲汲于能否获奖的问题，而只是想倾吐他对时代生活的巨大激情和冲动"，没想到竟在广大读者中激起了强烈反应。"这就不能不使人重新思量：这部面貌质朴，手法较为传统，甚至题目也颇为平易的作品，何以拥有如此强烈的感染力和生命力。"他从三个方面分析了这部作品：首先，"《平凡的世界》是一幅巨型的、动态的图画"，但"一切都在或急遽或缓慢地转动着"。"应当说，小说截取1975—1985年这个时段是很有眼力的。这是一个历史大转折的年代，一个对于我们民族生活产生了极其深远影响的时期。"而路遥，就把人物的"命运史、性格史、心灵史"纳入其中，展现了他对大题材的驾驭能力。同时，多重复杂的小说结构，"表层的与深层的、活跃的与沉滞的、现代的与传统的多重精神层面，构成了小说的

---

① 雷达：《简论高加林的悲剧》，《青年文学》1983年第2期。

立体与纵深；而以田福军、孙少安、孙少平、田晓霞、田润叶、孙兰香们所代表的生机勃勃的历史前进力量，则始终是纵贯这幅画卷的主导流向"。其次是作品对人的塑造。《平凡的世界》具有史的骨架、诗的品格，它的内里涌动着深沉的激情，这是它的感染力和震撼力的来源。那么，到底是什么样的激情，这激情又缘何而起呢？他认为是作家进入了"它的丰富的人的世界"的原因。而这个"人"，是以孙氏兄弟为代表的。"小说里有多少高贵的爱和真诚的泪，有多少让人或酸楚或激奋的人物和场景啊。老农孙玉厚的一家，他的儿子少安、少平，女儿兰花、兰香，是作者集中笔墨作为劳动者的精神家族来描绘的。孙少平别有一种思想价值和未来意义，是全书的思想之魂"，"而当代农村的青年改革家孙少安的形象，却似基石般的厚重，是个把老一代与年轻一代，把历史和现实打通的人物，作者把他关于人伦、人格、道德的思考体现在他的身上。小说写他率先搞责任制，开办砖窑，成为双水村的首富，以及扶贫济困的章节，似乎流于一般；他一旦回到家庭伦理关系中来，就显现出极为饱满丰富的性格力量"。最后，究竟谁是作品的主人公的问题。雷达指出，这部作品的真正魅力，不在作家要写出人与历史的关系，而是要在这种关系中，重点发掘主人公思想深处"二律背反的矛盾"。某种程度上，它折射着作家本人的思想矛盾："一方面，在情感上，他尊敬并推崇农业文化中的宽厚、温情、淳朴，农民身上的坚忍和刻苦，把它看作精神栖息的家园；另一方面，在意识上，他对世世代代农民的生活方式、思维方式、价值观念，又持否定的态度，期待农民母体诞生新的分子，创造另一种崭新的生活方式和精神价值。"对路遥来说，这种矛盾由来已久，《人生》就是证明。"这矛盾既带来缺失也产生魅力。"路遥没办法将这种矛盾集中体现在一个人身上，"两种倾向在作家头脑中无法调和，又无法解脱"，于是便分裂出孙少安和孙少平两个人物。如果说有作品主人公的话，那么这两个人的"合影"，就是这部小说试图塑造的主人公。

在这篇评论中，雷达还试图驳斥现实主义文学已经"过时"的论调。他说："路遥构思和创作《平凡的世界》的时期，正值我国文坛风靡着新观念、新方法的热潮，反映论、现实主义、典型创造等等确实受到冷落以至贬抑；甚至有人认为，'现实主义已经过时'。风尚所及，路遥不可能不受到心理压力。作为一个现实主义作家，特别是较多地接受了传统现实主义方法的作家，路遥还能不能'用自己的方式说自己的话'。还能不能把自己的主张贯彻到底？在这个问题上，路遥表现出良好的素质和艺术家的勇气。"这部长篇证明，"现实主义是强大的、主流性的，非但没有过时，而且它的巨大能量尚未得到长足的发挥"。[①] 借助路遥带有个人传记色彩且富有激情和感染力的长篇小说，这个说法是能够成立的。但路遥的文学道路，是否适合于同时期的其他作家，是可以进行认真讨论。

19世纪文学的批评方法，曾盛行于20世纪80年代初伤痕文学、反思文学的评论，从老一代批评家冯牧、陈荒煤到稍微年轻的

---

① 雷达：《诗与史的恢宏画卷——论路遥〈平凡的世界〉》,《求是》1990年第4期。

阎纲、张炯、陈骏涛,再到雷达、曾镇南、贺绍俊、潘凯雄、张陵、李洁非、蒋原伦和季红真,都可以看到这方面的痕迹。在更开阔的历史视野中看,伤痕、反思和改革文学,都是19世纪批判现实主义文学在当代中国的尾声。它们对于全社会的"拨乱反正"潮流,对于唤醒人们的良知,彻底否定"文化大革命",为80年代走向世界的深远国策一路鸣锣开道,发挥了无可替代的作用。80年代的现实主义文学,可以说是把中国当代文学从极"左"思潮泥潭中拯救出来的一场文学运动。没有80年代"现实主义文学",何来后来的"寻根""先锋"和"新写实文学"?这种历史记忆,不能因为后来现代主义文学的兴起而被人忘却。路遥的小说,是从伤痕、反思文学中分化出来的一种小说样式,也可以说他的创作观念与十七年的农村题材小说,尤其是柳青的传统有某种亲缘关系。路遥勇敢、坦率地面对农村改革过程中,一部分具有长远眼光和胸怀的年轻人重新选择人生道路时所面临的巨大困惑和心灵冲突,通过《人生》和《平凡的世界》,作家把这种深远思考扩展到今天中国农村青年的普遍精神困惑之中。他把它变成了一种"超主题"的文学主题。所以,尽管路遥已经故世,但他的思考并没有过时,没有随着他的肉身走进坟墓。相反,今天农民进城的现实,仍然在将这一文学主题一遍遍刷屏,不断激起人们的思考。这是因为,当前中国的核心问题,仍然是"农民问题",是巨大的城镇化历史进程中如何安排农民的历史位置的问题。路遥这位富有远见的作家,很早就窥视到了这一历史秘密。可惜他天不假年,否则,也许第二部、第三部乃至第四部的类似《平凡的世界》这样的鸿篇巨制,还会不断问世，冲击着人们的思想神经，考问当代小说的历史承担。自然，这是一个不会存在的历史假设。

陈骏涛[①]和白烨[②]是与雷达的思想取向和知识结构比较接近的批评家。陈骏涛对高加林的独特性格进行了深入分析："小说创造了高加林'这一个'处于人生岔道口的农村知识青年的典型形象。在高加林身上集聚了种种矛盾的性格。他是一个农民的儿子，从来没有鄙视过任何一个农民，但他又从来没有当农民的精神准备；他是土生土长的农村青年，但又渴望着离开这贫瘠落后的地方，到更广阔的天地去生活；他爱纯朴、聪慧、美丽的农村姑娘巧珍，即使在与高中的同学黄亚萍相好的时候，感情上也仍然倾向于她，但却为了自己能出人头地，终于狠心地遗弃了她，于情于理都实难令人容忍；他鄙视那些利用权势牟取私利，瞒上压下的农村干部，甚至决心与他们决一雌雄，但一旦遇到仰仗权势可以使自己发迹的时候，他又坦然地利用了权势，与这些干部的矛盾也无形中消除了；他不愿庸庸碌碌地活着，极想有所作为，但又走入岔道，成了离开生养他的土地和亲人的个人奋斗者；他的追求有许多合理的因素，但他的行为却有不少悖理的地方……种种矛盾汇聚在一身，可能使习惯于欣赏简单化人物的读者感到不可理解，但我们却通过这个人物的

---

① 陈骏涛（1936— ），福建莆田人。文学评论家。1963年复旦大学中文系研究生毕业。任职于中国社会科学院文学研究所、《文学评论》杂志。著有《文学观念与艺术魅力》等著作。

② 白烨（1952— ），陕西黄陵人。笔名文波、晓白。文学评论家。陕西师范大学中文系毕业。中国社会科学院文学研究所研究员，中国当代文学研究会会长。著有《批评的风采》等著作。

第八章　新时期的小说批评

复杂的性格，看到了像万花筒般的社会生活的本来面貌。"① 陈骏涛没有从"青年野心家"的角度解读高加林复杂的性格特征，而是把他还原到成长的农村环境和改革开放社会条件下，仔细分析这种复杂性存在的诸多原因。他一口气用了几个"但又"，意在加强思辨语气，借以产生与所评人物形象的对话效果。这是现实主义文学批评最常见的方式之一，批评家试图扮演思想者角色，特别喜欢用雄辩的姿态，对作品，其实是对广大读者发言。这时候的批评家，已经不再是在杂志上谋生的文学生产者，而像是一个街头政治家。他的目的是要指导大众思考生活的意义，要将自己的思想变成一种改造社会的行动。

白烨的批评文风有如其人，有温和的、商量式的和探寻的色彩，指出不让作家难堪的创作问题。他对路遥、贾平凹和陈忠实小说的介绍和批评，带有乡党之间聊天的韵味。《力度和深度——评路遥〈平凡的世界〉》一文，起句就是："当许多年轻的和已不年轻的作家，一时间竞相求异翻新的时候，陕西作家路遥不声不响地拿出了《平凡的世界》第一部、第二部和第三部，依然是《惊心动魄的一幕》那种路数，依然是《人生》那副笔墨。当时，许多人的眼光都为那些新奇诡怪的东西所吸引，对路遥的《平凡的世界》这样依然故我的长篇三部曲真不知该说什么。"他接着笔锋一转，指出这部长篇遇冷的原因："就作者方面来说，可能由于首卷过于平铺直叙、全书比较拖沓、浩繁而使性急的人失去阅读的耐心；就评论

---

①　陈骏涛：《对变革现实的深情呼唤——读中篇小说〈人生〉》，《人民日报》1983 年 3 月 22 日。

一方面来说,可能因对写实性的长篇创作尤其是现实主义倾向缺少深刻认识,而不管青红皂白对这一倾向的作家作品普遍失却热情。"他仍以热情的语气肯定作品在人物塑造上做出的贡献,认为在充满苦难和坎坷中奋斗挣扎,是路遥对笔下人物最主要的把握方式。小说中出现的少男少女,如少安、田润叶、少平、金波和郝红梅,无论是要发家致富,还是婚姻生活等。没有一个是一帆风顺的,坎坷几乎构成了他们经历中的核心元素。小说的主人公,都是顶风而走,跌倒后爬起,一路喧嚣高歌和不达目的决不罢休的人物形象。他指出,这种悲剧的诞生与他们闭塞、落后、僵化的农村环境有极大的关联。路遥"把大量的笔墨用于描写孙少安、孙少平等人在致命的挫折和严酷的现实面前一次次思索、反抗和崛起,这实际上就是面对非凡苦难的抗争过程中,张扬了非凡的精神和坚韧的个性"。而"孙少安、孙少平等每经受一次命运的打击,对现实的认识也就更深刻一步,对自己的调整也就更切实一步,从而在人生的搏击中更加走向成熟"。他略显夸张地说:"他们虽然依旧是普通的农人,依旧是普通的矿工,却渐渐注入了时代新人的血液,长出了社会强人的筋骨,成长为影响着一方天地、支撑着一方世界的中流砥柱。"作者最后强调:"从《平凡的世界》的艺术描写上看,路遥自《惊心动魄的一幕》到《人生》所表现出来的贴近时代为凡人造影、突入生活为大众代言的现实主义追求,不仅没有任何改变,反而有了显著变化。"①

---

① 白烨:《力度和深度——评路遥〈平凡的世界〉》,《文艺争鸣》1991年第4期。

第八章　新时期的小说批评

最近几年，陕西的批评家深感路遥这种现实主义作家受到不公平待遇，借编著《路遥传》《路遥纪事》发表纪念文章，举行各种活动，来提醒人们注意他在当代小说史中的重要性。作为路遥小说评论的有意味的回声，这种声音反映出人们当前对作家面对当下现实时创作能力减弱的不满，以及呼唤重新出现路遥式现实主义小说家的强烈期待。但是否真会按这些批评家所设计的路线发展，恐怕不会那样简单。

第六节　北京"双打"批评家

20世纪80年代中期，北京批评圈中的"双打"批评家，成为小说批评一道亮丽的风景。他们是贺绍俊[1]和潘凯雄[2]、李洁非[3]和张陵[4]。贺绍俊毕业于北京大学中文系，李洁非和潘凯雄则为复旦大学中文系出身。贺绍俊、潘凯雄和张陵先后供职于《文艺报》，李洁非后来调至中国社会科学院文学研究所。两对"双打"批评家，有三

---

[1] 贺绍俊（1951— ），生于湖南长沙。文学评论家。1983年毕业于北京大学中文系，分配到中国作家协会的《文艺报》工作。现为沈阳师范大学中国文化与文学所教授、副所长。曾为《文艺报》常务副总编辑，小说选刊杂志社主编。

[2] 潘凯雄，文学评论家。1983年毕业于复旦大学中文系，入《文艺报》工作。曾任人民文学出版社社长，中国出版集团副总裁。

[3] 李洁非（1961— ），生于安徽合肥。文学评论家。1982年毕业于复旦大学中文系。历任新华社《瞭望》杂志编辑，中国艺术研究院《文艺研究》杂志编辑，中国社会科学院文学研究所研究员。

[4] 张陵，笔名木弓、小可。文学评论家。福建厦门人。1982—1985年在新华社参编部当编辑。1985年任《文艺报》编辑，后为副总编辑。在中国作家协会出版集团总裁任上退休。

人出自《文艺报》，另一人出自中国社会科学院文学研究所，这两个单位都有文学批评的传统。中国作家协会创作研究部和《文艺报》、中国社会科学院文学研究所当代文学研究室，曾是批评的重镇。正因如此，出自这两个批评重镇的年轻批评家，容易接触到文学创作一线的讯息，接触作家和编辑，也是当时文坛最直接的当事人、亲历者和参与者。这给他们走上文学批评的舞台，提供了得天独厚的条件。

他们小说批评的贡献，集中在伤痕反思文学和寻根文学刚发轫的阶段。随着文学批评中心自北京转移，先锋文学批评在上海兴起，他们之间的批评合作渐次结束，开始了各自为政的批评实践。本节叙述的是他们"双打"时期的批评活动。值得注意的是，受北京批评圈现实主义文学批评思潮的影响，他们本阶段的批评观念具有鲜明的现实主义批评色彩，随着各自的离散，其文学观念也发生了很大变化。贺绍俊在沈阳师范大学任教授；潘凯雄几经转任，先后担任人民文学出版社社长和中国出版集团副总裁；李洁非学术兴趣转向十七年文学史料的发掘钩沉，亦对古典文学有深入研究；张陵长期担任《文艺报》副总编辑和作家出版社社长兼总编辑。潘、张二人因职务缘故，20 世纪 90 年代后逐渐淡出了文学批评的视野。介绍几位批评家"双打"时期的活动，一是可以观察 80 年代文学批评活跃的状况，以及批评中的青年特色；二是在资深批评家和李陀、黄子平、季红真等之外，对北京批评圈的多元批评风格及历史丰富性，有切实的把握。

他们是介于老批评家和新锐批评家之间的一个群体，作协的岗位意识及记者生涯，培养了他们敏锐的艺术嗅觉，也使其批评风格展现出动态性的特点。他们的文字虽有别于《文艺报》的"本刊记者报道",但也留下了这方面的痕迹,给人及时性、超前性的印象。李洁非、张陵对中篇小说的创作的状态,有自己的观察和分析。他们说,"这些作品反思过去,带有过渡期的特征"。原因是:"一方面,旧观念被接踵而至的新观念所湮没;另一方面,透过新观念人们也屡屡对旧事物本身有新的发现与理解——这是一个融会古今中外于一炉的复杂年代,是无数的奇思异想上下翻腾的大漩涡。"他们认为,中篇小说崛起的原因,是文学承载着一种"悲剧意识",这是由文学参与历史反思变革的特殊方式所决定的,与此同时,这种填补社会媒体真空的非文学化趋势,也会削弱深刻反思的思想力度。中篇崛起的另一原因是,"我们在送别一个短篇小说和长篇小说的时代以后,迎来了一个所谓的'中篇时代'"。短篇还遵循着一个"契诃夫式的结构",遵循因果链叙述逻辑,这种结构显然损害了短篇小说"更自由开阔的视野";而长篇热衷情节,摆脱不了亚里士多德式的"开头、发展、高潮、结局",是一种"典型的戏剧性,即假定性"推演的结果;中篇小说的形式结构,则能避免上述缺陷,展现出"新的美学"的意义。但《棋王》《你别无选择》《小鲍庄》和《透明的红萝卜》等中篇的"纯主观主义"和"非小说化"倾向也令人担忧,"这毕竟是一种畸形的发展"。因此,"我们还没有任何把握认为中篇小说之于我们今天像诗之于唐代那样,成为唯一切合着时代和社会审美心理的最佳艺术形式,相反,我们倒是看到,只是由于短篇小说和长篇小说自身的观念的僵化,才造就了中篇小说的牢固地位"。不过,他们指出小说将会在这里"抛锚",至于其复杂原因,没有继续探讨。① 在20世纪80年代"中篇热"当中,勇于批评中篇小说的问题,对其进行有针对性的分析,有助于作家创作健康的发展。与后来出现的新潮批评相比,这阶段的批评比较持重,批评术语也还带有传统和感性的特征。

贺绍俊、潘凯雄这时聚焦于热门文学话题。因为当代文学对人性禁区的开掘越来越大胆,现实男女的"性意识"在作品中屡屡出现,如张贤亮的《男人的一半是女人》《绿化树》,王安忆的"三恋",都对之有相当激进的探索。两位批评家对此做出了积极反应。他们说:"如果从'性',从性意识、性心理的角度来考察新时期的小说创作,我们不无惊异地发现,他竟然充当了亚当的角色。"他们在对十七年文学禁欲观念进行辩驳性的批判后,认为小说的性意识展露至少体现了三方面的意义:一是作家不满足于对社会历史的一般揭露,而试图超越历史,对性文化这一困扰人们的课题展开哲学的思考。二是注重从价值观的角度来探讨性意识,将它理解成以人性的自然发展为基础的价值诉求。他们也认为,作家在艺术表现上还存在畏手畏脚的现象,"它从传统的意识中挣脱出来后前行了一大步,但或许是由于反作用力的缘故,另一只脚又陷了进去","在摘取性爱的成熟果实时,男性往往萎缩不前,尽管近在咫尺,却仍等待着女性伸出拯救的玉手。这种现象该怎么解释?"但他们对贾平凹的探索给予了肯定:"贾平凹是非常擅长塑造与传统道德抗争的勇敢女性形象的作家,在她们身上,洋溢着人性的活力,闪

---

① 李洁非、张陵:《小说在此抛锚——对当代中篇小说所处位置的解说》,《当代作家评论》1986年第1期。

第八章 新时期的小说批评

耀着新时代的光芒,而黑氏可以说是塑造得极为成功的形象之一。"①

在伤痕反思文学的讨论之后,理论界开始提出"向内转"的问题。作为青年批评家的贺绍俊、潘凯雄也表现出浓厚的理论兴趣。潘凯雄强调,在刚刚过去的 1987 年,文学理论争鸣不像 1985 年、1986 年那样热闹,主要是理论界共同关心的话题少。比较起来,鲁枢元的《论新时期文学的"向内转"》算一个亮点,它释放出文学真正回到自身的一个强烈信号。贺绍俊指出,《文艺报》给了这场"向内转"的讨论最慷慨的篇幅,从第三版开始共刊发了 14 篇文章,直至 1987 年的最后 1 期,还用一个整版进行讨论。不过潘凯雄说:"综观这场讨论,我感到一个明显的不足,是缺深度,一些问题的讨论始终停留在一种现象的描述上面,而没有在理论上往下钻。"因此,"我们甚至不无偏激地认为:凡是就描述性的、概括性的问题展开所谓'争鸣',这个问题必然没有太多的学术价值"。贺绍俊附和道,潘凯雄说的这种情况在新中国成立以来的文学理论争鸣中很有普遍性,例如美学界蔡、朱、李、高四大家关于美的本质的争论,又例如刘再复对性格二重组合论的讨论,还有"寻根"的讨论等,大多如此。潘凯雄说:"我倒不是反对这样一种思维方式,而只是感到所有的学术争鸣都仅仅只在运用着这唯一的思维方式,这多少就有些单调。""向内转"争论之所以深入不下去,主要因为局限在对与错上较劲,而没有新理论的启迪。贺绍俊回应说,这可

---

① 贺绍俊、潘凯雄:《面对一个文化现象的思考——论新时期小说中的性意识》,《当代文艺探索》1986 年第 4 期。

能还是"一个基本观念的转化问题",没有将西方理论吃透,也没有运用好,而思维方式的单调或许原因更加复杂,"黑格尔老人的辩证思维在哲学理论上的贡献是巨大的,特别是马克思主义的创立,把古典的辩证法上升到辩证唯物主义的高度,使之成为更有科学意义的思维方式"。潘凯雄则坦率地说,看来有必要做一篇文章,题目就叫"为辩证思维一辩",总是这么中庸不行。贺绍俊接着说:"在学术争鸣中,该'内'则'内',该'外'则'外',有时,站在对方的立场上去想想,未必没有好处;而有时,从对方的立场上跳出来换一个角度考虑考虑,也未必不能有所收获",总是在考虑抨击削弱对方的学术价值,这未必能达到"学术争鸣的预期效果。"①

---

① 潘凯雄、贺绍俊:《"内"与"外"——由新时期文学"向内转"讨论而引发的对话》,《作家》1988年第5期。

第九章　小说探索浪潮中的批评家

不言而喻，当代中国小说思潮有一个"八五转折"。这种转折，改变了小说批评的传统地图，其变化是当代批评重心的南移。而在这一转折中扮演重要角色的，是复旦大学和华东师范大学的一批新进的青年批评家。

这种批评的新态势，是本书"导言"中已经指出的："上海批评圈"是历史交替期的产物。在1983年的"消除精神污染"运动中，北京批评家的锐气有所减弱，其成员的知识结构，也处在缓慢调整的过程当中。而《上海文学》和《收获》对先锋小说的重视，一定程度上也更新了上海批评界的批评，在这种背景下，由于上海的巴金、夏衍等文坛老将的支持，加之李子云、周介人两位主编的鼓噪推动，以《上海文学》《收获》为核心的"上海批评圈"（史称"新潮批评"）开始大举登陆当代文学的舞台。但正如青年研究者指出的，上海批评家不是一开始就具有"先锋小说意识"的，在这一过程里有一个值得关注的"西藏前史"。1982年后，"由马原、扎西达娃、金志国、色波、刘伟等人组成的这个'西藏新小说'的'小圈子'，在对西藏人文地理的描述与对小说艺术形式的探索方面，几乎是同时进行的。只不过相对来说,马原在形式试验上走得更远一些,而如扎西达娃则同时致力于对西藏地域文化的发掘"。"这个西藏小说圈子的探索显然引起了文学中心的注意。扎西达娃1986年8月在给《收获》编辑程永新的信中说,'《西藏文学》6月号能得到贵刊的好评,我感到很高兴。其他作者都收到了你的来信,我们谈了一下,对下一步的创作都有信心。有的正在写,有的也写得差不多了,看情况大概10月份左右差不多都能完成,为《收获》推上一组'。这里,我们大致能看出事情的梗概来:《西藏文学》1985年第6期的'魔幻小说专辑'引起了《收获》杂志编辑的注意,程永新为此特地写信给几位西藏的小说作者,希望能组一期西藏文学的稿。"[1] 也即是说,"先锋小说"是先于"先锋批评"出现的,后者虽偏于一隅,但明显带动了先锋批评的浪潮。在西藏圈子外,尝试写先锋小说的作家,这时也开始在江浙一带出现。

上海活跃的新潮批评家是吴亮[2]、程德培[3]、蔡翔[4]、李劼[5]、

---

[1] 虞金星:《以马原为对象看先锋小说的前史——兼议作家形象建构对前史的筛选问题》,《海南师范大学学报》(社会科学版)2009年第3期。

[2] 吴亮(1955—),生于上海,原籍广东潮阳。文学评论家。工人。后调至上海市作家协会理论研究室。著有《文学的选择》等。20世纪80年代活跃的文学评论家。

[3] 程德培(1951—),生于上海,原籍广东中山。文学评论家。曾经插队,当过工人。后调至上海市作家协会理论研究室。著有《小说的世界》等。

[4] 蔡翔(1953—),生于上海。曾经插队。文学评论家。1980年毕业于上海师范大学中文系。历任《上海文学》理论组编辑、副主编,现为上海大学文学院教授。著有《一个浪漫主义者的精神漫游》《革命/叙述》等。

[5] 李劼(1955—),原名陆伟民。上海人。文学评论家。1982年上海师范大学中文系毕业。1987年华东师范大学中文系硕士毕业,后留校任教。现居美国。著有《个性·自我·创造》等。

第九章　小说探索浪潮中的批评家

王晓明①、陈思和②和南帆③，他们热衷掌握的批评武器是新批评、结构主义语言学、叙事学、文化人类学等西方理论。这个群体还有一个特点，即一种日渐摆脱意识形态的职业性批评倾向："在80年代中期，正是'学院'与'作协'两股力量的合作与共谋，才有了先锋文学话语的广泛传播。紧接着，随着文学与教育的定型化和规范化，多数学院批评家开始体制化，在知识分化和学科压力下，有意识转化自己的批评职能，逐步强调学术性和专业性，和之前激情膨胀的文学批评拉开距离，也不单单把意识形态的焦虑看作批评的中心。这是代表纯文学极端倾向的'语言中心论'出现的一个重要动因。"王晓明、陈思和意识到批评角色的变化，不单是自己的教师身份，而与上海的社会环境有更深的关联。"作协创研室的批评家也发生了很大变化（如吴亮更多直面消费性的城市生活现场以及知识分子的复杂心态，程德培转向专业化的小说叙事学研究）。批评家的职业化和分化与先锋文学思潮的兴起和迅速衰落构成一种对应关系。"④ 这种批评功能和职业化的变化，聚焦成"上海批评圈"

---

① 王晓明（1955— ），生于上海，原籍浙江义乌。文学评论家。1977年考入华东师范大学中文系，1979年读硕士研究生，师从许杰、钱谷融教授。后留校任教。20世纪80年代与陈思和在《上海文论》主持"重写文学史"讨论，产生了较大影响。著有《所罗门的瓶子》《鲁迅传》等。

② 陈思和（1954— ），生于上海，原籍广东番禺。文学评论家。1982年毕业于复旦大学中文系，留校任教至今。20世纪80年代与王晓明在《上海文论》主持"重写文学史"讨论，产生了较大影响。著有《中国新文学整体观》《中国当代文学史教程》等。

③ 南帆（1957— ）原名张帆，生于福建福州。文学评论家。1982年毕业于厦门大学中文系。1984年研究生毕业于华东师范大学中文系，后在福建省社会科学院工作至今。著有《文学的冲突》《理论的紧张》等。

④ 李建周：《先锋小说的兴起》，中国社会科学出版社2014年版，第124—169页。

最引人瞩目的批评诉求：以叙事学和语言转向为双翼，来推动"纯文学"在中国当代小说史中的历史建构。

第一节 "杭州会议"与寻根小说

"上海批评圈"的出现，还牵涉到1984年12月在杭州召开的"新时期文学：回顾与预测"座谈会。

据小说家李杭育回忆，上海作家协会主席茹志鹃在出访美国时，本来不认识他，但在演讲中向听众介绍了他的《最后一个渔佬儿》。这使创作处于孤独困惑中的李杭育，由此产生了新想法："在回湖州的路上，我在想，上海是不是能让我更容易、更爽地另起炉灶、另开话题的地方？但又隐约觉得，好像还缺少一点什么。那应该是什么呢？我不知道，只有一点朦朦胧胧的念头。"[①] 他把自己这种朦胧的想法告诉来杭州参加"李杭育作品研讨会"的吴亮和程德培，得到他们的肯定。他提出自己的创作为什么会在北京遇冷的问题时，"德培回答：他们还没想好怎么说你。吴亮插话：你的小说超出了他们的思维惯性和话题范围。德培幽默一把：老革命遇上了新问题。吴亮有点幸灾乐祸：所以他们失语了。庆西插话：弄不好就一直失语下去了。我有点不敢相信：这么说，他们的时代结束了？德培很肯定：起码是快了"。李杭育总结道："我和程德培、吴亮的初识是那次研讨会给我的第二个收获，由此坚定了我把文学活

[①] 李杭育：《我的一九八四（之一）》，《上海文学》2013年第10期。

第九章 小说探索浪潮中的批评家

动的重心部分地由北京向上海转移的决心和信心……研讨会还给了我第三个收获，就是让我明白，继'伤痕文学'、'反思文学'、'改革文学'之后，我的另起炉灶成功了。"[1] 吴亮、程德培回上海后，将这一新情况和他们的想法，向《上海文学》编辑周介人做了汇报，周在得到主编李子云同意支持后，打算在杭州召开一个讨论当代小说创新问题的座谈会。没想到的是，类似神仙会的"杭州会议"在进行过程中，改变了会议方向。刚开始还比较朦胧的"小说创新问题"，私底下在朝"寻根意识"话题靠拢，韩少功和阿城，正是在这种私下交谈中，形成了"寻根文学"的主张。这即是半年后他们向文坛举起"寻根"大旗的一个源头。新时期文学四十年，批评家多半是运动和思潮的发起者，很少有"寻根文学"这样以作家为主导的例子。最早一批发难文章，是作家的率先写出的。当然，这离不开会场上热烈的讨论。

"杭州会议"的作家批评家有李陀、陈建功、郑万隆、阿城、黄子平、季红真、徐俊西、张德林、陈村、曹冠龙、吴亮、程德培、陈思和、许子东、宋耀良、韩少功、鲁枢元、南帆，上海作协和《上海文学》有茹志鹃、李子云、周介人、蔡翔、肖元敏、陈杏芬（财务），浙江方面有李庆西、黄育海、董校昌、徐孝鱼、李杭育、高松年、薛家柱、钟高渊、沈治平等三十多人。在出席会议的批评家中，上海批评家将近一半，他们是吴亮、程德培、陈思和、许子东、蔡翔和南帆，这份名单是有意味的，跟上海这座城市一

---

[1] 李杭育：《我的一九八四（之二）》，《上海文学》2013年第11期。

样，一股创新的暗流出现于现场，这是一个新鲜的气息，是会议方向出现变化的症候。我们以吴亮为例，来看看一场文学革命来临前，他身上的微妙的变化。寻根小说之前，吴亮的文学批评特色反映在王蒙、蒋子龙、张弦、高晓声和谌容的现实主义小说创作上；"杭州会议"后，他开始了对"寻根作家"的探索。他最初是以"历史美学"的方式介入王蒙小说的："钟亦成的信念乃是对历史真理的执着追求和忠诚。因为历史的下一步进展果然拂去了蒙罩在真理上的偏狂和愚昧，他是把自己和一种必然性、和他为之献身的事业联结在一起的，所有的荣辱得失只是偶然的罢了。但是，信念是否也有值得反省的呢？""我们在《蝴蝶》中看到了这种反省。反省不是忏悔，不是谦卑的自责。《蝴蝶》中的反省是一种痛定思痛的内心独语，痛苦的反思，而真理往往就在痛苦中孕育。""《蝴蝶》还通篇贯穿着感慨之情，这就倍使人们神驰。感慨是一种常驻的伴随着人类的深刻情感，它不一定使人消沉，而有可能使人站在一个制高点上。"[1] 从这种表述看，吴亮当时是一个黑格尔主义者，谈及"历史真理""反省""必然性"等绝对理念。"杭州会议"的思想洗刷和重审，在吴亮对李杭育、张承志小说的认识中发生了剧变。"历史真理"不再是他小说批评的出发点，相反，它融进了"当代意识""自然"等新潮概念，这位富有才华的批评家开始用一种减弱"历史真理"的眼光看待文学新人的创作。他依然在用那种不容置疑的口气，但开始表露出对原先自信的怀疑。他在评论李杭育的

---

[1] 吴亮：《王蒙小说思想漫评》，载吴亮《文学的选择》，华东师范大学出版社2014年版，第146页。

第九章　小说探索浪潮中的批评家

一篇文章中说道："当李杭育的葛川江小说引起文坛广泛瞩目的时候，人们在赞许之余所附带地产生出一连串困惑。"这包括他本人。他有点恐慌，然而不失兴奋地注意到，"昨天的旧人旧事旧物"并没有在"昂扬向前的历史进化的催动和朗照下"消失匿迹，被历史埋葬，它利用某种契机起死回生，再次在人们面前重现。"死去"的东西重新归来。正是在作品这"最后一个"的渔佬儿身上，一种崭新的"当代意识"显现了。他自我解嘲地说："葛川江小说中的当代意识首先表明为：活着的人们对过往的人与事的兴趣，并非单纯起源于一种好奇心，为了求得关于往事的知识和教训，而且更是为了寻求精神上的充实。"[①] 在陈思和身上，也发生了这种惊人的变化。陈思和在《关于〈红高粱〉的对话》中指出："莫言小说显示了人们对现实世界的认知方式与复述方式的多样化的存在可能。首先这是一种认识世界的新方法。原来我们都相信，世界乃是被一种理性支撑着的，是按着某种历史规律在做恒常运动的。我们认知世界，首先是认知世界背后的理性。""莫言的小说则完全突破了这一点，而且他的突破，不是在具体的内容方面。""它对传统文学认知世界的方法是一个大胆的反驳。"陈思和强调："人们透过他的小说，不是在阅读生活世界，而是在阅读作者的感觉世界。"[②]

"杭州会议"提出了"寻根文学"的新主张，这不仅激发了人

[①] 吴亮：《李杭育给我们带来了什么？——论"葛川江小说"的当代意识》，《文学的选择》，华东师范大学出版社2014年版，第197—198页。
[②] 陈思和、杨斌华：《关于〈红高粱〉的对话》，载陈思和《批评和想象》，华东师范大学出版社2014年版，第288—289页。

们对当代文学的重新思考，而且推动了批评队伍的进一步分化，一方面是资深批评家的影响在减弱，另一方面，上海新潮批评家显示出更加活跃的姿态，陈思和是其中一员。从"杭州会议"回来的陈思和，开始从"文化批评"的视角认识寻根作家创作的意义。他指出："文化寻根一呼而百应，虽然作家们对'文化'与'寻根'的理解不尽相同，然百川归宗，趋向只能一个。陕西贾平凹1983年发表的笔记体《商州初录》，渗透着秦汉文化的精神；湘西韩少功写出怪丽奇诡的《爸爸爸》、《归去来》等，力图重现楚文化的生命魅力；江南李杭育提出'吴越文化'的口号，熔士大夫的清雅孤独与越民的机智狡黠为一炉，写出了一篇又一篇的杰作。此外，郑万隆、乌热尔图等人孜孜不倦地挖掘着东北地区的文化宝库；孔捷生以《大林莽》展示了海南地区的色彩；再有新疆、甘肃地区的西部文学与西藏地区的魔幻现实主义的题材，使'文化寻根'文学不仅仅成为几个作家的偶然之作，或一时间的标新立异。"[①] 蔡翔是以怀疑过去的历史美学批评为起点，转向对寻根小说"自然意识"的关切的。"我注意到——这些小说的作者把目光投向自然，他们写山、写海、写戈壁、写草原、写南方的热带雨林……他们写夜空、写白昼、写星辰、写暴晒的太阳……他们在人迹罕见的大自然中发现了美。那美，有着略显原始的质朴而又刚劲的魅力。他们并不着意于捕捉自然的一隅，而是以一种恢宏的胸襟关注着自然，自然构成了这些小说的主要空间，在自然宏大的背景之下，蠕动着他们笔下的

[①] 陈思和：《当代文学创作中的文化寻根意识》，载陈思和《批评与想象》，华东师范大学出版社2014年版，第27页。

人物。"年轻批评家开始与传统的观念和手法告别,他们引进新批评和文化人类学的知识视野,将其运用于新的文学实践。蔡翔说:"我阅读这些作品的时候,常常会有一种胸襟为之开阔的感觉,至少,它们在表面上使我暂时摆脱了对人世的沉重的思考,那种过分拘泥于功利观念的对人生的探讨。"[①] 虽然不久前,他还在用"一个理想主义者"的口吻,写出被人们看好的《高加林和刘巧珍——〈人生〉人物谈》和《一个理想主义者的精神漫游——读张承志〈北方的河〉》等文章。

历史应该能原谅年轻批评家们的"倒戈"。小说史,从来都是以除旧布新的交替方式重构它的历史的。小说批评史也是如此。文学史家们已经见怪不怪。这是因为,改革开放的中国,已经意识到应该尽快摆脱"阶级斗争"的沉重历史负担,把发展主轴调整到"走向世界"的大方向上去。而"文化寻根",虽然是20世纪50年代兴起于拉美地区的一个文学思潮,但与它对应的,却是第二次世界大战后西方思想界"历史重审"的这个大背景。正是在这一背景中,西方文学批评开始由"文学批评"转向了"文化批评",而结构主义批评、文化人类学,即是在这种批评多样化的历史潮流中兴起的崭新的批评范式。它与"杭州会议"的历史相遇、与上海新潮批评家的相遇,可以说是正逢其时。正如前面提到的,与改革开放的中国历史选择相匹配的,是"社会主义现实主义文学"的没落。而绕过这个重大历史障碍,轻松上阵直奔"世界文学"的目标,则

[①] 蔡翔:《当代小说中的自然意识》,载蔡翔《一个理想主义者的精神漫游》,华东师范大学出版社2014年版,第182页。

只能由寻根小说批评家来实现了。就连没有参加"杭州会议"的批评家王晓明,也在批评家纷纷倒戈的时代大潮中敏锐地感到了"批评的苦恼",他知道知识重构是迟早要发生的:"我常想,一个认真的文学批评家大概是免不了要苦恼的。他根据一定的艺术观念去分析作品,却时时发现它拒绝服从这些观念。他当然不愿意硬把作品嵌进观念的框架,但他又和我们每个人一样,难免受到习惯和惰性的牵制,不能爽爽快快地修正自己的观念去适应作品:在这样的时候,他能不苦恼吗?文学批评总要依靠既定的标准,艺术实践却永远跑在人们对它的总结之前,倘若这样来看,这苦恼竟要永远陪伴批评家,就像基督徒脖子上的十字架一样了。"[1] 这话尽管不失夸张,但却是应有之义。因为王晓明还是一个不到30岁的年轻人。许子东[2]也谈到"倒戈"前后自己思想的阵痛。"当年日常来往更多的,还是吴亮、程德培。《郁达夫新论》出版后,我的研究已转向当代。虽在华师大留校任教,但住在市区,三天两头往附近的上海作协后楼的小屋跑:吴亮、程德培当时在那个烟雾萦绕的创作研究室坐班,马原、王安忆等人的手稿都在那里得到最早的读者和批评……今天回头看,那也是当代文学及文学批评的一个转折点,一不小心成了历史。"他意识到,文学批评首先要想到如何处理"文

---

[1] 王晓明:《批评家的苦恼》,载王晓明《所罗门的瓶子》,华东师范大学出版社2014年版,第253页。

[2] 许子东(1954—),生于上海,原籍浙江天台。文学评论家。1970年到江西插队。1978年考上华东师范大学中文系研究生,师从钱谷融教授。毕业后留校任教。1990年到美国加州大学洛杉矶分校攻读博士学位。1993年到香港岭南大学中文系任教至今。著有《郁达夫新论》《为了忘却的集体记忆》等。

第九章 小说探索浪潮中的批评家

学与政治"的复杂关系。杭州会议巧妙地解决了这个难题,因为它重申了文学自主性的主张,又是在不产生正面冲突的前提下完成的。这次"会议的后果,今天的文学史已有结论:引发了1985年的'寻根文学'。但更值得注意的是会议的原因,如前所述,是从《上海文学》与中国作协的论争;有关文艺是否必须为政治服务,有关中国是否可以有'现代派'文学。李子云、茹志鹃煞费苦心,请人避'中'就'青',创作评论兼顾,会议地点也有研究,不到你北京开,也不去我上海开,选一个杭州。没有想到,南北青年作家评论家一碰头,一聊天,原来压在李子云等前辈心头的'文艺与政治关系'及'现代派'话题竟然完全不是问题;文学当然不该只写政治,中国当然可以引进'现代派',中文小说如何学习西方小说技巧?在几十位新一代作家评论家的各种故事、诠释、议论和交流之中,'杭州会议'比较占上风的共识是:文学不只是写政治,更应写'文化':我们不应只学翻译文体,应向传统(尤其是笔记小说)寻找语言"。他还就此爆料说:"一向颇有学生领袖气质的韩少功听了两天会,一直沉默不语。晚饭后在西湖边,他对我说'回去我要弄点东西'——第二年,他就发表了著名的文章《文学的'根'》,寻根文学于是被命名。"[1] 许子东这就为上海批评家的集体倒戈,找到了一个很巧妙的注脚。

这一"倒戈",促使了上海批评圈观念的激变。"历史决定论"的批评思维,逊位于文化研究、形式批评的别开生面的潮流。1983

---

[1] 许子东:《郁达夫新论·跋》,华东师范大学出版社2014年版。

年3月，吴亮在其文章《"典型"的历史变迁》中指出，传统的文学批评观念，将会随着社会的变迁和人们观念在即将兴起的现代社会中的急剧调整，而出现向"多质、多向和多义的进渡"，"杭州会议"来自各地作家批评家的交汇交流，正好为这种自我转变提供了可能。① 他深有感触地说："就中国当代文学来说，许多人至今还认为八十年代是一个梦幻般的转折点，或者比喻为一场中途夭折的有关人道主义的启蒙运动，甚至是一次未遂的历史清算和意识形态清算——我现在的看法有所不同——我认为八十年代的重要遗产恰恰在于：你们、我们还有他们，都终于学会用自己的方式说话了。"② 显著的变化是，南帆对在"杭州会议"上被初定为"当代意识"（即后来提出的"寻根意识"）的代表性作家张承志小说的批评，开始由作家的外部批评，转向了对他内部系统的分析。他不再把作家作品看作历史的产物，同时看作是作家个性、气质和经历等生命因素的隐晦的呈现，以及两者的神秘契合："张承志的小说时常呈现了两种情感方式。一种是强悍的、激烈的、不屈不挠的；另一种则伴随着感悟而出现：宁静、温厚，同时又有一种发自内心的悠长的感动。这两种情感在小说中相互衬映和交错，从而把作家所感受到的世界从两个不同的方面组织为一个丰富的统一体。"由此出发，他认为"小说中强悍、激烈和不屈不饶的情感方式来自张承志那令

---

① 吴亮：《"典型"的历史变迁》，载吴亮《文学的选择》，华东师范大学出版社2014年版，第40—52页。

② 吴亮：《再版后记》，载吴亮《文学的选择》，华东师范大学出版社2014年版。

第九章 小说探索浪潮中的批评家

人激动的理想主义。理想、信念以及因此而来的意志和力量,这是张承志引为自豪的主题"。"于是,那种强烈的自信,那种对于庸俗和轻浮的蔑视,那种意志和力量,连同那种孤独感,共同汇成了张承志小说中的英雄主义气概。"他还细心地注意到:"一旦进入草原、牛车和简陋的毡包,进入深山中松木房子或者堆满厨房用具的母亲的房间——总而言之,一旦进入那些默默无言的'芸芸众生'的生活,这种逼人的英雄主义气概则不知不觉地收敛了,淡隐了,就像一条湍急喧闹的溪流注入了一个阔大的湖泊一样。这时,小说的主人公往往迅速褪去了孤独的骄傲而感受到一股巨大浑厚的慈爱。这种感受一旦得到升华,一种对于伟大的崇拜渐渐出现了。"[1]这是鲁枢元1986年提出"向内转"的理论主张之前,在小说批评上第一个"向内转"的姿态。而吴亮本人的《马原的叙述圈套》,是在1987年才问世的。就是说,"杭州会议"对于小说批评的意义,不只是促进了批评观念从"历史美学"批评向着"文化意识"批评迅速地转化,也打开了一个作品"内部"批评的窗口。南帆认为,对于批评家来说,批评与社会的关系正在发生悄无声息、然而非常重要的变化:"八十年代写作似乎更多地提供了自我塑造的轨迹。那个时候开始,写作不仅是一种工作,而且是日常的习惯。反复的思索、辩难、取证、怀疑和释疑,反复的谋篇布局、遣词造

---

[1] 南帆:《张承志小说中的感悟》,载南帆《理解和感悟》,华东师范大学出版社2014年版,第189—192页。

句、涂改订正，这同时是持续的自我定型。"① 这正是许子东强调的"杭州会议"召开的策略，以及取得的意想不到的效果。

今天来看，这次会议不仅改变了当代小说的走向，也改变了"上海批评圈"年轻批评家们人生的走向。这个批评群体由此崛起，在以后一个时期里，它将直接影响到中国当代小说创作的发展流变，对重塑当代文学的面貌发挥着重要的作用。

第二节　上海作协与两所高校

除当时文学思潮的促动之外，"上海批评圈"的涌现，还与思想观念开放的上海作家协会（尤其是《上海文学》《收获》杂志）和复旦大学、华东师范大学两所高校老师们的提携和激励，有一定的关系。

1983 年"清除精神污染"之后，北京文学界一度进入了沉寂期，"现代派文学"受阻，文学界的整体情况暧昧不清。鉴于争论一直在进行，人们便选择了沉默。对于观察家们来说，这种沉寂无言不好理解，然而对于北京文学界来说，从高潮到低谷又是有其前因后果的。事情得先从 1981 年下半年，高行健的《现代小说技巧初探》出版这件事说起。当时，冯骥才、李陀、刘心武等人，有感于文学探索的困难，因此以相互通信的方式，有意识地对"现代派"问题展开讨论。但文章写出后，遭遇了无处发表的难

---

①　南帆：《张承志小说中的感悟·再版后记：写作撬动了什么？》，载南帆《理解和感悟》，华东师范大学出版社 2014 年版。

第九章　小说探索浪潮中的批评家

堪。北京的文学刊物鉴于"现代派"问题的敏感性，不敢刊登这种文章，李陀便只好求助于氛围相对宽松一些的上海，联系的是《上海文学》的副主编李子云。"李陀告诉我北京不能发，我说给《上海文学》吧。"文章如期发表于《上海文学》1982年第8期，但是相关的批评也接踵而至。"发表通信的那期刊物出厂那天，我早上刚到办公室，冯牧同志就打电话来，命令我撤掉这组文章。我跟他解释，杂志已经印出来了，根本来不及换版面。他说，你知道吗？现在这个问题很敏感，集中讨论会引起麻烦的。但我认为没什么关系，讨论一下不要紧。冯牧说，你知道吗？一只老鼠屎要坏一锅粥。我说你这样讲也太过分了吧，我这老鼠屎还没有这能耐坏一锅粥吧。他说，啊，你这种态度。他没讲出来，意思是你是小人物没什么关系，可是会影响整个文艺形势。我说我在上海连累不到文艺界。他说现在是牵一发而动全身，怎么怎么。稿子还没有发出来，不知北京他们怎么知道的，我不知道谁告诉他们的。我说你管不着我，有市委管我。他把电话挂了。我就发了，他从此几年不理我，我们见面也不说话。"[①] 冯牧作为《文艺报》主编，对当时的大势较为敏感，他用"背向现实，面向内心"八个字概括这种思潮。[②] 事实证明，冯牧的担忧不无道理，虽然李子云不以为然。在刊发"现代派"通信不久，又"发表了巴金先

[①] 这方面的材料，参考了谢尚发的文章《"杭州会议"开会记——"寻根文学起点说"疑议》，未刊。以及王尧的《"'现代派'通信述略——〈新时期文学口述史〉之一》，《文艺争鸣》2009年第4期。

[②] 刘锡诚：《文坛旧事》，武汉出版社2005年版，第169页。

生致瑞士作家马德兰·桑契女士的《一封回信》，……紧接着夏衍同志又主动寄来一篇《与友人书》的长文"，老先生们表现得更为开放。"他们两位的文章发表之后，我又罪加一等。从北京到上海，沸沸扬扬地说我搬出巴金、夏衍来为自己撑腰。"[1] 因巴金和夏衍的参与，事情的影响逐渐扩大。在1983年4—5月召开的中宣部部务扩大会议上，周扬表示："夏衍同志的文章使我们很为难。我对夏衍同志是尊重的。……但是他在《上海文学》上发表的文章基本观点是不对的，产生影响是不好的。使得我们没有办法处理。"[2] 北京的形势如此严峻，在上海还感受不到这种影响。周扬的发言证实，"夏衍同志文章发表，上海马上开了一个座谈会，发表了座谈纪要，响应夏衍同志的文章，说是现在该是实行文艺民主的时候了，说是要正确对待现代派"[3]。

上海作家协会在这个时候力挺李陀等人的"通信"并不简单，他们为此召开的"杭州会议"，打破了文学界一度沉闷的局面，解放了作家的思想，为新观念、新手法的进一步探索发挥了排头兵的作用。他们敢于冲破禁区，而且勇于在小说探索的潮流中，不拘一格地在上海的文学青年中发现、起用和提携批评新人。吴亮和程德培都是没有上过大学的工人业余作者，在七八十年代之交"重视人才，尊重人才"的浓厚时代氛围中，他们因勤奋写作评论文章，受

---

[1] 李子云：《我经历的那些人和事》，文汇出版社2005年版，第159页。
[2] 顾骧：《晚年周扬》，文汇出版社2003年版，第69页。
[3] 参见顾骧《晚年周扬》，文汇出版社2003年版，第69页。上述这些材料，都是谢尚发整理而出，在此借用。

第九章 小说探索浪潮中的批评家

到老一代批评家李子云和周介人的注意。随着他们在当代小说批评上崭露头角,李、周二人破格将他们从工厂调入上海市作家协会创作研究室,开始了职业批评家生涯。许子东在谈及上海这种从工人中涌现批评家的现象时说:"吴亮和程德培是两个喜欢读书的普通工人。吴亮偏爱西方理论,阅读面广,虽未受过正规训练,却写得一手好文章。吴亮《一个批评家和他友人的对话》,用翻译体的理论术语,将令人困惑的美学问题从正反不同角度都讲得头头是道。程德培擅长细读作品,从王安忆早期的《雨,沙沙沙》,到晚近金宇澄的《繁花》,不失为是当代中国小说最忠实最勤奋的读者。吴、程虽被"'招安'进体制,却始终不会也不肯只做传统'作协评论'。我常去他们研究室那几年,是他们与马原、莫言、王安忆、韩少功、张承志、孙甘露、格非、残雪等所谓'探索作家'来往最频繁的时期。作品还未发表,他们已提意见。作品刚一发表,他们就提出一些口号标签给作家壮大声势增强信心(一如成仿吾、陈西滢当年为创造社新月派所做的事情)。不夸张地说,1985年的所谓'先锋文学',不管成功与否,在某种程度上也可以说是这班作家与青年评论家的'共创'。吴亮等人的文风改变了《上海文学》理论版,《上海文学》理论版又影响了八十年代的中国文学(犹如《文学评论》影响了'文化大革命'后的现代文学研究)"。[1] 李子云和周介人的辛勤栽花,终于在吴亮、程德培和蔡翔身上结出了硕果。许子东认为除上海作家协会这个良好的大环境外,李子云的"个人

---

[1] 许子东:《郁达夫新论·跋》,华东师范大学出版社2014年版。

角色"也不能忽略。他说:"《上海文学》即使在文学的黄金时期,其影响也从来不如《收获》、《人民文学》(尤其是王蒙担任主编时期的《人民文学》)。地方作协刊物通常以发表作品为主,'理论版'一般只是点缀,主要用来培养鼓励当地作者。只是因为李子云负责这个版面,《上海文学》理论版才与众不同,一度破例在国有文化生产体制中发出不同的声音,并发挥了不同的作用——在1978年十一届三中全会前《上海文学》就以'本刊评论员'名义刊发《为文艺正名——驳'文艺是阶级斗争工具'》。在1982年刊发李陀、刘心武、冯骥才和高行健《现代小说技巧初探》的通信('四只小风筝'),实际上与北京《文学报》(笔者按:这是《文艺报》的笔误)展开了关于'现代派'的文艺争论。这里当然有个人和偶然因素:李子云五十年代做过夏衍的秘书,她和巴金、张光年、王蒙等人关系良好,她本人又真心热爱文学,兼有政治胆识和学术修养,但这里也有时代和必然因素:八十年代的政治氛围使得即便是作协体制内也可有不同文学评论,地方杂志甚至可以和中央刊物展开实质性的文艺论争。这种论争,或者说论争的权利和氛围,影响深远。"[①] 许子东的回忆,为文学史研究提供了有价值的史料。作为八十年代文学探索的第一拨潮汐,"现代派"文学的讨论,为新一代批评者的涌现,准备了条件。

李建周的研究成果,将上海作家协会培养青年批评家的史料研究进一步深入。他说,上海作协创研室一直在补充新的评论力量。

---

① 许子东:《郁达夫新论·跋》,华东师范大学出版社2014年版。

第九章 小说探索浪潮中的批评家

"早在1978年,程德培就以工人业余作者身份写出了关于贾平凹的评论。之后开始参加周介人、唐铁海、于炳坤等人组织的上海文学业余评论作者活动。经张弦推荐,吴亮于1981年开始参加这个活动。当时编辑部延续的是'十七年'年培养作家、评论家的体制,非常注意从业余作者中发现、培养文艺方面的后备人才。赵长天、陈村也是被作协从工人作者中培养起来的。随着周介人的引荐,吴亮、程德培等人的交往圈子不断扩大,很快认识了《电影新作》的王世桢、边善基,《文学报》的储大宏,《文汇报》史中兴、储钰泉等报刊负责人。当时的编辑部不惜花费时间和精力,大力培养业余作者,像培养文艺人才的学校,更像文学聚会的沙龙。在这样一个重视才华、个性的环境里,加上上海众多的文学报刊资源,很快培养出一大批新人。"[①] 他认为,将吴亮、程德培和蔡翔调入上海作协创作研究室,是为批评队伍增加了新鲜血液,更重要的是,这预示着中国当代小说批评史的一个重大变化——即小说批评开始从作协体制转型到职业批评上来。"1984年程德培、吴亮调入作协理论研究室,开始了职业批评生涯。他们和之前作协的主流批评家,虽然都以批评为业,但有着很大的不同:之前的主流批评家更多关注的是文学之外的意识形态之争,强调对于文学创作的引导和控制;新潮批评家,尤其是上海的程德培、吴亮等批评家却没有这样的任务,文学批评对于他们来说,更接近现代'专业'意义上的'职业'。"这静悄悄的变化,恐怕是李子云、周介人没有料到的。李建

[①] 李建周:《先锋小说的兴起》,中国社会科学出版社2014年版,第200—201页。

周指出，这一变化除了与当时中国思想解放的大环境相关外，也与上海一百多年来形成的都市环境有关："吴亮、程德培等人批评个性的形成与他们身处上海的都市环境有很大的关系。城市功能、结构的变化和上海人城市意识的复兴，直接影响了新潮批评家的知识体系的迁移和文化趣味的变化。而对逐步变化的现实情境，消费的兴起、文化市场的多元化，作协系统的批评家也在思考如何以自己的批评来解释和应对。"① 吴亮在文章中已经论述了消费性的城市生活现场与知识分子复杂心态之间的关联。他提醒说，"当前社会生活中的一个引人瞩目的重大变化发生在消费领域——商品的充分涌流，唤醒了人们沉睡多年的蛰伏的需要，激发起他们踊跃的购物热情"，它"已对我们的社会生活发生了深远的影响，这股热流所到之处，无不留下它自己的富有新鲜感的、有生气的、创制和变革的足迹"。② 李建周敏感地注意到批评对先锋小说创作积极的推动作用："批评家的重要性取决于文学本身的重要性。"③ 然而，批评的观念也极大地影响着作家创作的理念，并参与小说作品构思和创作的过程，其中有很多个案。

"上海批评圈"引发的这场静悄悄的革命，仅靠作协系统是无法完成的。它还将引来自己的同盟军——复旦大学和华东师范大学两所大学新进的批评家：陈思和、王晓明、许子东、李劼、南帆、

---

① 李建周：《先锋小说的兴起》，中国社会科学出版社2014年版，第202页。
② 吴亮：《文学与消费》，载吴亮《文学的选择》，华东师范大学出版社2014年版，第62、64页。
③ 李建周：《先锋小说的兴起》，中国社会科学出版社2014年版，第202页。

第九章 小说探索浪潮中的批评家

胡河清、宋耀良和殷国明等。来自高校的年轻批评家的加入，壮大了上海批评家的阵容。与上海作协培养年轻批评家的机制不同，两所高校对批评家的发现和培养，是依靠"文化大革命"后恢复的"学院化教育"机制来完成的。这一机制，离不开两所大学自身的学术传统。复旦大学是1905年脱离震旦大学成立的复旦公学。1917年更名为私立复旦大学。该校在新中国成立前并未闻名遐迩。它的崛起有赖于1952年的"院系调整"，浙江大学、交通大学、南京大学和圣约翰、金陵、震旦、沪江、大同、光华、大夏等公立和私立大学的文、理学科并入复旦，使它一跃成为可与北大、清华分庭抗礼的著名大学。在某种意义上，"伤痕文学"的序幕是由复旦大学中文系七七级学生卢新华的《伤痕》拉开的。从贾植芳教授门下，走出了曾华鹏、范伯群和陈思和、李辉两代中国现当代文学的研究专家和批评家。正如有人指出的："整个八十年代，可能是徐中玉、钱谷融等老先生的无私提携，华东师大校园评论和创作的风气蔚然成风。由他们带出的王晓明、许子东、李劼、南帆、胡河清、殷国明等华师大青年批评群，一时间占据了'先锋批评'的半壁江山。五十年代初，华东师大由沪上私立大学圣约翰、大夏、光华等校合并组成，起初不是很出名。但风水轮流转，这所学校的文学新秀在与诸多老牌大学的竞争中抢得了先机。这是华东师大的辉煌年代。格非回忆说：华东师大中文系有一个不成文的规定：凡是今后从事文学理论研究的学生，必须至少尝试一门艺术的实践，绘画、音乐、诗歌、小说均可以。本科生的毕业论文也可以用文学作品来代替。我不知道这个规定是何人所创（有人说是许杰教授，不知是否真确),它的本意是为了使未来的理论家在实践的基础上多一些艺术直觉和感悟力,可它对文学创作的鼓励是不言而喻的。一直到今天,我都认为这是华东师大中文系最好的传统之一。我因为没有绘画和音乐的基础,只得学写诗歌及小说。"① 在这一时期,从华东师范大学中文系研究生中涌现出来的年轻批评家之多,堪为全国之最,恐怕连北大也稍微逊色。

华东师范大学有浓厚的校园文化和文学氛围。"那时候,华师大的文学讲座场场爆满。这里就像是外地先锋小说家来上海时的一家客栈。格非开始专心文学创作,并融入文学圈子。马原一来就找李劼,还要住上数日。余华来上海改稿,常到师大借宿。程永新、吴亮、孙甘露也来聚谈。陈村多半是为了找姚霏。格非记得一年冬天的午后,王安忆在自己的寝室略坐了坐,发现寒气难耐,便执意要将她家的暖炉赠送。南来北往的人群中,时常还有苏童、北村们的影子。《关东文学》主编宗仁发在师大总是在喝酒中约稿。格非的小说创作却颇费周章。他的长篇小说《迷舟》经友人吴洪森推荐给《上海文学》,主编周介人客气地将小说退回。小说转至《收获》发表并有一定反响后,周先生又感后悔,于是约格非去他的办公室恳谈过一次。"② 这座校园也经常出现戏剧性的一幕:"在80年代,成名作家的受欢迎程度超出了后人的想象。当马原在华东师大讲座时,该校老师格非的目光中出现了这样一幕:'当马原在一批追随者的簇拥下走向讲台时,我看见站在门边的几个学生激动得直打哆

---

① 参见拙作《论格非的文学世界》,《文学评论》2015年第2期。
② 同上。

嗦。人群中出现的暂时的骚动显然感染了社团联的一位副主席，他在给马原倒开水的时候竟然手忙脚乱地将茶杯盖盖到了热水瓶上．'"可以想见，在这种如遇神明般崇拜心理的暗示下，会出现什么样的接受效果，而这样的接受效果又会产生多么大的误读成分："许多人后来回忆说，尽管他们到底也没弄清马原那天下午都说了些什么，但无疑却得到了许多重要的启示：仅仅是一种氛围即可打开一扇尘封多年的窗户。""格非略带调侃的叙述揭示了一个重要事实，即交流情境（氛围）对接受者的控制和影响。很难说在并不知道对方说了些什么的情况下，所得到的那些'重要的启示'，到底有多大程度上的主观想象。其实这些渴望大师的文学青年也并不在乎马原到底说了什么，或者说马原说了什么对于他们并不重要，重要的是马原提供了一种氛围和情境，触发了读者无限的想象力。"[①]王晓明、许子东和李劼等势头强健的批评家不会像学生这么"傻"，他们早与这些先锋小说家切磋交往，后者更希望被他们所重视和批评。每日生活在这种近乎沸腾的文学氛围里，也会被学生追星、询问和求教，这是他们埋头写作大量批评文章的动力之一。

　　高校批评家接受过良好的学术训练，他们在关注当下作家创作的同时，不会把小说纯粹看作是作家们的"发明"和"创新"，也会注意到这里面的"文学传统"；他们不单从事时评性的小说批评，也在从事文学史反思的工作，例如陈思和、王晓明发起的"重写文学史"讨论。就是说，这些批评家是从中国现代文学研

---

① 李建周：《在文学机制与社会想象之间——从马原〈虚构〉看先锋小说的"经典化"》，《南方文坛》2010年第2期。

究和文艺理论领域转向小说评论的，比如许子东的郁达夫研究、陈思和的巴金研究、王晓明的鲁迅研究，南帆的文艺理论研究等。从这些学术背景里发出的文学批评风格，是历史性的和理性的，同时也是节制的和有分寸的。陈思和在分析王安忆的《小城之恋》时，自觉地把她的小说纳入"五四"新文学的传统当中："在'五四'以来的新文学中，除了郁达夫曾经坦率地揭示过人生种种肉身和心灵的煎熬之外，还有谁像如今放在我面前的这部作品那样，直言不讳地、幽幽凄凄地，向你倾诉这种少男少女难以启齿的痛苦？""《小城之恋》正是在做这样的实验。我在作者前一阶段的创作中，已经发现了这种创作的趋向。"① 在王晓明看来，不把高晓声的小说放入鲁迅传统之中，很难提炼出其创作的思想深度。然而，王晓明的担心终于发生：作家"坚持把主人公放在过去孕育他们性格的那种环境里进行刻画。他似乎是对诉说陈奂生的现实困难更感兴趣，不惜把他一直送进了县城的招待所。这造成了背景和人物心理的不协调，它固然给故事增添了戏剧性，但在另一方面，如此突出陈奂生和周围环境的不适应感，会不会同时冲淡陈奂生性格的那种令人压抑的悲剧意义呢"？"高晓声的确还缺一样东西，那就是那种不断发展和深化自己生活实感的审美能力。'五四'以来，苦难现实在作家内心引发的那种审美意识和公民热情的冲突，从来就没有停止过，从三十年代开始还愈加尖锐，几乎成为了一种传统的心理冲突。而到半个世纪以后，

---

① 陈思和：《告别橙色的梦——读王安忆的三部小说》，载陈思和《批评与想象》，华东师范大学出版社2014年版，第231页。

第九章　小说探索浪潮中的批评家

高晓声又向我们提供了这种传统的一个新类型：不是作家的社会信仰压制住他的切身感受，而是那种在长期切身体验中形成的深层心理拒不服从他的审美自觉。倘说在过去，阻碍那些文学前辈的常常还只是来自身外的社会号召，那么现在，高晓声首先却必须消除他自己灵魂深处的心理变形。我们的确可以不满意他的陈奂生故事，但我们更应该了解他遇到的障碍有多么坚固。历史的曲折发展似乎决定了，他在追求艺术自觉的道路上并不比前辈走得轻松，甚至不得不进行比别人更加吃力的迂回。"[1] 王晓明直截了当的挑剔，相当尖锐和不留情面。他有五四新文学做底气，有鲁迅做标杆，当然就不会给高晓声情面。在当时小说批评中，关于张贤亮、高晓声的两篇评论是相当出色的。

南帆学习理论出身，这使他的文学批评中，夹带着理论色彩和理性成分。与王晓明的敏感尖锐风格不同，南帆的批评文字是稳重、缓和的，比如《张承志小说中的感悟》和《王安忆小说的观察点：一个人物、一种冲突》这两篇文章。他认为"要在王安忆小说中寻找一些瑕疵，那并不是件十分困难的事"。他在赞扬了王安忆"雯雯系列"小说所显示的才华，分析了雯雯的诸多活动，以及她与社会的别扭关系之后说，"毫无疑问，这些小说具有不可否认的价值，它们不是在注意地谛听生活深处那种饱满而深沉的轰鸣，而是如同一叶轻舟盈盈地漂流在生活中"，截取"一些沁人心脾的故事"。"但是，我们把这些小说汇成一个整体时，却感到

---

[1] 王晓明：《在俯瞰陈家村之前——论高晓声的小说创作》，载王晓明《所罗门的瓶子》，华东师范大学出版社2014年版，第112—113页。

了单薄。"因为"在《战争与和平》那恢宏的气象面前，像《简爱》这样的小说就会显出其矮小的面目来"。因此，他对王安忆的创作，就感到不满了："这些小说中往往蕴含着一种共同的秩序：社会和历史的误会会把一些人推上一个并不合适的生活位置。他们和这个位置格格不入，但又缺乏自知之明。因此，正像灵魂走错了肉体一样，他们在这个位置上的种种努力，反而和这个位置的要求之间产生了一系列戏剧性的对立——王安忆近来的小说集中展现了某些人物与生活位置的具体冲突。"写到这里，作者开始用冷静的眼光打量王安忆这一时期的作品。他不是停留在表面现象上，而是紧紧抓住其中规律性的东西："假如把这种冲突作为一枚印章敲在每篇小说之上，那不仅是机械的，而且也是不确切的。我们只能把问题提到这样的程度：这种冲突已经成了王安忆许多小说结构上的一个重要支撑点，或者说，已经成了小说情节的重心。"[①] 显而易见，南帆是以成熟作家的标准来要求王安忆的，这种要求带有超前性，但不一定都符合作者的创作实际。不过，南帆的批评，对青年作家不失为是一个提醒，在我看来，这种提醒带有理论的透视力和某种对话性。

正如有人所说："1980年代是一个'批评的时代'，'一批学院式的批评家脱颖而出，文学批评的功能、方法论成为引人瞩目的话题。大量蜂拥而至的专题论文之中，文学批评扮演了一个辉煌的主

[①] 南帆：《王安忆小说的观察点：一个人物、一种冲突》，载南帆《理解和感悟》，华东师范大学出版社2014年版，第172、177、178页。

角'。"① 这也是青年批评家展现个性的年代。吴亮的敏锐、王晓明的清晰、陈思和的深入和南帆的理性,使上海批评圈在全国独树一帜。新一代批评家的涌现,是当代文学时代交替的必然性结果。某种程度上,批评家对文学思潮发挥着引领性的作用,同时,也深刻影响着作家的创作。

第三节　上海批评圈与先锋小说

1985年是特殊的一年。寻根文学的主张在这一年被提出。而先锋小说的潜流,则在遥远的西藏拉萨悄然地涌动。马原、扎西达娃等作家在拉萨的报纸上讨论先锋的观念,并通过《收获》年轻编辑程永新,准备登陆上海,进入全国文学界的视野。正如虞金星的文章所指出的,西藏有一个国内最早出现的先锋小说家圈子:"这种变化首先比较集中地出现在《西藏文学》1982年第6期刊登的扎西达娃的《白杨林·花环·梦》和金志国的《梦,遗落在草原上》两篇小说中。这两篇小说'苦心构造'了'由形象到理念的象征主义桥梁','突破了传统题材的范围','表现出对形式上创新的强烈愿望','标志着当代西藏小说的兴起'。"② 程永新在《一个人的文学史》里认为:"1985年前后,来自青藏高原的一支生力军异军突起,挟高原之风闯入中国文坛,与内地湍急的文学潮流遥相呼应。

---

① 南帆:《理论的紧张》,上海三联书店2003年版,第3—4页。
② 虞金星:《以马原为对象看先锋小说的前史——兼议作家形象建构对前史的筛选问题》,《海南师范大学学报》(社会科学版)2009年第2期。

这批生活在西藏的青年作家集束式捧出的作品,以藏文化为背景,糅和各种现代写作手法,将民间传说神话志怪一并吸纳进来,极大地丰富了小说的想象力和表现力,形成迥异于内地文学的独特风格。这批青年作家中的代表人物是马原和扎西达娃,比较活跃的还有色波、李启达、皮皮、子文等人。"[①] 也在这一时期,西藏先锋作家与江浙等地的余华、苏童、格非和孙甘露汇成一派,形成了一个当时声势最大的"先锋小说家圈子"。

  深入地介入到先锋小说批评当中的,是吴亮、李劼两位批评家。他在那篇颇似列宁讲演风格的《告别一九八六》中宣称:"在告别一九八六年之际,我特别要提及的是马原的《虚构》。尽管事后我得悉那确是马原的一次'虚构',但我仍然坚信马原的虚构过程本身却是确定无疑的一次'亲历'。马原在写完它时,便完成了这独一无二的经历,它是不可重复的。《虚构》让我开始思索这么一个问题:写作并不仅仅是记录一次已有的经验,或是记录想象中业已完成的假定经验,因为写作已构成了经验。在《虚构》里,马原去玛曲村,他的所见所闻,他的奇遇和冒险,他的感慨、惊悚和做爱,都是在写作中完成的事件。一切都和写作过程同时发生,同时了结。马原创造了一个关于马原、叙事人和行动者三位一体的现代神话。一个现代人在西藏的精神游历、想象和幻觉加上部分的体验,构成了马原小说的一个固定的情节核。马原的小说,自《虚

[①] 程永新:《一个人的文学史》,天津人民出版社 2007 年版,第 4 页。该书收有程永新与余华、马原、王朔、苏童等一批先锋小说家的通信,是研究先锋小说的有价值的资料。

第九章 小说探索浪潮中的批评家

构》始增加了可读性，某种激动人心的原欲在其间骚动不宁，同时又饱渗着宗教的意味，这很像一股弥漫的气流在小说中回旋不息。"① 用富有才情和夸张的语言宣扬先锋小说的价值，是吴亮等先锋批评家常用的批评风格。这种风格频繁使用否定式的语句，是一种对新文学现象不容置疑的推崇，也是不容分说的决绝的姿态。这在《马原的叙述圈套》一文中，就更加明显了。吴亮认为：

> 《虚构》等一些小说里，马原均成了马原的叙述对象或叙述对象之一。马原在此不仅担负着第一叙事人的角色与职能，而且成了旁观者、目击者、亲历者或较次要的参与者。马原在煞有介事地以自叙或回忆的方式描述自己亲身经验的事件时，不但自己陶醉于其中，并且把过于认真的读者带入一个难辨真伪的圈套，让他们产生天真又多余的疑问：这真是马原经历过的吗？（这个问题若要我来回答，我就说："是的，这一切都真实地发生在小说里。至于现实里是否也如此，那只有天知道了！"）②

这篇文章具有为先锋小说命名的意义。假如说，伤痕、反思小说遵循现实主义小说的创作原则，强调人物、地点和时代三因素的一致性的话，那么吴亮这种新历史主义为出发点的叙事学批评，则对现实主义的真实观充满了怀疑。以这一立场出发，他坚持说，

---

① 吴亮：《告别一九八六》，《当代作家评论》1987年第2期。
② 吴亮：《马原的叙述圈套》，《当代作家评论》1987年第3期。

"叙述"的真实,即意味现实的真实。"我认为迷信文字叙述的小说家是真正富有想象力的,他们直接活在想象的文字叙述里。最好的小说家,是视文字叙述与世界为一体的。"① 作者还将在马原小说中发掘的"圈套说",运用到韩少功、残雪、扎西达娃等人的作品中。他夸大其词地声称,正因为韩少功和扎西达娃等——包括先锋小说家阵营——都懂得了这个秘诀,他们才对当代小说的形式探索做出了积极的贡献。以叙事学为立足点的真实观,带着对社会主义现实主义反思的色彩,它是当代文学自身调整过程中出现的现象。叙事学的批评观,对当时小说家的创作发挥了重要的影响。

"上海批评家"的文章里,经常出现"批评即选择""在俯瞰……之前""批评的幻想""批评家的苦恼""在语言的挑战面前""理想主义者的精神漫游""作家与我们"等字眼。在他的书架上,可能摆满了精神分析学、结构主义语言学、文化人类学、新批评、西方马克思主义、文学心理学、符号学、语言哲学、俄国形式主义、结构主义诗学、叙事学和法兰克福学派的书籍。在大学研究生中间,在作家协会理论室里,也都在谈论这方面的话题。可以想象,在这种氛围里出现的批评家,身上都具有浓厚的西学色彩。与20世纪80年代初的中老年批评家相比,年轻批评家们站到了知识大爆炸的前沿,而上海的批评家,则是受影响最大的,新知识的更替,被直接反映到他们的新潮批评活动中。

在"语言学转向"80年代中期登陆中国,成为一代人心中的显

---

① 吴亮:《马原的叙述圈套》,《当代作家评论》1987年第3期。

学之时，李颉发表了长文《论中国当代新潮小说的语言结构》。他试图用分析语言句子结构的方式来细读新潮小说家的作品：

> 我就是那个叫马原的汉人。
>
> 这是《虚构》的开头。这个开头呈示了整个小说的基本句型（甚至可以说是马原所有小说的基本句型），也缩写了整个小说（甚至包括马原的所有小说的）叙事方式。对此，可以从最基本的句法结构入手，展开一系列有关的论述。
>
> 从这个句子的基本语法成分来看，它是一个极其简单极为常规的完整的主谓宾句式。
>
> 我——是——汉人。
>
> 主语——我，谓语——是，宾语——汉人。其中，状语"就"和定语"那个叫马原的"分别是对谓语和宾语的限定和强调。如果从语音、语义、修辞格上说，我们看不出这个句子究竟是什么奥秘。因为它的奥秘在于它的句法结构上。它也是一个自我相关的句型结构，但它的结构重心不是在语义的自我相关上，而是在语法的自我相关上。主语——我通过谓语动词在后面的定语和宾语中作了有层次的复调性的伸展——汉人——马原——那个叫马原的汉人，而那个叫马原的汉人也是我。在此，判断动词表面上起了一个介绍作用，实际上却是主语形象向宾语形象伸展的过渡。这是一个相当平滑的过渡，就好比巴赫的卡农旋律一样，并且由于动词前面的那个状语——就，整个过渡显得更加巧妙，宛如一次天衣无缝的暗度陈仓。

主语经由这一过渡，十分自然地滑入宾语系统。我——就是——那个叫马原的——汉人。主语在逐步逐步地被限定被明确化的同时，逐步逐步地变得难以限定和很不明确。如果说，孙甘露的句型主体在于语文相背的话，那么马原的句型主体则在于语法成分的互相缠绕。前者通过语义解析获得语义形象，而后者通过语法缠绕获得语符形象，即主语是宾语，主语又不是宾语。①

李劼的文章在当时令人眼睛一亮。但今天读来，却是晦涩、别扭和不专业的。由此可见当时的批评风气，在探索、创新之余，显得是多么的幼稚和不成熟。不过，个性的姿态，勇于模仿借鉴的勇气也彰显了那个年代批评家们撞开闸门勇于探索的理论气魄。在1986年，李劼就敏锐地感觉到："丰富了时代精神又增强了文学意识的一九八五年小说创作，呈现出多姿多彩的艺术风貌。引人注目的是叙事结构发生了极大的变化。"他指出，"一九八五年小说呈现出的这场艺术更新，使人们的审美心理如同他们的思维方式一样，从一种封闭型状态走向了开放型状态。以往的小说美学几乎是死吊在诸如故事性、情节性、因果联系、大团圆结局之类单向直线的老树上，一九八五年的一些小说创作突然发现，不仅故事情节可以淡化、因果关系可以打破、即便是所谓的结局似乎也可以省略。这样的创作实践证明，人们的审美心理与思维方式同样都是双向同构

---

① 李劼：《论中国当代新潮小说的语言结构》，《文学评论》1988年第5期。

第九章 小说探索浪潮中的批评家

的。"而"一九八五年小说带来的新意,不仅对于新时期文学史一个重大的进展,而且即使在自五四迄今的中国新文学史上都具有开拓性的意义"。在这里,李劼已不满足突破传统文学观念的围墙,而是要勇猛突破20世纪中国文学的所有围墙了。他宣布:"五四时期的文学也强调个性,但那时更需要解放半封建半殖民地的社会和苦难的中华民族,因为后者比前者更具有历史紧迫性。但一九八五年小说中出现的个性意识,却正好是在建设四化的新的历史条件下更新民族文化心理的一个重要方面。或者可以说,中国的二十世纪文学在其文学思潮意义上,就将从一九八五年小说创作所作出的这种审美心理的新构建开始。"① 不管结果是否真会如此,年轻批评家深信会是这样的结果。

上海年轻批评家深度介入先锋小说的批评,与他们和先锋小说家们的密切交游是有一定关系的。小说技艺的切磋,个人观感的良好,同龄人的惺惺相惜和密集交谈,都会加强巩固这种"同盟"关系。许子东证实,在先锋小说风起云涌的阶段,也正是吴亮、程德培和蔡翔"与马原、莫言、王安忆、韩少功、张承志、孙甘露、格非、残雪等所谓'探索作家'来往最频繁的时期。作品还未发表,他们已提意见。作品刚一发表,他们就提出一些口号标签给作家壮大声势增强信心"。"不夸张地说,1985年的所谓'先锋文学',不管成功与否,在某种程度上也可以说是这班作家与青年评论家的'共创'。"② 陈思和与张炜的来往让人了解到批评家与作家互动的历史情境,他在一封

---

① 李劼:《新的构建 新的超越》,《文汇报》1986年2月3日。
② 许子东:《郁达夫新论·跋》,华东师范大学出版社2014年版。

致张炜的信中,谈到了对长篇小说《古船》的看法:

> 张炜兄:
>
> 去年初在京丰宾馆与兄见过一面,未及深谈。回到上海后,得空再读《古船》,引起了种种浮想,方悔没能在京时当面求教,失去了一次很好的学习机会。
>
> ……第一次读《古船》印象是太满、太挤,阻塞了许多空灵之气的回荡。第二次读《古船》这样印象更深,我觉得《古船》中有两个层次:一个是现实的层次,即以老隋家族的衰盛辱荣历史为经,描写了人生、社会和历史,这是入世者的世界,抱朴其人为最高境界;另一个是抽象的层次,以书中人物的种种回忆、思考、议论为中心,写了人性、地性和天性,这是象征的世界,《古船》其名为最高意象。后一个层次是前一个层次的根本,它使前一个层次中描绘的种种人事纠葛都上升到中国文化的要义上,赋以新的理解和更深刻的内涵,使之摆脱了仅仅写一个家族,或写一个镇史的局限,获得无限的时空意识。

最后,他以朋友的语气指出了《古船》的不足:

> 写书读书理当相同,读《古船》能读出气象非凡,可惜素材太挤,阻挡了气行运转,也可惜不够绚烂,影响了文气表现。前一个缺点写书时能够感知,后一个缺点则在读书时可以体会。如果《古船》在表现日常生活场景方面能精雕细刻,或

第九章　小说探索浪潮中的批评家

许在艺术境界上会获得一个新的质的飞跃,成为大器,也未可所料。①

蔡翔在谈到20世纪80年代文人圈子时用了"友情"这个词:"1980年留下的是认真。1980年代还留下了友情,为了守住这点情谊,彼此之间,心照不宣。我觉得这样很好,真的很好。"他谈到编选出版自己的批评集《一个理想主义者的精神漫游》时,与责编李庆西、黄育海的交往细节:"浙江文艺出版社有两个编辑,一个叫李庆西,另一个是黄育海,和庆西认识得早一点,和育海相识,则要到1984年的年尾。那时,我所供职的《上海文学》要和浙江文艺出版社,还有杭州文联合作召开一个文学会议,也就是后来俗称的'杭州会议'。我和育海做会务,那时候,黄育海目光炯炯,骑着个破自行车,满城折腾作家们的返程车票。""又过了一年,1986年吧,我把发表过的文章拢在一起,算了算字数,想,差不多了。就交给了育海。第二年,春天还是秋天?育海给我写信,说书出版了,让我到杭州去取。是时,育海和庆西刚乔迁新居,崭新的两居室,门口还有一大片绿地,黄昏的时候,大人和孩子在上面嬉闹。很羡慕。哥俩楼上楼下,我睡在庆西家,吃在育海家,过了二天好日子。"第二天去取书,"出版社的领导说,既然已经来了,干脆把稿费也领走吧。这我自然是高兴的,好几千块,都是十元一张的票子,厚厚的好几沓"。在回沪火车上,蔡翔看到一个小女孩为

---

① 陈思和:《关于长篇小说结构模式的通信》,载陈思和《批评与想象》,华东师范大学出版社2014年版,第338—339、343页。

买可口可乐跟妈妈哭闹，心肠一软，就帮这孩子买了。之后又后悔，因为家里还有自己的儿子呢。①

　　上述生活细节再现了批评家与先锋作家交往的情境，"友情"成为酿造20世纪80年代文学氛围的重要因素，已无可置疑。这种氛围，缓解了人们之间的戒备心理，正如陈思和直言指出张炜小说创作的不足一样，更易从知人论世的角度进入作家的小说世界。批评家和先锋作家当时都是三十岁的血脉贲张的年纪，每个人都那么意气风发，都想展现才华，也有一比武艺的心理。这种心理学意义上的"小说史"景象，我们今天只能从大量精彩的文章中隐约看到。比如，程德培眼光独到地在莫言小说《透明的红萝卜》中找出了"童年视角"，这就为作家的前期创作作了初步定位。他说，莫言当过兵，有几篇小说如《岛上的风》等，却缺少兵的魂，因为他骨子里还是个农民。如果拿他与张炜、矫健写农村的小说相比，就会看到："莫言笔下的'农村'是有童年的，童年的记忆在他的笔下获得了艺术的再生。"他读莫言其他的小说，感觉他的童年并不幸福，甚至有诸多缺憾："莫言笔下的农村孩子都是或多或少患有身心障碍的，他们常常和父母的关系不亲密，而父母的形象又是在历史与现实的重负面前经常地处在压抑和发泄的高峰状态。《透明的红萝卜》中的黑孩，自始至终都表现出相当严重的不安感，一种精神上的焦虑，对特定的事件、物品、人或环境都有一种莫名的畏惧。"程德培进一步分析道："在缺乏抚爱与物质的贫困面前，童年

---

① 蔡翔：《一个理想主义者的精神漫游·跋》，华东师范大学出版社2014年版。

第九章 小说探索浪潮中的批评家

生活的黄金辉光开始黯然失色。于是,在现实生活中消失的光泽,便在想象的天地里化为感觉和幻觉的精灵,化为安徒生笔下那个小女孩手中的火柴微光,这微光照亮了爷爷奶奶,亦照亮了儿时的伙伴。"在一大批富有才情的年轻批评家中,程德培算不上耀眼的一个,但是如果拉长历史的距离看,他却是值得重视的批评家之一。他不像吴亮那样雄辩滔滔,也不像李劼那样以新潮概念和方法引人入胜,没有王晓明的锐利,与陈思和的高举高打相比,也显得逊色。然而,就是这位不显山露水的低调批评家,总能把埋藏在作品内部、作家意识不到的重要东西掘发出来。程德培说:"微光既是对黑暗的一种心灵抗争,亦是一种补充。童年失去的东西越多,抗争与补充的欲望就越强烈。对人来说,心灵无疑是最富有诗意和神奇色彩的平衡器。人所没有的,它会寻求替代;人所失去的,它会寻求补充。"批评家把荣格"心理补偿说"引入对莫言精神世界的观察,又不露出工匠气,把莫言的研究引向深入。[①] 莫言刚登上文坛,程德培就抓住了他创作的特点,他的观点直到今天,还被研究者使用着,也是先锋批评被引用最多的论述之一。

程德培自我反省说:"我对自己写过的东西从来不抱幻想,多的是怀疑和否定,所谓乘兴写来,重读总是不免有点扫兴。我从来都相信,只有对自己昨天写下的东西滋生不满的情绪,才有可能写出与昨日不同,或者更好的东西。写作的动力源之于自我否定与自我怀疑。"他半开玩笑地举吴亮的例子,说1980年后半期,自己和

[①] 程德培:《被记忆缠绕的世界——莫言创作中的童年视角》,《上海文学》1986年第4期。

吴亮在上海作家协会的理论研究室面对面地待了好些年。"在我的印象中，吴亮上班的第一件事，总是把自己刚发表的文章和一些信件认认真真读一遍。而我呢，恰恰相反，对重读自己的文章缺乏勇气，像一个害怕照镜子的人。直到2006年左右，因为无所事事而重操批评旧业，才有机会重新审视一下自己旧有的批评文字。我曾把这种闲来无聊的写作与读书戏称之为'票友'写作，它的好处在于有的是时间而又不太急近的功利。重读三十多年前的文字，我在笔记中写下过'惨不忍睹'的自我评价，这也算是一次对自己的否定。"[1] 在那一批风华正茂的批评家那里，像程德培这么自谦的人是非常少见的。不过，反倒是程德培的"自我怀疑""自我否定"，让我产生了反思性批评的愿望。今天再读他所谓"票友"式的批评文章，真的有一种刮目相看的感觉。这显然是一个不受重视而且差一点被埋没的优秀的批评家。

程德培的批评文章，善于从作者角度探寻其作品的结构艺术，他把作者人性与人物人性并置，试图读出文本间隐秘的意味："在王安忆的眼中，不只是生死离别才充满人性和人情，恐怕是更普遍的一日三餐具有更多的更真实的人性和人情。'人'的世界是个整体，它的真实性并不止于是社会因素，而且也包含着更不容忽视的其他因素。"在故事叙述中，作家没有对比城市与农村的优劣，而是客观地写出了它们各自的轨迹。"在这两大块的生活之中，作者既尊重对现世生活的反映，同时也尊重艺术创造的表现

---

[1] 程德培：《小说家的世界·再版后记》，华东师范大学出版社2014年版。

力。但是很明显,这种双重尊重的重心,已经开始从情节人物转到了结构上来了。结构不只是一种性格历史和情节冲突的外形,而是作为一种独立的成分,成为小说的骨架和支撑点。"1985 年,程德培已看出了王安忆的"职业作家"的气质和努力方向,而"结构"说,正是在此基础上形成的。在他看来,当"结构"脱离了性格历史和情节冲突,获得了文学文体独立性之后,所谓"职业作家"才是能够成立的。他认为《大刘庄》是一种"梯形"的艺术结构:"梯形的结构便形成从宽的一头向窄的的时间发展,而这时间的流动则又表现出作者对生活的消化和理解。""如果说,王安忆近作最引人注目的特色是表现在结构上的话,那是因为结构的艺术不仅仅是一种形式,而且也是作为一种对于生活的态度出现的。"他以作品中的人物迎春为例说:"农村篇中,迎春为了追求自主婚姻而表现出的勇敢固然可贵,但作者还是写出了迎春婚后的不如意,夫妻间经常的吵架、打架,乃至迎春在痛苦之余对自己当初行为的懊悔。这些笔触,和我们在太多的故事中所看到的'恶有恶报、善有善报'的情节模式,无疑要深刻得多,真实得多。"他由此总结说:"《大刘庄》的结构方式,从更深的意蕴上理解,还蕴含了'分分合合'的哲理内涵。事实上不止是城乡之间的分分合合,而且更长远的宇宙和人类的发展,也是一种分分合合的过程。"通过这种步步为营的耐心观察和分析,程德培认为这就是"王安忆近作的结构特色":"第一,没有统一的情节线索、事件和故事,即使有松散的情节(例如大刘庄开首的婚姻冲突),也不互相交叉,不形成戏剧性的纠葛或冲突。""第二,客观的观察和冷静的分析。王安忆的小说不仅叙述语调是平静、不动声色的，就是笔下的人物也不轻易流露出自己的感情",而是"一种内在的含蓄。总体来说就是作者观察人生开始采取了更为冷静的态度"。"第三，保持距离。作者与笔触所到之处有距离，小说同读者之间有距离，不过分亲近，不要求读者与人物形象共同体验和认同。王安忆近作中最突出常用的手法就是转移。""第四，拼贴法。通过交织组接，不时在小说中插入带有鲜明特征印记的生活中大量存在的细节。由于《大刘庄》采用两大块生活交叉运行的叙述方法，整个作品的框架基本就绪，在这样的有序之中，作者大量地加入了富有启迪意义的细节，使整个作品接近于生活的原型。而这些并不为统一情节服务的大量细节之所以拼贴得十分自然，又是和基本的结构框架分不开的。""第五，重复手法的运用。王安忆的结构艺术，除了基本的框架外，还注意运用重复手法。重复的手法和王安忆近作中的节奏跳跃，大量简洁的手法产生了一种平衡互补的作用。"[1] 程德培没有站在文学潮头鼓吹"探索"，主张"叙述"，而是沉下心来研究作品文本，他细密的文章，留下了深刻的见解。他的批评，是针对作家创作的具体问题而发言的。"王安忆的追求不止是对旧的模式的摆脱，更为重要的，她的结构艺术反映了一个艺术家'渴求真实'的精神。她倾向于纪实的文体，不在表现上作过多的主观过滤，尽量用事实说

---

[1] 程德培：《结构：作为一种现实的态度——评王安忆近作的结构艺术》，载程德培《小说家的世界》，华东师范大学出版社2014年版，第74—79页。

第九章 小说探索浪潮中的批评家

话,表达作品的涵义。"① 类似评价,很见功力。

如果说,吴亮的"叙述圈套"只是亮出先锋小说的文学主张,并没有把它落实到具体作品的分析上的话,那么,程德培不是简单拿出鲜明观点,而是直接进入作家作品的神秘世界当中,通过展示其内部结构,为先锋小说批评提供了较为理想的模板。这两位批评家一唱一和,对全国各地的先锋小说呼风唤雨,牢牢构筑了上海作为先锋文学之大本营的地位。从李子云[②]和周介人[③]为两个爱徒作的"序"中,可以看出对其批评实绩的赞赏。周介人说:"我很同意你的观点:批评即选择。我相信,一个从不需要选择,任何作品拿来都能洋洋洒洒地加以评论的批评家,决不是严肃的有眼光的批评家。"他接着告诫:"正是有感于穿透力与爆发力之重要,以及获得它们之艰难,所以我觉得你今后还必须继续注重在自身主体条件方面的积蓄与锻炼。力度来源于丰厚的积蓄,力度也来源于反复的锻炼。我希望你在文化背景方面,进一步丰富自己(例如,除了保持对西方古典与现代哲学的兴趣外,还可以进一步扩大对我国自己的文化传统的了解)。"④ 在序中,李子云还回忆了在《上海文学》召开的青年业余批评工作者座谈会第一次见到程德培的往事。她认为

---

① 同上书,第79页。
② 李子云(1930—2009),生于北京,原籍福建厦门。文学评论家。上海震旦女子文理学院肄业。曾任《上海文学》副主编。扶持过吴亮、程德培等多位青年批评家。著有《净化人的心灵》等。
③ 周介人(1942—1998),上海人。文学评论家。1964年毕业于复旦大学中文系。历任《收获》《上海文学》编辑,《上海文学》执行副主编。扶持过吴亮、程德培等多位青年批评家。著有《文学:观念的变革》等。
④ 周介人:《文学的选择·代序》,华东师范大学出版社2014年版。

他写贾平凹短篇小说的文章"还嫌粗浅和稚嫩",到写《"雯雯"的情绪天地》,已显示出了与众不同批评风格。她指出程德培的批评文章"态度严肃,文风严谨","大部分都保持了这个特点"。又说,"德培同志的文字并不华丽。与他每次在会上的发言一样,略显拘谨朴纳,对于他所要表达的内容,有时还显得有点'力不从心'"。因为,"他不属于那种才情横溢,下笔一泻千里,借他人作品宣传自己见解——哲学的、社会的、政治的、美学的观点——的那类评论家"。"德培根据自己的条件,选择的是另一条道路:紧紧地盯住作品,让作品'烂熟于心'在小心翼翼地进行分析判断之后,再求证于作者本人的意图。他力求使自己的判断接近于作品的实际。"她最后说:"他默默地埋首于此,从不急于求成。他的劳动现在已经见了成效。"[①]

第四节　上海批评圈与其他小说

"上海批评圈"批评家不只经营先锋小说,他们的批评视野相当宽阔。不仅生产新概念、新方法,也追踪着不同流派和风格作家的创作。

王晓明是一位眼光细微的文本阅读专家,具有犀利的文学史洞察力,有人说他是会写耐读文章的优秀批评家,某种程度上,是当之无愧的。他对张贤亮、高晓声人格与历史关系复杂性的分析,对

[①] 李子云:《小说家的世界·序》,华东师范大学出版社2014年版。

第九章 小说探索浪潮中的批评家

张辛欣、刘索拉、残雪等"现代派"作家创作动力不足的观察，都给世人留下极深的印象。他的批评师承于现代文学，尤其是李健吾的批评传统，对作家作品的评价，不用僵硬的概念，而注重感性触摸，紧贴着作品并与他们产生神妙的感应，然后用精细准确的语感说出自己的理解。他不是当时那种"强人型"的新锐批评家，而是像金圣叹那种点石成金的评家。王晓明这种半旧半新的批评风格，在那个年代是一道少见的风景线。

当人们都在津津乐道高晓声小说创作的"鲁迅风"时，王晓明却能够看到："二十年的贬居生活却似乎相当彻底地剥夺了高晓声的这种天性，不仅逼迫他选择与写作无关的生活方式，还进一步逼迫他忘掉自己是作家。无论他最初回乡时曾抱有怎样真诚的希望，当他一九六二年摘去右派帽子，却发现一切如旧，自己依然是一个与文学无缘的贱民时，一种对作家来说最为悲惨的心理变形就在他心中无可延宕地开始了。他不但把自己看作一个农民，而且连感受和思考方式也渐渐和农民同化了。"于是他看出："正是这种狭隘的共命运的心理情绪阻碍了高晓声。尽管他在一九七八年重新执笔，在理性自觉上迅速回归到作家的世界中去，可是在深层的心理领域里，他却不能同样迅速地告别农民的世界。"在《陈奂生上城》中，"他常常还是以陈奂生的近邻自居。他肯定知道应该重新理解自己的记忆，努力从审美洞察的高坡上去俯瞰陈家村；可不由自主地，他又常常想径直奔到村口，把陈奂生们的苦处大声地告诉路人"。批评家在这个节骨眼上点出了高晓声创作的问题："我相信他对陈奂生们的切身印象并不逊于鲁迅对阿Q的印象，可惜的是，他却不能从中形成鲁迅那样强大的审美洞察力，无法像鲁迅酝酿阿Q一样，从容去深化自己的感受。"这篇题为"在俯瞰陈家村之前——论高晓声近年来的小说创作"的批评文章，一下子把这位作家的创作拎起来了，也解释了在《李顺大造屋》和《陈奂生上城》之后他创作之所以下滑的原因，揭示了"归来作家"这种"个人传记写作"的历史局限。王晓明认为这是高晓声在给自己设置"陷阱"："我懂得了他为什么会失去自持。即使他在构思中打定了主意，要居高临下地去刻画陈奂生，一进入实际的写作过程，这理性的意图却常常不能贯彻到底。尤其是具体的叙述方式，更在很大程度上直接受制于他的心理情绪。一旦他重新去体验陈奂生的心理，学着他的口吻说话，他自己那些尚未深化，因而与陈奂生的心理颇为相类的心理郁积，就自然会紧随泄露出来。"[1]从小说入手，从一个小切口进入对作家整体创作状况的分析，是王晓明最拿手的批评手段之一。例如，他通过分析沈从文的几篇小说，得出了这位作家"乡下人的理想"与"城里人的文体"这种精当结论。当他把这种分析方式运用到当代小说的评论的时候，就更为精彩出色了。

半年后，针对批评界对张贤亮小说《绿化树》《男人的一半是女人》的过分渲染，王晓明反其道而行之，批评了他创作存在的问题。他说批评界以前对张贤亮的小说"常常太粗心，忘记了在小说家和他笔下的景物之间，还站着一个叙事人"。"张贤亮笔下却走出了一个把你一下子就吸引住的叙事人。这是一个身材高大的男人，

---

[1] 王晓明：《在俯瞰陈家村之前——论高晓声近年来的小说创作》，《文学评论》1986年第4期。

第九章 小说探索浪潮中的批评家

他在《土牢情话》中化身为石在,直接以第一人称陈述自己的经历,到《灵与肉》里又变成许灵均,小说尽管是用的第三人称写法,实际上仍然是依他的思路展开叙述。在张贤亮此后的大部分小说中,我们都能看见这个男人,他最近一次的名字叫章永麟。他不但始终充当了小说的男主角,而且同时担任着故事的叙事人。"由张贤亮为什么放弃传统叙事方式,制造出这样一个叙事人,可以看出他作品中"个人的一部令人悲哀的受难史"。而什么人能将章永麟从"饥饿"和"性无能"中拯救出来呢?他设计了马樱花、黄香久这种具有强悍生命力和阔大包容力的西北乡下女人。于是,章永麟与两个女人的情爱纠缠,就被大多数批评家升华为"忧患忏悔意识"。王晓明对这个主题进行了尖锐的质疑:"《绿化树》和《男人的一半是女人》中的章永麟,不但在吃饱了马樱花的土豆馍馍之后,反倒暗暗地瞧不起她,更在黄香久使他恢复了男性的生机之后,干脆抛下她远走高飞了。"也许,"正是这种对于叙事人背叛行为的持续关注,赋予了张贤亮的小说一种震慑人心的揭示力量"。但他指出,这种阴暗心理正是那代人"个人的一部令人悲哀的受难史"所赋予的:"在那些陷身地狱的日子里,背叛几乎是不知不觉就发生的,正像一个溺水者,他是身不由己就要去攀抓身边的任何一件漂流物的。"他进一步分析说:"在这里,张贤亮第一次揭示了背叛行为的深层心理基础,那决非理智思考的失误,而是人本性中的私欲。"接着,他直接指向张贤亮小说的"情感结构",对其展开了批判性的反思:"正是在这些作品里,道德变形的真正根源被陆续揭露了出来。石在对土牢的恐惧,他的求生本能,以及他对其他一切比自己幸运的人的那种疯狂的嫉恨；章永麟的饥饿感和性冲动，他那被逼到内心深处却又盘桓不去的文化优越感和个人野心，特别是他在长期非人待遇下逐步养成的那种道德上的麻痹感——正是这些东西共同造成了'我'的一系列背叛行为。那个男人的面目越来越清楚了，他非但不是英雄，也谈不上是大恶，甚至不能算一个男人。希望破灭后的沮丧，幼稚引起的惊慌，良心未泯所造成的苦恼，求生本能逼迫成的卑劣——他正是这一切的混合物，一个集软弱和机敏于一身的受难者。"① 这篇发表在《上海文学》1986年第2期的文章，等于打破了"章永麟神话"，它的反思力度，为前后几年的文学批评所少有。

为攻破"文化大革命"的封建堡垒，1979年知识界祭起人道主义的大旗，朦胧诗、伤痕、反思小说一路攻城破寨。在特定历史氛围里，"我"和"自我"这些标榜人道主义的概念名词纷纷露面，历史认同度达到了五四新文学时期以来的新高。作家披上"自我"的外衣，轻而易举地取得创作的成功。人道主义一旦成为文学批评的认识性装置，讨论这一理论的批评家都会面临风险，成为知识群体中的孤独者。王晓明显示出了难得的眼光和勇气。他不是像李劼等挑战李泽厚，陈燕谷、靳大成挑战刘再复那样，以那种一博眼球的表面气势压倒对方的批评路子。他是讲道理的出色的批评家，他的文章让人们想到了李健吾的批评小书《咀华集》《咀华二集》。作者经过充分准备，层层推进的作品细读，具有一种细雨润无声的文

---

① 王晓明：《所罗门的瓶子——论张贤亮的小说创作》，《上海文学》1986年第2期。

第九章　小说探索浪潮中的批评家

字韵致，是一种讲道理的清明的表白，也是一种将人道主义精神落实于具体作品分析之中的批评实践。以历史的眼光看，断裂式的批评固然传布于一时，但具体分析作品的文章，尤其是像王晓明这样颇见功力的细读式的批评，可以说是文学史起落中留下来的为数不多的成果。

在两篇重量级的文章之后，王晓明还写出了《疲惫的心灵——从张辛欣、刘索拉和残雪的小说谈起》等文章。它们难能可贵地超越"现代派小说""先锋小说"的一般性评说，把批评目光直刺一批年轻作家的内心，一一予以解读和分析，推出了"疲惫的心灵"的结论。由于具有冷静的观察力，他这样看张辛欣小说的叙事："我把她一九八四年以前的作品通读了一遍，结果很惊讶，原来她并不是那种喜欢用奇妙的故事把自己层层掩蔽住的聪明鬼，而是一个生性坦率、急欲把一肚子气闷话都倒出来的热肠人。"鉴于张辛欣小说有一种旁若无人的姿态，王晓明窥见了其中的"独白性"。而在对刘索拉小说好评如潮的图景中，他却清楚地意识到："刘索拉根本就不应该转入写《蓝天绿海》的这一条路。其实，因为缺乏足够的腿力，不能顺着《你别无选择》的方向笔直朝前走，她就是不转入这条岔路，也会拐上另外的歧途，从她放弃玩世不恭的姿态的那一天起，她的创作就注定要丧失活力了。"① 值得注意的是，王晓明有这样的才能，总是在一个作家创作好评如潮的时候，绕开这些声浪进入作品分析之中。文章说刘

---

① 王晓明：《疲惫的心灵——从张辛欣、刘索拉和残雪的小说谈起》，《上海文学》1988年第5期。

索拉"缺乏足够的腿力","腿力"这个词用得真是好极了,他一针见血地指出了"现代派""先锋"小说家的软肋。在鼓励文学创新和探索的浓厚气氛中,敢于创新固然能取得成功,但能不能保持住"创新""探索"过程中的"腿力"——也就是自我反思和调整能力——一个作家最为宝贵的艺术创造力,仍然是一个重要的问题。王晓明文章的好处,是指出了热闹文坛中存在的严重问题。而这些问题在当时,是无人问津的。只有当中国当代小说走过一段漫长的路之后,再读这种促人反思的批评文章,才足见王晓明视野的开阔和超越。

陈思和是兼批评和文学史研究于一身的批评者。他批评文章的框架性较强。他喜欢先设一个潜在的批评视点,再把作家作品装进去,一一地解剖。陈思和或者是一个善于长跑的小说批评家,他相信批评家的耐力和恒心,知道这种长跑会最后为批评家在文学史中留名。从20世纪80年代到90年代,他都不是冲在最前面的批评家,也没有焕发出奇异的光彩,然而正是这种长跑能力,使他留到了最后。90年代以来,像他这样还站在文学批评和文学史研究一线的80年代批评家,已经所剩无几。继"庙堂"说之后,他又提出了"民间写作"这个概念,对于解释90年代以来作家创作的转型,具有一定的说服力和可信性。他的批评文字耐心、松弛、较真,对作家作品是温和、平等的。陈思和的小说批评晚于他对巴金的研究,这培养了他的文学史眼光,使他相信没有文学史支撑的文学批评是走不远的。

在《告别橙色的梦——读王安忆的三部小说》一文中,他指出了作家的不足。《69届初中生》"虽然较过去的雯雯丰富多了,但从对整整一代人的概括意义上说,显然还是不够的"。他在肯定《小鲍庄》成绩的同时指出,"从艺术上看,《小鲍庄》没有像《69届初中生》那样在内容与形式的结合上达到舒畅自在的境地"。而《小城之恋》又有所不同,是接续了郁达夫"自叙传"的创作传统的,"在郁达夫身上,不可避免地留下了时代的浪漫病",而"王安忆的进步就在于她摒除了一切外界的可以供作籍口的原因,将人的生命状态原本地凸现出来"①。在《声色犬马 皆有境界——莫言小说艺术三题》中,他认为《透明的红萝卜》中最值得关注的是黑孩这个形象。"从《透明的红萝卜》始,莫言比较成熟地展示出个人的创作风格。这个作品给人的新颖奇幻之感,不是来自作品所反映的十年浩劫中农村凄苦生活,也不是来自作品刻画的黑暗年代里人性沦丧的悲剧。它最初确实来自一个具体可感的形象,那就是黑孩。"他指出,莫言已经走出了传统现实主义小说的路子,开始了独具一格的艺术再造:"黑孩不仅不像现实中的真实人物,反而像个神秘的小精灵,他的许多奇异感觉已经达到了童话的境界。"②

1989年,陈思和与王晓明在《上海文论》上主持了"重写文学史"栏目。陈思和指出:"研究者精神世界的无限丰富性,必然

---

① 陈思和:《告别橙色的梦——读王安忆的三部小说》,载陈思和《批评与想象》,华东师范大学出版社2014年版,第218—234页。
② 陈思和:《声色犬马 皆有境界——莫言小说艺术三题》,载陈思和《批评与想象》,华东师范大学出版社2014年版,第268页。

导致文学史研究的多元化态势。文学史的重写就像其它历史一样，是一种必然的过程。这个过程的无限性，不仅表现了'史'的当代性，也使'史'的面貌最终越来越接近于历史的真实。"① 陈思和所说的"当代性"，是就1978年中国改革开放的历史进程而言的。这一进程，对传统文学史框架形成了冲击，极大地拓展了"研究者精神世界的无限丰富性"。他们主持的"重写文学史"栏目，具有穿透前瞻性的眼光和气魄。文学史重写的观念，具体显现在陈思和很多评论小说创作论文中。在《当代文学创作中的现代反抗意识》中，他认为，"现代反抗意识是这种文学精神的一种变体。它在对现实的态度上与现实战斗精神是完全一致、朝气蓬勃的，入世批判的战斗风貌，不仅继承了鲁迅对于世俗的不妥协的批判传统，也与西方思潮中反资本主义世界的思想批判相共鸣"。他同时指出，"文化大革命"后小说创作中出现的"反抗意识"不同于现代文学传统，但体现了迈向现代社会的中国人精神上的取向，"从《北方的河》起，张承志的作品里出现了一种日愈明显的分裂：都市文明与原始自然之间的紧张对立"，小说叙事人"往往是自然之子带着原始的目光来审视现代都市社会"。而"刘索拉的《你别无选择》可以说是现代反抗意识很强的一部作品。如果从生活真实的标准来衡量，贾教授无疑是过于漫画化了，但正因为夸张的虚假，使这一群音乐学院的学生对'贾氏规范'的反抗成为一种象征。他们每一个人对现状的一种反抗，都从本体论的角度展示了个人对生存环境的

---

① 陈思和、王晓明：《关于重写文学史专栏的对话》，《上海文论》1989年第6期。

批判"①。《当代文学观念中的战争文化心理》通过梳理自辛亥革命开始的漫长的战争史,深挖出"战争文化"这一命题。他认为"战争文化"孕育、培养和鼓励当代文学逐渐形成一种具有军事思维的"文学观念",这一观念,贯穿在中国当代文学发展的大半历史之中。陈思和指出,它在文学创作上的表现一是"明确的目的性和功利性,文学宣传职能与文学真实性的冲突";二是"二分法思维习惯被滥用,文学制作出现各种雷同化的模式";三是"英雄主义和乐观主义基调的确立,社会主义悲剧被取消"。以此为立足点,他对几十年来的当代文学进行了批判性的反思:"这种英雄主义和乐观主义基调的间接后果,是社会主义悲剧的被取消。正如战争的二分法思维习惯不能容许在肯定的话语系统中出现'悲剧'的字眼,在历史发展过程中,人们总是用总结者的眼光去描写历史,凡是悲剧性的事件只能发生在过去的已被证明是错误的年代里,这个年代必须与今天之间存在着一个分界。"②还有一篇有分量的文章《胡风对现实主义理论建设的贡献》,是受其恩师贾植芳影响完成的。陈思和以重提胡风为前提,认真梳理了胡风对"主观公式主义"批判性反思的全过程,并指出,胡风的思想视角是从五四新文学传统,尤其是从鲁迅那里继承下来的。胡风的价值就在于,"他一生所追求的,正是现实主义如何摆脱笼罩在左翼文艺——社会主义文艺道

---

① 陈思和:《当代文学创作中的现代反抗意识》,载陈思和《批评与想象》,华东师范大学出版社 2014 年版,第 54—55 页。

② 陈思和:《当代文学观念中的战争文化心理》,载陈思和《批评与想象》,华东师范大学出版社 2014 年版,第 73—82 页。

路上的庸俗社会学影响，使其成为从五四新文学发展而来的现实战斗精神在文艺创作上的理论指导原则"。陈文有为胡风"现实主义理论"平反昭雪的勇气，而且包含了与干扰、破坏这一现实主义理论的错误斗争的勇气。①

表面上看，陈思和的"重写文学史"讨论和这几篇长篇论文未触及具体的小说批评，但在更高层次上，却是一种重要的"史家"批评。因为，它对当代文学史重要命题的质疑、讨论和破解，实际为小说创作的进一步发展攻破了最艰难的堡垒，辟出了一条宽阔的道路。这种讨论还在营造一个更宏阔的社会文化环境，打开文学思想观念和审美观念的空间，为作家们的思考提供一个较大的舞台。在小说批评史上，既应该有在一线跟踪作家创作实践的现场批评家，也应该有稍微拉开距离，通过作家创作史分析某部作品的批评家，也需要有陈思和这样往回退一步，从文学史清理性反思的视角来介入当代小说批评实践的批评家。这是一种厚积薄发型的小说批评。陈思和至今没有从小说批评实践中退场，依然引人注目的原因正在于此。

蔡翔也是一位被李子云、周介人发现的上海青年批评家。上海师范大学中文系毕业后，他到一家工厂技术学校教书，假如不喜爱文学批评，也许就被生活埋没了。蔡翔的小说批评以感觉细腻、问题准确和文字讲究见长。他在最活跃的20世纪80年代，写出了一批闪耀光亮的批评文章。21世纪后他改作当代文学史研

---

① 陈思和：《胡风对现实主义理论建设的贡献》，载陈思和《批评与想象》，华东师范大学出版社2014年版，第85—115页。

究，取得了可喜成就。1982年，他以《高加林和刘巧珍——〈人生〉人物谈》一文登上文坛。这篇文章有文艺漫谈的格调，表面松弛，眼光却独具一格。他看到，"高加林的命运悲剧已经远远离开了二度的平面，诚如作者所言：'它包含了诸方面的复杂因素'"，这个复杂因素，就是1979年启动的农村改革，新旧时代的矛盾，让高加林陷入了"城乡交叉带"的困惑当中。蔡翔细腻地看到了主人公与落后农村现实的激烈冲突：这个"普通的但却是才华横溢的乡村知识青年，他向往一种新的生活，对于现代文明有着热烈的追求"，"然而他又是生活在这样一个'角落'里；一个能呼吸到城市文明的空气却又保留着古老、落后的习俗的城镇郊区，一个交织着真与假、善与恶、美与丑的具体的生活环境。他的理想与现实、性格与环境交织得如此错综复杂，又显得如此格格不入"。蔡翔抓住"环境"与"人"的关系，分析高加林的出路，以及巧珍爱情的不幸："高加林和刘巧珍的爱情悲剧实际上已经超越了爱情自身。作品为我们提供了一个无法抹杀的现实生活的信息。这就是在新的历史时期中被遗弃者的内在的悲剧因素。"[1] 蔡翔的机敏之处，是他跳出了人物之间的一般关系，而把他们的故事放置在历史的大图景之中。在《什么是刘思佳性格》一文中，他不满足论述蒋子龙小说的故事脉络，而是抓住"刘思佳性格"的形成史来做文章。他提醒读者："我们的文学似乎习惯了那种用一种加长的定语就能揭示其整个内涵性格的写作方式。

---

[1] 蔡翔：《高加林和刘巧珍——〈人生〉人物谈》，载蔡翔《一个理想主义者的精神漫游》，华东师范大学出版社2014年版，第1、2、7页。

然而，就在我们把这个概念的外延无限制地扩大，用一种抽象的价值观念去臧否人物时，也许，我们已经因为某种观念的东西而忘记了生活本身。"他发现刘思佳的生活道路跨越了 20 世纪 50—80 年代，具有过渡性人物的特征："他横跨了两个时代。在他身上，你很难找到那种五十年代青年的性格痕迹。生活修正了他们的全部人生，他们对生活不再盲从，而对自我充满了信心。他们渴望在社会的'直角坐标系'中找到自己的位置。这种愿望经过了那个硬要人半死不活的年代而演变得更加猛烈。"① 比高加林形象的分析更进一步，蔡翔在刘思佳性格的转变中，看到了 80 年代"青年"的问题：重新寻找人生的位置。因此，蔡翔不是一般意义上的批评家，而是那种不断寻找批评"命题"的敏锐的批评家。他另外还有《一个理想主义者的精神漫游——读张承志〈北方的河〉》《行为冲突与观念的演变——读贾平凹的〈腊月·正月〉》《悲剧·叛逆·诗情——评郑义〈远村〉、〈老井〉》等文章，也都值得注意。

许子东是"上海批评圈"成名较早的一个批评家。他在小说评论中的亮丽表现，是《郁达夫新论》和《为了忘却的集体记忆——解读 50 篇文化大革命小说》这两本书。他写文章惜墨如金，不轻易下手，然而读他的文章，感觉他对作家作品有一种耐心，不捕捉到真正的东西不会随便动手。因为早期从事郁达夫等现代作家研究，对 80 年代小说他只是一个冷静的观察者。他清楚地记

---

① 蔡翔：《什么是刘思佳性格》，载蔡翔《一个理想主义者的精神漫游》，华东师范大学出版社 2014 年版，第 11、12、13 页。

得:"大概是1979年4月的某个下午,我在上海福州路(即从前北新书局所在的'四马路')上的一家图书馆里,偶然借到一本薄薄的、纸张已经发黄的《郁达夫选集》。这是我初次读到《沉沦》。'第一个印象'是:清新、别致,真率得近乎大胆。""同年夏天,我中断了电气自动化专业的学习,转读文科。"[①] 1979年对于许子东来说,是个人生涯的重要转折。从现代文学研究转入当代文学,是在1985年前后。"对上海学人来说,这种从现代到当代(甚至再到文化研究)的学术转移,更多是个人兴趣、独立行动。"[②] 之后,他远赴美国加州大学洛杉矶分校拿到文学硕士学位,在香港大学获得哲学博士学位,到香港岭南大学任教。在上海同代批评家群体中,像许子东这样在中断、转移中仍然有批评和学术建树的人并不多见。

经历过20世纪80年代思想的洗礼和西方学术的训练,许子东的著作《为了忘却的集体记忆——解读50篇文化大革命小说》,是对80年代文学起源的一种清理性的研究,也是一种独特的小说史批评。《为了忘却的集体记忆——解读50篇文化大革命小说》充满反思自己这代人思想道路的丰富意味。许子东的成长,与50篇小说的问世处在同一个时代。这一时期的风风雨雨留下了作者的足迹,也回响着文学作品的独特声音。从这个角度看,本书的独特价值是自不待言的。"在五十部有代表性的'文化大革命'小说中,可以归入'历史反省'模式的至少有八部,其中只有《记忆》和《墓场

[①] 许子东:《郁达夫新论·后记》,华东师范大学出版社2014年版。
[②] 许子东:《郁达夫新论·跋》,华东师范大学出版社2014年版。

与鲜花》两个短篇，其余均为铺开历史过程的中长篇。"在重读这些小说的过程中，他发现80年代所谓的历史反省是有问题的："没有鲜明的反派形象，是'知识分子——干部'与平民百姓在清理'文化大革命'记忆时的一个最关键的不同点。民众眼中的善恶正邪忠奸之分，在忧国忧民的读书人那里都只是是非对错正误之别。"平民百姓心目中的"灾难故事"通常是由权势者和造反派制造的，而知识分子假借老干部身份来反省"文化大革命"，目的是要批判历史。除了这种差异性外，男主人公在苦难中获救的方式，"基本是依社会身份而不同：身为劳改犯的右派书生，要靠民众身份的风尘女子拯救。最典型的例子当然是章永麟与马樱花、黄香久。知识分子腔的下台干部则要靠知识女性的援手才能度过难关（张思远与秋文、王辉凡与刘丽文，等等）"。"显而易见，这些都只是男性作家的主观设计。"他追问道："为什么这些设计会在包括女性在内的广大读者中广泛流传，引起共鸣，或许上述设计其实也并非个别男性作家单独完成？"[1] 在20世纪80年代小说落幕近十年后，许子东以重读"文化大革命小说"的方式，对这些作品进行了反思性的研究。它以"再解读"的方式，与作家作品构成了有趣的对话。他的重读，是在检讨小说史的是非功过基础上的自我反思，不单是文学史的研究，同时也是对文学史的思想史研究。没有他日后出国、居留中国香港的经历，批评家很难与作者所亲历的七八十年代，形成这样的历史距离感。

---

[1] 许子东：《体现忧国情怀的"历史反省"——"文化大革命小说"的叙事研究》，《文学评论》2000年第3期。

第九章 小说探索浪潮中的批评家

在介绍主要的批评家之后,我们要提到一个不应该被忘却的批评家胡河清[①]。这是一个有才华可惜英年早逝的批评家,他出身于上海的高知家庭,受过良好的教育。他像王晓明、许子东和殷国明一样,是钱谷融教授的弟子。胡河清批评感觉细致、深入,有一种少有的敏感和怪异,但却能给人力透纸背的印象。他有一篇文章谈到对莫言的印象:"在莫言小说集《透明的红萝卜》的扉页上,有阿城为莫言作的一幅速写:莫言的脸并不怎么好看,脸型长得简直就像一个刚从庄稼地里拔出来的红萝卜,但如果再仔细一点观看,就会发现这种貌似平凡的脸上也有不太平凡的东西,那就是莫言生着一双谜一般的眼睛。这双眼睛既是和善的明朗的笑吟吟的,又含着一种使人很难琢磨透的高深的智慧。这幅画像究竟与莫言本人相像到何种程度姑且不论,却有一点是可以肯定的,就是凡看过莫言小说的人多会对阿城的这幅画拍手叫绝,因为他把莫言作品的特有的美一下子'抓'了出来。我甚至觉得,在对莫言理解的深度上,阿城这寥寥数笔大有超过一百篇文学评论之总和的可能。"[②] 这就是胡河清,他早慧、敏感,有过人之处,批评的感觉具有天赋。他在《贾平凹论》中是这样解释贾氏的文气的来处的:"贾平凹和张艺谋,是近年以来中国西北出的两个奇才。这从神秘学的观点看,绝不是无缘无故的。战国以前兰

[①] 胡河清(1960—1994),安徽绩溪人,文学评论家。先后执教于上海教育学院和华东师范大学中文系,1994年自杀。著有《灵地的缅想》《胡河清文存》等。
[②] 胡河清:《论阿城、莫言对人格美的追求与东方文化传统》,《当代文艺思潮》1987年第5期。

州是天下的中心。秦汉之间稍稍移动了一下，挪到了长安。在西安建都的朝代都是中国历史上最强盛的大帝国。""这表明西北是中国国运气脉所系。这与奇门遁甲的秘术也是暗合的，奇门术数人物，西北部位'乾'位所在，是八门中两个'言门'之一的'开门'，又称天位，天门。这虽不足全信，但从中国文学的现状来看，似乎确实不失考验。"接着他用刻薄和不无偏激的语气说："北京的才子们资质平平，跳来跳去难以摆脱传统现实主义的框架，江南文星倒是不少，却经常流于小打小闹，缺乏大气。"他这么看贾平凹故乡的历史地理："贾平凹的家乡陕西商州丹凤，是一个很有古老文化氛围的地方：龙驹寨就坐落在河的北岸，地势从低向高，缓缓上进，一直到了北边的凤冠山上。凤冠山更是奇特，没脉势蔓延，无山基相续，平坦地崛而矗起，长十里，宽十里，一道山峰，不分主次，锯齿般地裂开，远远望之宛若凤冠。"描绘近于夸张，但不失对贾氏文脉文气的一种解释。再看他品评贾平凹的名字："'平凹'两字的寓意大概更加复杂了。据我的看法，这中间也含有'阴阳'的意思。'平'指的阳光所及之地，故为阳。至于'凹'的深文大义，贾平凹作过多次解释。"接着他进入对贾平凹创作风格的整体把握。他认为，贾平凹塑造人物注重的这些人物身上特殊的气："在当代中国文学里，贾平凹对男女性别感（阴阳）的体认也最具有中国传统文化色彩。"这从具体人物身上显现出来，例如，"金狗有了这种男性意志的神灵附体，使他终于以一介布衣硬是从宗法关系构成的磐石中冒了出来。以后虽屡经挫折，三起三落，然而却即使在遭遇囹圄之灾时"，最后化凶为吉,接管了州河上的航运业,令人惊奇。又例如,"贾平凹笔下的白朗,却是个有些女气的美男子,以致唤醒了押送他的士兵们潜意识中的同性恋欲"。结论有些奇怪,但不失奇异之言,出色的文学批评就应该如此。最后他推断说:"中国古人说过:'道心惟微,人心惟危。'这种深刻的分裂状态似乎也存在于贾平凹身上。半个贾平凹漂浮在肉的幻想之中,具有非常强烈的感性化特征。另外半个贾平凹却竭力要挣脱生命本真的火炽图景,进入高华深邃的东方灵境。"[1] 不用看他对下面作品的分析,就知道他抓住了贾平凹三十年创作的魂,《黑氏》《废都》《高老庄》《秦腔》《古炉》《带灯》《老生》和《极花》等,大概都可以用这条线来贯穿。

胡河清写小说评论,善于抓住作品中传神的部分。他说:苏童《米》这个异常的"米"字,"不觉使我想起了中国传统的米雕。那是实实在在的一粒米,但放到放大镜底下看","实在近乎一米一世界的意境了。米的确有权作为雕刻一个世界的基本材料的,西汉流芳百世的名臣晁错曾经说过:'明君贵五谷而贱金玉',这几乎变成了一条颠扑不破的炯戒。苏童《米》中的五龙辛苦了一世,引为骄傲的也并非他那'两排坚硬光滑的纯金制作的假牙',而是一车雪白的大米!他留给儿子的遗产也是一盒大米。这实在是体现了历史老人的伟大智慧的。由此看来,这大米的价值位在金玉之上,尚不失为古今之通律吧"。他认为苏童是个独具慧眼的作家:"苏童以他洞开的慧目摄下的奇观。龙之为物,本类乎虫。

---

[1] 胡河清:《贾平凹论》,《当代作家评论》1993 年第 6 期。

此贻亦继古人写《文心雕龙》之后今人又有写《文心雕虫》者之故。"因为,"苏童的这座'米雕',似乎也标志着他真正进入了历史"①。大概因胡河清对《周易》、面相学、奇门术等古书都很熟悉的缘故,他对现实题材创作的兴趣,远不如他对接近中国传统文化一面的创作的兴味,对于这一类创作,他也的确有不凡的眼界。他似乎特别欣赏阿城的小说。"阿城有一篇不太引人注意的小说《傻子》,曾有人指为'意旨浅露',我却以为,可以把它当做理解阿城的一把钥匙来看。傻子者,业余书法家老李之谓也。"他进一步解释"傻子"与中国传统文化的关系,让我们不由得想到了阿城小说人物的那种"憨劲"。他说,"这里存在着几千年中国文化的一个典型的悖论。从中国历史来看,最没有人格操守的,恰恰就是那些经常喜欢声称看穿一切、似乎真的超凡脱俗的人。古代有识见的艺术评论家是深知这一点的,因此他们并不很重视一个人的自我表白,而把是否'骨力'作为审察人格美的首要标准"。"正由于阿城在对人物性格上的品评尚'骨力',才使得他在塑造形象时超越了形似"②。胡河清的古代文学根底,使他具有不同于人的眼力。

过去我不曾注意胡河清的小说批评,在重读这位批评家富有光彩的遗作时,方觉出他的不凡。这种不凡,被批评界强调共识的表面现象遮盖了。好的小说批评,既是从大浪淘沙中被选出的,也存

---

① 胡河清:《苏童的"米雕"》,《七画》1991年第6期。
② 胡河清:《论阿城、莫言对人格美的追求与东方文化传统》,《当代文艺思潮》1987年第5期。

在于这种被埋没的批评家的文章中。由此可知，20世纪80年代的"上海批评圈"是藏龙卧虎之地，批评家各呈异彩且风格多样。当代小说批评史，既是对历史的梳理，也包含有挖掘和发现的任务，又可能会面临更多的困难和障碍。

第五节 《钟山》及新写实小说批评

1989年，南京的《钟山》杂志在第3期刊登了《"新写实小说大联展"卷首语》，它宣称："我们慎重地向《钟山》的作者和读者宣告：在多元化的文学格局中，1989年《钟山》将着重倡导一下新写实小说。"亮出口号后，杂志对这个概念的解释是："所谓新写实小说，简单地说，就是不同于历史上已有的现实主义，也不同于现代主义'先锋派'文学，而是近几年小说创作低谷中出现的一种新的文学倾向。这些新写实小说的创作方法仍是以写实为主要特征，但特别注重现实生活原生形态的还原，真诚直面现实、直面人生。虽然从总体的文学精神来看新写实小说仍可划归为现实主义的大范畴，但无疑具有了一种新的开放性和包容性，善于吸收、借鉴现代主义各种流派在艺术上的长处。新写实小说观察生活把握世界的另一个特点就是不仅具有鲜明的当代意识，还分明渗透着强烈的历史意识和哲学意识。但它减退了过去伪现实主义那种直露、急功近利的政治性色彩，而追求一种更为丰厚更为博大的文学境界。"[①]

[①]《钟山》编辑部：《"新写实小说大联展"卷首语》，《钟山》1989年第3期。

这段话表明，新写实文学的主张无意步伤痕文学和先锋文学的后尘，而是想另辟新路。他们针对新近作品中出现的世俗化倾向，做出自己的判断和分析。

新写实小说响应急剧世俗化的社会发展的需要，将小说创作潮流转移到日常生活的方向上来。文学观察家发现，上海批评圈除南帆外，集体对这种新潮流噤声不语，倒是来自北京批评圈的一些人表现出疑虑。预感到即将发生文学新变的批评家雷达，在《探究生存本相　展示原色魅力——论近期一些小说审美意识的新变》中说："我认真读过《烦恼人生》，我认为它本身并无新奇可言，它本身就有一种恼人的平淡，烦人的琐屑，整个儿是一本流水账，出自女性作家细密观察、体会入微的流水账。"但他对这种现象表示了理解："当这些烦恼、平淡、琐屑被巧妙地构成一个本体象征的时候，我们会顿然感到，它自身就解释了自身。""这真实平庸得残酷。"[①] 张韧不安地指出："有一个现象值得深思和探究，在'骂派'批评（如对先锋派的呵责，对文化寻根小说的非议，对文学'低谷'的抱怨等等）颇为兴时之际，唯独写生存状态和人生本相的小说，如《烦恼人生》、《风景》、《伏羲伏羲》、《新兵连》、《天桥》等，却享有殊荣，没有出现一篇挑剔以至否定它们的评论。面对如此巨大的反差，我们不禁要诘问这类小说：你为什么赢得那么大的声誉？你是否像人们评价的那么

---

① 雷达：《探究生存本相　展示原色魅力——论近期一些小说审美意识的新变》，《文艺报》1988 年 3 月 26 日。

第九章　小说探索浪潮中的批评家

完美而无一遗憾?"① 洁泯的文章就不客气了,他愤懑且语带讥讽地表示:"我很钦佩一些批评家善于将某些文学流派概括出一个新词,例如现在议论得很火热的'新写实小说'便是。为了把这类小说区别于人们通常所理解的现实主义小说,冠之以一个'新'字,似乎倒也标明了它的重要特征。自然,问题不在名词,而在于对这一文学现象的考察,为什么它的出现在八十年代后期,正值文化包括小说在内的低谷时期?为什么这时它独能为读者所青睐而至今不衰?这颇值得思考。"② 如果上述批评家年纪略大,观念转换有一个过程,那么南帆《新写实主义:叙事的幻觉》的发表,就格外引人注意。他宽容地肯定了"新写实"主张的意义:"无论如何,新写实主义已经成为一个蔚为大观的文学事实。大批引人注目的小说簇拥于这个概念周围,显示出声势显赫的阵容;许多富有实力的作家正在一个新的美学口号下重新集结,踊跃欲试;批评家围绕着这批小说做出了兴致勃勃的解释,从而使这个文学事实拥有了相应的理论深度。"他承认,这是"一次别具一格的小说聚会,一个精明的办刊策略,一个审时度势之后文学话题的设计,一种机智的广告术,一种美学偶像的塑造"。但他表示,要与提倡"新写实"的批评家王干"商榷"。首先,他认为新写实主张没有准确界定它与现实主义小说直接的理论边界,比如,把刘震云、余华、格非和王朔合并在新写实主义之下就有

---

① 张韧:《生存本相的勘探与失落——新写实小说得失论》,《文艺报》1989 年 5 月 27 日。

② 洁泯:《关于"新写实小说"》,《文汇报》1991 年 7 月 27 日。

问题。其次,"新写实主义所遇到的另一个麻烦来自它的理论立足点"。因为被批评家贬低的"'现实主义'带有不同程度的虚构",他们概括的内容无法用理论来验证。再次,他们主张要展示"现实的'原生态'",但"批评家忘了给予叙述层面一个恰当的位置"。显然,在小说创作理论中,叙事学不仅作为一个理论背景而存在,而且是一种支撑小说之所以被称之为"小说"的根本性的东西。一看就知,南帆在文章中是要把"叙事"作为批评"新写实"的主要火力点。他要在这个关键点上,给予"新写实主义"概念以充分的探讨。他显然想降低这股小说潮流对作家创作的影响,以一种更为理性的态度来剖析这种现象本身的矛盾和缺陷。他指出,新写实主义所宣称的"新叙事",是无法离开叙事学已经形成的理论成规的:"叙事学已经发现,叙事往往包含着某种程度的人为结构,某种程度的预先制作。叙事时常有某些先前人们曾经看到或者听到的内容。这就是说,叙事总是某种程度的历史循环。"因为,"一旦叙事开始,叙事内部的历史成规即刻生效"。[1] 南帆不是否定新写实小说的价值,而是指出新写实小说与传统现实主义存在一定的亲缘关系,不能因为杂志的炒作而失去对现象的客观观察。

南京批评家群体,是"新写实主义"倡导的获益者。丁帆[2]、

---

[1] 南帆:《新写实主义:叙事的幻觉》,《文艺争鸣》1992年第5期。
[2] 丁帆(1952—),笔名风舟、马风。生于江苏苏州,原籍山东蓬莱。文学评论家。1977年毕业于扬州师院中文系。1988年调入南京大学中文系。历任南京大学中文系教授、系主任。著有《中国乡土小说史论》《中国当代文学史新稿》等。

第九章　小说探索浪潮中的批评家

徐兆淮[①]、费振钟[②]、王干[③]和汪政晓华[④]夫妇虽然成名于20世纪80年代，但相对于北京、上海的批评群，力量是比较单薄的，缺少内在的凝聚力量。某种程度上，"新写实主义"变成了一个标记，一面旗帜，它开始对"南京批评圈"这个批评力量进行重新整合，丁帆是这一群体的中坚人物。他的批评历史感强，有自觉的现实情怀，是当代文学中现实主义传统的传承者之一。他在《浅论贾平凹的四部新作》中强调："在现实主义创作方法受到外来各种流派和思潮冲击和挑战的今天，一个作家，尤其是青年作家，怎样使自己立于不败之地呢？墨守成规或是等待现实主义创作方法的完善和成熟，无疑是窒息自己的一条死路。只有在吸收众家之长中，不断追求新的具有生命力的形式技巧，来不断丰富、完善、充实自己的创作方法和技巧，才能拓展自己的艺术道路，走在当代文学的前列。"贾平凹的《商州》《天狗》《冰炭》和《远山野情》等80年代中期的4部新作，就是因为在结构上吸收了"拉美结构现实主义的所谓'章节穿插法'"等技巧，而成功

[①]　徐兆淮（1939— ），江苏丹徒人。文学评论家。1964年毕业于南京大学中文系。历任《钟山》副主编、执行主编等职。著有《艰难的寻找》等。

[②]　费振钟（1958— ），江苏兴化人。文学评论家。1986年毕业于扬州师院中文系。历任《雨花》杂志编辑，江苏省作家协会创作研究室副主任。与王干合作发表评论文章。著有《江南士风与江苏文学》等。

[③]　王干（1960— ），江苏扬州人。文学评论家。1985年毕业于扬州师院中文系。历任《钟山》杂志编辑，《小说选刊》副主编。

[④]　汪政（1960— ），江苏海安人。文学评论家。南通师专毕业。曾在海安和如皋等地中学、师范学院任教。2001年调入江苏省文联。晓华（1963— ），原名徐晓华，江苏如东人。文学评论家。1988年毕业于扬州师院中文系。历任如皋师范学校教师，江苏省作家协会创作研究室副主任。著有《涌动的潮汐》等。

完成的作品。① 对新时期乡土小说和市井小说的关注，是他丰富现实主义文学尝试的一个新路径。在《新时期乡土小说与市井小说：民族文化心理结构的解构期》这篇文章中，他把路遥的《人生》、郑义的《老井》、柯云路的《新星》、铁凝的《哦，香雪》、贾平凹的《鸡窝洼的人家》《腊月·正月》、韩少功的《爸爸爸》、王安忆的《小鲍庄》、张承志的《黄泥小屋》、郑万隆的《异乡异闻》、古华的《贞女》、李杭育的"葛川江系列"等小说，都归入广义的新乡土小说范围。他认为新乡土小说是一种梯形向上发展的态势：1979—1984 年，在路遥的《人生》、郑义的《老井》等"反射城乡交叉地带的作品中，似乎最能体现这种城乡反差和落差下的趋向"，作品人物"都不约而同地有一个现代化和传统化的象征对应物相互撞击的现象出现"；1985—1986 年，随着"寻根文学"的出现，"乡土小说进入了更高层次的蜕变"，由此，"乡土小说不再是把焦点放在表现一种新旧思想冲突的表面主题意蕴上了，而更多的带着一种批判的精神去发掘民族传统文化心理"。文章最后对这种小说的发展前景做了预测。② 他对王干的"新写实主义"主张给予了支持，认为它是"对西方美学观念和方法的借鉴"。"新写实主义作为一种文学运动，产生于八十年代中后期对现代文艺思潮的借鉴和融合的浪潮中，绝非偶然。时至八十年代中后期，新写实主义小说在借鉴、融会西方美学观念和方法上，

---

① 丁帆：《浅论贾平凹的四部新作》，《当代文艺探索》1986 年第 1 期。
② 丁帆：《新时期乡土小说与市井小说：民族文化心理结构的解构期》，《小说评论》1988 年第 1 期。

第九章 小说探索浪潮中的批评家

确实已经具备了外部和内部的条件。"① 对丁帆批评实践稍加整理，可以发现他不是主张回到传统的现实主义文学老路上去，而是积极探索一条新的现实主义文学的道路。确切地说，他主张的实际是一种"开放的现实主义文学"。

汪政、晓华夫妇注重作品细读的批评风格，是"南京批评圈"中的一个值得注意的亮点。他们文风平实，不事声张，语感细腻、观察深入，尤其是对作家创作过程中的细微心理，及其在小说结构、叙述方式、情节和人物构造上的联动反应，都有极出色的发掘。在论述贾平凹早期"农村改革题材"作品的思想主题的时候，他们强调，他主要是受到了沈从文和川端康成的影响："打开贾平凹的作品，首先进入我们视野的大部分是山川风物而不是人，这样的结构从《商州》（1983）、《腊月·正月》（1984）之后就几乎成为一个定式。"② 在《神话·梦幻·楚文化——论韩少功创作断想》这篇批评文章里，汪政和晓华对当时流行的韩少功小说批评有所保留："从根本上讲，韩少功的作品当然是非神话的。与初民同在的神话浸入现代化艺术之后，它已不是文学的体裁，而是一种审美范畴。""韩少功正是怀着这样的希望沉入楚国、沉入湘西的，而当他一旦把自己投入到这个文化氛围之中，便导致了自己创作的重大蜕变。"在他们看来，"地域文化"实际"是以自然地理和经济地理相结合为其产生和发展的根基"的"网状的文化形

---

① 丁帆、徐兆淮：《新写实主义小说对西方美学观念和方法的借鉴》，《文艺研究》1993 年第 2 期。
② 汪政：《论贾平凹》，《钟山》2002 年第 4 期。

态"。"当作家有意识地深入其中时,便不可避免地被这个网络所纠缠,后者通过诸种途径浸入作家的创作活动。"① 他们表扬了韩氏的探索精神,但似乎对创作的发展前景并不看好。事实证明,韩少功后来的小说果然被套进了这个"地域文化网络"走不出来。两位批评家的担心,最后变成了现实。他们分析王安忆作品世界的《论王安忆》,是令人印象深刻的文章之一。文章深入作家作品内部,分析小说的结构形式,展现它与周围环境、文学传统、作家个性和形式之间的关系,力图呈现王安忆小说最精彩的艺术贡献。他们说:"《蚌埠》显然吸取了中国历史书写中'志'的一些经验,一座城镇占据了小说表达的大部分空间,蚌埠的地理位置、经济特点、车站、码头、浴室、旅馆以及家居生活在此都得到了细致的展现,它是可以称得上'地理志'或'风俗志'的,但仔细读过去,一种感伤与怀想会在文字里慢慢地氤氲开来,蚌埠虽然占据了小说的大部分篇幅,但它却渐渐退却为一个特定的时间与空间的背景,人,七十年代与蚌埠有着生活关联的人却从那物的缝隙里钻了出来,他们,才是作品的主体。"他们对作者在《轮渡上》中叙述节奏的拿捏、捕捉人物心理的微妙明暗瞬间、周围环境的静与动的处理上,也有不凡的发现:"小说将叙述的空间放在轮渡上,放在一段旅程中,主要的人物是一组在外流浪的民间艺人,二男一女,没姓没名。他们是乡里人,或者说在轮渡上聚集的乡里人面前,更愿表明他们的身份、他们的见识、他们的老

---

① 汪政、晓华:《神话·梦幻·楚文化——论韩少功创作断想》,《萌芽》1988 年第 2 期。

第九章 小说探索浪潮中的批评家

练,尤其是他们的表演欲:'他们是活泛的。他们在船舱里走动着,大声说着话,还笑着。尤其是那个女的,她更活跃一些,上下走动得更勤,搏来周围人的目光。'全篇基本上都是这样的融化了细节描写的叙述,节奏缓慢、悠然。"[1] 汪政、晓华夫妇的批评风格,接近于现代文学批评,而与当代文学主流的批评倾向和美学风格略有距离。他们不热衷思想主题、探索精神和创新能力等热门话题,姿态十分平实,甚至是老实的。这种朴素和内敛的批评文章,在当前的小说批评中,似乎已不多见。汪氏夫妇的文章,对尊重作家创作活动的批评,是与作品平心静心的对话,是对难以察觉之处的发现,更是细读后的欣喜。也可以说,它是批评家族中的美文。

在这个批评群体中,王干是以活跃见长的。他对小说发展的潮流,持有乐观的看法:1985 年的小说,"它的驱力与横向的世界文学参照有密切关系,它主要以主体意识的强化、新观念新方法新技巧的大量涌入、创作主体的急遽分化为总特点,可用'裂变'二字概括"[2]。王干评价苏童说:"可以说苏童创造了一种小说话语,这就是意象化的白描,或白描的意象化。白描作为中国小说的特有技法,可以说在五四时期经鲁迅的改造出现了新的气象,但后来被简单化和庸俗化了",而"苏童大胆地把意象的审美机制引入白描操作之中,白描艺术便改变了原先较为单调的方式,出现了现代小说

---

[1] 汪政、晓华:《论王安忆》,《钟山》2000 年第 4 期。
[2] 王干:《探究生存本相 展示原色魄力——论近期一些小说审美意识的新变》,《文艺报》1988 年 3 月 26 日。

具有的弹性和张力"。① 小说批评和文学活动兼而有之,是这位批评家的鲜明特点。费振钟、徐兆淮也是这个时期比较活跃的批评家。他们的批评介于传统文学批评与新潮批评之间,注意跟踪当下作家创作趋向,及时对新作加以点评,给人留下不错的印象。

"新写实小说"的成就也许不像人们估计得那么悲观,它在一些学者中仍获得了不少加分。现代文学研究专家刘纳对这种新现象表达了理解:"我觉得这'悲剧意识'的概念也用的轻易了些,作家的悲剧意识是在与现实的抗衡中产生的,而'新写实'恰恰放弃了艺术精神的对抗特质。"她认为这是由于新写实作家正在适应社会生活变化:"作家们经常为故事主角设置的'小人物'身份,往往包含着自我身份的体认。印家厚和小林都有或曾有文人气味,因而他们的烦恼才会比周围的人强烈,他们与现实环境的协调才会有比较困难的过程。作者对这一类'小人物'所秉持的同情共感,表明所谓'新写实'作品中'自我'的消解不过是浮面的假象。""这是'新写实'小说无奈中的有奈。"② 陈晓明③肯定了"新写实"小说在文学变革中的积极作用。他不认为新写实作家是在逃避现实,恰恰相反,他们在揭破现实生活的真相:"'新写实'小说对所谓'底层人'的关注,其实是在消解经典文本确认的精神镜像,还

---

① 王干:《苏童意象》,《花城》1992年第6期。
② 刘纳:《无奈的现实和无奈的小说——也谈"新写实"》,《文学评论》1993年第4期。
③ 陈晓明(1959—),福建光泽人。文学评论家。早年下乡插队。文学评论家。硕士就读于福建师范大学中文系,师从李联明、孙绍振教授。1987年入中国社会科学院文学所读博士学位,师从钱中文教授。历任文学所研究员,北京大学中文系教授、系主任。著有《无边的挑战》《中国当代文学主潮》等。

'底层人'以本来面目。刘震云的《塔铺》（1987）以尤为冷静的笔触，写出了'底层人'的实在生活。显然，刘震云并没有着力刻画所谓'底层人'生活的艰辛，而是写出了生活（和人生）的方方面面，'艰辛'与'不易'被推到背景，偶尔才在那些勾心斗角的间隙里，在那些想入非非的瞬间流露。"与刘纳不同，陈晓明因具有西方文艺理论、法国新小说方面的知识背景，对20世纪90年代社会转型中的世俗化生活有切身体验，他不仅理解"新写实"作家创作的初衷，还能够从上述知识中寻找批评的资源。这种资源把对新写实小说的认识，推向了一个新阶段。在他看来，新写实小说反映出近年来文学的"反悲剧、反讽"的价值标向："很显然'反讽'手法在'新写实'小说中，因人而异呈现出不同的类型和特征。最常见的描写性反讽可以在各种'新写实'小说中看到。李晓通过'重写'历史故事而嘲讽了严整神圣的神话，他那种解构式的反讽损毁了某些根深蒂固的观念。而刘恒则善于在人物的那些关键性动作发出的瞬间给予反讽性评价使人物所处的尴尬境地更加暴露无遗（例如《伏羲伏羲》、《白涡》）。"[①] 另一位年轻批评家张颐武也对"新写实"小说给予了声援。他是从社会背景的大视野中对"新写实小说"进行定位的："九十年代新写实文学是一个非常重要的创作潮流，我觉得正是九十年代我国社会经济和文化所发生的巨大变迁导致了文坛新状态的形成。这里面主要有两个背景应讲清楚，一个是国内进行了十多年经济的漫长改革，以市场经济为背景

[①] 陈晓明：《反抗危机：论"新写实"》，《文学评论》1993年第2期。

的新经济已初具规模；一个是国际背景，'冷战后'世界格局的利益调整不能不影响到文化观念的潮流，这在国内文化思想界也引起了普遍的关注与思考。"另外，也要看到作家们自身的变化，他们的生活感受必然会带入到创作过程之中："九十年代的文化转型给作家的精神生活、日常生活带来很大的改变，这是一种真正的改变。作家的困惑真正成为发自身心感受的困惑，因此他们将最关注自己的生存状态，并由己推人，扩大到把握这个时代的生存状态。"①

在20世纪80年代小说创作探索的潮流中，南京的批评群体以这种方式展现出自己的形象。更年轻的一拨批评家，不久将在20世纪90年代文学思潮中露面，但那又是另一个故事了。

---

① 王干、张颐武、张未民：《"新状态"三人谈》，《文艺争鸣》1994年第3期。

下 编

修复中的前行

第十章 20世纪90年代社会转型中的小说批评

20世纪八九十年代之交的国内外重大事件，是促使中国社会转型的关键因素。而实际上，经济结构和社会结构也在响应历史要求，进行着自身的调整。自1978年中国启动改革开放的进程后，一种要求摆脱前三十年计划经济结构，建立适应世界发展潮流需要的市场经济结构的呼声，就不绝于耳。而经济结构的转型，才是促使社会转型的现实动力。既然经济结构要从计划经济体制调整到以市场经济为主导的轨道上来，那么社会转型就必然要适应这一重大的转变。就文学而言，这是由过去计划性的文学生产体制，向以市场经济为核心的生产体制转变决定的，要求作家、批评家和文学生产者面向市场。这种形势对转型过程中的当代文学和小说批评，产生了强烈的冲击力。

在这种背景下，小说批评开始分化为"媒体批评""学院批评""现场批评"等多种样式。频繁发生的"文学事件"，媒体对文学生产的深度介入，都对作家的创作产生根本性的影响。在此变化中，作家的言论和作品成为被争论的对象，他们也会情不自禁地卷入其中；对文学作品的评价出现了忽高忽低的浮动，其艺术价值或被人为放大，或被故意贬低。小说批评家队伍也在急剧分化，文学批评在有些人那里，不再是神圣的事业；有些人则退回书斋，在经典书籍中寻找精神安慰和再出发的思想动力。90年代是一个"真理"与"谎言"争执不已的年代，对文学真实的坚持，将变得异常艰难，而对畅销作品的疯狂追逐，对一部分作家越来越具有吸引力。文学在经历前所未有的深刻变革。这种变革对于作家来说，既意味着淘汰，也是另一种挑选。历史将会在大浪淘沙中重新遴选作家和批评家，真正代表着这个时代最高水平的写作者也将会应运而生。以下的叙述希望尽量客观，叙述中有反思，有筛选，也有标准。

第一节　张承志再评价

张承志（1948—　）祖籍山东济南，生于北京。清华附中毕业后到内蒙古插队。1972年被推荐到北京大学历史系考古专业学习，毕业后分配到中国历史博物馆。1978年考入中国社会科学院研究生院民族系，师从北方边疆史权威翁独健教授，之后从事考古工作十年。1978年因短篇小说《骑手为什么歌唱母亲》获全国优秀短篇小说奖而走上文坛。相继创作的《黑骏马》《北方的河》《金牧场》和《心灵史》等中长篇小说，为他赢得了很高的声誉。在20世纪90年代社会转型的大漩涡中，他辞职后东渡日本求学。回国后，他开始了对伊斯兰教的研究，翻译过相关著作，最后在宁夏的西海固地区，建立了创作的根据地。

第十章　20 世纪 90 年代社会转型中的小说批评

张承志是一个成名很早、富有才华和思想深度，同时又不太安分的小说家。20 世纪 90 年代初，他陆续发表《清洁的精神》《荒芜英雄路》和《以笔为旗》等思想尖锐的散文随笔，对物欲横流的现象展开了激烈偏激的攻击。他认为市场经济是造成这一切的罪魁祸首，这一看法，引起了正在鼓吹文学多元化的知识界人士的强烈反感。虽然他著文反击，但已经引火上身。[①] 对市场经济持包容态度的批评家，不能接受他反市场的激进态度。在他们看来，用超验的思想标准要求普通人，无视人的日常生活需求是失之公允的。张颐武[②]指出："无论是张承志的伊斯兰教哲合忍耶沙沟派的信仰，抑或是张炜的原始自然神的膜拜，作为一种个人信仰，无疑都是合理的甚至是可贵的，但由此导向对于普通人的彻底的否定，导向对于城市生活或当代的彻底的否定，导向对任何世俗要求的斥责，却是我们无法认可的。"他强调："他们把人分为'清洁的'与'污浊的'，从根本上否定普通人的正当的物质要求，站在今天之外的某个超验的'点'上彻底否定今天。张炜就异常明确地指出，'与其这样，大家都没有安全感，拥挤、掠夺、盗窃，坏人横行无阻……"现代化"来了也白来，我可不愿这样等待'（《作家》1994 年第 4 期，第 32 页）。而张承志则将目前的社会状况描写为'红尘滚滚，人欲横流'（《荒芜英雄路》，第 312 页），进而认为日本人'不愁

[①] 作家张炜发表《诗人，你为什么不愤怒》等文章支持张承志，"二张"遂成为"抵抗文学"的代表人物。参见《文汇报》1993 年 3 月 20 日。
[②] 张颐武（1962—　），生于北京，原籍浙江温州。文学评论家。1984 年毕业于北京大学中文系，1987 年研究生毕业于北京大学中文系，师从谢冕教授，文学评论家。著有《在边缘处追索》《从现代性到后现代性》等。

招不来皇协军','大批大批的中国人,已经准备好'从肉体到情感'的出卖了'(《真爱》,第39页)。可见'新神学'在一定程度上业已超出了起码的社会道德规范和准则,这种极端主义的情绪根本不能对今天社会的多重复杂的问题作出任何具体的分析,而只能是一种破坏性的情绪,一种与人们的生活实践相对抗的狂热的发泄。"最后,他把这种情绪归结为一种对20世纪90年代社会转型的极端文化反应,号召人们起来予以抵制:"作为一种对冷战后世界新格局与九十年代中国社会发展的极端文化反应,这种'人文精神'表现出文化冒险主义的特征并非不可理解,它投射了中国的历史转型的复杂性和艰难性,我们应该理解和体谅若干人在如此复杂的状况下的极端情绪,了解和认知它的形态。同时我们也应该创造一个新的情感空间,找到一种世俗的实践的理想,与普通人结成一个生命共同体,介入今天的创造之中。"[1]

余杰《皇帝的新衣——关于"张承志现象"的思考》对张承志的批评严厉苛刻,他挖苦说,1995年的中国文坛,可以说是"惊涛拍岸,卷起千堆雪"的阵势。而在这阵阵涛声中,张承志的散文集《无援的思想》可谓是一个代表。他把自己摆在一个"思考者"的位置上,也就是一个"红卫兵领袖的位置上"。但就其思想而言,需要声援的,已经不是真正的思想。他越是摆出一副战士的姿态,表现出对无物之阵的紧张,越是使用一尘不染的超越性文风,就越能取得世俗的发行上的成功。他接着分析了张承志的思想资源,认

---

[1] 张颐武:《人文精神:一种文化冒险主义》,《光明日报》1995年7月5日。

第十章 20世纪90年代社会转型中的小说批评

为当下社会的失序,是现代化所带来的负面影响,但这种负面影响不至于像张承志所言,要退回到刀耕火种的年代才能克服。张承志思想深处有一种狭隘的民粹主义情结,因此,他的思考不是建设性的而是极具破坏性的。在这个意义上,泛道德主义就成为张承志的最后一道防线。他根本解释不了当前的社会状况,这一切都与他热爱的20世纪60年代不同,所以他把批判矛头指向三个方面:大众对利益的追求、对物质享受的热衷和文化的商业化趋势。余杰表示,与反商主义的封建思想相比,他更信奉法国思想家托克维尔在《论美国的民主》一书中的见解,这就是:在民主国家,没有比商业更伟大、更光辉的行业了。它吸引了大众的注意力,成为群众向往的目标,使得人们最热烈的激情都向那里集中。没有任何力量能阻止人们去经商,追求自己幸福的生活,实现人生的价值。而张承志除了诅咒,并没有触及问题的核心。他一方面反对资本,另一方面又去日本打工,更表现为知与行的荒诞感。[1]

张颐武和余杰是在"现代化"的历史逻辑里批评张承志的反市场观念的。与余杰的年轻偏激不同,张颐武认为改革开放二十多年的实践证明,市场经济正是顺应了历史潮流,顺应了社会大众追求物质利益的正当历史要求的。他把张承志的思想观念,定位在"新神学"上,批评他的观点是一种脱离时代大趋势的"超验性"话语,由此导向了对普通人正常社会欲求的毫无道理的指责和批评。这种"定位",对张承志的文学史评价影响甚大,因为文化原教旨

---

[1] 余杰:《皇帝的新衣——关于"张承志现象"的思考》,载余杰《火与冰》,经济日报出版社1998年版,第299—312页。

主义和极端文化，与文学精神是根本对立的。1978年以来，他的《骑手为什么歌唱母亲》《黑骏马》《北方的河》和《金牧场》等作品，被认为是充满激情的当代性思考。他的长篇小说《心灵史》也受到了影响。它刚出版时，获得过很多赞赏，随着争论的白热化，评论界对作品的好感也在降温。这是作者后来放弃小说创作的一个原因。

"再评价"带来的另一种影响，是张承志后来在《文艺争鸣》《当代作家评论》等杂志评论作者群体中的消失，即使《心灵史》之后，他创作了许多优秀的散文随笔，保持着旺盛的艺术创造力。从另一角度看，张承志这些散文对20世纪90年代中国现实的思考，在小说创作日益世俗化的背景中，是难能可贵的。这一时期的文学批评杂志给人的印象是，张承志不再是重量级作家，而被看作"穆斯林作家"，甚至是"充满争议的作家"。这样的归位，对一个当代作家来说是十分负面的。这种情况下，当代中国小说批评史有责任对此予以提醒，对这种"张承志现象"开展进一步的文学史研究。研究者应该重新勘察当时的文学论争的现场，理出论争的始末和脉络，分清各种观点的聚焦点和差异，最后做出符合作家创作成就、同时也符合历史事实的客观评价，只有这样，"张承志再评价"才不至于失之于偏颇，人们才能够由此看到小说史发展的全貌。经过这些年的沉淀，随着"重读热"的兴起，张承志及其作品再一次回到人们的视野，一些有独立见解的讨论正在展开，相信理性、客观的张承志研究会在不远的将来出现。

第二节 "王朔现象"的争端

王朔是另一个引起广泛争议的小说家。王朔（1958— ）祖籍辽宁，生于北京。从小随军人父亲迁居北京，在军队大院长大。就读于北京翠微小学、东仓门小学、第一六四中和第四十四中。1977年到北海舰队服役，1980年转业后曾在解放军文艺出版社短暂工作，后为北京医药公司药品批发商店业务员。20世纪80年代初辞职下海倒卖彩电冰箱，后成立好梦影视策划公司，因策划50集电视剧《渴望》而走红。1986年后，他陆续创作了《一半是海水，一半是火焰》《我是你爸爸》《动物凶猛》和《顽主》等。王朔卷入舆论界的是非之中，发表过不够严谨的意见，招致批评界和知识分子反感，被贬为所谓的"痞子作家"。1993年，他因王蒙的辩护文章《躲避崇高》，再次被推向了风口浪尖。

在1993年上海知识界发起的"人文精神"讨论中，"王朔现象"是他们批评文学市场化趋势的一个主要靶标。针对王朔作家下海而产生的负面效应，王晓明表示出忧虑："今天，文学的危机已经非常明显，文学杂志纷纷转向，新作品的质量普遍下降，有鉴赏力的读者日益减少，作家和批评家当中发现自己选错了行当，于是踊跃'下海'的人，倒越来越多。我过去认为，文学在我们的生活中占有非常重要的地位，现在明白了，这是个错觉。即使在文学最有'轰动效应'的那些时候，公众真正关注的也并非文学，而是裹在文学外衣里面的那些非文学的东西。可惜我们被那些'轰动'迷住了眼睛,直到这时,才猛然发现,这个社会的大多数人,早已经对文学失去兴趣了。"① 参与讨论的华东师大博士生张宏说,90年代文化危机在作家身上有两种表现,一是媚俗,二是自娱。"王朔采取的主要是第一种方式。有人说他是个讽刺作家,我却认为,他的作品总的基调是'调侃',而不是讽刺。这两者决然不同,尽管从表面上看,它们是那么相似。""讽刺总是以一种严肃的姿态批判性地对待人生",而这位作家的调侃"恰恰是取消生存的任何严肃性",这是"一种无意志、无情感的非生命状态"。他尖刻地指出:"王朔正是以这种调侃的姿态,迎合了大众的看客心理,正如走江湖者的卖弄噱头。"另一位博士生徐麟批评说,"其实,在文学上,'王朔现象'并不罕见,它是《儒林外史》及以后的谴责小说,在四十年代包括《围城》在内的所谓'讽刺文学'的恶性重复","尽管作者们的社会角色迥然不同,但从他们的语言态度和操作中可以找到许多相似之处。它们都是正统价值崩溃后的产物"。为此,他特别列举了《一半是海水、一半是火焰》和《顽主》等作品。②

1993年年底,针对"人文精神讨论"对王朔的批评,白烨在北京召开了一个以"选择的自由与文化态势"为题的座谈会。白烨说,"最近,上海的一些青年学者在集中讨论文学的危机和人文精神的问题",在座几位都有自己的公司,"这在别人看来,你们事实

---

① 王晓明、张宏、徐麟、张柠、崔宜明:《旷野上的废墟——文学和人文精神的危机》,《上海文学》1993年第6期。
② 同上。

第十章 20世纪90年代社会转型中的小说批评

上就具有了文人兼商人的双重身份,那么,你们怎么看待别人(比如王朔)的批评?"王朔不客气地说:"有一些人写文章,老是在发牢骚,好像出现了天大的不公平。其实现在大家都可以平等、自由地生活,是从未有过的好的形势。"接着,他以人们熟悉的那种辛辣的口气说:"现在的批评家往往习惯于用自己的想法去规范作家,要求作家。比如批评家老教作家如何做爱,而且有自己的一套设想和程式,但做爱是千姿百态的,不一定非得和你批评的设想合辙,难道不合你辙,就不叫做爱?"他还说:"'五四'以来情况怎样?好东西不多。文学上也就是钱钟书、沈从文、老舍的一些作品还可以,很多人都是仗着年岁和人缘,就混成文学大师了。"[①]座谈会纪要发表在《上海文学》上,与上海批评家对抗的意思是明显的。冷静地看,双方争论的焦点在怎么认识"市场价值"上。前者认为市场损害了文学,后者则认为市场带来了平等和自由。后者不认为自己离开了文学,自己只是在适应历史正在发生的变化而已,没什么值得大惊小怪的。

作为文坛个体户,对王朔的批评牵涉20世纪90年代体制的各种问题,文学与市场的关系是这场争辩的诱因,它引起各方注意是在意料之中的。对90年代文学转型持包容态度的王蒙和张颐武,对王朔现象表示了理解。王蒙1993年年初发表的《躲避崇高》,是一篇公开表明观点的文章。他认为市场经济吹响了新时代的号角,把中国从旧体制中救出,而王朔的出现,将这个过去一直忌讳敏感的

[①] 白烨、王朔、吴滨、杨争光:《选择的自由与文化态势》,《上海文学》1994年第4期。

社会话题挑明了。在他看来,王朔是以牺牲作家声誉为代价,肩扛了这道历史闸门的。王蒙说:"他的小说的题目《玩的就是心跳》、《千万别把我当人》、《过把瘾就死》、《顽主》、《我是你爸爸》以及电视剧题目《爱你没商量》,在悲壮的作家们的眼光里实在像是小流氓小痞子的语言,与文学的崇高性实在不搭界。与主旋律不搭界,与任何一篇社论不搭界。""他就是王朔。他不过三十三四岁,他一九七八年才开始发表第一篇小说,他的许多作品被改编成电影、电视剧,他参加并领衔编剧的《编辑部的故事》大获成功。"许多书店书摊摆着他的作品,经营者以他的名字做广告吸引读者。他既不拿国家工资,也不是专业作家,"这本身,已经显示了王朔的作用与意义了"。他承认,在王朔一些作品中,"确实流露着一种玩世不恭的态度"。"是的,亵渎神圣是他们常用的一招","他写了许多小人物的艰难困苦,却又都嘻嘻哈哈,鬼精鬼灵,自得其乐,基本上还是良民"。王蒙告诉读者:"承认不承认,高兴不高兴,出镜不出镜,表态不表态,这已经是文学,是前所未有的文学选择","谁也无法视而不见"。最后,他对所谓"痞子作家"的指责予以了反驳。[①] 张颐武为王朔辩护说:"据这些人文精神的追寻者的描述,这种'人文精神'在现代历史的某一时刻业已神秘地'失落',而正是由于此种'人文精神'的失落,构成了 20 世纪知识分子的文化困境。"这"设计了一个人文精神/世俗文化的二元对立,在这

---

① 王蒙:《躲避崇高》,《读书》1993 年第 1 期。

种二元对立中把自身变成了一个超验的神话。它以拒绝今天的特点，把希望定在了一个神话式的'过去'，'失落'一词标定了一种幻想的神圣天国。它不是与人们共同探索今天，而是充满了斥责和教训的贵族式的优越感"。他把这种状态定为"'忧郁症'式的不安和焦虑"。① 陈晓明对王蒙、张颐武表示了支持态度，"对感官快乐的寻求，对一种轻松的、没有多少厚重思想的消费文化的享用，压抑太久的中国民众，即使有些矫枉过正也没有什么值得大惊小怪"，"我们当然可以抨击并撕破那些无价值的东西给人们看，但我们同时允许民众有自己的选择"。②

因此，20世纪80年代的文学探索，并没有触及社会体制的深层矛盾。随着市场经济进程的深入，社会积累的问题暴露了出来。王朔的出现，作为这些问题的聚焦点，将其展露在人们面前。"王朔现象"引起的争端，标示着当代文学"进入90年代"的两种不同方式："如果允许暂时把人文精神讨论的观点分作两个面向——虽然个别人的看法迥然不同（例如北京的张承志）——人们能够看出上海学者与北京学者、批评家和小说家面对转向市场经济的'90年代'时的明显差别。如果更细致地观察会发现，这是双方进入90年代的路径不同造成的。"③

---

① 张颐武：《人文精神：最后的神话》，《作家报》1995年5月6日。
② 陈晓明：《人文关怀：一种知识与叙事》，《上海文化》1994年第5期。
③ 程光炜：《引文式研究：重寻人文精神讨论》，《文艺研究》2013年第2期。

第三节 《马桥词典》批判事件

从1985年的"寻根文学",到90年代他从湖南到海南创办《天涯》杂志,韩少功一直是文学界的焦点人物。韩少功(1953—)祖籍湖南澧县,生于长沙。1968年到湖南汨罗县(今汨罗市)插队,开始文学创作。1978年春考入湖南师范大学中文系,因短篇小说《西望茅草地》《飞过蓝天》登上文坛。1985年,因发起"寻根文学"成为文学领军人物。90年代随百万大军下海到海南岛创办《天涯》。创作有作品《爸爸爸》《马桥词典》《暗示》和《日夜书》等。

1996年10月13日,上海召开了作家韩少功新长篇《马桥词典》座谈会。12月5日,北京《为您服务报》同期刊登张颐武的《精神的匮乏》和王干的《看韩少功做广告》两篇批评文章,对这部小说做了否定性评价,认为该小说有"抄袭"之嫌。12月24日,《羊城晚报》发表张颐武《〈马桥词典〉:粗陋的模仿之作》一文,进一步挑明了"模仿"的问题。这篇文章成为批判事件的点火索。1997年1月8日,韩少功在《中华读书报》著文反驳。紧接着,《羊城晚报》刊出"韩少功不排除上法庭的可能"的报道,双方的争论有越烧越旺的趋势。1月30日,张颐武为"坚持认为《马桥词典》模仿《哈扎尔辞典》"提出了八条依据。2月4日,韩少功致电《文艺报》再次反驳张颐武的观点。3月28日,韩少功用一纸诉状将张颐武、王干并《为您服务报》和《劳动报》等告到了海口市中级人民法院,要求赔偿损失费30万元。韩少功称:诉讼的目的在

第十章 20世纪90年代社会转型中的小说批评

于给以文学为名义的人一点教训，以便促进文学健康的发展。至此，作家作品批判事件以诉讼的方式暂告一个段落。虽然这场小说家与批评家之间马拉松式的诉讼最后无疾而终。

这场文坛风波，预示着当代小说批评环境即将出现的变化。这种变化是以"新媒体批评"为标志的。这种批评出现在大众传媒的周末版，对读者具有更大的吸引力，而文学批评杂志上的批评，则开始出现收缩的态势。北京《为您服务报》是北京外企服务集团有限责任公司创办的一家旨在刊登工商业活动的大众报纸。为吸引读者，该报的"副刊"版面对各种猎奇事件和轶事一度非常热衷。在这种情况下，"《马桥词典》批判事件"就把普通消费者的视线引向了他们不熟悉的作家身上。社会大众像观赏电视连续剧一样，关注着"事件"的戏剧性发展，随之出现的，是各种无法验证的"内幕"和"秘闻"。这是五十年来中国当代小说批评史上，一个从未有过的新现象。批评者把公众引向塞尔维亚作家米洛拉德·帕维奇的《哈扎尔辞典》这个新闻聚焦点，耸人听闻地说：这是"一次不成功的模仿"。他还对文学界的认可表示了不满："在《马桥词典》发表后，出现了许多明显不实事求是的评价。有些评价是相当夸张的。""简单地说是开始对《马桥词典》不负责任的过誉性评价和后来媒体同样不太负责任的道听途说以讹传讹。"然而，只要花点时间去读作品，就会一清二楚的。① 因为新媒体的参与，正常的文学批评处于弱势的地位，作家

---

① 伊士：《官司止于智者——访北京大学副教授张颐武》，《文艺报》1998年2月7日。

不得不亲自出来为刚出版的作品作自我辩护。而不明真相的大众，就被这种诡秘的气氛包围着。在"马桥事件"的前前后后，这种是非不清的状况一直存在着。

"新媒体批评"臣服于媒体的霸权，它以文学批评的面目出现，具有新闻焦点的效应，这与传统小说批评是明显不同的。张颐武、王干与韩少功争论的焦点，是在是否抄袭的问题上，涉及版权纠纷，却与作家创作本身无关。这种批评的思维方式，改变了文学原有的生态。正如朱厚刚所指出的："韩少功显然处于动辄得咎的位置。张颐武、王干可以在公共空间以批评家的身份发言，却要求韩少功在传统的文学批评空间里以作家的身份接受批评，张颐武呼吁并推崇对话机制，但双方在媒体上发言的机会并不对等。借助媒体的传播力量，《马桥词典》的'抄袭'嫌疑就会扩散，这无疑会对作家造成伤害，从1996年完成《马桥词典》到2000年，韩少功没有小说公开发表，这与'马桥事件'不能说毫无关系。"他还对双方"不对等"的关系做了进一步解读："'媒介即是讯息'是麦克卢汉的著名观点，他认为任何媒介的'内容'都是另一种媒介。当文学评论文章在大众传媒上广为扩散时，其内容便具有了新闻的特征。"[①] 据报道，《精神的匮乏》指认《马桥词典》"完全照搬"《哈扎尔辞典》成了全国文坛的轰动新闻。韩少功在得知张颐武等人的批评观点时说："现在既然有人公开指责自己抄袭，那么最好请他把这部小说的主题、人物、情节、细节对照公布出来，看看在

---

① 朱厚刚：《新媒体批评与"马桥事件"》，《小说评论》2013年第5期。

第十章　20世纪90年代社会转型中的小说批评

这些小说的主要构成因素上有哪些是模仿甚至是剽窃的。否则，是难以使人心悦诚服的。"可见他是将之视为文学批评的，但他对"'剽窃'、'抄袭'、'完全照搬'说在媒体上如此广泛的传播感到惊讶"。[①] 在韩少功看来，批评家用"媒体"这种不对称手段批评小说，而作家无法在文学的传统诉求管道中保护自己的权益，只有动用"法律"这种非文学方式予以反击。"新媒体批评"某种程度上带动了文学界的酷评之风，例如对贾平凹《废都》的批判，就不是从分析作品出发，而是主观地给作家作品打上与事实不符的标签。

"马桥事件"风波过后，批评各方逐渐冷静了下来，亦开始有一些研究性的文章发表，对事件原委进行了初步探讨。王干在接受采访时说：

> "马桥事件"对我来说确实是一个冤案。这件事情最开始和我扯上关系，是96年12月《为您服务报》发了我的《看韩少功做广告》。但这篇文章其实是我95年就写好的旧文，本来是给《读书》写的，那时《马桥词典》还没有出来。当时我写这篇文章，是因为韩少功在《扬子晚报》上发了一篇《致友人书简》。我当时一看就乐了，因为韩少功当时是属于现在话讲"高大上"的那种形象，从来不屑于在这种晚报上发文章的，晚报属于一种小报嘛。当时《天涯》刚刚创刊，我一看这篇文

[①] 邬萍萍：《从笔墨论战到侵权诉讼——"马桥事件"纪实》，《新闻记者》1997年第9期。

· 273 ·

章的内容，就想韩少功这是在借机给《天涯》做广告啊，就写了这篇文章。我是文本分析，分析他的文体，就是韩少功怎样用一种貌似在谈文学创作，而实际上是在做广告的这么一种文体特点，我觉得很有意思。当时这篇文章是给《读书》的，因为我知道我文章的风格、质量，大致是能跟《读书》吻合的，《读书》的编辑吴彬也一直跟我约稿子，而且《读书》此前几乎没退过我稿件。这篇文章就是为《读书》写的，我整个文章的风格、包括六千字的篇幅，都是按照《读书》的规格处理的。那时因为是汪晖刚开始当《读书》的主编，我印象是他说少功他们办刊物挺难的，就不要发这种调侃的文章了，就把我的稿子退了回来。我印象中那篇稿子在《读书》搁了很长时间，退回来以后我也一直没用。过了一段时间以后，有一次我到北京出差，邱华栋帮我安排住宿。当时《为您服务报》有一个姓杨的编辑，是北大中文系毕业的，他跟邱华栋一起来找我，跟我约稿子，因为当时《为您服务报》经常要发一些长的文章。我说手上正好有一篇，当时还没有 email 呢，我就回南京以后邮寄给他了。后来要发的时候，他跟我说，王老师您这篇文章有点长，我能不能给压缩一下，做一些改动，我说可以。改了之后我也没看。这篇文章发出来的那天，我正好在北京，还看到这篇文章了，也没仔细看。直到后来听说要打官司了，我才把报纸上的文章重新拿出来看，才发现编辑加进了关于《马桥词典》的叙述。只要说到关于《马桥词典》的，都是编辑加的，不是我的意思。你读的时候能感觉到这部分是硬插

第十章　20世纪90年代社会转型中的小说批评

进去的,跟整个文章是不和谐的。我后来把这篇文章的原稿收入到我2002年的评论集《灌水时代》里面,题目叫《广告》,你可以找来对比一下。所以根本就没有后来说的"联合杀马"的情况。我的文章是早就写好的,是编辑把它和张颐武的文章放在一起,当然这里面有编辑语言了,可能是为了配合版面做的,这是另外一回事儿。但是即使这样,我认为这篇文章也够不上打官司。当时很有趣的是,《羊城晚报》把这件事的报道放在娱乐版,这个事逐渐被娱乐化了,变成娱乐事件了。我起初还怀疑是韩少功或者是出版社要炒作这本书,后来发现是玩儿真的,真要打官司。我当时也没说《为您服务报》篡改我的意思,因为这样可能对那个编辑不好吧。另外一个,我认为即使是编辑改的那些话,也不足以构成侵犯名誉权这项。所以我说我很冤。①

当然,他认为如果自己年纪大点,经验再丰富一些,事情也许就不会发生。"'马桥事件'呢,无论是韩少功、张颐武还是我,其实都是被媒体利用、陷害的受害人。""谢海阳当时刚从《文学报》调到《文汇报》,他原来是《文学报》的记者,我不知道他出于什么原因要调到《文汇报》去。按道理说谢海阳在《文学报》工作那么长时间,也是我朋友,我认识他多年,我不知道他为什么要发这么一个玩噱头的,用我们今天的话讲叫'标题党'的文章。但是

---

① 此为赵天成对"马桥事件"当事人之一的王干的采访。因为事涉敏感,条件不成熟,尚未刊出。

呢,这个'标题党'就误导了所有的媒体,而且所有的媒体也愿意被误导。当时很多文摘报迅速转发,一下就使韩少功变成了一个剽窃者,《马桥词典》变成了一个抄袭之作。媒体在这之中确实起了非常不好的作用。事情首先是从谢海阳的'标题党'文章引发的,谢海阳已经篡改了张颐武和我的意图。后来文摘报在转发的时候,又第二度篡改我们的意图。再到后来媒体再做文章的时候,又第三度篡改。这样就离张颐武和我的初衷已经相距甚远了。"王干的回忆,廓清了一部分对他的误解。从史料完整性的角度看,假如用谢海阳的自述来比对,事件始末也许就有可能被客观地呈现出来。王干有所反省说:"最主要的是,九十年代初大众文化尤其是媒体的兴起,我们的作家、评论家、文化人,还没有学会怎么对待媒体。我们现在如果反思的话,这个是很重要的一点。"[①]

第四节 《废都》批判事件

1993年,贾平凹长篇小说《废都》出版后受到文学界的赞誉,但是不久,对它的批评接踵而来。围绕作品与市场的关系,批评一方对作家创作的动机和作品主题,进行了严厉的指责,贾平凹本人由此承受了巨大的社会压力。

贾平凹回忆说:"这本书当时在文坛上引起的争议,可以说是建国以来最大的,而且引起的社会波动也是最大的,当然带给我个人的

[①] 此为赵天成对"马桥事件"当事人之一的王干的采访。因为事涉敏感,条件不成熟,尚未刊出。

第十章　20世纪90年代社会转型中的小说批评

灾难也是最大的。《废都》的阴影，直到今天还未彻底消散。它的好处是扩大了我的读者群。10年来，它不能正式再版，但盗版从未断过。盗版不断，争论不断，评论不断。当年香港出了一本《废都大评》。国内一般报纸不能提'废都'二字，仅我知道，在陕西有一份报纸提说了这两个字，报社就为此作过书面检讨。"他又说："《废都》出版时是两个印刷厂同时印的，一家印了25万册，另一家也印了25万册，这是最正规的50万册。书一出来，购书的人多，好多省份的人开着车，带着押车的，现钱去买。出版社一看印不出那么多，就卖版型，有六七家，允许你买回去印。这些厂家差不多都以10万册为起印数。这样，正式的和半正式的出版数是100万册。后来谁也无法控制了，盗版全面爆发，据了解这一行当的人统计，两年之内，大约正版、半正版、盗版加起来有1200万册吧。"贾平凹说："当年关于《废都》的争论，争论最多的是关于性描写，再一个是说颓废。有的就上纲上线了，比如陕西一位老作家给中央写信，说诲淫诲盗，反党反社会主义，他让一些人签名，因没人签名，那信才没寄出。甚至，报上报道说某地一青年看了此书杀害了一个女的。《废都》一出来红得要命，说好得不得了，不久遭禁，又被骂得狗血淋头，其间是是非非，让我对人情世故了解得更深了。在我一生中，对人情世故了解得深刻的有两次，一次是'文化大革命'中我父亲被打成了反革命，一次就是这回。'文化大革命'那一次是社会底层人士的变化，这次是在文化圈内。"[①]

[①] 贾平凹、谢有顺：《贾平凹、谢有顺对话录》，苏州大学出版社2003年版，第207—209页。

对《废都》的批评，集中在"性描写"（追求市场效益）和"颓废"（作品思想主题）两个问题上。批评家的指责是前所未有："贾平凹披着'严肃文学'的战袍，骑着西北的小母牛，领着一群放浪形骸的现代西门庆和风情万种欲火中烧的美妙妇人，款款而来，向人们倾诉世纪末最大的性欲神话，令广大读者如醉如痴，如梦如歌。"① 这种"赤裸裸的性描写，绝少生命意识、历史含量和社会容量，而仅仅是一种床第之乐的实录；那种生理上的快乐和肉体上的展览使这种实录堕落到某种色情的程度"。② 有人不单把贾平凹创作与物欲横流的市场紧密联系，而且批评了一些人对作品的热情称赞："《废都》的形成，与新闻界、出版界的精妙的宣传与过度的烘托密切相关，但有一点不可否定，该书的流行与书中几乎饱和的性含量也大有关系，它在很大程度上撩拨了读者的阅读愿望，刺激了读者的性幻想。""《废都》既不能撞响衰朽者的丧钟，又不能奏鸣新生者的号角，它所勾画的是一帮无价值、又不创造价值的零余者的幻生与幻灭。"③ 李洁非长于作品分析，对探索性创作向来持支持的态度。这次他读作品，感觉主人公庄之蝶与女人的情爱描写，无助于深化思想主题，相反，还有干扰叙述主线的问题："庄之蝶的这一'名人角色'的神话风格，更集中体现在小说给他安排的性关系当中。在这里，我们可以把《废

---

① 陈晓明：《真"解放"一回给你们看看》，载多维主编《废都滋味》，河南人民出版社1993年版，第24页。

② 尹昌龙：《媚俗而且自娱——谈〈废都〉》，载肖夏林主编《废都废谁》，学苑出版社1993年版，第241—242页。

③ 田秉锷：《〈废都〉与当代文学精神滑坡》，《徐州师范学院学报》1993年第4期。

第十章　20世纪90年代社会转型中的小说批评

都》概括成'一个男人和许多女人的故事'，这个男人亦即名作家庄之蝶是不变的，稳稳地居于核心，而为着他动情、争夺、气恼和自荐枕席的女人却接踵而至，层出不穷。其中，有他本人的妻子、朋友之妻，有他旧日的相好，有与人私奔来城里的风流娘儿们，有小保姆、有素昧平生的外省女人，也有操皮肉生涯的暗娼。这些五花八门的女人虽各逞其姿，却也有两个相同之处：一个是全部美丽可人，再一个见到庄就想跟他上床。"与一般批评家的过度指责相比，作者表现出克制的态度："《废都》的出场人物，论数量相当可观，有名有姓的少说也有二十来位，而内中主要的角色也超过十人，恕我直言，几乎没有一个人物的性格是写清楚的。"另一个是："《废都》的情节、语言、人物。写得如此破绽累累、漏洞迭出，根源却只有一个，这便是我先已指出了的作者的整个创作当中溺于自我。这一次，贾平凹犯了大忌：为了自己而忘了艺术。"[1] 因受到批判浪潮的影响，李洁非对作品人物和语言艺术的看法，也发生了动摇。虽然作品人物生活的世纪末情绪明显，但不能因此影响对其描写客观的分析。这说明，20世纪90年代文学批评的某种概念化倾向，也在干扰有见解批评家的独立性工作，几场批判，都不同程度地存在着这个问题。

今天来看，尽管《废都》带着作者当时沮丧灰暗的思想情绪，但艺术上仍然是成功的，或者也可以说是贾平凹迄今最优秀的长篇小说之一。作品出现在社会的转折关键点，又处于"人文精神讨

---

[1] 李洁非：《〈废都〉的失败》，《当代作家评论》1993年第7期。

论"的高潮阶段，有人难免会因它的描写而激动，失去应有的理性，或失去对作品更高层次的把握。

近年来，随着这部小说再版，开始有学术性研究出现。魏华莹认为："'《废都》批判'的主体指向是它的媚俗、迎合市场大众的堕落，批评家们一方面在哀叹《废都》的轰动效应所彰显的'商业文化的得逞和人文精神的没落'，一方面却以13本书籍密集'上市'的方式完成了对其狂轰滥炸，这的确极具吊诡性。今天再回过头来看，文学界对《废都》就有了完全不同的理解，多是肯定其文学价值和在文化转轨中的独特意义。《文学雕龙》讲'文变染乎世情，兴废系乎时序'，'《废都》批判'也具有很强的时代性，它就是站在九十年代门槛上的知识分子因所追寻的理想主义无法成为可行的现实操作方案，在彷徨中升腾起迷惘、虚无、茫然无措的心绪，不知该往何处去成为其内心的隐忧，而《废都》却真正赤裸裸地写出了中国文人的那种颓败、虚无和绝望感，因而迅即成为众声喧哗的对象。贾平凹在《废都》后记中写道：'这本书的写作，实在是上帝给我太大的安慰和太大的惩罚，明明是一朵光亮美艳的火焰，给了我这只黑暗中的飞蛾兴奋和追求，但诱我近去了却把我烧毁。'可以说，《废都》作为'媒体时代的经典个案'，它以'飞蛾扑火'般的凄美照亮了九十年代的多彩斑斓，它告诉在门外徘徊不前的知识分子，纯文学经过包装亦有市场，于是催生了'布老虎系列丛书'；它以令人咋舌的销量宣告长篇小说亦能热销，改变了新时期之后中短篇热的状况；它使作家和出版者认识到文学也具有大众传播的潜力，文学也有可能摆脱困境；它使得更多的'精神贵族'脱下了'文学衣服'、抛却了'精神假面',重新出发……然而,在迈还是不迈过这道门槛的挣扎和纷扰之中,《废都》却成为一个时代情绪和历史话语的聚集目标,成为知识分子重新出发的牺牲品。在《废都》批判的风潮中,媒体、出版社、批评家、流言奇怪地混合在一起,共同演绎了这个盛大的'文学事件'。"① 在这些翻案文章之后,是否还会有更多冷静研究的文章发表,从整体性而非局部性的角度评论贾平凹的创作,恢复小说应有的文学史地位,还有待观察。

第五节 《丰乳肥臀》批判事件

1995年,莫言创作的长篇小说《丰乳肥臀》在《大家》杂志第5、6期上连载。同年12月,由作家出版社发行单行本。1997年获"大家文学奖",奖金10万元,颁奖仪式在人民大会堂举行。这份奖金,是中华人民共和国成立以来各种文学奖中奖金数额最高的,因此产生了很大的轰动。莫言回忆:"得奖之日,我就预感到麻烦即将来到。在此之前,报刊上已经开始了对这部小说的书名的批评。批评者在根本没看小说的情况下,就武断地判定,这个书名是作者为了商业目的进行的包装。在此情况下,我违心地写了一篇《丰乳肥臀解》为自己辩护。我知道我的辩护软弱无力,我的真实的想法很难表达出来。"② 作者没料到,批判的调门逐渐升高,他明

---

① 魏华莹:《文变染乎世情——"〈废都〉批判"整理研究》,《文艺研究》2013年第2期。
② 丛维熙:《话说莫言》,《时代文学》2001年第1期。

显感觉到来自各方面的巨大压力。莫言在单位写检查，在同事的帮助下不断地认识错误。何慎邦说："听说他为长篇小说《丰乳肥臀》写了一大摞检查，检查得胃病又犯上了，还有一些人揪住不放。"①莫言对事件进一步回忆道：

> 我的文章并没有平息对《丰乳肥臀》的批判，反而更刺激了那些人的仇恨。他们为了整垮我，熟练地运用了政治斗争的手段。他们多是一些靠整人起家的人，是文坛上的打手。他们当中有的人尽管在中国的"文化大革命"和"反右"斗争中受到了冲击，甚至还被划为"右派"，但那是真正的误会。这些人其实正是"文化大革命"和"反右"的推波助澜者，没有他们就没有"文化大革命"和"反右"，但他们却在"文化大革命"和"反右"中受了冲击，这是一个"搬起石头砸了自己脚"的荒唐事例。这帮人娴熟地运用"文化大革命"和"反右"的战术对付我和我的《丰乳肥臀》。他们的第一个战术就是向国家和军队的领导人写信诬告我，希望借助于国家和军队领导人的力量置我于死地；他们的第二个战术就是化名形形色色的人，一会儿是"八个老工人"名义，一会儿以"七个母亲"的名义，给我当时所在的部门和国家的宣传和公安部门写信，希望能把我逮捕法办。他们的第三个战术就是串联一帮曾经当过大大小小官僚的"哥们"，各自动用自己的关系，给他们老领导、老战友、老部下打电话、

---

① 何慎邦：《我与莫言》，《时代文学》2001 年第 1 期。

第十章 20世纪90年代社会转型中的小说批评

写信甚至坐堂陈词,希望他们能出来说话或是动手收拾我。他们的第四个战术就是利用他们把持的刊物、连篇累牍地发表对我的"大批判"文章。他们的文章于"文化大革命"期间的大字报很是相似,其中充满了辱骂和恐吓,还有对我的人身攻击。他们的第五个战术就是在中国作协的第五次代表大会上向代表们散发他们的刊物和小报,试图在作协系统彻底把我搞臭。①

这个事件,是莫言离开部队转业到最高人民检察院检察日报社的一个主要原因。

《丰乳肥臀》是莫言有影响的长篇小说。小说讴歌了人的生命的创造者——母亲伟大、朴素与无私的母性精神。在作家看来,生命之延续具有无与伦比的重要意义。在作品这幅宏大的生命流程图中,弥漫着历史与战争的硝烟,再现了一段时期内的历史。主人公母亲有八个女儿,分别叫来弟、招弟、领弟、想弟、盼弟、念弟、求弟和玉女。老大、老二是母亲与自己亲姑父的私生女,老三来自母亲与卖小鸭外乡人的偷情,老四是母亲与江湖郎中所生。老五的亲身父亲为光棍汉,老六父亲是和尚,老七则是母亲被四个败兵强奸后怀孕所生,老八是母亲与瑞典洋牧师爱情的结晶。老大、老二、老三、老四、老五和老六,分别嫁给了土匪、国民党和美国人。女儿们成为各自丈夫的同路人,只有老八略有不同。瑞典洋牧师给自己的私生子取名上官金童,他有一个高智商的大脑和一个英

---

① 莫言:《"高密东北乡"的"圣经"——日文版〈丰乳肥臀〉后记》,参见莫言《说吧,莫言》,海天出版社2007年版,第349—350页。

俊阳刚的外表，在生活中却是一个一事无成的窝囊废。但他是一个孝子，他陪伴老母走完最后一程，并亲手掩埋了母亲。故事的编排带有奇幻化色彩，人物命运充满了戏剧性。但这种夸张描写，隐含着作家对百年历史的总结性的看法。批判者借"色情描写"为由，对作品对历史的所谓歪曲性的叙述表示了强烈的不满。

对作品批判的另一方面，集中在它的思想倾向上。为此，黄钢主编的《中流》杂志从1996年第5期到第12期连续发表十多篇文章，对长篇小说《丰乳肥臀》的"创作倾向"进行了密集的批判。[1] 刘白羽在谈到莫言的作品时指出，这是"世风如此，江河日下"的一个现象，我们浴血奋斗创造了一个伟大的国家，竟养了这些蛀虫，令人悲愤。资深军旅小说家彭荆风指责莫言这部长篇是"反动而又肮脏的文学垃圾"，是在几位不负责任的"名家"的吹捧下获得这个大奖的。电影《三进山城》的编剧赛时礼，抗战时在山东胶东地区担任过武工队队长，他说这部作品对胶东地区抗战战争的历史进行了无端的歪曲，对党领导下的抗日武装力量也作了丑化。对刘白羽、魏巍和赛时礼这些战争的亲历者和老战士来说，莫言对战争的描写是不能接受的，因为作品中有很多虚构的不真实的叙述。刘白羽和赛时礼是经历过残酷考验的战士，内心充满对革命战争的怀念和追思。十七年军旅文学的核心观念，在他们精神世界中已深深扎下了根。90年代后，一股后历史叙述的风潮漫卷文学界，作家们都不同程度地受到影响，莫言的小说，实际是在这一大

---

[1] 《中流》创刊于1990年，由光明日报社主管和主办，黄钢担任主编。后林默涵、魏巍也参与其中。可能是该刊令众多人感到不快，于2001年7月停刊。

第十章　20世纪90年代社会转型中的小说批评

环境下产生的。因此，批判者与被批判者，站在不同的立场上，精神世界是相互隔膜的。这是90年代文学的一个特殊的症候。

一篇1997年发表的文章，对《中流》当时对作家作品的批评表示了不满。作者写道："张常海任社长，林默涵、魏巍任主编的《中流》杂志，自1990年创刊以来，一向在作品与言论的并重中，注意发出自己的声音。"1996年以来，它多从"政治性的角度着眼，问题提得尖锐，意见表述激烈，从而引起了文坛的广泛关注"。"该刊从1995年第5期到第12期，接连发表了十多篇文章，对长篇小说《丰乳肥臀》及莫言的创作倾向、《大家》的评奖取向进行了集中的批评。在《中流》1996年第12期上还刊发'本刊记者'撰写的《文坛的堕落与背叛》一文，文中指出：基于'对《丰乳肥臀》最具发言权，最有资格作出权威回答的，不是自封的著名作家和其他什么人，而应当是我们这个世纪的当事人的考虑'。"于是，"本刊编辑部"寻访了6名山东高密的老红军、老战士，被采访人均以自身的亲历为见证，对作品向高密革命历史、高密的人民及革命战争史所泼出的脏水，所进行的歪曲、亵渎、丑化，"表示了极大的义愤"。[①] 从这篇文章的观点看，作者并不认同《中流》批评家的看法。这表明，围绕着《丰乳肥臀》，人们表达了不尽相同的看法，在它们的背后，反映出当时社会转型所催生出的多元化的见解，仍处在相互的博弈和容忍之中，还没有最终平息下来。

---

① 文波：《〈中流〉就当代作家作品开展系列批评》，《南方文坛》1997年第3期。

第十一章　20世纪90年代文学的评论

　　本章叙述的 20 世纪 90 年代文学评论，包括"学院派批评""女性小说批评"和"60 后小说批评"等。这些批评以文学现象、流派和作家作品为载体，展现的是批评家自己的知识结构、背景和对历史哲学的态度。而理论化，则是这些批评现象的一个主要特征。正如姚文放所指出的："'理论'并不是关于文学的理论。并不直接讨论文学作品。他在《文学理论》一书中也很少讨论文学理论的问题，甚至都很少使用'文学理论'的概念。他所提出的'理论'越出了传统文学研究的边界，将触角伸向了广阔的文化研究和批评领域"。所以，"当读者打开如今的"理论"著作时，扑面而来的总是这样一些字眼：道德、宗教、革命、真理、阶级、种族、身份、性别、地域、霸权、意识形态、帝国主义、殖民主义等，对于这些概念范畴及其背后诸多问题的探究打破了学术研究与实践行动之间的天然界限，将思想学说直接引向生产关系、社会体制、思想观念的变革，从而它也就成了地地道道的政治"。"就是说，卡勒往往将文本本身看成一种"表征"，从而解读它对于一定的社会政治结构的象征意义。"① 按照姚文放对卡勒《文学理论》研究模式的分析,批评被置于文学现场之外,它只是把作家作品看作是某种社会思想和思潮的反映。通过解读作品,批评家意在展现自己对这种社会思想和思潮的批判性反思。

学院派批评、女性批评和"60后"小说批评,在分析框架和批评模式上出现了上述的明显变化。它是由几种因素引起的:一是90年代社会转型将超出文学范围的社会历史问题呈现在人们面前,文学实际无力解释这些问题,因此要借助于政治学、社会学、经济学、文化人类学包括文化研究的知识;二是90年代文学的分化。80年代那种代际更迭,在90年代文学中已基本停止,争论不复存在,人们和谐共存。但不同文学创作现象也不再沟通对话,作家更愿意各自为阵地从事着自己的工作。因此小说批评,已不能按照过去那种历史整体性知识,来概括分析这些不同的文学现象。它们只能各取所好,选择自己的批评对象。这种场域的变化,使擅长于知识分析,严守自己知识结构和系统的学院派批评登上历史的舞台。

第一节 学院派批评的兴起

在大众眼里,所谓"学院派"批评,是相对于中国各级作家协会创作研究部或理论研究室中的批评家而言的,他们是来自各所大

---

① 姚文放:《文学理论与文学批评之关系的后现代转折》,《文学评论》2011年第3期。

学中文系的中青年教师。作协组织被看作思想宣传的一个阵地，20世纪80年代以前的文学批评家多是由作协培养的。90年代，鉴于经济建设走向前台，它的作用随之而减弱。这就为以高校教师为主体的职业化和学院化批评的出现，提供了土壤。

在90年代，"学院派批评"的兴起得益于两个因素：一是研究生招生制度的重建，另一个是西方学术著作的翻译引入。1978年，硕士生恢复招生。在"尊重知识、尊重人才"的良好环境和强力政策推动下，大批有为青年投入复习考试，不少富有才华的人顺应时代大潮实现了自己的梦想。在北京大学、北京师范大学和中国社会科学院招收的中国现当代文学专业硕士生中，不乏这种例子。例如，考入北大的最早几位硕士生，钱理群毕业于"文化大革命"前的中国人民大学，赵园和温儒敏是北大、人大老五届大学生，吴福辉是高中学历，朱晓进为北大七八级在校生；考入北师大的王富仁、金宏达均为"文化大革命"前毕业的大学生；中国社会科学院文学所录取的杨义（人大新闻系）、刘纳（北京师院中文系）、蓝棣之（四川师院中文系），毕业于"文化大革命"前，或为老五届大学生，汪晖则是扬州师院中文系七七级应届生。"不拘一格降人才"的国家政策，一时间吸引了众多的有志者，这是当代文学史一道极为亮丽的风景。1979年前后，以中国社会科学院外国文学研究所为主力的翻译家，开始翻译西方古典经典，尤其是20世纪最前沿的学术著作，这些著作改变了整整一代人的思想观念，更新了他们的知识结构。其中，以生活·读书·新知三联书店的"现代西方学术文库"、商务印书馆的"汉译名著"和上海译文出版社的"当代学术思潮译丛"为代表的几套大型丛书扮演了重要角色。有人说:"在课堂上,我脑海里经常会萦绕一个问题:我们这代人的'知识立场'是怎么建立起来的?"他认为应该归功于这些大型丛书所打开的"西方世界"。①他追述说:"我们这代学人,恐怕都不会忘记1985年举国上下兴起的'文化热'。在'反思中国传统文化'口号的推动下,北京三联书店、上海译文出版社等陆续出版的《现代西方学术文库》(甘阳主编)、《当代学术思潮译丛》(汤永宽主编)和《现代外国文艺理论译丛》(王春元、钱中文主编),以各种'走向未来'、'走向世界'为名的等大小型丛书,犹如海啸袭来,打碎了我们的'阶级论'历史观,重构了'人论'兼'文化论'的历史观。重构了我们这代学人的知识结构和知识谱系。这种知识结构和知识谱系,从1985年到今天延续了整整三十年,教育了几代人,也形成了一道延绵不息的历史的长河。所以,不管这期间社会发生了多少名目繁多的聚变和调整,都不可能动摇我们这个历史的起点。"②重建研究生制度使大学成为培养批评家的摇篮,而翻译引进西方学术著作,则使他们更新了观念知识和眼光。

来自"学院派批评"阵营的,不都是清一色的批评家,还有文艺理论家、外国文学专家。这就是我在"导言"里指出的:"随着大学研究生教育培养的机制日臻完善成熟,大批硕士和博士研究生迅速涌入

---

① 程光炜:《文学讲稿:"八十年代"作为方法》,北京大学出版社2009年版,第105页。

② 程光炜:《"85文化热"三十年》,《文艺争鸣》2015年第10期。

大学和科研院所，小说批评家队伍被重新洗牌。他们迅速把中国作家协会系统和社科院系统的批评家挤出传统的文学地盘，一跃成为其野心勃勃的主力军，被人称作'学院派批评家'。与'北京批评圈'、'上海批评圈'比较，这个批评家名单因几度变动而膨胀：王一川、陶东风、王岳川、王宁、李书磊、张颐武、陈晓明、戴锦华[1]、孟繁华[2]、程光炜、金元浦、张志忠[3]、孙郁[4]、周宪、高建平、徐岱、张法、罗纲、程文超[5]、曹顺庆、王杰、旷新年[6]、韩毓海[7]、王彬彬[8]、郜元

---

[1] 戴锦华（1959— ），生于北京。文学评论家。1982年毕业于北京大学中文系，现为北京大学中文系教授。著有《浮出历史的地表》（与孟悦合著）、《隐形书写》等。

[2] 孟繁华（1951— ），生于吉林延吉，原籍山东邹县。文学评论家。1982年毕业于东北师大中文系，1995年博士毕业于北京大学中文系，师从谢冕教授。现为沈阳师范大学教授。著有《众神狂欢》等。

[3] 张志忠（1953— ），生于山西太原，原籍山西文水。文学评论家。1985年研究生毕业于北京大学中文系，师从谢冕教授。现为首都师大文学院教授。著有《莫言论》等。

[4] 孙郁（1957— ），生于大连，原名孙毅。文学评论家。1988年研究生毕业于沈阳师院中文系。现为中国人民大学文学院教授。著有《鲁迅与周作人》《革命时代的士大夫》等。

[5] 程文超（1955—2004），湖北武汉人。文学评论家。1979年毕业于华中师院中文系。1990年博士毕业于北京大学中文系，师从谢冕教授。著有《意义的诱惑》等。

[6] 旷新年（1963— ），湖南湘乡人。文学评论家。1984年武汉大学中文系毕业，1996年博士毕业于北京大学中文系，师从严家炎教授。现为清华大学中文系教授。著有《写在当代文学边上》等。

[7] 韩毓海（1965— ），山东烟台人。文学评论家。1985年毕业于山东大学中文系，1991年博士毕业于北京大学中文系，师从谢冕教授。现为北京大学中文系教授。著有《新文学的本体与形式》等。

[8] 王彬彬（1962— ），安徽望江人。文学评论家。1982年毕业于解放军洛阳外国语学院，1992年博士毕业于复旦大学中文系，师从潘旭澜教授。现为南京大学教授。著有《为批评正名》等。

第十一章 20世纪90年代文学的评论

宝[①]、张新颖[②]、吴俊[③]、李敬泽[④]、吴义勤[⑤]、赵勇、张清华[⑥]、施占军[⑦]、谢有顺[⑧]、洪治纲[⑨]、王尧[⑩]、罗岗[⑪]、李建军[⑫]、李杨[⑬]、

[①] 郜元宝（1966— ），安徽铜陵人。文学评论家。本科、硕士、博士均毕业于复旦大学，博士研究生阶段师从蒋孔阳教授。现为复旦大学中文系教授。著有《鲁迅六讲》等。

[②] 张新颖（1967— ），山东招远人，文学评论家。本科、硕士和博士均毕业于复旦大学中文系，师从陈思和教授。现为复旦大学中文系教授。著有《沈从文的后半生》等。

[③] 吴俊（1962— ），上海人，文学评论家。1984年本科毕业于复旦大学中文系，1990年博士毕业于华东师范大学中文系，师从钱谷融教授。现为南京大学中文系教授。著有《鲁迅个性心理研究》等。

[④] 李敬泽（1964— ），生于天津，原籍山西芮城，文学评论家。1984年毕业于北京大学中文系。历任《小说选刊》《人民文学》编辑，中国作家协会副主席。著有《致理想读者》等。

[⑤] 吴义勤（1966— ），江苏海安人，文学评论家。1995年博士毕业于苏州大学文学院，师从范伯群教授。历任山东师范大学文学院教授，中国现代文学馆馆长，中国作家协会书记处书记。著有《长篇小说与艺术问题》等。

[⑥] 张清华（1963— ），山东博兴人，文学评论家。本科毕业于山东师范大学中文系，博士毕业于南京大学中文系，师从丁帆教授。现为北京师范大学文学院教授。著有《中国当代先锋文学思潮论》等。

[⑦] 施占军（1966— ），吉林通榆人，文学评论家。1988年本科毕业于四平师院中文系，1994年研究生毕业于山东大学文学院，师从孔范今教授。历任山东大学文学院教授，《人民文学》主编。著有《世纪末夜晚的手写》等。

[⑧] 谢有顺（1972— ），福建长汀人，文学评论家。本科、博士先后毕业于福建师范大学和复旦大学，师从陈思和教授。现为中山大学中文系教授。著有《话语的德性》等。

[⑨] 洪治纲（1965— ），安徽东至人，文学评论家。1988年毕业于安徽师范大学中文系，1991年研究生毕业于浙江师范大学中文系。历任暨南大学中文系、杭州师范大学文学院教授。著有《守望先锋》等。

[⑩] 王尧（1960— ），江苏东台人，文学评论家。1985年毕业于苏州大学中文系，研究生师从范培松教授。现为苏州大学文学院教授。著有《"文化大革命"对"五四"及"现代文艺"的叙述与阐释》等。

[⑪] 罗岗（1967— ），江西赣州人，文学评论家。在华东师范大学中文系获博士学位，师从王晓明教授。著有《想象城市的方式》等。

[⑫] 李建军（1963— ），陕西富县人，文学评论家。1986年延安大学中文系毕业，1999年博士毕业于中国人民大学文学院，师从陈传才教授。中国社会科学院文学研究所研究员。著有《小说修辞研究》等。

[⑬] 李杨（1963— ），生于湖南长沙，文学评论家。博士毕业于北京大学中文系，师从谢冕教授。著有《抗争宿命之路："社会主义现实主义"研究》《50—70年代中国文学再解读》等。

贺桂梅[①]、黄发有[②]、何向阳[③]等。"王一川和陶东风是文艺理论家，在 90 年代他们一度积极从事小说的批评。王一川跟踪先锋小说家创作的步伐，陶东风热情关注先锋文学观念的创新，他们的理论训练和逻辑性，增强了小说批评的"学院派"色彩。他们的小说批评还具有明显的框架感和体系性，与一般小说批评家看问题的角度不同，其文章带有自觉的理论介入。当批评界对王朔《顽主》中的"痞子形象"众说纷纭的时候，王一川以理论家的敏感犀利，发现了作家和主人公之间共有的"情感结构"，指出这是一个"老红卫兵"与"小红卫兵"的结构差别，在"革命"的层面重新给他们定位。这是对王朔小说批评的一个卓越见识。王一川在《想象的革命——王朔与王朔主义》里指出："在这里，有必要对'文化大革命'中的红卫兵和红小兵这两个通常似乎不大在意其差异的术语略加区分。红卫兵是由在校大、中学生组成的直接参加'文化大革命'运动的造反组织及其成员，而红小兵则是由在校小学生组成的没有直接参加'文化大革命'运动、但又被灌输了同样的革命理念的造反组织及其成员，属于仿照红卫兵而整编起来的一种模拟式组

[①] 贺桂梅（1970— ），生于湖北嘉鱼，文学评论家。1994 年毕业于北京大学中文系，2000 年博士毕业于北京大学中文系，师从洪子诚教授。著有《"新启蒙"知识档案——80 年代中国文化研究》等。

[②] 黄发有（1969— ），福建上杭人，文学评论家。本科毕业于杭州大学经济系，1990 年博士毕业于复旦大学中文系，师从潘旭澜教授。著有《中国当代文学传媒研究》等。

[③] 何向阳（1966— ），生于河南郑州，原籍安徽安庆，文学评论家。1988 年毕业于郑州大学中文系，1991 年研究生毕业于郑州大学中文系，师从鲁枢元教授。著有《小说里的自然》等。

织。两者的主要区别就集中在是直接参加还是想象式地参加'文化大革命'运动上。""这一点尤其微妙而又重要:对红卫兵和红小兵们的个人认同及后来的文学写作行动的走向及其差异关系甚大。简要地说,红卫兵直接充当了打倒走资派、武斗、打砸抢、上山下乡等运动的主力军,是革命的亲历者;而红小兵由于年龄的限制,在当时则更多地只能充当旁观者、想象式造反者等角色,至多跟在红卫兵兄长后面敲敲边鼓而已,是革命的旁观者或想象的革命者。就红小兵来说,他们中的不少人在当时正扮演了想象的革命者这一特殊角色。"他对王朔的思想结构和行为模式作了细致讨论,"如果说,以红小兵式的想象的革命者姿态去摆弄语言,构成王朔从事写作的基本动力,那么,这种写作的成功则取决于具体情境中的具体生存策略。在这点上,王朔的三方面的自觉生存策略是必须关注的:一是写作求生;二是文本写作上的原创性追求;三是在杂志、报纸、电影、电视等媒介之间展开的泛媒介互动宣传。"在小说叙事方式上,王朔小说的特色在于,"一是'侃'即调侃式语言,二是'玩'即顽主形象。而正是这两方面分别形成王朔小说的语言与人物形象特色"。[①] 知识和逻辑的推演,比感性、情绪化的王朔小说批评更加客观,也更有说服力。在一篇论析阎连科小说的文章中,陶东风对几种现实主义的内涵外延进行了讨论。他认为,与其称作家的创作是"魔幻现实主义"和"怪诞现实主义",还不如称之为"现代政治寓言小说"更确切。陶东风对阎连科小说内部意蕴进行

[①] 王一川:《想象的革命——王朔与王朔主义》,《文艺争鸣》2005年第5期。

的分析边界清晰，显示出知识的完备和独到眼力。"'震惊'是阎连科拓展的一方宝地，但也可能是他的逻各斯或者陷阱"，这位作家营造出一个"不知有汉，无论魏晋"的脱离历史的虚构世界。如果说，当代史也运用了很多抽象性叙述，那么也不能说阎连科近乎荒诞抽象的叙述就不真实，相反，它反而以一种小说叙述逻辑上站不住脚的怪异形势，呈现出一种意想不到的"震惊"的效果。①

也是文艺学出身的陈晓明，善于从理论范畴、概念和定义的角度来理解作家作品。《"权力意识"与"反讽意味"——对刘震云小说的一种理解》一文，把"权力意识"和"反讽意味"作为理解这位小说家创作的观念视角，进而对作品的故事模式、人物塑造和叙述方法展开研究。他首先介绍了"反讽"一词的知识来源和背景，接着说："'反讽'的笔调使刘震云与同类作家相比别具一格且技高一筹。如果仅此而言，刘震云不过是一个笔法娴熟的能工巧匠而已，在写作的工艺学的水准上就可以给出他的准确位置。"然而，"正是在把'反讽'的触角伸向整个生活的网络的同时，刘震云揭示了日常琐事中令人震惊的事实。那些习以为常的生活小事，那些凭着本能下意识作出的反应行为，其实都为可以称之为强大的权力关系的力量所支配"。他进一步指出，"人们自觉认同权力的结果"，是导致权力渗透到社会和家庭的前提，这正是刘震云新写实小说所

---

① 陶东风：《〈受活〉：当代中国政治寓言小说的杰作》，《当代作家评论》2013年第5期。

力图揭示的社会本质。① 在分析90年代出现在分析王朔、先锋文学、《废都》事件、陕军东征和布老虎丛书等现象时，戴锦华用了"窥秘与奇观"这样的说法。在她看来，90年代的一段时间内，由于国家对文化部分领域管理权的让渡，这些领域表现出开放活跃的态势，同时，也造成管理上的混乱："难以计数的、名目繁多的涉及中国革命史、中国当代史、'文化大革命'史的秘闻、野史、报告文学、人物传记、将帅传奇，'文化大革命'惨案、内幕。以洪水破堤之势涌现。"严肃的历史本身被奇观化，曾经处在封存状态的史料档案，"似乎未经任何过渡，一个绝对的禁忌，成了一种绝对的流行"。历史被消费的过程，伴随着大众窥秘文化的兴起，也逐渐回复到自然的面目。②《精神传统与文化焦虑》一文中，孟繁华引用了弗罗姆、丹尼尔·贝尔、莱恩、帕杜、顾准、赵一凡等人的理论观点，使用了"文化焦虑""现代性""文化白领""多元""中产"等概念，他进一步分析道，"'文化白领'更关注的是他们作为群体的利益，他们对大众及现实究竟持有几分诚意是让人怀疑的。他们肯定现实，对徒有其表的丰饶和消费赞不绝口，因此他们很难与现实有一种适度的紧张或者距离"，"他们营造的只能是虚假的消费和及时行乐的意识形态，他们以'取悦'的方式实现了与群体的关系，并获得安全感"。这段话给人的印象是，这是不同于文

---

① 陈晓明：《跋："权力意识"与"反讽意味"——对刘震云小说的一种理解》，刘震云《官人》，长江文艺出版社1992年版，第316—318页。
② 戴锦华：《隐形书写——90年代中国文化研究》，江苏人民出版社1999年版，第81页。

学批评的文化批评。① 在评论王小波的小说作品时，戴锦华将作家创作置于"后现代"情境之中，具有了某种"自我"的精神特征。"于笔者看来，王小波写作的最重要的特征是他的原创性与非大众型。在此，笔者不拟对'大众'、'人民'、'人民大众'、'劳苦大众'、'民众'、'群众'等概念进行知识考古式的梳理。"② 这种王小波式的"自我"，离开了传统文学立法者的位置，它的调侃、自嘲的叙述口吻，代表了在大众消费时代隐藏于更多人内心深处的对自我的表达。

在 90 年代批评中，"戴帽子"的方式在作家引发不同看法。由于知识繁殖速度的加快，年轻批评家运用知识概念从事作品批评，是一个比较普遍的现象。③ 吴义勤指出："作家们不仅用他们的作品表达着种种关于社会、人生、历史……的'深刻'思想，而且总是力求把自我塑造成一种纯粹'思想者'角色。"它们在张承志的《心灵史》、陈忠实的《白鹿原》、史铁生的《务虚笔记》、韩少功的《马桥词典》、张炜的《柏慧》和北村的《施洗的河》中有明显表现，"这样的倾向可谓一脉相承。我们当然应当充分肯定'思想'性追求带给这些长篇小说的巨大进步，它使得长篇以其特有的沉

---

① 孟繁华：《精神传统与文化焦虑》，《文艺争鸣》1995 年第 6 期。
② 戴锦华：《智者戏谑——阅读王小波》，《当代作家评论》1998 年第 2 期。
③ 2008 年春，我在大连参加《当代作家评论》主编林建法先生召开的作家王安忆《启蒙时代》研讨会时，亲耳听到王安忆对这种现象的讽刺性的说法。她对这种给她创作的作品"戴帽子"的现象比较反感。所谓"戴帽子"，实际是批评家运用系统的知识，对新近出现的作品的定位性的分析，这是批评家常用的工作方式。

重、深厚内涵而当之无愧地成了一种'重文体'和'大文体'"。①张新颖把结构主义语言学、新批评的认知视野，带入到对王朔小说的批评当中。他抓住"我是你爸爸"的语义，来分析这位作家所擅长叙述的父子矛盾，又进一步深入到这其中的"超越性的伦理结构"。在他看来，王朔作品不单是在宣扬"新人类"的社会叛逆情绪，重要的是在这一过程中他形成了一个潜在的语义结构，如果从这个结构向着作家内心世界走下去，就不会再简单做出评判，褒贬是非，而具有了理性的眼光。这种理性眼光对于今天的批评家来说，是一个很重要的素质。他发现："马锐从马林生那里感受到的压抑，像所有其他同类例子的紧张的父子关系一样，具体性的冲突背后都蕴含着一个超越性的伦理结构，超越性结构使'父亲'从个人性的具体形象普泛化为一个抽象的象征符号，源远流长的文化一直在不断强化和巩固这个符号一开始就具有的压抑性，使之变本加厉，直至这个向度上的特征遮蔽了符号更该突出的其他特征。"② 施占军认为湖南作家曾维浩的小说《弑父》中，有两个值得注意的东西，一是人类生死爱仇的"博物馆"，另一是"志怪新体"。作品刚刚出版时，很多人都把它看作是魔幻现实主义小说。其实，从它放旷洒脱、人鬼相糅的笔致以及魏晋格调看，小说其实具有"'志怪'小说的神韵"。"'志怪'小说的代表作是干宝的《搜神记》、刘义庆的《幽明录》等等，晋代的张华还有一部《博物志》。"他认为

---

① 吴义勤：《难度·长度·速度·限度——关于长篇小说文体问题的思考》，《当代作家评论》2002年第4期。

② 张新颖：《"我是你爸爸"的语义分析》，《当代作家评论》1991年第5期。

鲁迅《中国小说史略》对志怪小说的分析是有道理的,某种意义上,这都是后来《聊斋志异》狐道鬼作品的源头。借此,他接着评论《弑父》说道:"志怪小说"那么"狭促",用意不在"证明鬼的存在","而是意在证明人的存在以及人与其他生命共生的曾经存在。他淬取'志怪'小说的非纪实的手法和生命平等观,暴君之面目、豪侠之气概在今日作家笔下充满人性的游移和惶惑,自然与人际两界于开阖之间难以消弭具体的界限。如果说。'志怪小说'是黑色的,《弑父》则是绿色的,前者是人鬼相附相缠,后者则是人鬼一体,人就是自己的鬼。"①

20世纪90年代学院派文学批评的兴起,改变了过去以感性批评为特色的传统文学批评的格局,给文学批评界带来了新气象。然而,也会使批评者在与作家作品对话的过程中,有一种过分知识化的倾向,这种倾向势必会削弱批评家在从事文学批评工作时,不应丧失的丰沛淋漓的艺术的感觉。

第二节 女性小说评论

20世纪80年代法国女性主义思想家波伏娃的《第二性》被介绍到中国来后,曾刮起一阵女性理论批评的旋风。90年代初,少数族裔问题等美国批评理论再度登场,其中女性主义批评表现得尤为活跃。女性批评以其价值立场和批判性色彩,对男权中心论、男女

---

① 施占军:《〈弑父〉论》,《南方文坛》1999年第2期。

第十一章 20世纪90年代文学的评论

关系史、女性身体、女性意识等问题，进行了广泛而深入的阐释。

国内最早出现的成果，是孟悦、戴锦华两人合著的《浮出历史地表——现代妇女文学研究》一书。再版版本的"内容简介"介绍说："《浮出历史地表》是第一部系统运用女性主义立场研究中国现代女性文学史的专著。借助精神分析、结构、后结构主义理论，本书深入阐释了庐隐、冰心、丁玲、张爱玲等九位现代著名女作家，同时在现代中国的整体历史文化语境中，勾勒出了女性写作传统的形成和展开过程。理论切入、文本分析和历史描述的有机融合，呈现出女性书写在不同时段、不同面向上的主要特征，及其在现代文学史格局中的独特位置。本书自1989年问世后产生了广泛影响，被誉为中国女性批评和理论话语'浮出历史地表'的标志性著作。"[①]随着女性主义批评译著的陆续出版，它逐渐成为一个热门话题；相关会议的召开及研究组织的成立，进一步推动了国内的女性主义研究，因此涌现了一批关注女性小说创作的批评家，如乐黛云、刘思谦、戴锦华、李小江、王绯、乔以钢、林丹娅、崔卫平、刘慧英、荒林等。她们主要以女性小说为对象，借助女性批评理论，对男权社会的体制秩序，以及权力对女性利益的限制予以批判。这种批评超越了一般文学批评范畴，日益演变成一种思想批评和社会批评。文艺理论界对此分析道："这个领域不是'文学理论'，因为其中许多引人入胜的著作并不直接讨论文学；它也不是时下所说的'哲学'，因为它不仅包括黑格尔、尼采、伽达默尔，而且包括索绪尔、

---

① 该书1989年初版，2004年由中国人民大学出版社再版。

马克思、弗洛伊德、戈夫曼和拉康。""这一新的文类显然是异质性的，它超越了以往的学科框架，对于旧有的学科边界提出了有力的挑战"，尤其应该注意的是，"当读者打开如今的'理论'著作时，扑面而来的总是这样一些字眼：道德、宗教、革命、真理、阶级、种族、身份、性别、地域、霸权、意识形态、帝国主义、殖民主义等等，对于这些概念范畴及其背后诸多问题的探究打破了学术研究与实践行动之间的天然界限，将思想学说直接引向生产关系、社会体制、思想观念的变革，从而它也就成了地地道道的政治。让人强烈地感受到，在人们已经厌倦了那种不良政治的年头，'理论'恰恰充当了政治最佳的代名词，而其中每一种理论新潮都带有某种通往现实的政治意向"。①

  正如上述学者所指出的，女性主义批评带有自觉的"意识形态性"，但这种意识形态性并非狭义的政治，而是从女性的价值立场出发，批判社会历史中存在的损害女性个性和权利的现象，正因如此，将女性与男性对立，是它最常见的批评的姿态。荒林用拉康的镜像理论来评论残雪的小说："镜子是残雪惯用的叙述工具，它是使意识和潜意识交接的门洞；而镜子作为女性的对应物，又总是女性自审的唯一尺度。"但必须看到，"女性已有的生活方式从未提供给她们社会价值的指数，一个女人的社会价值曾经永远不能与她的容貌价值匹敌。男性社会只承认女性的容貌价值，而女性也特别敏感于容貌变迁中时间、命运的刻痕，只有对镜子重新发现或从镜子

---

  ① 姚文放：《文学理论与文学批评之关系的后现代转折》，《文学评论》2011年第3期。

中重新找回自身，女性再生的希望之光才会降临。残雪的镜子，也是残雪的梦幻叙述的入口和出口"。① 王绯对蒋子丹《贞操游戏》中"对男性世界在女性贞操问题上虚伪且可鄙行径的不遗余力的嘲讽"表示了赞赏。② 尽管戴锦华对女性自身的解放前景并不乐观，但她乐于看到陈染小说对女性意识的强调，称它是"空间裂隙"："尽管包含误读的因素在其中，陈染式写作获得有保留的接纳，仍意味着剧烈的社会变动毕竟呈现一些空间裂隙，一种个人化的写作，已无须经过意义的放大与社会剧的化妆便可出演。当然，这无疑是某种'小剧场戏剧'。设若我们将'个人化'定义在个体经验与体验的探究、表达，由个人视角切入历史与时代，而不仅是艺术风格，那么，这一久已被视为中国文坛内在匮乏的写作方式，是由富于才情的少女、而不是她同时代的才华横溢的男性作家开始，便无疑成为一个颇为有趣的事实。"③ 女性小说批评中频繁地出现这些词语：女性、镜子、男性、贞操、自身。这些词语代表了对男性权力的深度批判，强调批评家的意识形态性。与常见的学院派批评的不同在于，知识离开了客观性，而被赋予了浓厚的主观色彩。在这个意义上，宣示自己的"价值立场"，成为女性小说批评的根本维度，是激发她们批评勇气锐气的性别意识原点。崔卫平用一种自问自答的方式说："我的女性身份——天哪，它一直就在那儿，没有

---

① 荒林：《超越女性——残雪的小说》，《当代作家评论》1994 年第 5 期。
② 王绯：《蒋子丹：游戏与诡计——一种现代新女性主义小说诞生的证明》，《当代作家评论》1995 年第 3 期。
③ 戴锦华：《陈染：个人和女性的书写》，《当代作家评论》1996 年第 3 期。

人怀疑过这一点，只是我恐怕不是一个女性主义者。"她提醒说："一味地从'主义'出发，也就变得越来越不实事求是。"但又强调："我们关于女性的知识，只能从现实中存在的以及历史上存在过的那些女性身上寻找。然而说到现实的和历史的女性，有一点是无可置疑的，即不管是过去还是今天，她们在活动范围方面始终是受到限制的，许多更为广阔的领域对女性是心存警惕和不太友好的，如政治、社会组织、人与人广泛交流的场所乃至某些谈话的场合，在这些地方女性不得不经常保持沉默，事实上被取消了发言权。"① 乔以钢、刘思谦冀望这种尖锐论调变得温和一些，她们更愿意用女性主义理论来评价作品。乔以钢指出："张抗抗的长篇小说《隐形伴侣》是一部心态小说。它超越了一般化的对人性善恶的分析判断，努力揭示人性世界的结构特点。作品蕴含着一种日益为现代人所困惑、所焦虑的关于人的存在本质的苦恼。"② 刘思谦告诉读者，将性别视角纳入历史题材小说的研究，使性别理论更具有现实的针对性和阐释的有效性。这是因为，性别视角会使激烈历史争斗中的男人的形象愈加生动丰富："《英雄无语》中的爷爷，《赛金花》中的洪状元，《陈圆圆》中的吴三桂，《饥饿的女儿》中的历史教师等等，都是在女性人物的出场、女性生存境遇这面镜子中露出了他们人性中的'另一面'，他们心灵世界的'庐山真面目'。"③

---

① 崔卫平：《我是女性，但不主义》，《文艺争鸣》1998年第6期。
② 乔以钢：《中国女性与文学——乔以钢自选集》，南开大学出版社2004年版，第204页。
③ 刘思谦：《走进历史隧洞的女性写作——读女性新历史小说》，《文学研究——理论方法与实践》，河南大学出版社2004年版。

第十一章 20世纪90年代文学的评论

女性小说批评中，也活跃着男批评家的身影。他们的关注点，不是女作家的女性意识诉求，而是以"她们女性为话题，对女性主人公命运的深刻的刻画"。孟繁华说："魏微的小说——特别是她的中、短篇小说，因其所能达到的思想的深刻性和艺术的疏导性，已经成为这个时代中国高端艺术的一部分。"这是因为，"小说看似写尽了贫困和女性的屈辱，但魏微在这里并不是叙述一个女性文学的话题，这是一个普遍性的问题，是一个关乎世道人心的大问题。在这个问题里，魏微讲述的是关于心的疼痛历史和经验，她发现的是嘉丽的疼痛，但那是所有人在贫困时期的疼痛和经验"[①]。显然在作者看来，一味聚焦于女性意识，会把小说反映的贫困问题狭窄化，不利于扩展为对当代社会问题及其矛盾的深刻性的认识。另一个关注女性文学创作的是陈晓明。他运用女性主义批评理论，但不拘泥于意识形态性，相反，更肯定这种理论介入女性文学过程的阐释性的张力："我们称之为'后新时期'，父权制确认的中心化价值体系陷入危机，那种个人化的女性话语才逐渐出现。"不过，需要关注的是女性文学所反映的现实命题，因为性别角色，这一命题往往在女性作家的笔下有更多思想深邃的发现："因此，我设想用比较中性的'女性主义'和更加弱化的'女性意识'，来描述那些以女性为主角并且注重审视女性的心理特征和生存境遇的女性写作。"这

[①] 孟繁华：《文学革命终结之后——新世纪文学论稿》，现代出版社2012年版，第201、203页。

"显得尤为必要"。①

第三节 "60后"作家评论

在20世纪90年代,文学批评不仅呈现出个性化色彩,而且由于社会分层理论的影响,批评家在作家群体进行命名时,不太关注作品思想内容,而把精力投入到对其年龄代际的兴趣之上。"60后"小说家群体,就是在这一背景下出现的。

刚开始的时候,批评家对这一群体还显示出比较游移的态度,只是使用"晚生代作家""新生代作家""个人化写作"和"六十年代出生作家"这些含混不清的表述。例如,郜元宝在1995年秋撰写的《匮乏时代的精神凭吊者——六十年代出生作家群印象》一文中就感到:"'六十年代出生'是一个相当松散的概念。在这个年龄段的作家作品中,我们可以找出诸多不同的写作样式来。但是,年龄的限制绝不是毫无意义的。六十年代至九十年代整整三十年时间,正好一个'世代'。从文学史的角度看,一种文学精神总是属于一个特定的世代。九十年代标志着一个文学世代的结束和另一个文学世代的开始。六十年代出生的作家在这个守先待后的历史情境中写作,他们自然应该开辟一个新的精神空间。"他开出的是这样一份晚生代作家名单:孙甘露、格非、余华、苏童、北村、吕新、洪峰、韩东、刁斗、陈染、迟子建、张旻、李冯、

---

① 陈晓明:《勉强的解放:后新时期女性小说概论》,载陈晓明编选《中国女性小说精选·序言》,甘肃人民出版社1994年版。

第十一章　20世纪90年代文学的评论

须兰。① 郜元宝这个"世代"概念，可能是受到法国社会学家埃斯卡皮《文学社会学》以"世代"来划分不同年龄作家的观点的影响，② 郜元宝用在这里恰到好处。虽然这份名单在其他批评家那里又有增删，比如后面李师东、洪治纲、丁帆、王世城、贺仲明和吴义勤等的文章。李师东也强调了这代作家在年龄经验上的独特性，"'六十年代出生的作家群'大多对自身参与社会生活之前的少年遭遇，有着深刻的记忆"。很长一个时期里，他们只是"作为观众"而存在的。③

批评家强调这代作家年龄的独特性，目的是要将他们的小说创作，与已占据主流地位的 50 年代出生作家区别开来。从文学史角度看，为了推出另一批新作家，批评界经常不惜突出、强调和放大他们身上个别性的特点。为此，郜元宝总结出了以下几个特点：一个是小说观念上发生的深刻转化。"他们写作的起点，就是告别这种绝对化的小说观念，有意回避意识形态的种种需求和规范，让小说重新回到松散、自由和世俗化的状态。"第二是叙述方式的变化。"这里没有高调的陈述，没有任何理想或道德的空洞承诺，没有支撑小说结构的坚硬内核，甚至没有一代人共同的企慕或抗议。""与此同时，个体的生活获得了近乎夸张的珍惜和过于自爱的凝视。"④

---

① 郜元宝：《匮乏时代的精神凭吊者——六十年代出生作家群印象》，《文学评论》1995 年第 3 期。
② [法] 罗贝尔·埃斯卡皮：《文学社会学》，于沛译，浙江人民出版社 1987 年版，第 19—25 页。
③ 李师东：《一个值得关注的新作家群》，《光明日报》1995 年 3 月 14 日。
④ 郜元宝：《匮乏时代的精神凭吊者——六十年代出生作家群印象》，《文学评论》1995 年第 3 期。

丁帆、王世城和贺仲明在一次文学对话中，把这种"个别性特点"概括成一种"个人化写作"的倾向。丁帆说："九十年代是一个被诸多评论者称为'个人化'的时代，很显然，这是相对九十年代以前的'非个人化'时代而言。在非个人化时代，存在一系列的文化共同话语系统"。而"到了个人化时代，这种共同的文化传统崩溃了，'失范'成为普遍现象，作家们突然发现，他们正在变为某种类似于'无传统'的写作。"贺仲明认为"个人化写作"是一种文学多元化的现象，他比喻说："新时期文学是条浩浩大河，以前这条大河被人为地规定了流向，如今它自由自在，在自然河床（传统）中恢复了自我奔流；而个人化时代的九十年代，文学则成为无数溪流，它们在地表纵横交错，既无统一的流向，也无中心出发点和目的地。"① 洪治纲和凤群强调应该警惕"欲望的放逐、性本能的渲染、性经验的演示以及性交往的自由化大力扩张，使得他们的话语在不断的自我重复中成为一种极端个人化的宣泄物"。他们担心这种个人化如果极端化，将会失去基本的文学精神。②

　　有的批评家运用新批评的细读方法，对个人化写作进行了深入解读。比如陈晓明认为，王小波《黄金时代》是一个典型的个人化写作的个案，"这篇小说写出了两个人，或者说一对男女之间关系微妙的变化过程。王二和小孙的行为方式以及精神状态都颇为反常规，他们试图与社会相区别，按自我的本能自由行事，但遭遇社会

---

① 丁帆、王世城、贺仲明：《个人化写作：可能与极限》，《钟山》1996 年第 6 期。
② 洪治纲、凤群：《欲望的舞蹈——晚生代作家论之三》，《文艺评论》1996 年第 4 期。

环境的排斥和孤立"。他继续分析道:

> 王小波这篇小说中所说的"阴阳两界",并不只是简单地划分为地下室里他与小孙的世界和地面上的医院中的生活世界。就是在地下室里,他与小孙之间也有阴阳两界,在性别上,他是阳,小孙是阴,但在精神气质上,王二是阴郁的,小孙是阳光的。王二本人的身上,也隐含着阴阳两界,他处在阳痿状态中,可能就是阴界,他的阳痿被小孙治好了就是到了阳界了。王小波的"阴阳两界"似乎可以无限地区别,这是一个与他者区隔也与自我区隔的不断延异的状态,它在任何一种状态中都无法持存,随时变异。从王小波的叙述来说,似乎王二更留恋那个封闭的地下室,那是他的"阴界",他在那里反倒有一种自由,被社会遗忘和遗弃的自由,因而"阴界"才真正是一种"阳界"。从王小波的小说可以看出卡夫卡的影响,这个地下室,也像卡夫卡的"城堡"一般。[①]

郜元宝注意到,苏童小说有一种拒绝与公众社会交流的倾向,作者似乎愿意选择在自我封闭的状态下写作:

> 苏童有一篇小说叫做《沿铁路行走一公里》,讲一个少年经常在他所在的小镇旁边的铁路上漫游,叙述者的想象并没有

[①] 陈晓明:《中国当代文学主潮》,北京大学出版社2009年版,第537—538页。

越出少年散漫的思绪，小说只涉及少年在铁路线附近杂乱的见闻与偶然遭遇的人和事，一切都透过诗意的语言呈现于少年世界朦胧脆薄的印象画中，不比这更多，也不比这更少。这个短篇或许可以说是在复现一种纯粹的童年记忆，从字里行间，我们看不到任何额外的叙述目的。少年沿铁路行走一公里没有什么目的，追随这种无目的的行走的叙述行为也没有目的。准确地说，"行走"和"叙述"的目的就是行走和叙述本身，目的包含在行为之中。一旦超出行为本身，游离于行为，有意地加以张扬，这样的"目的"和行为本身其实已经不存在那种原始的关系，而变成此行为与彼行为之间的价值交换。苏童的叙述完全拒绝了这后一种为流俗所认可的目的论，写作因此就成为某种封闭自足的意义生长点。①

批评界好像很欣赏"60后"小说里的反社会倾向，把它看作在摆脱历史噩梦，走向个人自觉的一种社会进步。仔细观察可以发现，这一代作家选择以"个人"为中心进行文学创作，其根源可能还来自20世纪西方小说的影响，例如卡夫卡、塞林格、卡佛等，并且有将这一倾向演化为文坛整体风气的苗头。确实，从这代人的生活经历看，生活在"边缘"的历史情绪，是曾经扎根在他们的心灵世界的，这种经历和情绪，使他们很容易选择以西方20世纪作家的作品为楷模，将他们作品所力图刻画的个人，看作是历史发展的主

---

① 郜元宝：《匮乏时代的精神凭吊者——六十年代出生作家群印象》，《文学评论》1995年第3期。

第十一章 20世纪90年代文学的评论

流行性趋势。然而近年来,读者对这种过分个人化的文学追求,越来越失去耐心。有人对此分析说:"非常值得注意的是,当前人们文学阅读的主要对象,仍然还是十九世纪的经典文学,是托尔斯泰、巴尔扎克、鲁迅等有能力概括历史总体生活的伟大作家们。当然也包括试图用长篇小说去描写和概括当代中国生活史的莫言、贾平凹、王安忆和余华等作家。因为在人们心目中,1979—2015年三十多年改革开放的年代,与欧美十八、十九世纪的社会模式和历史生活面貌其实是完全一样的。这是李洱与梁鸿在《虚无与怀疑语境下的小说之变——与梁鸿的对话之二》中,梁鸿面对面提出来、而却被李洱含糊过去的一个问题:'这并不是我一个人的感受,还可能是很多阅读者的感觉,好像我们对小说的概念、感觉和要求还停留在十九世纪那个经典年代,但实际的小说创作已经走得很远了。'这句充满质疑的话犹在耳畔,令人惊醒。这就是说,当广大读者和文学批评家对小说的认知仍停留在十九世纪文学那里时,六十年代生作家却还在顽强地用二十世纪小说观念制作着他们的作品。这是不是五十年代作家因此仍是文学之中流砥柱,而六十年代生作家虽已崛起却没有像预期那样受到广泛欢迎的原因,我认为是可以就此开展一场热烈坦率的讨论的。"[1] "60后作家"的小说批评,已经翻过了历史一页。从文学史研究的角度看,对这一时期批评的学术性研究还比较薄弱,整个90年代文学,作为历史研究对象还没有沉淀下来,这是文学史研究一直滞后于文学批评的问题所在。

---

[1] 程光炜:《六十年代人的小说观》,《文艺研究》2015年第8期。

第十二章　长篇小说的评论

进入20世纪90年代后，长篇小说创作越来越被作家所重视。80年代成名的作家已迈入中老年，丰富的创作经验，使他们在中短篇小说领域取得佳绩之后，开始将主要精力投入到长篇小说的创作之中。与此同时，出版社之间的竞争，也使他们把资金投入长篇小说的组稿和出版方面。

正如上面所言，长篇小说的一部分作者，是由中短篇领域转移过来的，由此，让人能够从他们漫长的创作道路中找寻八九十年代文学的某些规律，长篇小说评论热由此而产生。

第一节　贾平凹小说的评论

从事贾平凹早期创作评论的，主要是来自陕西本地的资深批评家，例如王愚、李星、肖云儒、费秉勋和刘建军，[①] 其中一些还是

---

① 王愚的文章有《生活美的追求——贾平凹创作漫谈》（与肖云儒合作），《文艺报》1981年第12期；《贾平凹创作中出现的新变化——谈〈小月前本〉和〈鸡窝洼人家〉》，《文艺报》1984年第7期。李星有《混沌世界中的信念和艺术秩序——

第十二章 长篇小说的评论

他就读西北大学中文系时期的老师。

贾平凹长篇小说的创作起步较早，他80年代中期就写作了《浮躁》等作品，1993年后，又有《废都》《高志庄》等力作问世，有很多批评家写过相关的文章，例如阎钢、雷达、王富仁、李陀、王德威、白烨、丁帆、周政保、孟繁华、陈晓明、张志忠、汪政、胡河清、樊星、李振声、旷新年、郜元宝、张新颖和谢有顺等。批评家从不同角度解读了贾平凹创作的题材、审美意识、风格和手法，其中，李陀、陈晓明、汪政、郜元宝、李敬泽和谢有顺的文章，贡献了不少有价值的意见。

批评家的第一个关注点，集中在"地方志小说"及背后的传统文化底蕴上。李陀1985年的《中国文学中的文化意识和审美意识》，是为贾平凹《商州三录》所写的序言。序言先从霍去病墓说到《红楼梦》，接着谈到贾平凹小说与传统之间的联系。李陀认为他的"商州系列"，属于"地方志小说"的范畴。这种地方志小说的文脉来自于传统笔记小说，作者在小说中恢复了传统散文的美感，这使他的文章风格中拥有了"散文的风度和气质"。序言还指出，

〈浮躁〉论片》，《小说评论》1987年第6期；《东方和世界：寻找自己的位置——关于贾平凹艺术思维方式的札记》，《文艺争鸣》1991年第6期。费秉勋有《贾平凹新作浅议》，《光明日报》1980年10月22日；《论贾平凹》，《当代作家评论》1985年第1期；《贾平凹与中国古代文化及美学》，《文学家》1986年第1期；《论贾平凹小说创作中的现代意识》，《小说评论》1986年第4期；《贾平凹商州小说结构章法》，《人民文学》1987年第4期；《生命审美化——对贾平凹人格气质的一种分析》，《当代作家评论》1992年第2期。刘建军有《贾平凹小说散论》，《当代作家评论》1985年第1期；《贾平凹论》，《文学评论》1985年第3期等。这还未将他们发表在陕西本地报刊的批评文章计算在内。

近年来一个很引人注目的现象,"就是贾平凹的《商州初录》以及他另一些写商州地方的小说"。"许多人或许会以为它们根本不能算小说,但熟悉中国小说沿革历史的人大约很容易由它们联想到源远流长的笔记小说这种东西。《商州初录》似乎是笔记小说的某种复活,然而其中明显又有地方志、游记、小品文等因素的融会。这使贾平凹的笔可以自由地伸进商州地方的任何角落,举凡山川地理、地方人物、民间传闻、奇俗异事、以及世情发展、人心变化,无不经熔裁而入文。"他进一步指出,作品里"《史记》的影响就相当明显","贾平凹似乎在做将小说与史结合起来的尝试,不过他不是写历史小说,而是使他的写商州的小说有一种地方史的价值"。他预言:"在某个悠远的将来,人们重新阅读这些小说的时候,我相信他们不仅会得到一个优秀的文学作品必然会给予读者的那种审美的满足,而且一定可以从中得到一个逝去的时代的种种信息。"这是因为中国历代文学大家无不是写散文的能手,这一深厚传统传至贾平凹这里,便使他具有当代小说家中少见的"散文的风度"。① 李振声注意到,贾平凹的"商州书写"一方面是要将一段断裂的历史重新修复,另一方面是"向世人表明,传统生活秩序中所有有价值的东西,只有在被人们自觉地吸纳、整合到新的生活结构之中,才能不断地保有它的美质并继续发展它的功能",在这一点上他的小说做到了。②

---

① 李陀:《中国文学中的文化意识和审美意识——序贾平凹著〈商州三录〉》,《上海文学》1986年第1期。
② 李振声:《商州:贾平凹的小说世界》,《上海文学》1986年第4期。

第二，批评家把他看作创造了独特文体的奇才、怪才和鬼才。郜元宝说："尽管被称为'奇才'、'怪才'、'鬼才'，但贾平凹登上文坛，靠的还是长期不懈的努力。"由此发展出自己独特的文体意识和艺术形式，这里有"化用鲁迅的硬语盘空，羡慕笔记小品的飘逸隐秀，承袭话本小说的叙述声口，喜谈古代士大夫的性命易理，乃至营造蒲留仙的狐魅世界，追求辞章灿烂境界高华的所谓'美文'，更是有意归向知识分子古今同调的风雅一途"。虽然他认为作家雅俗两种追求很难兼得。① 持相同看法的还有胡河清："贾平凹的姓名也奇。这'贾'姓得就巧。拆开来看，无非就是'西部的宝贝'。"这是人地两气相会交融的奇异关系，"如果离开了西北这块'风水宝地'，贾平凹将一事无成"。"他守住西部农村，也就守住了他的命脉。"② 汪政认为贾平凹是在体验一种神秘文化的奇异玄奥，在他创作中，"神秘既是一种客观显现，又是一种主观视角，是一种文学思维方法"。而这方法是通过意象这个核心东西来完成的，所以"意象是贾平凹叙事中的重要特点之一"；他"将意象引进小说叙事"，"就是为了在完成小说叙事的同时增强小说的抒情表意功能使得作品获得更大的容量"。③ 谢有顺强调，贾平凹文体形式的特点，其实就是实虚结合。他以《高老庄》为例说，作品"大量描绘了中国的生活及其细节"，这是写实的极致。"那种流动的、日常的、细节的生活，被表现得原汁原味，行文也极为恣肆，场面的

---

① 郜元宝：《贾平凹研究资料·序》，天津人民出版社2005年版，第1、5页。
② 胡河清：《贾平凹论》，《当代作家评论》1993年第6期。
③ 汪政：《论贾平凹》，《钟山》2004年第4期。

展开和调动从容而沉稳,尤其是对话,在小说中占了很大的比重。"但在生活实像之中,他的务虚笔法也达到极致。"这个虚,是为了从整体上张扬他的意象,比如说,小说里写到的石头的画、飞碟、白云湫等等,都属于务虚的意象。"这与他对大自然、对神秘事物充满敬畏的心理有关,现实生活的实与意象世界的虚巧妙融为一体,使贾平凹拥有"许多作家所没有的优秀品质"。① 王德威②认为《古炉》的叙述张力体现在"暴力和抒情之间"。贾平凹写"文化大革命"在这个小镇的暴力,却时刻不忘展现他最擅长的抒情的一面。这"让我们注意的是,小说描写的历史情境如此暧昧混杂,所有的语言却一清如水,甚至有了抒情气息"。他还注意到,虽然收养狗尿苔的婆"在村里地位卑微,却传承了一套民间的审美本能和体用知识。贾平凹以往作品也经常流露对地方文化传统的眷恋。但在《古炉》中,我认为他的用心不仅止于怀旧而已"。这都与贾平凹传承了沈从文、汪曾祺和孙犁的文体风格有一定的关系。③

90 年代后,随着贾平凹创作重心转向长篇小说,对他的评论也集中在这一领域。陈晓明说,《废都》是在中国文化的低谷期写下的作品,贾平凹试图超越当代文学的已有成就,因此,这实际是一次大胆妄为的写作。"《废都》甚至以一种自残的写作形式,那么多的

---

① 谢有顺:《贾平凹的实与虚》,《当代作家评论》1999 年第 2 期。
② 王德威(1954—),生于中国台湾,原籍吉林,文学评论家。1976 年毕业于台湾大学外文系,1982 年博士毕业于美国威斯康辛大学比较文学系。先后在台湾大学、美国哥伦比亚大学任教,现为哈佛大学东亚系教授。著有《想象中国的方法》《当代小说二十家》等。是近年来比较活跃的文学批评家。
③ 王德威:《暴力叙事与抒情风格——贾平凹的〈古炉〉及其他》,《南方文坛》2011 年第 4 期。

第十二章 长篇小说的评论

省略方框框,强行把自己和禁书等同为一体,来发掘一种压抑的死亡的美学。"因此他指出:"这是一次祭悼,更是一次出发的宣誓。"他认为从《废都》到《秦腔》,是从城市重新回到他熟悉的乡村,两部小说写作的过渡正好完成了一种"阉割美学"。"他要以阉割手法来展开乡土叙事,依然一如既往地回到乡土风情中。这部作品的主要内容之一就是讲述'秦腔'衰落的故事,地域性的民俗文化是贾平凹的拿手好戏。"然而他发现,"这部作品再也没有贾平凹原来的那些清雅俊朗、明媚通透,而是更多呈现为奇谲怪诞、粗粝放纵"。这表明,贾平凹长篇小说"不再具有历史的深度关怀,不再有一种文化韵致的自在沉静,而是以一种'无'的态度,阉割了那个历史理性的欲望目标"。① 在《废都》的评论中,很少有人集中讨论主人公庄之蝶的形象,李敬泽指出:"庄之蝶是既实又虚的,他既是此身此世,也有一种恍兮忽兮,浮生若梦。这种调子直接源于《红楼梦》。在《红楼梦》中,贾宝玉是大观园中一公子吗?是一块遗落的顽石吗?""《红楼梦》的天才和魅力就在这虚实相生之间。"为此他评价道:"贾平凹是《红楼梦》解人,他在《废都》中的艺术雄心就是达到那种《红楼梦》式的境界:无限地实,也无限地虚。"李敬泽强调,正是通过庄之蝶的出色描写,使读者相信,"《废都》一个隐蔽的成就,是让广义的、日常生活层面的社会结构不是狭义的政治性的,但却是一种广义的政治"。"贾平凹也算是自食其果——他大概是中国作家中最长于被误解的一个",因为,庄之蝶形象的塑造

---

① 陈晓明:《众妙之门》,北京大学出版社2015年版,第366—372页。

远远超出了批评界对他人生观念的接受的限度。不仅他的荒淫无度是无法理解的，连他最后的出走也变得无法理解。"庄之蝶的出走是他在整部《废都》中作出的最具个人意志的决定"，"我猜测，当贾平凹写到火车站上的最后一幕时，他很可能想起了托尔斯泰，这个老人，在万众注目之下，走向心中应许之地，最终也是滞留在一个火车站上。这时，贾平凹或是就庄之蝶，必是悲从中来"。在与贾宝玉和托尔斯泰"出走"的比较中，李敬泽指出了庄之蝶的困境，他认为这正是90年代的文学批评所不理解的地方。①

贾平凹的《秦腔》《古炉》《带灯》《老生》和《极花》等作品，也成为人们关注的热点。谢有顺认为："《秦腔》依然贯彻着贾平凹的文学整体观，同时，贾平凹在这部作品中还建构起了一个新的叙事伦理。"它不像《废都》和《高老庄》那样有一条清晰的故事线索，"人物众多，叙事细密"，"写的是一堆鸡零狗碎的泼烦日子"。② 陈众议说："《带灯》是一部写给未来的小说。"这让他想到了《飘》，两位作家的眼光是"义无反顾的、一往无前的"。叙述中隐含着担忧，但这种担心指向了未来。③ 孙郁说："《带灯》是一部忽明忽暗之作，乡下人的生存状况和世俗的冷热都于此表现出来。最新的社会矛盾与最古老的情感表达，都陈列于此。"作者是要把小说置于古今对比的广阔视野之中，在他看来，古代社会与人们今

---

① 李敬泽：《庄之蝶论》，《当代作家评论》2009年第5期。
② 谢有顺：《尊灵魂，叹生命——贾平凹〈秦腔〉及其写作伦理》，《当代作家评论》2005年第5期。
③ 陈众议：《评贾平凹的〈带灯〉及其他》，《当代作家评论》2013年第3期。

第十二章　长篇小说的评论

天的观念结构是相同的。① 南帆指出，通过《老生》这部作品，贾平凹到了一种"散谈"的境界，他以记忆历史的写作方式，把古今过往都放到小说当中，这使作家似乎越走越远了。由此形成了"《老生》的叙事学"。南帆强调，"贾平凹并未进一步将这些故事与人物送入社会学分析或者道德批判的场域"。它也不是摆脱尘世的出走之作。"众多《山海经》的片断织入文本，如同每一个故事边缘的纹理奇异镶边"，这种看似跳出现世的虚拟描写却没有走魔入火，而是再次返回现世当中，它让读者想到自身的处境，"现代故事嵌入远古的山水传说，现在进行时的急迫性突然缓和下来，某种'人生代代无穷已'的苍茫之感如同挥之不去的背景音乐"，这真让人感慨万千。② 《废都》之后，贾平凹的小说追求"浑沌"的整体艺术效果。小说主线被发散性的结构所代替，这种结构艺术，给批评家增加了阅读的障碍，同时，也表露出作家创作上的矛盾心理，这就是张志忠所说的在"自我与作品之间""形象与理念"上的矛盾。他说："贾平凹的创作，在跨世纪的中国文坛上，不可小觑。贾平凹踏上文学之路二十余年，一直都处在众目睽睽的关注之下，在新时期文学的不同段落，和他自己的每一个发展演变阶段，都有不俗的表现，都留下了可评可点的作品。"正因为他"是当下为数极为有限的雅俗共赏、人气最旺的作家之一"，因此这种种矛盾，才格外醒目和值得研究。③

---

① 孙郁：《〈带灯〉的闲笔》，《当代作家评论》2013 年第 3 期。
② 南帆：《"水"与〈老生〉的叙事学》，《当代作家评论》2015 年第 1 期。
③ 张志忠：《贾平凹创作的几个矛盾》，《当代作家评论》1999 年第 5 期。

第二节　莫言小说的评论

莫言20世纪80年代的创作以中篇小说见长,例如《透明的红萝卜》《白狗秋千架》和《枯河》等;最近二十年,他专营长篇小说,有多部作品问世。随着先锋色彩的减弱,莫言宣称自己在向传统文学和民间文学的领域转移,比如《檀香刑》叙述中地方戏曲茂腔的因素等,这一创作走向受到评论界的关注。

陈思和说:"在我看来,莫言近年来小说创作风格的变化,是对民间文化形态从不纯熟到纯熟,不自觉到自觉的开掘、探索和提升,而不存在一个从'西方'的魔幻到本土的民间的选择转换,也不存在一个'撤退'的选择。"比如,"《天堂蒜薹之歌》里,作家围绕着一个官逼民反的案件反复用三种话语来描述:公文报告的庙堂话语、辩护者的知识分子话语和农民自己陈述的民间话语","《丰乳肥臀》更是一部以大地母亲为主题的民间之歌。这以后,莫言在创作上对原本就属于他自己的民间文化形态有了自觉的感性的认识,异己的艺术新质化为本己的生命形态"。[①] 王德威说,莫言小说的返乡之路,让他想到了现代前辈作家沈从文,尽管两人的审美趣味和创作风格是迥然不同的。沈从文要凭着"对故乡风物的追溯,倾倒一辈新文学读者",但"莫言的小说瑰丽曲折,与沈从文那样清淡沉静的作品,其实颇有不同"。而且他的语言与沈从文的

[①] 陈思和:《莫言近年小说创作的民间叙述——莫言论之一》,《钟山》2001年第5期。

第十二章 长篇小说的评论

语言也差异甚大。在《酒国》里，"书中侦探缉凶的情节，隐约透露了一种追本溯源、找寻真相的诠释学意图。但莫言一路写来，横生节枝。他所岔出的闲话、废话、笑话、余话，比情节主干其实更有看头。像写农户竞销'肉孩'的怪态，像相传为猿猴所造的'猿酒'由来，活龙活现，真假不分。不仅如此，书中还安排叙述者莫言与一个三流作家间书信往还，大谈文学创作的窍门。好人与坏人、好文学与坏文学、历史正义与历史不义的问题，一起溶入五味杂陈的叙述中。恰如书中大量渲染的排泄意象一样，小说的进展越往后越易放难收，终在排山倒海的秽物与文字障中，不了了之"①。经过通俗文学研究训练的栾梅健，也采用民间性的批评眼光看莫言的长篇小说。他说莫言在山东高密老家待了二十年，对文学的最初认识与理解，"其实绝大部分都来自于他基层的生活经验与民间的文学传统"。他认为作家家乡地理环境，是典型的胶东地区，在古代就是"齐东野语"盛行的地方。从他家乡西去三百里，有一个地方叫淄川，那便是《聊斋志异》作者蒲松龄的家乡。栾梅健强调，与其说莫言从民间文艺作品中捕捉到新期的创作灵感，不如说他在这位先贤那里感受到另一种创作的激情。"在创作了一段时间以后，当他有意识地思考文学的观念时，他感到蒲松龄的成功在于纯粹的民间立场，较少功利的色彩。他觉得在蒲松龄那个时代，没有出版社，没有稿费和版税，更没有这样那样的奖项，写作的确是一件寂寞的甚至是被人耻笑的事情。""于是，在他毫无功利目的之下，创

---

① 王德威：《千言万语　何若莫言》，《读书》1999 年第 3 期。

作出了伟大的经典《聊斋志异》。"①

在谢有顺眼里，戏剧化一直是莫言小说的基本特色，而到《檀香刑》中，则被一种称作"凌迟"的极端描写所替代。"《檀香刑》里这个盛大、悲壮的行刑场面确实是令人荡气回肠的，那种残酷中的悲剧力量尤其叫人战栗。很少有人能够将悲剧写得这么让人触目惊心，它不是一个事件，不是一个结果，而是弥漫着每一个字里行间滴血的言辞。"莫言的这种极端描写可称之为"刽子手哲学"。将刽子手作为中心人物的小说并不鲜见，而且在广义上，刑罚一直是小说的主题之一。但是却没有像莫言这种"比别人更精细、更冷静地写出了刑罚的全过程"的小说家。正因为莫言捕捉到了刽子手作为一个独特人物的内心风暴，让读者看到了他的灵魂，因此可以说他建立了一种"刽子手哲学"的文化，而在过去，刽子手不过是杀人工具而已。由于这个人物身上产生了刽子手的文化，那么这种极端叙述的依据就存在了。他进一步解释道，这种从刽子手文化中诞生的极端叙述，如果离开了特定教育环境，也是无法立足的。只有"酷刑教育"，才有可能孕育出所谓的刽子手文化和极端文学叙述。"专制社会的政治哲学最集中的体现之一，就是酷刑制度。酷刑对民众的震慑力是无与伦比的，它的目的是令统治者治下的臣民不敢造次，而终日活在恐惧之中。按照哈维尔的研究，恐惧正是专制得以实施的基础。"由此发现，不仅是《檀香刑》，连《红高粱》里也写了剥人皮，而莫言之所以运用这种极端叙述，也与这种教育的

---

① 栾梅健：《民间的传奇——论莫言的文学观》，《当代作家评论》2013年第1期。

第十二章 长篇小说的评论

孕育和反思有莫大的关系。最后，他把对莫言极端叙述的分析，与鲁迅的看客文化联系在一起。① 批评家张清华在"叙述"上看到莫言的才华，同时又对这种叙述资源之耗费表达了担忧，他提出了"叙述的极限"的说法。张清华对此解释说："莫言在其小说的思想与美学的容量，在由所有二元要素所构成的空间张力上，已达到了最大的限度。"他列出了几部叙述容量达到极限的作品：《欢乐颂》《酒国》《檀香刑》《丰乳肥臀》。但他也发现，莫言在尽力冲破这极限对创作的妨碍，其办法是"大地感官""小说的伦理""复调与交响"，作家像一匹无法驯服的烈马，要向叙述的极限发起最猛烈的攻击。然而他成功了。张清华由此高度评价了《丰乳肥臀》和《檀香刑》，认为在这两部展现极端叙述的长篇小说里，作者"用戏剧的场景与氛围来写历史，这也算是一种'文本中的文本'，仿佛不是莫言在写小说，而是在阐释一部已经'存在'了的戏剧文本，在为这部猫腔戏作注，这样，历史在两个文本中呈现了一种被激活的状态。戏文中作为'民间记忆'的历史，同叙事者所仿造的'正史'之间形成了一种'应和'或'嬉戏'的状态。在以往莫言的小说中，总是作家自己憋不住出来表演一番，而在《檀香刑》中，他有了众多可用以操纵的'玩偶'，来代替他的'现场道白'"。他分析道："这在很大程度上'使历史戏剧化'了，这种历史的戏剧化修辞方式，在以往的小说中似乎还很难找到第二个例子。"② 小说

---

① 谢有顺：《当死亡比活着更困难——〈檀香刑〉中的人性分析》，《莫言研究》2014年第10期。

② 张清华：《叙述的极限——论莫言》，《当代作家评论》2003年第2期。

叙述手段,是很长一个时期内批评家关注莫言创作的一个着眼点,像张清华和谢有顺这样对作家长篇小说入情入理的分析,仍给人耳目一新的印象。

魔幻和寓言,曾是批评家评价莫言中篇创作的着力点,到了长篇小说,他们认为这些元素在其创作手法中依然是存在的,只是它们与佛教和传统小说结合起来了。南帆说:"《生死疲劳》是一个完整的魔幻故事,生死轮回的民间传说提供了魔幻叙事的原始框架:一个冤魂在阎王殿上喧闹不休,他认为自己遭受错杀冤哉枉也。这个冤魂生前是一个名叫西门闹的地主,解放初期遭到了镇压。"这种手法令读者"在一次又一次的悲欢离合之中领悟真谛。这个冤魂的六次投胎某种程度上采用了六道轮回之说,每一次投胎为驴、为牛、为猪等,多少都与某一个兴师动众的社会运动遥遥相对"。他认为尽管作品完成太快,这部长篇的语言略显粗糙,但它依然以奇诡的叙述风格逗引起大家浓厚的兴趣,也让"以魔幻叙事重述历史"成为一个现实可能。① 张新颖认为,魔幻寓言在莫言长篇中是一种"支配性的力量",正是这种叙述手段的运用才使小说空间被极大地打开。"《生死疲劳》写中国农村半个世纪的翻天覆地,折腾不已",有一种触目惊心的艺术效果。这不是莫言小说的生硬臆造,而有现实生活的根据。他联系张中晓《无梦楼随笔》中记述的各地奇闻,谈到沈从文50年代到四川土改时所看到的种种不敢相信的细节,始才明白:"'时代所排定'的这项'程序',在莫言的小说中

---

① 南帆:《魔幻与现实的寓言》,《当代作家评论》2013年第1期。

第十二章　长篇小说的评论

还只是开始。"张新颖的艺术感觉十分细腻,他对比魔幻世界更令人不安的现实版魔幻情境,有了无言的感觉:"再过几章写西门牛杀身成仁,人性更是不堪形容。这头牛的能力本足以反抗,却绝不反抗;不反抗也可屈服,却绝不屈服。如此就只能忍受众人的鞭抽,被另一头牛拉断鼻子,被火烧焦烧臭皮肉。惨痛酷烈,何以忍忍。牛能忍忍,人的不忍之心却荡然无存。"[①] 借此,批评家希望跳出80年代魔幻主义的理解框架,将这种艺术手段引入到历史分析当中。魔幻寓言在他看来只是表面形式,这部小说所激烈批判的东西,其实已经一目了然。

陈晓明认为《丰乳肥臀》是对历史书写的明显改写,"这部书写乡土中国历史的作品放弃了书写简单的历史正义,而是把历史正义还原为人的生命正义"。在这个意义上,上官鲁氏这个形象是围绕人的生命价值展开的,作者把她从历史圣殿上拉下来,变成上官家族"生存下去的精神支柱"。这"是女人、母亲养育了儿女,坚守了生命的历史,捍卫了生命的尊严"。历史与生命的相互颠倒,在他看来,正是这部小说最露骨的意图,当然也会令它备受争议。同时也是莫言运用历史的反讽和戏谑叙事的结果。[②] 孙郁也发现,莫言对生命尊严的理解不同于别人:"他的小说到处可以读到病态的庄严。牧师、猎人、强盗、恶商、江湖艺人。从日本入侵到土改,从'文化大革命'到九十年代经济大潮。凝固的土地下奔流的

[①] 张新颖:《人人都在什么力量的支配下——读〈生死疲劳.札记〉》,《当代作家评论》2009年第6期。

[②] 陈晓明:《中国当代文学主潮》,北京大学出版社2009年版,第586页。

精神之河，卷着污泥浊水变成时间之维，中国土地的生生死死，演绎出人性的悲喜剧。那些不同光泽里的受难者与挣扎者，有史家眼光很少关注的细节和隐含，书写的恰是大地的灵魂。"① 也就是说，批评家认为莫言是在正史的夹缝中书写一种民间野史，他是用反写的手法带入反思历史的能量，这是在以恶丑写善，揭示生活的丰富复杂，借以扩大当代小说与历史对话的空间。

第三节　王安忆小说的评论

王安忆是在中短篇和长篇领域皆取得突出成就的小说家。从早期的"雯雯系列"到探索性小说，从淮北、徐州题材到上海的市井小说，她样样得心应手。同样，在 20 世纪 90 年代的长篇小说家族中，王安忆依然是最显赫的成员之一。几十年来，写实风格是她贯穿始终的主要创作特色。

王晓明的《从"淮海路"到"梅家桥"——从王安忆小说创作的转变谈起》是一篇值得关注的批评文章。王晓明以作品带问题的方式，展现了王安忆书写"上海故事"的精彩，同时带出新上海崛起的背景，由此深刻反观富萍们的命运。历史变迁中的作家创作与 90 年代上海重新崛起的相互照应，在文章中显得笔墨饱满。王晓明是小说批评中文本细读的高手，他写于 80 年代的《所罗门的瓶子》已经尽显这种夹叙夹议的功夫，而这篇文章之

---

① 孙郁：《莫言：一个世代的文学突围》，《当代作家评论》2013 年第 1 期。

第十二章 长篇小说的评论

精细老到不输当年。他这样写道:"《富萍》的篇幅不长,十七万字,讲述一个农家姑娘到上海谋生的故事。这姑娘就叫'富萍',来自'扬州乡下',勤快、结实,却并不笨;在王安忆的小说世界里,这样的人物已经有不少,富萍并不是新面孔。"她到上海的第一站,是给人做保姆,就此进入上海的弄堂,见识了形形色色的各等人物,"这也是王安忆小说中常见的情景"。又说,"王安忆曾经在淮北'插队落户'过三年,青年时代的记忆太深刻了,她虽然回到了上海,二十年来,还是不断往小说里引入淮北的农民,或者是类似这农民的人物"。王晓明写文章,喜欢先开一个小口子,然后把人物、故事、细节、想法和文章主题往里面装,姿态却是朴素平易的。这是一种拔出萝卜带出泥的写作形式。在充分分析了富萍性格,以及她与周围环境的关系后,王晓明把笔伸向了大上海。他说:"就我对《富萍》的疑问而言,这新意识形态的大合唱当中,就有一个声音特别值得注意:对于旧上海的咏叹。几乎和浦东开发的打桩声同步,在老城区的物质和文化空间,一股怀旧的气息冉冉升起。开始还有几分小心,只是借着张爱玲的小说、散文的再版,在大学校园和文学人口中暗暗流传。接着可就放肆了,一连串以'1931'、'30年代'或'时光倒流'为店招的咖啡馆、酒吧、饭店和服装店相继开张,无数仿制的旧桌椅、发黄的月份牌和放大的黑白照片,充斥着各种餐饮和娱乐场所。"人们"再现昔日的洋场情调,'这里原先是XX的公馆'",更为人津津乐道。王晓明这篇文章与过去不同,不是信心满满的口气,而是精心布局,叙述口气稍有变

· 325 ·

化，是那种步步小心叙述，又步步设下疑问。通过对《富萍》的解读，他对王安忆创作转变中的策略已看清楚，也对资本"新意识形态"对社会的全面渗透，表达了最大的怀疑和担忧。①

王德威的《海派作家，又见传人——王安忆论》暗示了王安忆创作中的张爱玲因素，过去的相关文章未见提到。王德威经历过西学的训练，他的批评风格华丽、富有才情，他笔法跳跃，语意繁杂，且喜欢把当代小说家与现代文学传统串联，联络比附，也相得益彰。而将王安忆与张爱玲联系到一起，既没有减弱王安忆小说的价值，也可以在张爱玲的文学传统中将她定位。文章第一部分从"女性·上海·生活"入手，指出作者90年代的创作转型，是从女性生活—上海的角度入手的："王安忆对妇女与生活的观察，需要一地理环境的观察，才更能显出她的特色。""在这一方面，王安忆其实得天独厚。她所生长的上海，'解放前'曾是空前繁华复杂的花花世界。而从20世纪50—80年代，这座城市更遍历政治纷争、经济荣枯。清末的上海，成就了《海上花列传》这样的狎邪小说。民国的上海，既是鸳鸯蝴蝶派的舞台，也是革命文学的焦点；既是新感觉派作家的灵感源泉，也是遗老遗少的述写对象。更不提张爱玲、徐訏等作家对她的热切拥抱。上海的文学，形成海派传统。"他论定"在这样一个传统下写《长恨歌》，王安忆的抱负可想而知"。但他也及时提醒，"王安忆的努力，注定要向前辈如张爱玲者的挑战"。王德威愿意用当代小说与现代文学比较，总能拿捏着不

---

① 王晓明：《从"淮海路"到"梅家桥"——从王安忆小说创作的转变谈起》，《文学评论》2002年第3期。

第十二章　长篇小说的评论

得罪人的巧妙分寸，他直视作家写作的机心，道出真相，又给人留足面子，显露出批评家的格调和厚道。他将《长恨歌》与《金锁记》比对分析，不掩饰王习张的用心，同时照顾王的小说才华，让人领略到两人差异和时代的惘然。王德威批评纹理中有一种关于民国的慨叹，有历史惋惜，今昔对比中则流露出宽宏大度，这是他的批评文章被人喜欢的原因所在。王德威能在人才济济的中国大陆批评界占得一席之地，这里面有他的理由。他畅快地写道："《长恨歌》最后一部分写王琦瑶的忘年之恋，贯彻了王安忆要'写尽'上海的情与爱的决心。"然而"张爱玲小说的贵族气至此悉由市井风格所取代。小说最后的关目，归结到那金饰盒。这是王琦瑶生命最'实在'的部分，连她的女儿都无缘得享。《金锁记》中的曹七巧靠累积财富来转移她受挫的情欲；王琦瑶一辈子从未大富大贵过，只有出，没有进，金钱的意义截然不同。'"因此，"要强调的是，在处理情欲与物欲的纠缠上，王安忆的路数与张爱玲起点相近，但结论颇有不同"。要知道香港20世纪60年代延续至今，张学积累丰厚，王德威先人一步指出王安忆与张爱玲的联系，虽非先知先觉，仍为一个贡献。[①]

南帆在比较王安忆、莫言和贾平凹创作异同之余，指出她是要建构一个"城市空间"。《长恨歌》用心是要写一种"鉴赏城市的眼光和趣味"。她"深知咖啡厅气氛、花团锦簇的窗帘以及街上当当驶过的电车之间隐藏了何种迷人的性质。她甚至善意地体谅了城

---

① 王德威：《海派作家，又见传人——王安忆论》，《读书》1996年第6期。

市所难以回避的庸俗、奢靡和工于心计"。这显然是要画一幅城市的肖像图。另外,"《长恨歌》的城市是一个女性视域的城市"。女性意识和感觉,是小说描写的视点,因此"城市空间"很大程度上是一个女性空间。这让作品"保持了另一种温婉的语调。小说的每一个角落都回旋着种种女性对于这个世界的小感觉"。由此可知,小说中何以到处都是旗袍的式样,点心的花样,咖啡的香味,绣花的帐幔和桌围,紫罗兰香型的香水,各种发髻,化妆的粉盒,照相的姿态,点了一半的卫生香,从后门中流出的流言,大伏天开衣箱晒霉,嗑瓜子,下坠的眼袋与细细的皱纹,一伙小姐妹勾肩搭背地从商店橱窗前走过。作品所展示的一道道城市风景,其实就是作为女性的王安忆个人的感觉。然而就在对小说的触摸中,南帆找到了一种叫作"物质"的东西,他以批评者的敏感,相信王安忆的城市空间不等于虚无缥缈,她要写出熟悉的街道,电车驶过的声响,里弄里女人吵架的姿态,乃至生活中的一切存在。南帆因此得出结论:"这些世俗细节的密集堆积让人们感到了殷实和富足。这是一个城市的底部,种种形而上的思想意味和历史沉浮的感慨无法插入这些世俗的细节。"由此看来,"写实"是通过过硬的细节选择和描写来实现的,作家看待城市的趣味眼光和女性感觉,的确建立在坚实的小说基础之上。在文章最后,南帆对王安忆建立城市空间的意图进行了分析,他说相对于从农村包围城市,导致城市的衰落,再到城市的崛起和空间之建立,在她眼中是一个历史轮回。王安忆城市小说就处在这个轮回的点上。他说:"一些长篇小说游离出历史叙述的传统框架,另一些长篇小说甚至游离出历史叙述的传统视

第十二章 长篇小说的评论

野。这可能暗示了某种不同寻常的历史理解。或许,王安忆的《长恨歌》即是一个例证。""昔日的帝王和英雄隐没了,宏大的叙述正在分野,种种闲言碎语登堂入室,女性和城市走向现实的前台——这一切难道不是在召唤一个深刻的解释吗?"[1]

在对王安忆的评论中,向来好文章不断。这里需要提到程德培和李洁非。程德培在评价王安忆早期创作时指出:"王安忆大部分小说的角度都是来之于人物的主观镜头,来自女主人公的情绪延伸,这种情绪变化与作品本身的情节、矛盾、事件糅合在一起,叙来真切、自然、通畅。这样,作品既具有抒情的特征,又有艺术的吸引力。"因此,"王安忆的小说运笔委婉自如,感情纯真,读来自有一种亲切感。作者善于因情行文,又具有女性作家所特有的细腻、柔丽与缱绻。她优美的文采,很少有木刻家所惯用黑白色的强烈对比,而颇多使用橙黄色"[2]。李洁非把王安忆比作一个站在潮流边上的作家,她"没有卷入其中","从来未曾凑过热闹",但文学的潮起潮落之间,她都有表现不俗的作品。她的创作,是一直在自我调整和变化着的。先是1984年从"情态小说"转向"事态小说",后来,是从经验论者到技术论者。"当她有意无意地把每个故事置于个人经历的背景之下时,似乎是以此而向人们担保,那里面发生的一切都可以得到某种验证,不管是验证于时代还是验证于某个活生生的、与大家共同经历着若干事情的人。这使得她虚构的故

---

[1] 南帆:《城市的肖像——读王安忆的〈长恨歌〉》,《小说评论》1998年第1期。
[2] 程德培:《"雯雯"的情绪天地——谈王安忆的短篇近作》,《上海文学》1981年第7期。

事都留有'外部真实'的尾巴，她小心翼翼第保存着这根尾巴，就像曳尾于涂之龟一样留下供人辨识的标记。"无论怎样变化，她都"专心致志地研究小说的构成方式，并把自己的作品当做这种构造的演示。对她来说，让人们观察小说是如何构筑一个故事，远比让人们承认小说干成了什么有价值得多"[①]。程德培的批评细致入微，新见不断。李洁非则目光尖锐，叙述平稳，虽不强势，却颇有说服力。

我觉得在上述诸家之外，汪政、晓华的《论王安忆》应该是最值得一读的作家创作论了。他们对《蚌埠》这篇小说的解读可谓精彩："《蚌埠》显然吸取了中国历史书写的'志'的一些经验，一座城镇占据了小说表达的大部分空间，蚌埠的地理位置、经济特点、车站、码头、浴室、旅馆以及家居生活在此都得到了细致的展现，它是可以称得上'地理志'或'风俗志'的，但仔细读过去，一种感伤与怀想会在文字里慢慢地氤氲开来，蚌埠虽然占据了小说的大部分篇幅，但它却渐渐退却为一个特定的时间与空间的背景，人，七十年代与蚌埠有着生活关联的人却从那物的缝隙里钻了出来，他们，才是作品真正的主体。在写人上，《蚌埠》给短篇小说注入了一种新的问题，即人物形象可以是群体的和匿名的，蚌埠周围的农民尤其是来来往往经过这座城市的知识青年，他们的生活方式、精神现象和特定时代的生存状态是小说的主体目标，是他们解

[①] 李洁非：《王安忆的新神话——一个理论探讨》，《当代作家评论》1993年第5期。这篇文章曾深得王安忆认同，她在不少地方都提到此文，看来，李洁非对她创作转变的轨迹可以说是了如指掌。

第十二章　长篇小说的评论

释了蚌埠，表达了蚌埠，经验了蚌埠。而蚌埠，一个特定时代的蚌埠也因为这瞬时的经验和表达情感化了，永恒化了，蚌埠，是一代人往事记忆中的一个坐标。"两位作者的批评风格，不是引领潮头的，是跟着大伙一起朝前走着的，然而在大浪淘尽之时，我相信他们的文章会留在沙滩，供研究者选择欣赏。就此来看，我认为他们笔下，不乏值得多看的观点。比如，他们指出王安忆是一个"具有文体意识的小说家"；又比如，在小说叙述空间上，她建构了自己独有的城市空间。"王安忆认为苏青比张爱玲、丁玲更理解城市，也更理解上海，苏青更接近一个城市的日常生活"，等于为自己的文学书写找到了根据。再比如，他们强调王安忆还设计了另一个解释历史的途径，即"纵与横"的关系视野。个人/革命、家族/历史、城市/日常经验等历史大变迁过程中的一组组关系，都在这里被精彩描绘。他们指出，王安忆不是擅长历史分析的作家，然而却是对历史极其敏感的作家，尤其擅长把握历史的某个时间点。这些特点，在《六九届初中生》《黄河故道人》《流水十三章》《米尼》《伤心太平洋》和《纪实与虚构》等作品中显现了出来。在这些作品中，不管它们是一些个人成长史也好，还是一些家族兴衰史也罢，总有一种摆脱不了的宿命的意味。[①] 他们文章的字里行间，忧心于王安忆的多变，而这是否有利于对这位作家的整体性把握有待商榷，与此同时，他们也想到，多变可能会为阶段性的研究提供某种丰富的论题。这也是变与不变的辩证性的关系罢。

[①] 汪政、晓华：《论王安忆》，《钟山》2000 年第 4 期。

第四节　余华小说的评论

在我看来，余华是那种看以简单，但研究起来不容易的小说家。他文体简洁，用意丰富；他受鲁迅、卡夫卡影响极深，然而写出的又不是他们那种革命小说和成长小说，而是遍布少年精神创伤和暴力的独特写作。余华叙述简单，意绪跳跃隐晦，变化多端，很难用逻辑框架分析加以固定。这是我们目前面临的困难之一。

坦率地说，目前令人信服的余华小说评论并不很多。相比之下，赵毅衡、陈晓明和汪晖的几篇评论值得注意。余华出道不久，赵毅衡就敏锐看到，"余华似乎没有学艺阶段"，"一九八七年底他正式出现于中国文坛时，他俨然是个成熟作家"。他发现了余华与鲁迅的联系，这就是小说中所谓"对抗"的东西，但二者毕竟不同。"鲁迅的小说最中心的思考是：中国文化的意义构筑体系，是在一个势必现代化的社会中，不得不遇到的危机。在这个文化危机中，被传统意义体系的理性刚度所确认的实在，成为不堪细察的纸牌城堡。"因此，"我们在鲁迅的作品中看到重新估价意义构筑的强烈渴求"，虽然他是通过一系列不懈的对抗来体现的。余华与鲁迅的不同在于，"鲁迅的对抗双方是以新旧来区分的"，"而余华的对抗双方是以虚实来划分的"。也就是说，余华的"虚"是由主观因素所决定的。在他早期作品中，"这种主观因素多半是一种自我经验。余华似乎对面临成年的人格转型痛苦特别关切"。余华对抗的另一种表现是，一种"幻觉"在支配着他的小说。"余华的小说给

第十二章　长篇小说的评论

读者震动最大的是其中残酷行为的细节具体性。""残酷的迫害几乎成于余华小说的顽念,细节的冷静描绘更加重了残酷的压力。"尽管残酷描写不是作家小说的目的,而"是一种历史的提纯,一种总结方式"。在这里,余华又走向了鲁迅,他们都是用"虚"来对抗"实",他们是一种虚的大对抗。① 陈晓明认为《呼喊与细雨》是余华"绝望的心理自传"。他从儿童心理学地角度分析道:"我把余华讲述的故事称之为'心理自传',乃是因为余华讲述的故事是以主人公'我'(一个孩子)的心理感受的形式来表达,它打上了心理经验的强烈印记。儿童的无知与敏感、天真与不幸、欢乐与恐惧等等,总是被置放在一个尖锐对立的关联域中来表达。"②

汪晖冀望在余华的"写作"与"内心"之间建立一种对应的关系。他在余华《活着》前言里看到,余华声称一个真正的作家永远只为内心写作。他认为这两个词构成了一种余华小说的结构:"幽默是对紧张的缓解也是保存。但它如何重构了现实的关系。又如何成了结构,在余华的批评语汇中,'写作'、'现实'(以及'真实')与'虚无'(以及'内心')构成了理解文学及其与生活的关系的最为重要的概念。"此外,汪晖说他要写一篇从余华的"批评世界"走进他"创作世界"的文章。他先介绍余华对布尔加科夫的理解,"布尔加科夫的单纯的写作是对出版、发表、荣誉和虚荣的摆脱,但绝非超尘脱俗的行为,而是暴力的结果。因此,纯粹的写作凸现了写作的政治

---

① 赵毅衡:《非语义化的凯旋——细读余华》,《当代作家评论》1991年第2期。
② 陈晓明:《胜过父法:绝望的心理自传——评余华〈呼喊与细雨〉》,《当代作家评论》1992年第4期。

· 333 ·

性"。接着，又叙述了余华对三岛由纪夫、以赛亚·柏林和陀思妥耶夫斯基的看法。他认为由此可以看到余华创作世界的主要特征："虚无和回到内心不是对世界的逃避，而是进入世界。余华的批评的世界中不仅包含了现实的混乱和丰富，而且也包含了现实的紧张和对立，包含了'俄国态度'与'法国态度'的并置和斗争。他力图用一种技巧的方式包容二者，让它们和平共处，在创造的张力中呈现世界，但最终却不得不面对这种矛盾。在我看来，这种矛盾是必要的。世界在变化，一种叙事取代了另一种叙事，一种专制替换了另一种专制，如果没有矛盾就没有得救的机会。"从这个角度看，余华内心与写作之间的矛盾构成了他小说最显著的特征。而这种矛盾是这样体现的："余华不得不在回答写什么的时候谈论怎么写的问题，也不得不在回答怎么写的时候说出所写的真实。"①

王德威很看重《许三观卖血记》这部长篇小说，"余华过去作品夸张对身体的自残及伤害，并由此渲染生命荒凉虚无的本质"，到这部长篇忽然一变。"《许三观卖血记》应是他创作十年重要的记录。这十年来他以怪诞的人事情境、冷冽近乎黑色幽默的笔法，吸引（或得罪）众多读者。如上所述，父系家庭关系的变调，宿命人生的牵引，死亡与历史黑洞的诱惑，已成为他作品的注册商标。""《许三观卖血记》不能免俗，也处理了这类题材，但是余华从中发展了极不同的逻辑。许三观是个粗人，除了丝厂的工作还兼营副业——卖血。他赚的不折不扣是血汗钱。他娶了许玉兰，却在老大

---

① 汪晖：《无边的写作——〈我能否相信自己——余华随笔选〉序》，《当代作家评论》1999年第3期。

出生后，凭长相赫然明白这个儿子是别人下的种。""余华就血的意象大做文章，而且不无收获。"王德威强调在卖血之外，还应注意作者作品寻父与弑父的纠结："寻父（与弑父）的焦虑与渴望总也不能停止，这成为启动小说叙事最重要的关键。余华不只处理叙述者父与子的紧张关系，此父亲与他父亲间的斗争，也是死而后已。而当我们退一步看看所有父亲人物的猥琐与颓唐，不禁怀疑父权的威力，何以神秘至此？"他还将小说作了更辽阔的展开，希望它与"国族命运"建立某种历史联系。"与其把这样的一种读法连锁到余华个人经验，我们不如扩大眼界，将其附会到更大的国族记忆创伤中。《呼喊与细雨》是此前余华作品——从《十八岁出门远行》到《一九八六》等——的一种传记化、个人化的让步"，他就此猜测："仿佛余华要为自己那些作品中不可名状的暴力诱惑，安插一个源头。但是一个弗洛伊德式的'家庭故事'，哪里说得清子民与'政父'的爱恨关系？余华其实借《呼喊与细雨》提供'一则'近便的'情节'，为种种成年精神症候，权作童年往事的解释。"[1]

批评家在余华的"自残""暴力"等叙述占上做文章时，可能也意识到，这些叙述同时限制了作者进一步的展开。他小说的空间过于局促，作品描写过于急切、激烈，一定程度不利于更大场面的营造，从他与鲁迅的对比中可以看出。鲁迅对辛亥革命有深邃复杂的思考，其中有荒谬的描写，也有沉痛的宣言，余华在触及"文化大革命"之于每个人心灵之问题时，往往戏谑多于沉痛，他缺乏鲁

---

[1] 王德威：《伤痕即景，暴力奇观——读〈十八岁出门远行〉》，《读书》1998年第5期。

迅深且广的历史性情怀。

余华确实在历史和现实两个题材面向上显得后劲不足,在《兄弟》等长篇已有表现,但不见得《活着》和《许三观喜血记》等力作都没有瑕疵。陈晓明说,同样是处理历史题材,《活着》和《许三观卖血记》表现突出,这是余华90年代中期后名气压倒苏童的主要原因。他进一步指出,从摆脱西方现代派小说影响到回归中国传统小说叙事传统,这两部长篇可以说是余华实现创作转型,并被批评家普遍认可的重要证明。"如果说前者走俏文坛是因为张艺谋改编的电影,那么后者让文坛倾倒,则多半是因为书写苦难和那种幽默感。余华反复声称他写作这两部小说时找到了如履平地的感觉。这并不奇怪,这两部小说已经完全回归传统,比如其中的故事、人物以及清晰的时间顺序,也许更重要的在于,容易理解的人文关怀,可识别的苦难主题等等。""余华对人的生存的艰难性,对中国人的忍耐精神的表现,对人与人之间的那种扭曲而怪戾的关系和心理的表现,都显示出他机敏的洞察力。虽然这两部小说的叙述不再有先锋性,但还可见余华当年的语言感觉,在人物命运与时代交汇的那些视点之间,余华的叙述语式穿梭于其中,显示出某种力量和韵味。"[①] 当然这不是说,余华的艺术,表现已经没有可挑剔之处。关于余华创作的评论,可以一读的还有王彬彬、郜元宝、张柠、吴义勤、昌切、张清华和洪治纲的文章。王彬彬认为余华早期小说的叙述,具有反正常人的心理

[①] 陈晓明:《中国当代文学主潮》,北京大学出版社2009年版,第361页。

特征，然而这些呓语或疯言疯语，"字字句句都那样清晰、明确"，令人印象深刻。① 张清华认为，余华的语言，是一种"文学的减法"。他经常把人物还原为一个最古老最朴素的经验原型，用最简单的表述方式，直截了当地揭示"人生普遍的处境"。这种语言接近于哲学，作为小说语言，却是极为简洁明了的"②。郜元宝、吴义勤和昌切从不同角度分析了余华创作的复杂性，同时对这位作家的艺术成就给予了充分肯定。

第五节　陈忠实《白鹿原》的评论

陈忠实是与路遥、贾平凹齐名的重要小说家。他曾是陕西本地培养的工农兵作者，前期创作无大起色，直到小说获全国1979年优秀短篇小说奖。陈忠实曾受柳青创作的影响，后来在魔幻现实主义那里受到启发，潜心研究长安、蓝田县志，发奋写作，完成了优秀长篇小说《白鹿原》。他在获奖后接受访谈时表示："关键在于作家本人要将自己的长篇小说写成交响乐还是百科全书，或者是秘史，其决定因素是多方面的，但最根本的因素是作家所关注的那个时代的内在精神，正是这个精神决定了作品的风格。"③

雷达是给予陈忠实的创作较多关注的批评家。当《白鹿原》

---

①　王彬彬：《余华的疯言疯语》，《当代作家评论》1989年第4期。
②　张清华：《文学的减法——论余华》，《南方文坛》2002年第4期。
③　远村、陈忠实：《〈白鹿原〉获茅盾文学奖后答问录》，《延安文学》1997年第6期。

出版时，他很快写出了评论文章，对作品给予了较高的评价：我从来未像读《白鹿原》时这样强烈地体验到作品"静与动、稳与乱、空间与时间这些截然对立的因素被浑然地扭结在一起所形成的巨大而奇异的魅力。古老的白鹿原静静地仁立在关中大地上，它已仁立了数千载，我仿佛一个游子在夕阳下来到它的身旁眺望，除了炊烟袅袅，犬吠几声，周遭一片安详。夏雨，冬雪，春种，秋收，传宗接代，敬天祭祖，宗祠里缭绕着仁义的香火，村巷里弥漫着古朴的乡风，这情调多么像吱呀呀缓慢转动的水磨，沉重而且悠久。可是，突然间，一只掀天揭地的手乐队指挥似的奋力一挥，这块土地上所有的生灵就全都动了起来，呼号、挣扎、冲突、碰撞、交叉、起落，诉不尽的恩恩怨怨、死死生生，整个白鹿原犹如一鼎沸锅。在从清末民元到建国之初的半个世纪里，一阵阵飓风掠过了白鹿原的上空，而每一次的变动，都震荡着它的内在结构：打乱了再恢复，恢复了再打乱。在这里，人物的命运是纵线，百回千转，社会历史的演进是横面，愈拓愈宽"，几种力量碰撞汇合，"共同推进了作品的时空，我们眼前便铺开了一轴恢弘的、动态的、纵深感很强的关于我们民族灵魂的现实主义的画卷"。我们初读作品，感受到的确实是作者所描绘的这种多重复杂的历史情境。

　　雷达这篇长文，分析了《白鹿原》与传统现实主义的关系、作家的创新点，认为它是从古华《芙蓉镇》的文学叙述中走出，但又有很大扩展的反思历史的佳作。不仅从正面关照中华精神和这种文化培养的人格，同时探究了民族的文化命运与历史命运。白嘉轩是

第十二章　长篇小说的评论

作者的"重大发现",在现当代文学史上,即使有这种人物类型,也绝没有如此的完整形态。他强调:"《白鹿原》终究是一部重新发现人、重新发掘民族灵魂的书",那里面人物的生生死死、悲欢离合,都得到了淋漓尽致的表现。他还对白嘉轩的双重人格,作了深入分析:"白嘉轩的人格中包含着多重矛盾,由这矛盾的展示便也揭示着宗法文化的两面性:它不是一味地吃人,也不是一味地温情,而是永远贯穿着不可解的人情与人性的矛盾——注重人情与抹杀人性的尖锐矛盾。"小说吸引读者的还有,白嘉轩的人情味甚浓,毫无造作矫饰,完全发乎真情,例如与长工鹿三的义交,他对黑娃、兆鹏、兆海等国共两党人士,也都一视同仁,表现出一副仁者的胸襟。可是,一旦有谁违反了礼仪,他便刻薄寡恩,毫不手软。雷达说:"毫无疑问,白嘉轩是个悲剧人物,他的悲剧是那么独特,那么深刻,那么富有预言性质,关系到民族精神生活的长远价值问题,以至写到这个悲剧的作者也未必能清醒地解释这个悲剧。"① 雷达的反应有一定代表性。在一个时期里,描写普遍人的世俗生活成为一种潮流,很少有作家触及重大历史题材。《白鹿原》以历史为坐标,深刻反思历史重大进程中各色人物的浮沉,以此观照半个多世纪里中国人命运的悲欢,这是它激起许多人心灵共鸣的主要原因。

基于上述原因,这部作品在评论界获得普遍的好评。畅广元认为,在20世纪90年代文化滑坡、人心不古的背景中,《白鹿原》

---

① 雷达:《废墟上的精魂——〈白鹿原〉论》,《文学评论》1993年第6期。

满足了社会大众希望了解历史真相、重温文化命运的社会审美心理。它的叙述风格和故事展开方式，也与当时文学受众的欣赏接受习惯十分合拍，这是作品得以成功的关键因素。① 张志忠著文指出，由于有了《白鹿原》，陈忠实在 90 年代的文坛确立了自己的地位。这部小说三个月重印 3 次，发行 21 万册，在书店抢售一空。这种热烈气氛，即使是在文学频现高潮的 80 年代，也极为罕见。他认为这部小说的成功，得益于 80 年代文化寻根思潮某些教训，那次思潮虽有不少优秀中短篇，却无众所瞩目的长篇问世，《白鹿原》正好填补了这个空白。它成功的另一原因，是令人信服地刻画了白嘉轩的形象。"在〈白鹿原〉中，作为贯穿全篇的主线的，不是大的政治斗争，不是时代的更替，而是白嘉轩等人的生存、劳作、婚姻、繁衍，和教育抚养子女的生命过程。他所做的、受到朱先生和县令表彰的两件大事，一是重修祠堂，是为祭拜祖先"，"二是办学校，为了更好地培育和教化子孙后代，为了自己的家庭和家族能够以优越的智力条件传承下去"。在主人公尊崇历史文化、恪守群子之道的行为底下，深藏着作者充满忧虑的深刻反省。② 在《白鹿原》获得茅盾文学奖后，积极支持作者的老批评家陈涌用人们熟悉的视野开阔的笔触提醒说，"回顾陈忠实在写作《白鹿原》以前的作品，对理解《白鹿原》是有帮助的"。他很早就在表现农村生活的作品中，注重现实生活复杂的矛盾冲突，"这些矛盾冲突，既有全国解放后

---

① 畅广元：《〈白鹿原〉与社会审美心理》，《小说评论》1998 年第 1 期。
② 张志忠：《怎样走出〈白鹿原〉——关于陈忠实的断想》，《当代作家评论》1998 年第 4 期。

新的历史条件下产生的，也有是历史上继承下来，表现为一种新旧交错的形态；当陈忠实在经历过时间不短的创作生活，有了丰富的人生经验和艺术经验，再回过头去对旧中国进行考察，他对旧中国的复杂矛盾，就会有更深的理解"[1]。陈涌的这种历史比较法，能够引发读者对作品更深刻的思考。这篇文章没有华丽的辞藻和概念，通篇是朴素扎实的叙述，是入情入理的分析，显示了这位老批评家卓越的才华和过人功力。李建军以陈忠实的创作史作为文章立足点，全面分析了作家一生的奋斗历程，他对现实、对生活和人生执着的态度。他认为从陈忠实早期的创作中，已经可以看出以后《白鹿原》宏大的意境的端倪，这种意境的获得，是他走过非常艰辛的道路探索的结果。正是在这里，现实主义并没有丧失其历史活力，相反，它还会在合适的土壤中不断复活，获得强大的艺术生命力。这部长篇的成功就是一个证明。[2]

孙绍振不认同大多数人的意见。他说，在一边倒的称赞中，批评家对作品艺术价值的探讨很容易被淹没。为此，他花费精力对作品进行了一番理论梳理，对其不足一一做了批评，最后得出结论："我们通过文本《白鹿原》的简单分析所试图解释的是：离开作品的艺术价值，我们不可能谈论作品的文化价值，除非我们认同在作品中进行长篇的文化分析和论说，但大部分由对文化所作的知性描

---

[1] 陈涌：《关于陈忠实的创作》，《文学评论》1998年第3期。
[2] 李建军：《廊庑渐大：陈忠实过渡期小说创作状况》，《海南师院学院学报》（社会科学版）2003年第1期。

述、分析、界说、判定组成的文本还能够被称作艺术文本吗?"① 一个叫浩岭的作者,对孙绍振的文章作了反批评,认为该文有酷评的嫌疑。他指出,大众文化兴起催生的娱乐化思潮,使20世纪90年代文学批评中的酷评现象蜂起,一部作品引发评论——或捧或骂兼有,这并非艺术审美的必然。而孙绍振先生的这篇文章,"不仅偏颇,而且肤浅",也许不值一驳。他说:"出版于1993年的长篇小说《白鹿原》,不仅在当时引起巨大轰动,近十年来一直是文坛的一个重要话题,也是中国高校当代文学教学与研究点击率最高的作品。它究竟有哪些成功之处,究竟刷新了新时期抑或现代中国文学的哪些话语记录,许多评论文章已从不同侧面论述,这些文章的总字数加起来大概是《白鹿原》的数倍。"然而,孙先生却不顾事实硬说这部作品人物形象"概念化、人格理想化",似乎是作者在"轻率地摆布人物",作品"缺乏在情趣上、在艺术的内在精神上的统一性"。孙先生从自己意图出发,将其全盘否定,"实在谬之太远",令人不能接受。为了批评这部作品,孙先生还讲了一大通所谓西方话语理论,如爱丁堡学派、法国福柯,还有什么哈罗迪之类。我们先不说孙先生运用那些外国理论来套中国作品是否恰当,但就其中大段语言学分析的文字来说,他其实讲的就是中国古代文论中的语言的精炼和准确问题,即使批评作家,也不必绕那么大的

---

① 孙绍振:《什么是艺术的文化价值——关于〈白鹿原〉的个案考察》,《福建论坛》1999年第3期。

圈子，这样更没有说服力。①

第六节 其他作家的小说

在上述诸家之外，批评界还对张承志、韩少功等作家的创作，从不同方面开展了研究。

有一段时间，对张承志的评论陷于沉寂的状态。21世纪以后，程光炜撰写长文重新给予他评价，认为他是一个思想型的小说家，知识的广博、思考的深邃和作品张力可能还没有被人充分的认识。② 旷新年在《张承志——鲁迅之后的一位作家》中指出："张承志是新时期文学中性格最鲜明、立场最坚定、风格最极端的作家。他既不断地寻求突破，又始终坚定不移。进入上世纪九十年代之后，张承志主要选择了散文这种释放方式。他说：'如今我对小说这形式已经几近放弃。……我更喜欢追求思想及其朴素的表达；喜欢摒弃迂回和编造，喜欢把发现和认识、论文和学术都直接写入随心所欲的散文之中。'朱苏进在《分享张承志》一文中描述张承志的创作风格时说：'他的许多篇章既是猛药又是美文，在新奇意境和铿锵乐感中簇涌着采自大地的野草般思想。他的作品个性极度张扬，锋是锋，刃是刃，经常戳得人心灵不宁，痛字当头，快在其中。'张承志的散文反映了九十年

---

① 浩岭：《不仅偏颇，而且肤浅——关于〈白鹿原〉与孙绍振先生商榷》，《文艺争鸣》2001年第6期。
② 参见程光炜《〈心灵史〉的历史地理图》，《文学评论》2014年第1期；《张承志与鲁迅和〈史记〉》，《中国现代文学研究丛刊》2014年第4期。

代中国文坛的急剧瓦解和分裂。这个时代急剧的堕落提纯了张承志,同时,在某种意义上,也付出了极端、单调和疲惫的代价。张承志意识到鲁迅以笔为旗的痛苦。他在《美则生,失美则死》中吐露:'当同时代的文学家写出一部部文学性的鸿篇巨制时,他不得不以一篇篇杂文为投枪匕首,进入战斗。其实,我是为鲁迅先生遗憾的,然则,那也是他的必然。'他在《以笔为旗》中对无情无义的文学界及其所谓'纯文学'进行了猛烈的抨击。张承志产生了一种自觉,从而与中国文坛彻底决裂。"作者最后提醒说:"理解张承志,有几个重要的词:美、正义、自由、人民",他这二十年的思想和创作表明:"雪莱曾经认为,诗人是立法者,是民族和时代的先知。张承志像摩西一样,向人们昭示另一种生存和秩序。"[1]

韩少功没有因批判和质疑而动摇,相反,他创作了不少新的长篇和随笔,把思想触角探向全球化的社会转型、城乡矛盾等问题。他的小说,在文体形式方面也在开展着不倦的探索。南帆、李陀、蔡翔、孟繁华和旷新年从不同角度评论了他的创作。南帆指出:"许多迹象表明,'思想'正在韩少功的文学生涯之中占据愈来愈大的比重。如何描述韩少功的文学风格?激烈和冷峻、冲动和分析、抒情和批判、诗意和理性……如果援引这一套相对的美学词汇表,韩少功赢得的多半是后者。"[2] 李陀给予了《暗示》积极的评价,用了"令人不能不思考的书"这种夸张的措辞,但在对作品密集细

---

[1] 旷新年:《张承志——鲁迅之后的一位作家》,《读书》2006 年第 11 期。
[2] 南帆:《诗意之源——以韩少功 20 世纪 90 年代的散文为中心》,《当代作家评论》2002 年第 5 期。

第十二章 长篇小说的评论

读之后,他又略带有忧虑地指出:"作家在《暗示》的写作里出了一个自己给自己为难的题目,就是把文学写成理论,把理论写成文学。这个写作是否成功,既不能由书的发行量,也不能以到底拥有多少读者的赞成来决定。"① 在对韩少功的心路历程作了梳理之后,孟繁华对这位作家表示了认同:"我觉得韩少功90年代的文学活动已不再是以小说家名世,他更引起人们关注的是他一些散论式的文字。""韩少功站立在海南边地、以散论作为鞭子无情地抽打了那些垂死的灵魂,同张承志们一起不时地刮起思想的风暴,洗涤文坛的空前污浊,从而使他们这类作品有了一种醍醐灌顶的冲击力。"② 杨扬认为《暗示》是"一次失败的文体实验"。他说,"读了韩少功的新作《暗示》之后,感到有些纳闷,这种纳闷主要还不是字句或表意方面的,而是来自文体。作者似乎预料到读者的这种阅读的陌生感,所以在作品的《前言》里特别将文体问题提出",但"在我看来,最大的疑问是《暗示》这样的作品依然可以被视为小说吗?"③ 刘震云有一个时期投入电影改编和电视剧创作中,少有小说的创作。长篇小说《一句顶一万句》,是他告别文坛后的一部归来的作品。孟繁华指出:"《一句顶一万句》没有《高兴》的浪漫或文人气,它确实更接近《水浒传》的风范或气韵。无论是吴摩西和吴香香,还是牛爱国和庞丽娜,他们一直生活在'奔走'的境况

---

① 李陀:《〈暗示〉:令人不能不思考的书》,台湾联合文学出版社2003年版。
② 孟繁华:《庸常年代的思想风暴——韩少功90年代论要》,《文艺争鸣》1994年第5期。
③ 杨扬:《〈暗示〉:一次失败的文体实验》,《文汇报》2002年12月21日。

中，只不过他们心中没有一个水泊梁山。就是这个'奔走'的设定，将吴摩西和牛爱国的全部人生艰辛呈现出来了。中国人对幸福的理解是'安居乐业'，但这祖孙两代人却一直在奔波，无论他们为了什么，可以肯定的是他们不幸的生活或人生。""应该说，这是最近几年我读过的，最有意思、最有意味、最有想法的小说。这是一部不动声色的作品，是一部大音希声的大书。它将开启一个小说讲述的新时代。"① 陈晓明把对这部长篇的批评，引向了"'喊丧'、幸存与去政治化"的方面。他认为，刘震云的作品实际构成了一种对即将消失的乡土文明及其记忆的"喊丧"的姿态，它是一种凭吊的仪式。他从作品中感受到："乡土的历史是彻底终结了，我们所有关于乡土的想象都枯竭了，都不再有可能性。"唯一剩下的是"幸存"。因此，"'喊丧'，这是主体对自己的写作绝境的隐喻表达"。②

值得提到的还有对苏童、格非、史铁生的评论。苏童早年致力于创作短篇小说，取得引人瞩目的成绩。20世纪90年代后，苏童转入长篇小说写作。张学昕对他这一时期的创作，进行了系统的评论。③ 王德威的《南方的堕落与诱惑》一文认为，苏童天生是个讲故事的好手，然而他的魅力何在？这些作品的"文学地理"恐怕发挥了很大的作用。这块地图上刻写的是苏州和南京两个名字。它的

---

① 孟繁华：《"说话"是生活的政治——评刘震云的长篇小说〈一句顶一万句〉》，《文艺争鸣》2009年第8期。
② 陈晓明：《众妙之门》，北京大学出版社2015年版，第411页。
③ 张学昕：《在现实的空间寻求精神的灵动》，《北方论丛》2002年第4期。

第十二章　长篇小说的评论

代表是江南，一个文化环境和氛围上异于北方和南方的存在，这是苏童小说题材的独特的地方。"两座城市都饶有历史渊源。姑苏烟雨，金陵春梦，多少南朝旧事，曾在此起伏回荡。"王德威说："在文学地理上，南方的想象其来有自。楚辞章句，四六骈赋都曾遥似或折射一种中州正韵外的风格。所谓文采斑斓、气韵典丽的评价，已是老生常谈。"[①] 然而，它们决定了作家的艺术气质，以及他们对写作风格的追求。张清华持与王德威相近的看法："苏童，这个名字将两个通灵的字符连在一起，便大大地成就了他。苏，当然是姑苏的苏，上有天堂，下有苏杭；童，自然是和童心、童年连在一起，这样苏童的小说先就占了天堂的典雅和优美，天堂的富丽与哀伤，也占了童心的通灵和纯净，童年的自由与追想，具备了他特有的既古典浪漫，又高贵感伤的气质。"[②] 格非是与苏童同时起步的作家，有所不同的是，他经历了更长的语言实验和文体探索，在这一过程中，逐步找到了一种最适合自己表达的小说的形式。某种程度上，可以说《春尽江南》和《隐身衣》是他成熟期的作品。转变后的格非，一改过去不好理解的缠绵悱恻和低头自吟，而把视野极大地放开，从这个角度看，说《春尽江南》是书写90年代知识分子命运的最佳作品，是能够成立的。而中篇《隐身衣》的写实功夫，也为近年来所少见，这使格非近几年有着比余华、苏童更为抢眼的表现。格非似乎走进了一种日益开阔的历史境界当中，用悲悯的心境，超越的情怀，和不断变迁的社会进程发生着更加紧密的联系。

---

① 王德威：《南方的堕落与诱惑》，《读书》1998年第4期。
② 张清华：《天堂的哀歌——苏童论》，《钟山》2001年第1期。

在人在评论长篇《春尽江南》时肯定地说:"弥漫小说表面的这道博尔赫斯的文学命题,也因为家玉之死而超越出现实层面,获得最大的抽象。抽象,是这部小说内部最值得关心的东西。从华师大到博尔赫斯,再从先锋转型到作者的彻悟,读者逐渐感到这个漫长过程终于被酿造成格非真正的自我。这是哲学的自我。对这个自我长期精心的耕耘,使这位优秀小说家的价值最大限度地呈现在读者面前。长篇《春尽江南》和中篇《隐身衣》,在此做了淋漓尽致的证明。"[1]

---

[1] 程光炜:《论格非的文学世界》,《文学评论》2015年第2期。

第十三章　21世纪以来的小说批评

"新世纪文学"曾经是在《文艺争鸣》杂志专栏上被讨论的一个文学概念。① 它以2000年为界限，是在区分千禧之年后的文学创作，与之前文学历史面貌的不同。在"新世纪文学"距今快有20年的今天，重新梳理这一时期的小说批评，有其积极的意义。

第一节　"70后""80后"作家的评价

所谓"70后"和"80后"作家，与21世纪文学的命名有着直接的联系。作为在"文化大革命"后期和新时期出生的一代人，他们已经没有了社会动荡的记忆，相对平顺的成长期，是与改革开放的总基调相协调的。但漫长的和平时期，也让他们与重大历史事件似乎更加隔膜了。与此同时，文化消费也伴随新时期而来，涌进他们的精神世界，迷乱着他们分辨历史真实性的判断能力。这确实是一个不辨真伪的历史时期，所有年轻的作家，也都在经历着考验，

---

① 参见《文艺争鸣》2006年第1期发表的张未民、张颐武和白烨等的文章。

对很多人来说，他们在文学创作中并没有意识到考验的存在。我认为，"新世纪文学"是以意义为被讨论的对象的，而讨论的对象，其实正是在这一被定位被命名的过程之中。

孟繁华是在 21 世纪文学阶段十分活跃的批评家。他著有《文学革命终结之后——新世纪文学论稿》，该阶段创作的基本面貌，可以在书中看得比较清楚了。① 他指出："'新世纪文学'在不同的议论中悠然走过了十年的历史，十年的历史都发生了什么，会有不同的叙事。但在我看来更重要的是，'新世纪文学'十年这束时间之光，照亮了我们此前未曾发现或意识到的许多问题，当然也逐渐地照亮了'新世纪文学'十年自身。"他的评价是："反映当代生活并以文学的方式参与当下公共事务的作品，最有影响的作品应该是曹征路的《问苍茫》。""我还想提出的是，21世纪以来文学成就最大的是中篇小说。"另外，"新世纪以来，包括乡土文学、女性文学、都市文学甚至'官场小说'，都不同程度地提供了本土经验，甚至它们不那么成功的经验，一起构成了21世纪文学的当代性"。②

在孟繁华描述的时间框架中，21世纪不光有资深作家的创作，也有新一代作家的身影。这本书列出了这样一批"70后"作家的名单：卫慧、棉棉、丁天、赵波、魏微、朱新颖、陈家桥、周洁茹、盛可以、戴来、金仁顺、徐则臣、弥红、金磊、陈红、李凡、鲁敏、乔叶、刘玉栋、巴乔、李浩、赵彦、王齐君、董懿娜、姜宇、

---

① 孟繁华：《文学革命终结之后——新世纪文学论稿》，现代出版社2012年版。
② 参见孟繁华、程光炜《中国当代文学发展史》（修订版），北京大学出版社2011年版，第382页。

第十三章 21世纪以来的小说批评

王十月、方子玉、刘元进等。① 在宋耕、杨庆祥编选的《听盐生长的声音——80后短篇小说集》中，入选的"80后"作家则是张悦然、笛安、颜歌、甫跃辉、周嘉宁、马小淘、苏瓷瓷、手指、苏德、张怡微、王威廉、郑小驴、飞氘、殳俏、郝景芳、陈楸帆。上述名单可能不全，还会有变动。"80后"作家的概念，显然是从"新概念作文"获奖作者中发展而来的，又几经变化、反复才沉淀下来的。《80后短篇小说集·前言》对这代作家面貌的描述是："2013年，'80后'依然是中国大陆文化界传播最广泛的名词。7月份和8月份，大陆'80后最有市场号召力的作家郭敬明导演的电影《小时代1》和《小时代2》分别上演"，"引起轩然大波"。这表明，80后作家已有了不同于前代作家的历史的看法，或者说，这是在"小时代"中成长的一代人。编选者指出："在中国大陆历史语境中的'80后写作'，其实应该有狭义的和广义的区分。狭义的'80后写作'指的是2000年前后开始进入公众视野的青少年写作群，这一群体在最开始的时候主要由两个群体组成，一个是出身于上海的《萌芽》杂志社主办的'新概念作文'大赛的'新概念作家群'，包括郭敬明、张悦然等人，这一批作家以小说和散文为主，另外一个是诗歌写作群体。"因此，"严格意义上的狭义的'80后写作'实际上指的是以'新概念作家群'为主体的，具有非常典型的市场化特色的小说写作群体。这一写作群体的出现在当时最大程

---

① 参见孟繁华、程光炜《中国当代文学发展史》（修订版），北京大学出版社2011年版，第382页。这个名单可能并不稳定，会因他们创作状况的发展变化而有所扩大，也可能出现增删的情形。

度地呼应了资本对于中国文学写作的想象"。他们认为这些作家创作的"美学症候"有以下几个方面:"首先是城市题材的书写",其次,"是自我经验的陈述"。①

关注"70后""80后"小说创作的,是孟繁华、贺绍俊、白烨和陈福民,以及更为年轻的批评家。如申霞艳在《北京的欲望叙事——徐则臣论》一文中所说:"就像外省人与巴黎是巴尔扎克的意义一样,'外地人(京漂)和北京'构成了徐则臣写作中最根本的叙事张力。"②孟繁华认为:"鲁敏成名于'东坝'系列的小镇小说。小镇在当下中国已经成为一个传说,一个只可想象而难再经验的文化记忆。""但2009年它却改变了方向,她连续发表的《饥饿的怀抱》、《细细红线》、和《羽毛》等都是书写都市生活的。这当然是一个新的挑战。这篇《羽毛》讲述的是一个与家庭伦理有关的故事,但它与都市红尘滚滚的外部生活不同,而是在具体的家庭情感生活中展开故事:单身的费老师、16岁的女儿小茵、美术教师郝音及丈夫穆医生。"无论作者怎样变换角度,书写什么人的人生,它们实际是以小镇生活经验为底子的。③他评论黄咏梅的创作说:"黄咏梅长于写普通小人物,并在最寻常的生活中发现不易觉察的隐秘角落和人物心理。《档案》的故事同样令人惊心动魄:即便在档案制度有了很大松动甚至不再左右人的命运的时代,档案对人的

---

① 宋耕、杨庆祥编:《听盐生长的声音·前言》,外语教学与研究出版社2016年版,第4—6页。
② 申霞艳:《北京的欲望叙事——徐则臣论》,《当代作家评论》2009年第6期。
③ 孟繁华:《文学革命终结之后——新世纪文学论稿》,现代出版社2012年版,第68页。

威慑仍然没有成为过去。"① 他对擅长写小镇生活的徐则臣,也有自己的看法:"徐则臣的《长途》似乎貌不惊人平淡无奇,但读过之后才会发现,这是一篇用心良苦的小说。最值得谈论的是《长途》的人物关系:作为研究生的侄子陈小多和作为老大的陈子归。这里不是知识分子/民众的关系,因此也不是启蒙/被启蒙的关系。"在作品叙述过程中,陈子多扮演的是观光客的角色。② 陈福民的批评文章多选择从俯瞰的角度看作家作品,他认为在历史大视野中,作家不过是历史结论在作这样那样的变形而已。对富有才情的优秀作家而言,他们变形的力度明显要大,这种增幅,显然扩大了文学史的内涵,填充了大视野某些曾经被人遗忘的角落。例如,他把北京青年作家石一枫看作王朔精神谱系的创新性延伸:这"很容易让人想起王朔。很多人也愿意引用王朔来定义石一枫文学写作的精神谱系。然而时过境迁,石一枫究竟不是王朔"。"在小说中,石一枫始终被一种力量纠缠着,换言之,一种让他无法彻底放下的东西支撑着他的写作。我姑且把它叫做'青春后遗症'吧","石一枫通过自己的写作,生动刻画出这个时代中各个患者的艰难挣扎及其负隅顽抗。他以自己的小说写作捍卫了少数人的青春后遗症的权力与合法性"。③ 他认为王十月在用小说的方式来铭记历史,站在历史激流中的小人物,不因自己的卑贱而气馁,而是积极地面对历史的大变

---

① 孟繁华:《文学革命终结之后——新世纪文学论稿》,现代出版社2012年版,第72页。
② 同上书,第76页。
③ 陈福民:《批评与阅读的力量》,作家出版社2016年版,第158—159页。

动:"《无碑》的不同凡响之处,在于小说通过老乌这个人物,全面展示了中国社会变迁当中打工者不得不经历也不得不面对的多种复杂关系,所涉及的生活内容无不充满灵魂折磨和血肉创痛。"①

白烨是较早对"80后"年轻作者表现出热情的批评家,他通过组织研讨会、撰写介绍文章,将这些初登文坛的年轻人推到公众面前。近年来,孟繁华、贺绍俊编选的中短篇小说年度选本也注意选入他们的新作。处在文学现场的批评家,除了阅读大量作家新作,还撰写了许多跟进式的批评文章,这对新一代作家的成长发挥了积极作用。

第二节 其他作家的评论

21世纪以来,张炜、铁凝、迟子建、刘庆邦、林白、方方、叶兆言、周大新、范小青、刘醒龙、毕飞宇、李洱、东西、艾伟等作家不断有新作问世。其中,有资深编辑金宇澄的长篇市井小说《繁花》,林白的《北去来辞》,李洱的《实物兄》等,引起批评界的关注。

於可训②在评论方方的文章中介绍了这位作家的创作情况。他说:"方方出生于知识分子世家,有'学院派'背景,但她的某些经历和独特个性,却注定了她是一个很'生活化'或曰很'世俗

---

① 陈福民:《批评与阅读的力量》,作家出版社2016年版,第167页。
② 於可训(1947—),生于湖北黄梅。文学评论家。1968年下乡插队,1982年毕业于武汉大学中文系,留校任教至今。现为武汉大学文学院教授。著有《小说的新变》等。

第十三章 21世纪以来的小说批评

化'的作家。""就拿这篇《刀锋上的蚂蚁》来说吧。像这位落魄画家这样的'刀锋心态',但凡经历过'文化大革命'及之前某些极端政治化年代的中国人,尤其是那些有着这样那样的'政治问题'的中国人,多少都有所体会。"他认为方方像是一个处理命运问题的专家。比如,"《出门寻死》的主人公何汉晴是自找的,而《万箭穿心》的主人公李宝莉却是被迫的。何汉晴'出门寻死'不为别的,只为一些鸡毛蒜皮的家庭琐事和日常生活的矛盾","李宝莉却是因为丈夫的背叛,一念之间断送了丈夫的性命,也改变了儿子和自己的命运"。"方方是一个下笔极'狠'的作家。她刻画人生、解剖人性从来不留情面。"为此,他着重分析了长篇小说《水在时间之下》和中篇近作《涂自强的个人悲伤》,认为水上灯和涂自强这两个主人公的人生经历,比较集中地反映了人如何在马克思所说的"受动"(受制约的和受限制)的状态下,显现自己"感性存在"的生命本质。"如同何汉晴李宝莉一样,这两个人物也存在着极大的个体差异。虽然水上灯由一个弃儿,成为一个汉剧名角,经历了无数磨难,涂自强由一个农村青年,成为一个大学生,也吃尽千辛万苦,但水上灯毕竟大红大紫过,曾经到达人生'灿烂'的极点,而涂自强则终其一生,默默无闻,一事无成,虽'从未松懈,却也从未得到'。一者辉煌,一者平淡,二者在世俗生活中所发挥的能量和价值,显然判若云泥。尽管如此,方方却给他们安排了一个近似的结局:她让水上灯历经劫波,泯灭恩仇,最后洗净铅华,归隐市井,在了却生前身后事之后,如入睡般平静地死去。又让涂自强失去工作,患上绝症,在得知自己来日无多之后,安排母

· 355 ·

亲的'后事'。"他对方方的极端叙事做了这样的解释:"如果联系世纪之交以来的小说创作,我们不难看出,方方上述小说所追求的'刀锋叙事',是上世纪 90 年代以来'极端化'写作潮流的一个重要方面的表现。"评价里其实也暗含着某种批评,不消说这既是方方的长处,也是其短处。① 近年来,於可训较少对作家的新作发表意见,不过这篇文章分析之细,把握之到位,反映了作者对作家创作认真负责的态度,是一种入情入理的专业化批评。

昌切也是一位不经常写时评文章的批评家。他眼力入木三分,句句点到痛处,对知名作家的创作也毫不客气。他首先指出阅读毕飞宇小说时,批评家自己应该清楚的位置:"与相对偏重感性的莫言等作家不同,毕飞宇在写作中更重理性,这是他与茅盾、韩少功和陆文夫等相似的一个地方。"他说已故学者樊骏说过,研究茅盾之所以困难,不在他作品多么复杂,而在他太清晰,没给研究者留下多少插嘴的地方。这等于说,毕飞宇读起来其实不难,但难就难在批评家怎么插嘴。他指出:"读毕飞宇的《推拿》,我读出来的是'健全'与'残疾'的语义对立,以及由这种语义对立所生成的健全人与残疾人不对等的理性结构。"而"毕飞宇的中篇《玉米》和《玉秀》,我读出来的是'性别'与'权利'的语义关联,以及由这种语义关联所生成的男性与女性不对等的理性结构"。他认为毕飞宇作品的理性结构,就是其作品的艺术结构。正因为如此,"《玉米》和《玉秀》给我的一个非常突出的感受是:时间是静止的。

---

① 於可训:《方方的文学新世纪——方方新世纪小说阅读印象》,《文学评论》2014 年第 4 期。

'1971年'仅仅是一个抽象的时间符号,并不是指玉米和玉秀的故事所发生的那个年代,还可以前推后移指向任何一个时间点。"正因为意识到这一点,昌切不急于对作品下结论,而且一反过去理论推演的批评手法,耐起性子揣摸人物的一举一动来。他先一笔一笔地叙述玉米、玉秀怎样每天在家干农活,操持家务,看起来有把她当作主角来经营的意思。但作家突然停笔说,作品真正的主角实际是她们的父亲王连方。这就有意思了。在父亲的庇护下,姐妹俩过着农村女孩庸常的日子,生活风平浪静,也算安稳。但做村党支部书记的父亲失势后,两人命运便翻天覆地,命运开始被别人操弄。先看玉米,与飞行员彭国梁成为恋人,又被其怀疑不贞。坠入爱情冰窟的玉米用自虐弥补当初防破身酿成的大错。在王家庄,玉秀声名狼藉,她开始破罐破摔,后来又萌生悔意,想跟有文化的郭左在一起,郭左差不多已经心软了。但听到她曾被轮奸过的故事后,变了主意,动了睡玉秀的坏念头,结果玉秀怀上了郭左的孩子。郭左走后,玉秀彻底死心,但肚子蠕动的小生命又唤醒她充沛的母性,触发了恻隐之心。昌切认为,毕飞宇是通过两姐妹的爱情悲欢分析了乡村的宗法结构,展现了人性的善恶,同时把充满矛盾挣扎的人物形象推到读者面前。这样的分析,确实有不同凡响的地方。[1]

陈晓明对铁凝的《永远有多远》做了深入的解读。他对这位作家创作风格的总把握是:"如果说铁凝的小说最有特色的地方在于描写了一个距离,一个人与他/她要抵达的那个地方的距离,可能会让铁

---

[1] 昌切:《性别与权利——评毕飞宇〈玉米〉和〈玉秀〉》,《文艺研究》2014年第6期。

凝的小说敞开一道风景。铁凝的小说有一种很强的描写性，甚至就是一种风景画的效果。"具体到这篇小说，他认为"这篇怀旧而淡雅的小说，却总是让人回味无穷，越是淡定的小说，越是有一种难以言尽的意味"。汪曾祺、孙犁的小说都是如此。一方面，批评家认为作家笔下的白大省是老北京残存的价值的坚守者，这种坚守就透出了浓重的怀旧意味。另一方面，作家又写出了白大省傻憨的个性。但是，别看她相貌平平，身材高大，是典型的北京女孩子，却也有强烈的女性欲望。这种欲望激发了白大省的自我怀疑，因为她一直羡慕着西单小六，感觉已不如人，并被这种强烈的自卑折磨着。那么，作家是怎么做到让我们从高处俯瞰观察这个白大省呢？她借来了一个"叙述人"。这个叙述人跟着白大省走，像一部摄影机，又像一个分析者，带着大家一步步从白大省的外部动作进入她内心深处。为此，陈晓明认为白大省在羡慕西单小六的过程中，与她之间产生了一种"自我相异性"。他抓住这个概念解释说："'自我相异性'其实是白大省非常独特的自我意识，是白大省顽强地要从已经形成的、已经被社会化规训好的'自我'中重建另类的'本我'，那个西单小六就是她的她者。这种距离不再是一个外在的视点，'我'从某个高处，从窗内去看的芸芸众生的白大省，而是从她内心分裂出来的另一个生活于别处的'她者'。在她的内心中有一个本我，在她的身边有一个活生生的'她者'，与自我相异。她生活于如此境遇，无力获得自我的支配权，她渴望自由自在，渴望她的另类的超越性，渴望她对男性的魅惑。"[①] 这种心理学

---

① 陈晓明：《众妙之门》，北京大学出版社2015年版，第232—238页。

分析是相当犀利的。确如批评家所说,铁凝写女性的小说。如《玫瑰门》《大浴女》等,特别善于让几个女性人物相互参照,以此组织多重视点,形成网状的观察点,这些视点和观察点相互比较、对照,又相互在怀疑否定。陈晓明的批评,不是常见的文本细读,而是理论带批评的一种深度分析,在不疑处疑,发别人所未发,分析了铁凝小说许多过去分析不够的空白。这样的解读,极大地扩展了作家作品的世界。

1993年林白因女性题材的长篇小说《一个人的战争》走上文学舞台,2013年她又推出长篇新作《北去来辞》。如果说前者的性别叙事成为作品的创作手法,文学思潮对作品价值的建构明显在起作用的话,那么,到了《北去来辞》,作者已经具有了一个成熟作家的创造力,而且这部长篇,足可视为反映20世纪90年代中国社会变迁的重要小说。程光炜的长篇论文《八九十年代"出走记"——〈一个人的战争〉和〈北去来辞〉双论》,从作者前后期两部作品的联系中,指出多米和海红两个人物的成长过程,是与中国当代社会的变迁深刻关联着的,而这种关联性,正是作家作品内在的情感结构。在他看来,林白是文学史上那种"自叙传"体作家,但《北去来辞》超越了这个层次,无论对人物命运还是对历史生活的理解,作家都大大前进了一步。文章按照故事线索,以"离开南宁""到北京""出北京"和"追忆与复现"等为小标题,贴着小说情节的进展,先还原故事的总体框架,再一步步分析作家创作、人物形象、家庭结构与90年代社会变迁的内在联系。通过细致的文本细读,最后推进到怎么看林白创作中的"自我重复"问题。作者借用美国哈佛大学中国唐诗研究专家宇文所安著作《追忆》中的观点，认为林白小说创作重复现象，是在借助追忆视角，在一遍遍复现主人公的现世生活，而这种复现，则指认着作家内心世界中一个无法舍弃的东西。这就是对"自我"的持续挖掘。如果这样看，林白可能是近年来写"自我"最多也最成功的作家之一。"自我"在林白身上，不只是独白，同时还是一种对话，它是对个人的强调，同时又可能是对个人的更积极的重建。①

第三节　"80后"批评家

"80后"批评家的概念，最先见于2012年《南方文坛》主编张燕玲所推动的"80后学人三人谈"对话。她表示："在业内，'80后三人谈'便成为文学批评界一件标志性的文学事件，其意义也许会日久弥深，眼前三人合集《以文学为志业——"80后"学人三人谈》，便不止于纪念和佳话了。"②《以文学为志业——"80后"学人三人谈·后记》也强调说："该专栏一共发表有六篇对话，其中第六篇'当下写作的多样性'因为我们觉得过于草率，没有收入本书。除此之外，本书的第六篇《'80后写作'与'中国梦'》是我们三人的第一次对话，发表于《上海文学》2011年第6、7期，

---

① 程光炜：《八九十年代"出走记"——〈一个人的战争〉和〈北去来辞〉双论》，《当代作家评论》2014年第5期。
② 张燕玲：《文学批评三人行》，载杨庆祥、金理、黄平《以文学为志业——"80后"学人三人谈·序》，广西师范大学出版社2016年版。

第十三章　21世纪以来的小说批评

此时与国家意识形态'中国梦'的提出尚有三年之距，我们完全是在文学的意义上来讨论这个问题。第七篇《什么是'80后文学'》开始是金理和黄平两人在2014年完成的一个对谈，因为它与《'80后写作'与'中国梦'》有某种承继关系，同时我们也想加强讨论同代人写作的内容，所以杨庆祥后续加入了对话内容，仍然扩充为'三人谈'的形式，并收入本书。整个对话前后时间跨度近三年，这三年也是我们作为青年学人不断自我调整，摸索甚至徘徊的过程。"① 这个概念之所以被采用，与杨庆祥的《"80后"怎么办？》②，与中国现代文学馆的"客座研究员"制度，以及云南人民出版社出版的《"80后"批评家文丛》等一系列的批评活动，也有一定的关系。③

在"80后"批评家中，有已经成名的有杨庆祥、金理、黄平、徐刚、杨晓帆、何同彬、张定浩、黄德海、傅逸尘、项静、李德南、王晴飞、丛治辰、陈思、刘涛和张涛等。也有出生于60—70年代，活跃于批评界的霍俊明、梁鸿、李云雷、张莉、周立民、房伟、张定浩、黄德海、张丽军、曾立果、刘志荣、刘大先、郭冰茹、李丹梦、马兵、张屏瑾。这一批批评家的出现，既有杂志的推荐，现代文学馆有意识的组织，也离不开他们本人的努力。在新时

---

① 杨庆祥、金理、黄平：《以文学为志业——"80后"学人三人谈·后记》，广西师范大学出版社2016年版。
② 杨庆祥：《"80后"怎么办？》，北京十月文艺出版社2015年版。
③ 中国作家协会现代文学馆的"客座研究员"制度，主要由中国作协、现代文学馆领导李敬泽、吴义勤和李洱等主抓，辛勤培育和积极推动而形成的，目前在国内文学界已经产生了很大的影响。这个制度采取每年遴选一批，每月举办一次批评论坛，最后出版一本批评文集的方式，极大激发了这些年轻批评家的热情。

· 361 ·

期涌现的批评家都已步入中老年阶段后，文学界急需补充新的批评力量。在这种背景下，"80后"批评家便迅速成长起来，成为文学批评界的一道亮丽的风景。

杨庆祥、金理、黄平、徐刚、杨晓帆、张定浩、黄德海、傅逸尘、项静、何同彬、方岩和王晴飞是这批年轻批评家中成绩突出的批评新秀。杨庆祥博士毕业于中国人民大学文学院，现为该院副教授。他的成名作是《路遥的自我意识和写作姿态——兼及1985年前后"文学场"的历史分析》，后来，陆续写出《如何理解"80年代文学"》《审美原则、叙事体式和文学史的"权力"》《在"大历史"中建构"文学史"》《无法命名的个人》《当代小资产阶级的历史意识和主体想象》和《历史重建和历史叙事的困境》等一批思想触角敏锐、批评眼光前沿的文学史研究和批评文章，以及《80后，怎么办》这一长篇社会批评报告，在同代人中产生了较大影响。金理博士毕业于复旦大学中文系，现为该系副教授。他受过严格的近代思想史、中国现代文学训练，进入当代文学研究和批评后，这些学术资源形成了他的批评根底与动力。他研究论文和批评文章，有《在时代冲突和困境深处：回望孙少平》《有风自南：葛亮论》《文学史"事实"、"事件"的缠绕、拆解》和《"自我"诞生的寓言——重读〈十八岁出门远行〉》等。黄平博士毕业于中国人民大学文学院，现为华东师范大学文学院教授。他最早引起关注的是《"人"与"鬼"的纠葛——〈废都〉与八十年代"人的文学"》《从"劳动者"到"劳动力"——"励志型"读法、改革文学与〈平凡的世界〉》和《革命时期的虚无：王小波论》等文章。最近

第十三章　21世纪以来的小说批评

几年,他潜心阅读七八十年代的文学杂志和史料,写出了以"新时期文学的'发生'"为总题目的系列长篇研究论文,把新时期文学发生前后诸多历史力量纠缠、博弈与妥协的复杂因素揭示出来,明显推进了这一领域的研究。徐刚博士毕业于北京大学中文系,现为中国社会科学院文学研究所副研究员。徐刚的文学批评擅长从文本进入,通过对作品的耐心阅读,建构他对小说创作和作家个人意识的理解。他还喜欢以史论结合的方式,在批评中与作家具体的创作过程展开对话。这些批评特点,在《小说如何切入现实:近期几部长篇小说的阅读札记》《"十七年文学"中的"乡下人进城"》《"十七年"家庭情节剧的妇女解放主题》等研究成果中都有表现。杨晓帆博士毕业于中国人民大学文学院,现为华中师范大学文学院讲师。杨晓帆本科和硕士师从北师大王一川教授、陈雪虎教授,受过较好的文艺学训练,这使她的研究论文和批评文章,有一个或隐或现的理论视角,有一个比较清晰的问题框架。以下文章显示了这一批评特色,如《知青小说如何寻根——〈棋王〉的经典化与寻根文学的剥离式批评》《历史重释与"新时期"起点的文学想象——重读〈哥德巴赫猜想〉》和《走异路,逃异地,寻求别样的人们——改定版〈心灵史〉与八九十年代"转折"》等。几位年轻批评家的关注领域,近年来也呈现出某种分化的迹象。黄平把主要精力集中在新时期文学初期的文学史研究上,杨庆祥、徐刚更关注当下年轻小说家创作的走向,金理是现代文学研究与当代文学批评齐头并进,杨晓帆则对20世纪80年代文学有持续的热情。傅逸尘活跃于军旅文学批评领域。项静艺术感觉细腻,把握问题准确。王晴飞文

· 363 ·

风锐利。何同彬文学史研究的批评触角明显。方岩倾向于研究八九十年代文学的文学史问题。这一分化现象，说明他们正在形成自觉的研究意识和批评观念，以及鲜明的个人风格。

杨庆祥的《路遥的自我意识和写作姿态——兼及1985年前后"文学场"的历史分析》一文，以锐利的批评眼光深入剖析"路遥现象"与历史之间的关联。他指出："时至今日，关于路遥的研究和言说似乎越来越具有'仪式'的气氛。在一篇文章中，路遥被认为是一个'点燃了精神之火'的人，在另外一篇很让人怀疑的调查报告中，路遥和鲁迅、钱钟书等经典作家一起，被认定为最受当代大学生欢迎的十大作家之一。""可以说目前大多数关于路遥的研究文章都是'反历史'的，对于路遥的无缘故冷落和无条件吹捧都不是一种实事求是的历史分析的态度。"接着，他对作家的"自我意识"和"写作姿态"进行了富有启发性的剖析。[1] 90年代的王小波曾经是一代青年心灵上的指路明灯，但学术界对"王小波现象"这一文化神话的严肃反思始终不够。黄平的《革命时期的虚无：王小波论》发别人所未发，先声夺人地发表了精彩见解。他表示："本文在反思'自由主义/文化研究'二元框架中的王小波研究的基础上，以《革命时期的爱情》为例，从叙述视角入手分析王小波独特的'局外人视角'，勾勒一条理解王小波作品的深层线索'历史创伤—反讽—虚无—自由'，由此把握王小波作品的历史起源、形式特征与精神脉络。通过与村上春树的对照式阅读，分析作为中国语

---

[1] 杨庆祥：《路遥的自我意识和写作姿态——兼及1985年前后"文学场"的历史分析》，《南方文坛》2007年第6期。

第十三章　21世纪以来的小说批评

境的后现代写作，王小波作品的魔力所在，在于治愈了读者面对当代史的负罪感。本文最后进一步讨论，叙述能否真正治愈精神创伤。"这种见识是高出一般人的。①金理的《在时代冲突和困顿深处：回望孙少平》是一篇别具生面的历史研究文章。它不同于通常的人物形象分析，而是从"孙少平的主体想象""文学青年和他的阅读史""孙少平的个人意识"和"'历史的符号'与'历史的反抗'"等方面入手，根据孙少平的历史处境、位置和个人感觉，在阔大的史论视野中展开分析。金理这篇文章一如既往地显示了他敏锐细致的历史感觉，以及严谨的行文风格，例如他发现并提醒人们："孙少平的形象，在今天可以被理解为某种主流话语（'活着'哲学、'奋斗'神话）出现的'前史'或'想象性的审美预演'。这当然源自后来者所作的历史批判和反思。问题是，当代文学的生命力一方面在于把文学历史化，另一方面要在历史化的过程中把文学与文学人物作出一个解释——由路遥所展示的孙少平的命运（借钱谷融先生的说法，孙少平在艺术表现上无疑是一个'真正的人'，有血有肉），在时代节点与历史现场中给出了何种努力，他的生存与精神生活在特殊境遇里有何创获，为我们留下了什么样的经验。"②杨晓帆令人印象深刻的文章是《知青小说如何寻根——〈棋王〉的经典化与寻根文学的剥离式批评》。③它的难度，在于理解

---

① 黄平：《革命时期的虚无：王小波论》，《文艺争鸣》2014年第9期。
② 金理：《在时代冲突和困顿深处：回望孙少平》，《文学评论》2012年第5期。
③ 杨晓帆：《知青小说如何寻根——〈棋王〉的经典化与寻根文学的剥离式批评》，《南方文坛》2010年第6期。

"知青小说"是如何变成"寻根小说"的复杂过程，以及究竟是什么文学批评力量改变了历史走向，将两个不同类型的小说作品巧妙嫁接到一起的。文章披露，在没被认作"寻根代表作"之前，阿城关于这篇小说的"创作谈"与"知青故事"有关，被重新认定之后，他口气变了，一直使劲地把这个知青故事往"寻根"思潮需要的历史叙述上说，往那里靠。这种历史分析的精彩点，不在"揭露真相"，而在客观、冷静和超然地将这种历史叙述推回到原来的历史情境之中去。

"80后"批评家的突然崛起速度大大超出了人们的预期，同时也暗示了这代批评家，将有比较长的路要走。他们毕竟都在40岁以下，锐利逼人，有着旺盛的学术创造力。但是当这一切尘埃落定之后，每个人都会开辟出独自的研究领域，像他们的前辈那样，自觉地向着更为宽厚的方向去发展。

参考文献

专著

蔡翔：《一个理想主义者的精神漫游》，华东师范大学出版社 2014 年版。

陈福民：《批评与阅读的力量》，作家出版社 2016 年版。

陈思和：《批评和想象》，华东师范大学出版社 2014 年版。

陈晓明：《众妙之门》，北京大学出版社 2015 年版。

程德培：《小说家的世界》，华东师范大学出版社 2014 年版。

程光炜：《当代文学的"历史化"》，北京大学出版社 2011 年版。

程光炜：《文学讲稿："八十年代"作为方法》，北京大学出版社 2009 年版。

程永新：《一个人的文学史》，天津人民出版社 2007 年版。

戴光中：《赵树理传》，十月文艺出版社 1987 年版。

董健、丁帆、王彬彬主编：《中国当代文学史新稿》，人民文学出版社 2005 年版。

洪子诚：《中国当代文学史》，北京大学出版社 2008 年版。

季红真：《文明与愚昧的冲突》，华东师范大学出版社 2014 年版。

李建周：《先锋小说的兴起》，中国社会科学出版社 2014 年版。

刘思谦：《文学研究——理论方法与实践》，河南大学出版社 2004 年版。

刘再复：《性格组合论》，上海文艺出版社 1986 年版。

孟繁华：《文学革命终结之后——新世纪文学论稿》，现代出版社 2012 年版。

孟繁华、程光炜：《中国当代文学发展史》，北京大学出版社 2011 年版。

南帆：《理解和感悟》，华东师范大学出版社 2014 年版。

南帆：《理论的紧张》，上海三联书店 2003 年版。

王晓明：《所罗门的瓶子》，华东师范大学出版社 2014 年版。

吴亮：《文学的选择》，华东师范大学出版社 2014 年版。

许子东：《郁达夫新论》，华东师范大学出版社 2014 年版。

杨庆祥、金理、黄平：《以文学为志业——"80 后"学人三人谈》，广西师范大学出版社 2016 年版。

张钟等：《当代中国文学概观》，北京大学出版社 1986 年版。

中国社会科学院文学研究所当代文学研究室：《新时期文学六年（1978·10—1982·9）》，中国社会科学出版社 1985 年版。

期刊

《北京文学》

《当代文坛》

《当代作家评论》

《南方文坛》

《上海文学》

《文学评论》

《文艺报》

《文艺争鸣》

《小说评论》

后　　记

　　大约是2015年春，中国社会科学院张江教授邀约一帮从事文艺学、现当代文学和古代文论研究的朋友，在中国社会科学出版社商议出版一套《当代中国批评史》，我记得有高建平、王宁、王杰、张政文、傅谨、王尧、欧阳友权、周亚琴等人。大家就丛书主题、各卷分工、大纲等问题，前后举行了数次闭门研讨，这项工作，仿佛持续了一年左右。我分工做《当代中国小说批评史》。

　　从2015年下半年到2016年上半年，我抽出时间阅读了与此书相关的材料，尤其是十七年部分，过去不曾注意，事到临头伏下身去查询、甄别和筛选，还真花费了不少精力。通过摸材料，过去语焉不详的许多事实，基本得到澄清。小说批评史不同于当代文学史，虽然也按照时间顺序做编年史的文章，但目标主要集中在小说评论家这一方面。另外，思潮与批评史的关系应该怎么摆，也得有一个初步判断，引用材料与作者评述之间的比例和关系，需要仔细掂量，才能做到心中有数。我印象中，初稿是2016年冬完成的，北京空气骤冷，天色灰暗，似乎将有一两场的初雪来临，心中感觉卸下了一个很大的包袱，忙乎两年的工作，总算有了一个交代。

后 记

由于种种原因，初稿完成后，又放了一两年，得到责编张潜博士通知，需要重新校对，争取2019年先行推出几本。等到打开电脑，再去看一两年前写出的初稿，始觉问题不少，不只是校对的问题，文字的修饰，篇章结构的微调，上下文的疏通，等等，便忽然涌到眼前。这一年来，我每逢出差，都把书稿带上，在飞机和高铁上仔细校对，修改，润色，有一次到广州，因为沉浸在修改之中，竟把几十页的校对稿遗忘在飞机上，自己直奔从化温泉的会议地点。所幸广东高教出版社的朋友，一边照顾我们这些与会者，一边紧急联系广州白云机场，询问几十页遗漏书稿的下落，几经折腾，到我准备回北京前，终于失而复得。这段小插曲，足以说明我对书稿的重视。

尽管还有不少撰写方面的遗憾，书稿出版后，诚心希望同行给予批评。但这本书，毕竟是中国当代小说批评史的第一项成果，过去不曾有人问津，在诸多遗憾之余，也算是一种自我安慰罢。

程光炜

2019年4月10日